# As viagens de Gulliver

## Jonathan Swift

Principis

Esta é uma publicação Principis, selo exclusivo da Ciranda Cultural
© 2020 Ciranda Cultural Editora e Distribuidora Ltda.

Traduzido do original em inglês
*Gulliver's Travels*

Produção editorial e projeto gráfico
Ciranda Cultural

Texto
Jonathan Swift

Revisão
Mariane Genaro

Tradução
Bruno Amorim

Imagens
Somchai kong/Shutterstock.com;
Aleksangel/Shutterstock.com

Preparação
Marina Castro Rabelo

**Dados Internacionais de Catalogação na Publicação (CIP) de acordo com ISBD**

S977v    Swift, Jonathan

As viagens de Gulliver / Jonathan Swift ; traduzido por Bruno Amorim. - Jandira, SP : Principis, 2020.
320 p. ; 15,5cm x 22,6cm. – (Literatura Clássica Mundial)

Tradução de: Gulliver's travels
Inclui índice.
ISBN: 978-65-5552-117-7

1. Literatura infantojuvenil. 2. Ficção. I. Amorim, Bruno. II. Título. III. Série.

2020-1706

CDD 028.5
CDU 82-93

Elaborado por Odilio Hilario Moreira Junior - CRB-8/9949

Índice para catálogo sistemático:
1. Literatura infantojuvenil 028.5
2. Literatura infantojuvenil 82-93

1ª edição em 2020
www.cirandacultural.com.br
Todos os direitos reservados.
Nenhuma parte desta publicação pode ser reproduzida, arquivada em sistema de busca ou transmitida por qualquer meio, seja ele eletrônico, fotocópia, gravação ou outros, sem prévia autorização do detentor dos direitos, e não pode circular encadernada ou encapada de maneira distinta daquela em que foi publicada, ou sem que as mesmas condições sejam impostas aos compradores subsequentes.

# SUMÁRIO

NOTA DO EDITOR AO LEITOR ................................................. 5
Carta do Capitão Gulliver a seu primo Sympson ..................... 7

Parte I – Viagem a Lilipute ................................................... 12
Capítulo 1 ............................................................................ 13
Capítulo 2 ............................................................................ 24
Capítulo 3 ............................................................................ 35
Capítulo 4 ............................................................................ 43
Capítulo 5 ............................................................................ 49
Capítulo 6 ............................................................................ 56
Capítulo 7 ............................................................................ 67
Capítulo 8 ............................................................................ 76

Parte II – Viagem a Brobdingnag ......................................... 83
Capítulo 1 ............................................................................ 84
Capítulo 2 ............................................................................ 97
Capítulo 3 ............................................................................ 103
Capítulo 4 ............................................................................ 114
Capítulo 5 ............................................................................ 120
Capítulo 6 ............................................................................ 130
Capítulo 7 ............................................................................ 140
Capítulo 8 ............................................................................ 147

Parte III – Viagem a Laputa, Balnibarbi, Luggnagg,
Glubbdubdrib e Japão............................................................................ 160
Capítulo 1 .................................................................................................. 161
Capítulo 2 ................................................................................................. 167
Capítulo 3 ................................................................................................. 176
Capítulo 4 ................................................................................................. 182
Capítulo 5 ................................................................................................. 189
Capítulo 6 ................................................................................................. 197
Capítulo 7 ................................................................................................. 203
Capítulo 8 ................................................................................................. 208
Capítulo 9 ................................................................................................. 215
Capítulo 10 ............................................................................................... 219
Capítulo 11 ............................................................................................... 228

Parte IV – Viagem ao pais dos Houyhnhnms ................................ 232
Capítulo 1 ................................................................................................. 233
Capítulo 2 ................................................................................................. 241
Capítulo 3 ................................................................................................. 248
Capítulo 4 ................................................................................................. 255
Capítulo 5 ................................................................................................. 261
Capítulo 6 ................................................................................................. 268
Capítulo 7 ................................................................................................. 276
Capítulo 8 ................................................................................................. 284
Capítulo 9 ................................................................................................. 291
Capítulo 10 ............................................................................................... 297
Capítulo 11 ............................................................................................... 305
Capítulo 12 ............................................................................................... 314

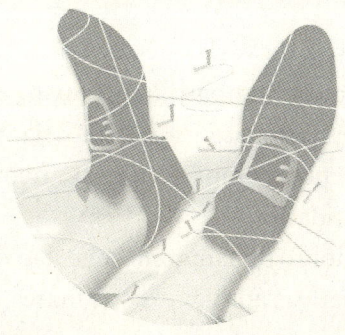

# NOTA DO EDITOR AO LEITOR

O autor destas viagens, o sr. Lemuel Gulliver, é um bom e velho amigo meu; temos também algum nível de parentesco por parte de mãe. Cerca de três anos atrás, o sr. Gulliver, cansado da multidão de curiosos que vinha vê-lo em sua casa em Redriff, comprou uma pequena porção de terra, contendo uma casa ajeitada, próximo a Newark, em Nottinghamshire, sua terra natal. É ali que vive hoje, aposentado, contudo bastante estimado pelos vizinhos.

Apesar de o sr. Gulliver ter nascido em Nottinghamshire, onde seu pai residia, ouvi-o dizer várias vezes que sua família era de Oxfordshire. Isso se confirmou nos diversos túmulos e monumentos aos Gullivers que encontrei no cemitério de Banbury, no condado de Oxfordshire.

Antes de partir de Redriff, ele me deixou responsável pelo texto a seguir, dando-me liberdade para fazer dele o que julgasse conveniente. Li-o três vezes, examinando-o com cuidado. O estilo é muito claro e simples; a meu ver, o único problema é que o autor, como é de hábito entre os viajantes, é um tanto quanto detalhista. Há um ar de verossimilhança que perpassa todo o texto. De fato, o autor se tornou tão distinto por sua veracidade que uma espécie de provérbio surgiu entre seus vizinhos de Redriff: quando se quer afirmar algo, tornou-se hábito dizer que tal coisa é tão verdadeira como se o próprio sr. Gulliver a tivesse dito.

Seguindo os conselhos de várias pessoas de respeito com as quais, após autorização do autor, compartilhei o texto, eu agora me arrisco a mostrá-lo ao mundo, na esperança de que seja, pelo menos por um tempo, um entretenimento melhor para nossa nobre juventude que os rabiscos políticos e partidários.

Este volume teria o dobro do tamanho se eu não tivesse ousado cortar inúmeras passagens relativas aos ventos e às marés, bem como às variações e aos rumos das diversas viagens, e ainda descrições minuciosas do manejo do navio durante as tempestades, do estilo dos marinheiros, e igualmente o relatório das longitudes e latitudes. Tenho razões para crer que o sr. Gulliver possa ficar um pouco insatisfeito com essas supressões, porém eu estava determinado a adequar a obra, na medida do possível, à capacidade média dos leitores. Se, contudo, minha própria ignorância em assuntos marítimos me tiver levado a cometer algum erro, sou eu o único responsável. Além disso, se algum viajante tiver interesse em ver a obra na íntegra, como saiu das mãos do próprio autor, ficarei satisfeito em cedê-la.

Por fim, se o leitor tiver mais alguma dúvida quanto às particularidades do autor, vai se sentir satisfeito ao ler as primeiras páginas do livro.

RICHARD SYMPSON

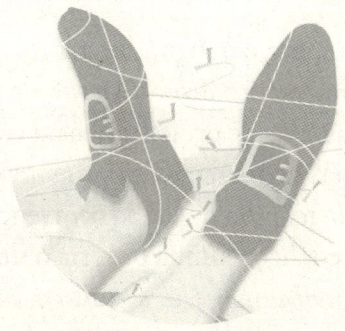

# Carta do Capitão Gulliver a seu primo Sympson

Escrita no ano de 1727

Espero que o senhor esteja preparado para declarar publicamente, sempre que lhe for solicitado, que, por meio de sua enorme e frequente afobação, persuadiu-me a publicar um relato bastante impreciso e incorreto de minhas viagens, sendo instruído a arranjar algum estudante de uma das universidades[1] para organizá-las e revisar-lhes o estilo, como fez meu primo Dampier, aconselhado por mim, com seu livro *Viagem ao redor do mundo*. Eu, contudo, não me lembro de ter-lhe dado permissão para consentir que qualquer coisa fosse omitida, muito menos inserida, no texto. Eu, portanto, repudio toda e qualquer inserção, em especial o parágrafo sobre Sua Majestade, a Rainha Ana, da mais pia e gloriosa memória, ainda que eu a reverenciasse e estimasse mais que a qualquer outro ser pertencente à raça humana. O senhor ou seu interpolador, todavia, deveriam ter considerado que não só não seria de meu feitio, como também não seria decente elogiar qualquer animal de nossa composição perante meu senhor *Houyhnhnm*. Além disso, o fato era de todo falso. Até onde sei, tendo estado na Inglaterra durante parte do reinado de Sua Majestade, ela governou, sim, por meio de um ministro-chefe; aliás, por meio de dois ministros-chefes sucessivos, o primeiro

---

[1] Oxford ou Cambridge. (N.T.)

sendo o lorde de Godolphin e o segundo, o lorde de Oxford. Conclui--se, assim, que o senhor me fez dizer *a coisa que não era*. Da mesma forma, no relato da academia de projetistas, bem como em diversas passagens de minha conversa com meu senhor *Houyhnhnm*, o senhor ora omitiu ora retalhou ou adaptou algumas ocorrências relevantes, de tal maneira que eu mal reconheço minha própria obra. Quando, em outra oportunidade, eu lhe mencionei este assunto em uma carta, o senhor se contentou em responder que temia ofender alguém; que havia pessoas no poder que vigiavam tudo o que se publicava, sendo aptas não só a interpretar, como também a punir tudo aquilo que fosse *sugestivo* (acredito que foi essa a palavra que o senhor usou). Mas como poderia, me responda o senhor, aquilo que eu disse tantos anos atrás, a quase cinco mil léguas de distância, em outro reino, aplicar-se a qualquer um dos *Yahoos* que agora dizem governar o rebanho, especialmente em uma época em que eu sequer concebia, ou temia, a infelicidade de viver sob seu poder? Não teria eu mais razão para reclamar ao ver esses mesmos *Yahoos* sendo transportados por *Houyhnhnms* em um veículo, como se estes fossem os brutos e aqueles, as criaturas racionais? Por sinal, foi para evitar tal monstruosa visão que me retirei para este posto.

Isso é o que julguei apropriado lhe dizer em relação ao seu comportamento e à tarefa que lhe confiei.

Em segundo lugar, queixo-me de minha própria falta de juízo ao deixar-me convencer, pelas súplicas e pelos falsos raciocínios levados a cabo pelo senhor e por outras pessoas, muito em detrimento de minha própria opinião, a ter minhas viagens publicadas. Peço que se lembre de quantas vezes desejei que o senhor considerasse, quando insistia no argumento do bem comum, que os *Yahoos* são uma espécie de animais completamente incapaz de reabilitação, seja por meio de preceito ou de exemplo. Prova disso é o fato de que, em vez de pôr um ponto-final em todos os abusos e corrupções, pelo menos nestas pequenas ilhas, como eu teria razão de esperar, depois de mais de seis meses de advertências, veja o senhor, não tenho conhecimento de nenhum efeito que meu livro possa ter provocado nesse sentido. Gostaria que o senhor me avisasse, por meio de carta, quando os partidos e as facções forem extintos; os juízes, bem-educados e corretos; os advogados, honestos e humildes, com o mínimo de bom senso, e Smithfield[2] resplandecente sob pilhas e pilhas de livros de direito. Peço que me avise ainda quando a educação da jovem nobreza for completamente reformada; os médicos, banidos; as fêmeas dos *Yahoos*, abundantes em virtude, honra e bom senso; as cortes e as recepções privilegiadas[3] a altos ministros, completamente expurgadas; a astúcia, o mérito e o estudo, recompensados; e todos os corruptores da imprensa em verso e em prosa, condenados a não comer senão o próprio papel e a matar a sede com a própria tinta. Contava firmemente com essas e outras mil reformas, por incentivo seu. Afinal, seria perfeitamente possível deduzi-las dos preceitos trazidos em meu livro. Há que se admitir que sete meses seriam tempo suficiente para corrigir qualquer vício e insensatez aos quais os *Yahoos* estivessem sujeitos, fosse a natureza deles capaz da mínima disposição para a virtude e a sabedoria. Não obstante, até o momento, o senhor esteve longe de atender às minhas expectativas em qualquer uma de suas cartas. Antes, tem atafulhado nosso correio semanalmente com libelos e chaves, e reflexões, e memórias e segundas partes nas quais eu me vejo acusado de criticar os povos de grandes estados, de degradar a natureza humana (pois assim tiveram a audácia de escrever) e de abusar do sexo feminino[4]. Percebi ainda que os redatores desses disparates não concordam entre si, pois uns deles não aceitam que eu seja o autor de minhas próprias viagens, ao passo que outros me dizem autor de livros cuja existência ignoro inteiramente.

Percebo igualmente que o seu impressor foi descuidado a ponto de confundir as horas e equivocar as datas de minhas viagens e regressos,

---

2   Distrito da cidade de Londres, centro importante de produção de panfletos e livros, daí a referência. (N.T.)

3   O original é *levee*, uma cerimônia conduzida nas cortes inglesa e francesa em que o monarca recebia membros da alta nobreza. A referência a essa recepção foi usada pelo autor provavelmente para exemplificar o favoritismo na política inglesa da época. (N.T.)

4   Ao longo dos relatos o autor expressa algumas opiniões controversas sobre o sexo feminino. Mantivemos o texto original do autor, esses termos e ideias eram comuns na época, o que não reflete a sociedade atual ou a opinião da editora. (N.E.)

não lhes atribuindo nem o ano, nem o mês, nem o dia corretos. Ouvi dizer ainda que o manuscrito original foi completamente destruído desde a publicação de meu livro; tampouco tenho eu qualquer cópia remanescente dele. No entanto, lhe enviei algumas correções a serem feitas no caso de uma segunda edição e, embora eu não possa insistir que elas sejam feitas, deixarei que meus sinceros e sensatos leitores avaliem a questão como lhes aprouver.

Soube que alguns de nossos *Yahoos* do mar encontraram erros em minha linguagem marinha, ou por não estar apropriada em algumas partes ou por ter caído em desuso. Quanto a isso, nada posso fazer. Em minhas primeiras viagens, quando ainda era jovem, fui instruído pelos marinheiros mais velhos, tendo aprendido a falar como eles. Todavia descobri que os *Yahoos* do mar, como os da terra, têm a tendência de adotar modismos em seu vocabulário, o qual mudam a cada ano. Tanto assim que, a cada retorno a meu país, o dialeto deles estava tão alterado que eu mal conseguia compreendê-lo. Percebo ainda que, quando algum *Yahoo* vem de Londres, por curiosidade, visitar-me em minha casa, nenhum de nós consegue expressar-se de maneira propriamente inteligível ao outro.

Se a censura dos *Yahoos* me pudesse afetar, eu teria uma boa razão para reclamar que alguns deles tenham o despeito de achar que meu livro de viagens não é senão uma ficção saída de minha cabeça, chegando ao ponto de sugerir que os *Houyhnhnms* e os *Yahoos* são tão irreais quanto os habitantes de Utopia[5].

Devo, sem dúvidas, confessar que ainda não soube de nenhum *Yahoo* que tenha sido presunçoso o suficiente para questionar a existência dos povos de *Lilipute*, *Brobdingrag* (é assim que a palavra deveria ter sido grafada, e não *Brobdingnag*, que é errado) e *Laputa*, ou os fatos relacionados a esses mesmos povos, até porque a verdade imediatamente golpeia qualquer leitor com convicção. E há, por acaso, menos verossimilhança em meu relato sobre os *Houyhnhnms* ou os *Yahoos*, quando

---

5   Local que aparece no livro *Utopia*, de Thomas More. (N.R.)

há tantos milhares destes últimos nesta mesma terra, os quais só se diferenciam de seus brutos congêneres da Terra dos *Houyhnhnms* porque têm um linguajar e não andam nus? Meu objetivo ao escrever é a reabilitação dessas criaturas, e não a sua aprovação. O clamor uníssono de toda a raça me valeria menos que o relinchar dos dois *Houyhnhnms* degenerados que mantenho em meu estábulo, porque com estes dois, por mais degenerados que sejam, eu ainda me aperfeiçoo em algumas virtudes, sem mácula de vício.

Pergunto-me se esses miseráveis animais têm a presunção de achar que eu sou degenerado a ponto de defender minha veracidade. *Yahoo* que sou, é sabido em toda a Terra dos *Houyhnhnms* que, por meio dos ensinamentos de meu ilustre senhor e no período de dois anos (embora, admito, com grande dificuldade), fui capaz de expurgar-me do hábito infernal de mentir, criar estratagemas, enganar e corromper, o qual está profundamente enraizado nas almas de todos os meus semelhantes, em especial os europeus.

Tenho outras reclamações a fazer nesta vergonhosa ocasião, mas abstenho-me de incomodar ainda mais tanto ao senhor quanto a mim mesmo. Devo admitir que, desde meu último regresso, algumas perversões de minha natureza *Yahoo* se reacenderam em mim devido à convivência com alguns de sua espécie, em especial com os membros de minha própria família, por inevitável necessidade. Ademais, eu não deveria jamais ter-me empenhado nesse absurdo projeto de retificar a raça *Yahoo* neste reino, mas agora abandono, para todo o sempre, todas as empreitadas visionárias dessa natureza.

2 de abril de 1727

# PARTE I
# Viagem a Lilipute

Paul Gavarni (1804 -1866)  Fonte: Biblioteca Robarts - Toronto

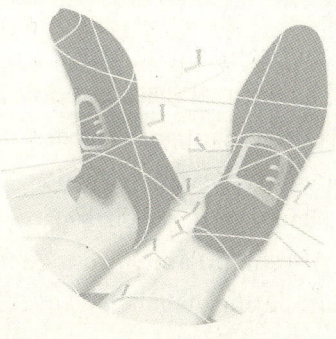

# Capítulo 1

*O autor faz alguns relatos sobre si e sua família, bem como sobre seus primeiros incentivos a viajar. Sofre um naufrágio e nada para salvar a própria vida. Vai parar na costa do país de Lilipute. É feito prisioneiro e levado para o interior desse país.*

Meu pai tinha uma pequena propriedade em Nottinghamshire. Fui o terceiro de cinco filhos. Quando fiz 14 anos, meu pai mandou-me para estudar no Emanuel College, em Cambridge, onde residi por três anos e dediquei-me com diligência aos estudos. Contudo, os custos de manter-me ali, embora fosse exígua minha mesada, provaram-se altos demais para nossa limitada fortuna, de sorte que me fiz aprendiz do sr. James Bates, um importante cirurgião londrino, com quem permaneci por quatro anos. Vez por outra, meu pai enviava-me algumas somas de dinheiro, as quais eu empregava no aprendizado da navegação e de outras áreas da matemática úteis àqueles que pretendem viajar, algo que sempre acreditei ser meu destino, mais cedo ou mais tarde. Quando deixei o sr. Bates, retornei à casa de meu pai, onde, com a ajuda dele e de meu tio John, bem como de outros parentes, juntei quarenta libras, recebendo ainda a promessa de mais trinta libras por ano para manter-me em Leiden. Lá, estudei física por dois anos e sete meses, sabendo que isso me seria útil em longas viagens.

Pouco tempo depois de regressar de Leiden, fui recomendado por meu bom mestre, o sr. Bates, para ser cirurgião no navio *Swallow*, comandado pelo capitão Abraham Pannel, com quem permaneci por três anos e meio, fazendo um par de viagens ao Levante e a algumas outras partes. Quando regressei, decidi estabelecer-me em Londres. Fui encorajado a isso pelo sr. Bates, meu mestre, que também me recomendou a vários pacientes. Fixei-me em uma pequena casa à Rua Old Jewry e, sendo aconselhado a mudar meu estado civil, casei-me com a srta. Mary Burton, segunda filha do sr. Edmund Burton, um comerciante de meias estabelecido à Rua Newgate, de quem recebi quatrocentas libras de dote.

Mas, com a morte de meu mestre Bates dois anos depois e com o parco número de amigos que possuía, meu negócio começou a falir, visto que minha consciência não me permitia imitar as más práticas de muitos de meus colegas. Assim sendo, após consultar-me com minha esposa e algumas pessoas próximas, decidi lançar-me novamente ao mar. Servi como cirurgião em dois navios sucessivamente e fiz diversas viagens, ao longo de seis anos, às Índias Orientais e Ocidentais, o que me permitiu somar algo à minha fortuna. Minhas horas de lazer, passava-as lendo os melhores autores, clássicos e modernos, dispondo sempre de um grande número de livros. E, quando em terra, dedicava-me a observar as maneiras e as disposições das gentes, bem como a aprender suas línguas, algo para o qual tinha grande facilidade, por causa de minha boa memória.

Quando a última dessas viagens provou-se pouco fortuita, cansei-me do mar e decidi recolher-me em casa com minha esposa e família. Mudei-me de Old Jewry para Fetter Lane, e daí para Wapping, na esperança de fazer negócios com os marinheiros. No entanto, não obtive sucesso. Depois de três anos na expectativa de que as coisas se arranjassem, aceitei uma proposta bastante vantajosa do capitão William Prichard, comandante do *Antelope*, que estava para partir rumo aos

Mares do Sul. Partimos de Bristol em 4 de maio de 1699, e nossa viagem foi, de início, muito próspera.

Não seria adequado, por diversas razões, afligir o leitor com os detalhes de nossas aventuras por esses mares; basta informá-lo de que, no caminho dali para as Índias Orientais, fomos compelidos por uma violenta tempestade para o nordeste da Terra de Van Diemen[6]. Por meio de uma observação, concluímos que estávamos na latitude de trinta graus e dois minutos Sul. Doze de nossos homens morreram devido ao trabalho exaustivo e à má alimentação. Em 5 de novembro, início do verão por aquelas partes, o tempo estando muito nebuloso, os marinheiros perceberam uma rocha a meio cabo de distância do navio. Todavia, o vento estava tão forte que fomos lançados diretamente contra ela, e o navio se partiu de imediato. Seis dos homens, entre os quais eu, tendo baixado um bote ao mar, pelejamos para nos afastar do navio e da rocha. Remamos, pelas minhas contas, cerca de três léguas, até não aguentarmos mais, visto que já havíamos trabalhado sobremaneira quando ainda estávamos no navio. Colocamo-nos, então, à mercê das ondas, até que, após cerca de meia hora, o bote foi emborcado por uma súbita lufada vinda do Norte. Ignoro o que sucedeu a meus companheiros no bote, bem como àqueles que escaparam na rocha ou que ficaram no navio; concluo, todavia, que se perderam todos. De minha parte, nadei para onde a sorte me guiou, sendo impulsionado pelo vento e pela maré. Às vezes, deixava minhas pernas descerem e não conseguia sentir o fundo, mas, quando me dava praticamente por vencido e já não podia mais lutar, consegui tocar os pés no chão. Nesse momento, a tempestade já estava quase no fim.

O declive era tão pouco acentuado que eu caminhei quase um quilômetro e meio para conseguir chegar à costa, o que imagino ter acontecido por volta das oito horas da noite. Avancei, então, mais um quilômetro, mas não encontrei nenhum sinal de casas ou habitantes; ou, pelo menos, eu estava em condição tão precária que não os consegui ver. Estava

---

6    Atualmente conhecida como Tasmânia. (N.T.)

extremamente cansado e, devido a isso, bem como ao calor e ao meio quartilho de conhaque que bebi enquanto deixava o navio, senti uma vontade enorme de dormir. Deitei-me na relva, que era bem curta e macia, e ali dormi mais profundamente do que jamais dormira na vida. Meu sono durou, parece-me, umas nove horas, pois, quando acordei, já era dia. Tentei levantar-me, mas não consegui me mexer. Como eu estava deitado de costas, percebi que meus braços e pernas estavam fortemente amarrados ao chão em ambos os lados; e meus cabelos, que eram longos e fartos, estavam amarrados da mesma maneira. Igualmente, sentia diversas e finas amarras atravessando meu corpo, indo das axilas às coxas. Eu só conseguia olhar para cima; o Sol começava a esquentar, e a luz machucava meus olhos. Ouvi um barulho confuso próximo a mim, mas, na posição em que estava deitado, não conseguia ver nada além do céu. Pouco tempo depois, senti um ser vivo se movendo sobre minha perna esquerda, ele avançava gentilmente por sobre meu peito, chegando quase ao meu queixo. Foi então que, baixando meus olhos o máximo que pude, percebi que se tratava de uma criatura humana com não mais que quinze centímetros de altura, com um arco e flecha em mãos e uma aljava nas costas. Nesse ínterim, senti pelo menos mais uns quarenta seres da mesma espécie (como presumi serem) seguindo o primeiro. Eu estava inteiramente atônito e gritei tão alto que todos eles voltaram correndo em pânico. Mais tarde, contaram-me que alguns deles se feriram ao saltarem de meus flancos para o chão. Entretanto, rapidamente retornaram, e um deles, que se aventurou a ponto de ter uma visão completa de meu rosto, levantando as mãos e os olhos, como se por espanto, gritou em uma voz estridente, mas muito clara: *Hekinah degul!* Os demais repetiram essas mesmas palavras várias vezes, mas, a essa altura, eu não fazia ideia do que elas significavam.

Durante todo esse tempo, eu permaneci deitado, em grande desconforto. Por fim, lutando para me soltar, consegui a proeza de arrebentar os fios e arrancar as estacas que prendiam meu braço esquerdo ao chão. Ao levar esse braço ao rosto, descobri os métodos que haviam empregado para me prender e, ao mesmo tempo, com um forte puxão que me causou bastante dor, consegui afrouxar um pouco os fios que prendiam meus cabelos no lado esquerdo, de forma que consegui virar ligeiramente a cabeça. As criaturas, todavia, fugiram uma segunda vez antes que eu as pudesse agarrar. Nesse momento, ouviu-se um grito alto e assaz estridente, depois do qual escutei um deles bradar *Tolgo phonac*. Foi então que, em um instante, senti mais de cem flechas serem disparadas contra minha mão esquerda, as quais me picaram como se fossem muitas agulhas. Ademais, lançaram mais algumas ao ar, como fazemos com bombas na Europa, das quais muitas, suponho, acertaram meu corpo (embora eu não as tenha sentido), e algumas, meu rosto, que cobri imediatamente com minha mão esquerda. Quando essa chuva de flechas cedeu, caí gemendo de aflição e dor. E então, enquanto lutava novamente para me libertar, lançaram uma nova saraivada ainda maior que a primeira, e alguns deles tentaram espetar-me os flancos com lanças. Por sorte, eu trajava um gibão de couro de búfalo, o qual não conseguiam perfurar. Achei mais prudente permanecer imóvel, deitado, e minha intenção era continuar assim até a noite, quando, estando meu braço esquerdo já solto, eu poderia facilmente libertar-me. Quanto aos habitantes, tinha razões para crer que seria páreo para qualquer exército que pudessem juntar, por maior que fosse, desde que os soldados tivessem todos a mesma altura que os demais que havia visto até então. Mas o destino tinha outros planos para mim.

Quando os indivíduos perceberam que eu estava quieto, cessaram de disparar flechas. No entanto, pelos sons que ouvia à minha volta, sabia que haviam aumentado em número. A menos de quatro metros de mim, próximo a meu ouvido direito, ouvi batidas que duraram mais de uma hora, como se ali se conduzisse uma obra. Quando virei minha cabeça naquela direção, até onde as estacas e os fios me permitiram, vi um palanque que se erguia a cerca de quarenta e cinco centímetros do chão, capaz de comportar quatro dos pequenos habitantes, com uns dois ou três degraus para subir nele. Dali, um dos habitantes, que parecia ser alguém importante, fez um longo discurso, do qual não entendi uma sílaba sequer. Eu deveria ter mencionado, contudo, que, antes que esse sujeito importante fizesse seu discurso, proferiu três vezes a expressão *Langro dehul san* (estas palavras e as anteriores foram mais tarde repetidas e explicadas a mim), ao que cerca de cinquenta habitantes imediatamente vieram e cortaram os fios que prendiam o lado esquerdo de minha cabeça, de sorte que pude virá-la para a direita e observar o sujeito que falava, bem como os gestos que fazia. Ele parecia ser de meia-idade e era mais alto que qualquer um dos outros três que o acompanhavam, um dos quais era um pajem que lhe segurava a cauda do manto e parecia ser um pouco maior que meu dedo médio; os outros dois punham-se um de cada lado, dando-lhe apoio. Ele cumpria com todos os requisitos de um orador, e eu notei muitos períodos de ameaças e outros de promessas, piedade e gentileza. Respondi com poucas palavras, mas com absoluta submissão, levantando minha mão esquerda e ambos os olhos para o Sol, como se esse astro me servisse de testemunha. E estando quase morto de fome por não ter comido uma migalha sequer desde algumas horas antes de ter deixado o navio, via-me tão forçado pelas exigências da natureza que não evitei mostrar minha impaciência (talvez em detrimento das normas mais rígidas de etiqueta), repetidamente apontando meu dedo em direção à minha boca, para indicar que queria comer.

    O *hurgo* (pois assim chamam os grandes senhores, como eu aprenderia mais tarde) me entendeu bem. Desceu do palanque e fez com que várias escadas fossem apoiadas em meus flancos, por meio das quais centenas de habitantes subiram e caminharam em direção a minha boca, carregando cestas cheias de carne, providenciadas e trazidas a mando do rei tão logo ele recebeu relatos a meu respeito. Notei que havia carnes de diversos animais, mas não os pude distinguir pelo gosto. Havia paletas, pernis e lombos, cuja forma lembrava a de carneiro, muito bem temperados, mas menores que uma asa de cotovia. Eu comia duas ou três dessas carnes por bocada e devorava de uma só vez três pães, que eram do tamanho de uma bala de mosquete. Eles me traziam comida o mais rápido que podiam e não continham demonstrações de assombro e perplexidade em vista de meu vasto apetite. Eu, então, fiz um outro sinal, indicando que queria beber algo. Eles concluíram com base no quanto comi que uma pequena quantidade não seria suficiente e, sendo bastante engenhosos, suspenderam, com muita destreza, o maior barril que possuíam e, então, fizeram-no rolar até minha mão, tirando-lhe o tampo em seguida. Bebi tudo em um só gole, o que não é de se espantar, visto que o barril mal continha meio quartilho, e a bebida parecia um vinho da Borgonha, porém era ainda mais saborosa. Trouxeram-me um segundo barril, que eu bebi da mesma maneira. Em seguida, fiz um gesto pedindo mais, mas eles já não tinham mais nenhum para me dar. Depois que realizei essas maravilhas, eles gritaram de alegria e dançaram sobre meu peito, repetindo as mesmas palavras que disseram no início: *Hekinah degul*. Fizeram-me um sinal para que jogasse os dois barris para baixo, mas antes alertaram os que estavam embaixo para não ficarem no caminho, gritando *Borach mevolah*. Então, quando viram os barris caírem no ar, houve um clamor em uníssono de *Hekinah degul*.

Confesso que várias vezes, enquanto eles iam para lá e para cá sobre meu corpo, me senti tentado a agarrar uns quarenta ou cinquenta deles que estivessem ao meu alcance e esmagá-los no chão. Mas a lembrança do que eu havia sentido, que certamente não era o pior que poderiam fazer, e da promessa de honra que lhes fizera (pois assim interpreto meu comportamento submisso) rapidamente afugentou esses pensamentos. Além disso, eu agora me considerava vinculado pelas leis da hospitalidade a esse povo que havia me recebido a um custo tão alto e com tamanha magnificência. Contudo, em meus pensamentos, eu não conseguia conter meu fascínio em vista desses diminutos mortais, que ousavam escalar e caminhar sobre meu corpo, mesmo com uma de minhas mãos estando livre, sem hesitar diante da visão de uma criatura tão prodigiosa quanto eu deveria ser para eles.

Depois de um tempo, quando viram que eu já não pedia mais carne, veio até mim um indivíduo do alto escalão de Sua Majestade Imperial. Sua Excelência, tendo escalado minha canela direita, avançou até meu rosto, sendo acompanhado por um séquito de uns doze indivíduos. Apresentando suas credenciais sob o sinete real, que ele segurava próximo a meus olhos, falou por uns dez minutos sem demonstrar sinais de irritação, mas com determinação, apontando por vezes para a frente, onde eu descobriria mais tarde se localizar a capital, a pouco menos de um quilômetro de distância, para onde Sua Majestade, em conselho, decidiu que eu deveria ser transportado. Respondi com poucas palavras, mas não obtive nenhum efeito, e fiz um sinal com a mão que tinha livre, colocando-a sobre a outra (mas por cima da cabeça de Sua Excelência, por medo de feri-lo ou a algum de seu séquito) e, em seguida, sobre minha cabeça e meu corpo, para indicar que desejava ser libertado. Ele pareceu me entender bem, pois acenou com a cabeça em sinal de desaprovação e levantou a mão, como se indicasse que eu deveria ser transportado como prisioneiro. Contudo, ele fez outros sinais, para fazer-me entender que eu receberia carne e bebida suficientes, e que a mim seria concedido um ótimo tratamento. Nesse momento, pensei novamente em tentar romper as cordas que me prendiam. Porém, quando senti mais uma vez o ardor das flechadas em meu rosto e minhas mãos, os quais estavam cobertos de bolhas, com muitas das flechas ainda fincadas neles, e, além disso, observando que meus inimigos cresciam em número, fiz sinais de que poderiam fazer comigo o que bem entendessem. Nesse momento, o *hurgo* e seu séquito se retiraram, com muita polidez e semblante entusiasmado. Logo em seguida, ouvi uma gritaria generalizada, com frequentes repetições das palavras *Peplom selan*. Senti, então, que um grande número de pessoas afrouxava as cordas no meu lado esquerdo, de forma que pude me virar para a direita e aliviar-me. Urinei com enorme abundância, para espanto dos presentes, os quais, tendo previsto o que eu iria fazer com base em meus movimentos, afastaram-se imediatamente para a direita e a esquerda, de forma a evitar o jato, que caía com grande barulho e violência. Antes disso, todavia, untaram-me o rosto e as mãos com uma espécie de unguento de odor bastante agradável, o qual, em minutos, aliviou o ardor de suas flechas. Esses acontecimentos, somados à refeição e à bebida que haviam me dado, e que foram assaz nutritivas, me deram muito sono. Dormi por cerca de oito horas, como depois me disseram. E não é de se espantar, visto que os médicos, por ordem do imperador, haviam misturado um sonífero aos barris de vinho.

Ao que parece, assim que me encontraram dormindo no chão, depois de minha chegada em terra firme, deram notícia imediata disso ao imperador por meio de um mensageiro. Por sua vez, o imperador determinou, em reunião com o conselho, que eu deveria ser amarrado da forma como relatei (o que se fez enquanto eu dormia); que bastante vinho e carne deveriam ser enviados a mim; e que uma máquina deveria ser construída para me transportar à capital.

Essa decisão pode parecer arrojada e perigosa, e tenho certeza de que nenhum monarca europeu, em semelhante situação, faria o mesmo. Não obstante, em minha opinião, foi bastante prudente, bem como generosa, pois, supondo que esses indivíduos tivessem tentado me matar com suas lanças e flechas enquanto eu dormia, eu teria certamente acordado assim que sentisse a primeira picada, e isso poderia atiçar minha fúria e minha força, possibilitando que me libertasse das cordas que me prendiam. Se isso ocorresse, eles não poderiam oferecer resistência alguma a mim, tampouco esperar por clemência.

Esse povo é composto por excelentes matemáticos, tendo alcançado grande perfeição na arte da mecânica, graças aos incentivos do imperador, que é um renomado patrono das ciências. O soberano possui diversas máquinas sobre rodas destinadas ao transporte de árvores e outras coisas de peso. Ele frequentemente constrói seus maiores navios de guerra, alguns dos quais têm quase três metros de comprimento, nos bosques onde a madeira abunda, e os faz transportar nessas máquinas por três ou quatro metros, até chegarem ao mar. Quinhentos carpinteiros e engenheiros foram imediatamente escalados para construir a maior máquina que jamais haviam feito. Tratava-se de uma base de madeira erguida a quase oito centímetros do chão, a qual media mais de dois metros de comprimento e um metro e pouco de largura e se movia sobre 22 rodas. O grito que ouvi se devia à chegada dessa máquina, que, aparentemente, partira quatro horas depois de minha chegada em terra. Ela foi disposta paralelamente a mim, que estava deitado. A principal dificuldade, contudo, era levantar-me e colocar-me sobre o veículo. Oitenta colunas, cada uma medindo trinta centímetros de altura, foram levantadas com essa finalidade, e cordas muito resistentes, da grossura de um barbante, foram presas, por meio de ganchos, a diversas amarras que os trabalhadores haviam feito em volta de meu pescoço, meu tronco e meus membros. Novecentos dos homens mais fortes foram incumbidos da tarefa de puxar essas cordas por meio de várias roldanas presas às colunas. Dessa forma, em menos de três horas, fui alçado e colocado sobre a máquina, e a ela rapidamente amarrado. Tudo isso me foi narrado, visto que, enquanto a operação era conduzida, eu estava em sono profundo, devido ao sonífero colocado em minha bebida. Mil e quinhentos dos mais fortes cavalos do imperador, cada qual medindo onze centímetros e meio de altura, foram empregados para puxar-me até a metrópole, que, como disse, estava a quase um quilômetro de distância.

Cerca de quatro horas após termos começado a viagem, fui acordado por um ridículo acidente. Quando a carruagem parou um momento para que se ajustasse algo que estava fora de ordem, dois ou três jovens nativos tiveram a curiosidade de ver qual era minha aparência enquanto eu dormia. Então, escalaram a máquina, e, avançando muito suavemente sobre minha face, um deles, um oficial da guarda, enfiou a ponta de sua meia-lança bem fundo em minha narina esquerda, provocando ali cócegas, como se fosse um fio de palha, e fazendo com que eu espirrasse violentamente. Com isso, eles sumiram sem que eu os percebesse, e três semanas se passaram antes que eu soubesse por que acordara tão subitamente. Fizemos uma longa jornada ao longo do resto do dia e descansamos à noite, com quinhentos guardas em cada um de meus lados, metade com tochas e metade com arcos e flechas, prontos para atacar se eu ameaçasse me mexer. Na manhã seguinte, ao raiar do sol, retomamos nossa marcha e chegamos a menos de duzentos metros dos portões da cidade por volta do meio-dia. O imperador, acompanhado por toda a sua corte, saiu para nos receber, mas seus altos oficiais não aceitaram de maneira alguma que Sua Majestade se arriscasse a escalar meu corpo.

No lugar onde a carruagem parou erguia-se um antigo templo, que se estima ser o maior em todo o reino. Tendo sido maculado por um bárbaro assassinato, esse templo era agora, em consonância com o zelo daquele povo, tido como profano e, portanto, destinado ao uso comum, tendo sido removidos todos os ornamentos e as mobílias. Determinou-se que eu deveria ser alojado nesse edifício. O grande portão voltado para o Norte tinha cerca de um metro e vinte de altura e quase sessenta centímetros de largura, de modo que eu conseguia facilmente engatinhar por debaixo dele. Em cada lado do portão, havia uma pequena janela a não mais que quinze centímetros do chão. Pela janela da esquerda, o ferreiro real transpassou 91 correntes, semelhantes àquelas que as damas utilizam na Europa para pendurar seus relógios, e praticamente do mesmo tamanho que elas. Essas correntes foram presas à minha perna esquerda com 36 cadeados. Em frente a esse templo, do outro lado da grande avenida, a seis metros de distância, havia uma torre de pelo menos um metro e meio de altura. O imperador subiu nessa torre junto dos principais senhores de sua corte para conseguir ver-me; isso me foi dito por outrem, pois eu não conseguia enxergá-los. Estima-se que mais de cem mil habitantes tenham vindo da cidade com o mesmo objetivo; e, quanto aos guardas, acredito que não devia haver menos que dez mil a todo momento, os quais escalavam meu corpo por meio de escadas. Porém um anúncio foi logo emitido, proibindo que se fizesse isso, sob pena de morte. Quando os trabalhadores concluíram que era impossível que eu me libertasse, cortaram os fios que me prendiam, e eu me levantei com mais melancolia do que jamais senti na vida. No entanto, o fuzuê e o assombro das pessoas ao ver-me levantar e caminhar estão além do que se pode expressar. As correntes presas à minha perna esquerda tinham quase dois metros de comprimento, possibilitando não só que eu caminhasse para a frente e para trás em semicírculo, como também, por estarem fixadas a dez centímetros do portão, que eu engatinhasse completamente para dentro do templo e me deitasse ali sem precisar me encolher.

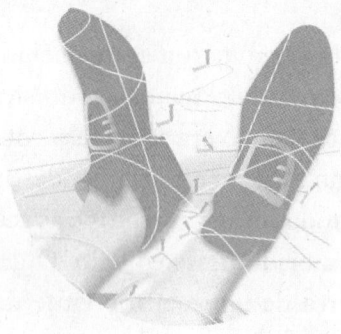

# Capítulo 2

*O imperador de Lilipute, acompanhado por alguns membros da nobreza, vai ver o autor em seu cárcere. A aparência e o comportamento do imperador são descritos. Homens eruditos são incumbidos de ensinar ao autor a sua língua. O autor ganha simpatia por seu temperamento manso. Seus bolsos são revistados; sua espada e sua pistola lhe são tomadas.*

Quando me coloquei de pé, olhei à minha volta e devo confessar que jamais tive uma visão mais fascinante. Todo o país tinha a aparência de um jardim contínuo, e os campos cercados, em geral com doze metros quadrados, pareciam vários canteiros de flores. Esses campos eram entremeados por bosques de dois metros e meio de extensão, e as árvores mais altas, pelo que podia julgar, pareciam alcançar mais de dois metros de altura. À minha esquerda, via-se a cidade, que mais parecia ter sido pintada para o cenário de um teatro.

Eu estava havia algumas horas extremamente pressionado pelas necessidades da natureza. Isso era de se esperar, visto que fazia quase dois dias desde que havia me aliviado. Dividido entre a urgência e a vergonha, estava em grandes dificuldades. A melhor solução que encontrei foi engatinhar para dentro de minha casa e, fechando o portão atrás de mim, ir tão longe quanto a corrente me permitia, despejando aí a desconfortável carga. Essa foi, porém, a única vez que fui culpado de um ato tão impuro, pelo qual não posso senão esperar que o gentil leitor, após uma análise acurada e imparcial de minha situação e da angústia em que estava, me desculpe. Daí em diante, meu hábito foi de, assim que acordava, realizar essa tarefa ao ar livre, o mais longe que a extensão da corrente me permitia. Certificavam-se, então, de que todas as manhãs, antes que chegasse alguma visita, o hediondo conteúdo fosse recolhido em carrinhos de mão por dois operários empregados para essa finalidade. Eu não teria me alongado tanto em um assunto que talvez pareça tão pouco relevante à primeira vista se não o julgasse necessário para justificar meu caráter perante o mundo, no que diz respeito à higiene, aspecto em que, segundo dizem, meus detratores aprazem-se em criticar-me, devido a esse e a outros acontecimentos.

Terminada essa aventura, voltei a sair de casa, pois precisava de ar fresco. O imperador já havia descido da torre e avançava a cavalo em minha direção, o que deve ter sido custoso para ele, visto que o animal, por mais bem treinado que fosse, estava inteiramente desacostumado a uma visão como a minha, que parecia uma montanha se movendo diante dele. Por esse motivo, o cavalo empinava, mas o príncipe, sendo um exímio cavaleiro, manteve-se montado, até que seus assistentes vieram correndo e seguraram as rédeas enquanto Sua Majestade desmontava. Depois de apear, examinou-me com grande admiração, mas manteve-se além dos limites de minha corrente. Ordenou que seus cozinheiros e mordomos, que já estavam a postos, dessem-me de comer e beber. Eles, por sua vez, empurraram a comida e a bebida em espécies de veículos sobre rodas até que estivessem ao meu alcance. Tomei esses veículos e, em pouco tempo, os esvaziei todos. Vinte deles estavam cheios de carne e dez, de bebida. Cada um dos veículos com carne me proporcionou umas boas duas ou três bocadas. Despejei a bebida de dez recipientes, contida em frascos de barro, em um dos veículos, bebendo-a toda em um só gole. Procedi, então, da mesma forma com os demais.

A imperatriz e os jovens príncipes de sangue de ambos os sexos, acompanhados de muitas damas, sentavam-se distantes em suas cadeiras. No entanto, devido ao acidente que houve com o cavalo do imperador, todos se levantaram e vieram para perto de Sua Majestade, a quem agora vou descrever. Ele supera em altura, por não mais que a largura de minha unha, todas as outras pessoas de sua corte, o que já basta para suscitar a admiração de quem o vê. Suas feições são fortes e másculas, com lábios austríacos e nariz aquilino, pele cor de oliva, postura ereta, corpo e membros bem-proporcionados, movimentos graciosos e conduta majestosa. Ele já havia então passado do auge da vida, tendo 28 anos e nove meses de idade, dos quais reinou por cerca de sete anos, de forma bastante próspera e sendo quase sempre vitorioso. Para vê-lo melhor, deitei-me de lado, de maneira que meu rosto estivesse paralelo ao seu, e ele se posicionou a pouco menos de três metros de distância. Contudo, eu já o tive várias vezes em minha mão desde essa ocasião e, portanto, não tenho como me enganar na descrição. Suas vestes eram bastante simples e contidas, e o estilo era algo entre o oriental e o europeu, porém portava na cabeça um leve elmo de ouro enfeitado com joias e uma pena na crista. Ele empunhava a espada para se defender caso eu conseguisse me libertar. A espada tinha mais de sete centímetros; o punho e a bainha eram de ouro e incrustados de diamantes. Sua voz era estridente, mas muito clara e bem-articulada, e eu conseguia ouvi-la nitidamente quando me coloquei de pé. As damas e os cortesãos estavam todos luxuosamente vestidos, de maneira que o lugar em que estavam parecia uma anágua bordada a ouro e prata espalhada no chão. Sua Majestade Imperial falou bastante comigo, e eu lhe respondi, mas nenhum de nós podia entender uma só sílaba. Estavam aí presentes vários de seus sacerdotes e advogados (como concluí com base em suas roupas), que receberam ordens para se apresentarem a mim. Conversei com eles em todas as línguas de que tinha o mais rudimentar domínio, as quais são o alto e o baixo holandês[7], o latim, o francês, o espanhol, o italiano e a língua franca, mas sem nenhum sucesso. Depois de cerca de duas horas, a corte se retirou, e fui deixado junto de uma forte guarda, para evitar impertinências, e talvez até maldades, por parte da multidão, que se amontoava impacientemente tão perto de mim quanto ousava chegar. Alguns tiveram o atrevimento de atirar suas flechas em mim enquanto eu me sentava à porta de minha casa, sendo que uma delas por pouco não me atingiu o olho esquerdo. Entretanto o coronel ordenou que seis mandachuvas desordeiros fossem presos e julgou que nenhum castigo seria melhor que os entregar amarrados a mim, o que alguns de seus soldados prontamente fizeram, empurrando os ditos-cujos com a ponta de suas lanças até que estivessem ao meu alcance. Agarrei-os todos em minha mão direita, botei cinco deles no bolso de meu casaco e o sexto, fingi que ia comê-lo vivo. O pobre homem guinchou terrivelmente, e o coronel e seus oficiais ficaram bastante aflitos, em especial quando me viram sacar meu canivete. Mas eu logo os tirei de sua agonia, pois, com uma expressão serena, imediatamente cortei as cordas que o prendiam e botei-o com gentileza no chão, e ele fugiu correndo. Fiz o mesmo com os demais, retirando-os um por um de meu bolso, e observei que ambos, os soldados e as demais pessoas presentes, ficaram muito satisfeitas com essa minha demonstração de clemência, a qual me foi bastante vantajosa junto à corte.

Ao cair da noite, entrei com certa dificuldade em minha casa e deitei-me no chão. Fiz isso por duas semanas, período durante o qual o imperador deu ordens para que se construísse uma cama para mim. Seiscentas camas de tamanho normal foram trazidas em carroças e

---

[7] Há aqui uma questão com relação à palavra *Dutch*, normalmente traduzida em português como "holandês". No passado, os falantes da língua inglesa usavam a palavra *Dutch* para se referir tanto aos habitantes da área montanhosa que hoje constitui o Sul da Alemanha (*High Dutch*) quanto aos habitantes das regiões baixas que hoje chamamos de Países Baixos (*Low Dutch*). Portanto, quando o autor diz "alto holandês", quer dizer alemão, e "baixo holandês", a língua holandesa propriamente dita. Embora a palavra "holandês", em português, tenha uma etimologia inteiramente diferente da palavra *Dutch* em inglês (porque falantes de português em nenhum momento da história usaram a expressão "holandês" para fazer referência a alemães), optou-se por usar esse termo. (N.T.)

levadas para dentro de minha casa. Cento e cinquenta delas, costuradas juntas, formaram a largura e o comprimento, e as demais foram usadas para compor outras três camadas por cima dessa primeira. Isso, contudo, mal serviu para me proteger da dureza do chão, que era de pedra lisa. Seguindo o mesmo cálculo, providenciaram-me lençóis, cobertores e mantas, o que era luxo suficiente para alguém que havia estado por tanto tempo resignado às dificuldades.

À medida que notícias de minha chegada se espalharam pelo reino, um grande número de pessoas ricas, curiosas e sem o que fazer vieram ver-me, de sorte que os vilarejos ficaram quase vazios, e uma grande negligência com a lavoura e os assuntos domésticos teria sucedido se Sua Majestade Imperial não tivesse agido, por meio de várias proclamações e ordens estatais, contra esse inconveniente. Ele determinou que quem já tivesse me visto deveria voltar para casa e não se aproximar mais que quarenta e cinco metros de minha residência sem uma permissão concedida pela corte, o que rendeu consideráveis taxas às secretarias de Estado.

Nesse meio-tempo, o imperador conduziu frequentes assembleias com o conselho, a fim de debater que fim deveriam dar a mim. Um amigo, pessoa de bastante caráter e muito sigilosa, mais tarde me garantiu que a corte estava sob grandes dificuldades no que dizia respeito a mim. Temiam libertar-me e que minha alimentação se tornasse dispendiosa, gerando fome na população. Por vezes, determinavam matar-me de fome ou, no melhor dos casos, atirar flechas envenenadas em minha face e minhas mãos, o que logo daria cabo de mim. Mas então consideravam que o fedor de uma carcaça tão enorme poderia causar na metrópole uma praga, que provavelmente se alastraria para todo o reino. No meio dessas discussões, vários oficiais vieram à porta da grande câmara do conselho, e dois deles, sendo admitidos, relataram meu comportamento com os seis criminosos que mencionei anteriormente. Isso causou uma impressão tão favorável a mim em Sua Majestade e nos membros do conselho que foi emitida uma ordem imperial obrigando todos os vilarejos em um raio de cerca de oitocentos metros da cidade a enviarem, todas as manhãs, seis vacas, quarenta ovelhas e outros víveres para minha alimentação, acompanhados de uma quantidade proporcional de pão, vinho e outras bebidas. Para pagar por tudo isso, Sua Majestade emitiu títulos do Tesouro, pois o príncipe vive quase exclusivamente com base em seus próprios bens, raramente, salvo em grandes eventos, exigindo quaisquer subsídios de seus súditos, que estão obrigados a assisti-lo em suas guerras às suas próprias custas. Determinou-se ainda que seiscentas pessoas trabalhariam como minhas funcionárias domésticas, para o sustento das quais autorizou-se o pagamento de um salário, bem como a construção de tendas convenientemente localizadas a cada lado de minha porta. Ordenou-se também que trezentos alfaiates fizessem para mim um conjunto de roupas segundo a moda da terra; que seis dos maiores eruditos de Sua Majestade fossem empregados para ensinar-me sua língua; e, finalmente, que os cavalos do imperador, da nobreza e das tropas de guarda fossem treinados à minha vista, a fim de que se acostumassem comigo. Todas essas ordens foram devidamente postas em execução e, em três semanas, fiz bastante progresso no aprendizado da língua local. Durante esse período, o imperador deu-me a honra de várias visitas e mostrou-se satisfeito em ver meus professores me ensinando. Começamos a tentar nos comunicar, e as primeiras palavras que aprendi foram para expressar meu desejo de que "ele, por favor, desse-me a liberdade", o que repetia todos os dias de joelhos. Sua resposta, pelo que pude compreender, foi que "esse assunto se resolveria com o tempo e não deveria ser ponderado sem o parecer do conselho; além disso, que eu deveria, em primeiro lugar, *lumos kelmin pesso desmar lon emposo*", isto é, jurar paz a ele e a seu reino. Todavia, ele disse ainda que eu deveria ser tratado com toda a gentileza e aconselhou-me a "ganhar, por meio de minha paciência e de meu bom comportamento, a boa opinião dele e de seus súditos". Pediu que "eu não levasse a mal se ele desse ordens de que algum oficial me revistasse, visto que era possível que eu carregasse comigo diversas armas, as quais haviam de ser perigosas ao extremo, se proporcionais a uma pessoa tão gigantescamente prodigiosa". Respondi que "Sua Majestade ficaria satisfeito em saber que eu estava pronto para despir-me e revirar meus bolsos diante dele". Isso eu expressei parte em palavras, parte em gestos. Ele respondeu que, "pelas leis de seu reino, eu deveria ser revistado por dois de seus oficiais, o que ele sabia que não poderia ser feito sem meu consentimento e minha assistência, e que, portanto, acreditava em minha generosidade e justiça a ponto de confiar seus homens a minhas mãos. Além disso, tudo que fosse tomado de mim seria devolvido quando eu deixasse o reino ou compensado conforme o valor que eu mesmo julgasse conveniente". Tomei os dois oficiais em minhas mãos, coloquei-os primeiro no bolso de meu casaco e, em seguida, em todos os outros que possuía, salvo minhas duas algibeiras e um outro bolso secreto, os quais eu não queria de forma alguma que fossem revistados, visto que guardava aí alguns pertences que não diziam respeito a ninguém além de mim. Em uma das algibeiras, havia um relógio de prata e, na outra, um saquinho contendo uma pequena quantidade de ouro. Esses cavalheiros, tendo à mão pena, tinta e papel, fizeram um inventário minucioso de tudo que viram e, quando terminaram, pediram que eu os pusesse no chão, para que pudessem entregar o documento ao imperador. Posteriormente, traduzi esse inventário para minha língua, obtendo exatamente o que se lê a seguir:

"*Imprimis*: No bolso direito do casaco do grande Homem-Montanha," (pois assim traduzi as palavras *quinbus flestrin*) "depois de rigorosa busca, encontrou-se apenas um enorme pedaço de pano grosso, grande o suficiente para servir de tapete para o principal salão nobre de Vossa Majestade. No bolso esquerdo, encontramos uma grande caixa de prata coberta com uma tampa do mesmo material, a qual os revistadores não foram capazes de levantar. Pedimos que fosse aberta e, quando um de nós pôs o pé dentro dela, viu a perna afundar até a metade em uma espécie de pó, que, subindo até nosso rosto, fez-nos espirrar várias vezes. No bolso direito de seu colete, encontramos uma quantidade considerável de substâncias brancas, dobradas uma sobre a outra, do tamanho aproximado de três homens, amarradas com um forte cabo e marcadas com imagens negras, as quais supomos humildemente serem escrituras, sendo que cada letra tinha quase metade do tamanho da palma de nossas mãos. No esquerdo, havia uma espécie de máquina, de cuja parte posterior estendiam-se vinte longos mastros semelhantes às barreiras de estacas que fazem diante da corte de Vossa Majestade; supomos que com isso o Homem-Montanha penteie os cabelos, visto que nem sempre o incomodamos com perguntas, pois era muito difícil fazê-lo entender-nos. No bolso grande do lado direito de sua roupa do meio," (pois assim traduzi a palavra *ranfulo*, com a qual fazem referência às minhas calças) "vimos um pilar oco de ferro, do tamanho de um homem, preso a uma forte peça de madeira ainda maior que o próprio pilar. Da lateral desse instrumento projetavam-se grandes peças de ferro cortadas em um formato estranho, cuja serventia não conseguimos determinar. No esquerdo, havia outra máquina do mesmo tipo. No bolso menor do lado direito, havia várias peças arredondadas e achatadas de metal claro e vermelho, de diferentes tamanhos. Algumas dessas peças, que pareciam ser de prata, eram tão grandes e pesadas que meu colega mal conseguia levantá-las. No bolso esquerdo, encontramos dois pilares pretos de forma irregular; conseguimos, com muita dificuldade, visto que estávamos no fundo do bolso, chegar ao topo deles. Um deles estava coberto e parecia uma peça única, mas na extremidade superior do outro havia uma substância branca e redonda, mais ou menos do tamanho de nossa cabeça. Cada uma delas continha uma grande chapa de aço, e exigimos que ele nos mostrasse as peças, pois temíamos tratar-se de máquinas perigosas. Ele as retirou de seus invólucros e contou-nos que, em sua terra, era hábito seu barbear-se com uma delas e cortar a carne com a outra.

    Não pudemos entrar em dois dos bolsos, os quais ele chamou de algibeiras. Trata-se de duas grandes aberturas cortadas no alto de suas roupas do meio, mas fechadas pela pressão da roupa contra o ventre. De dentro da algibeira direita, saía uma grande corrente de prata, com uma espécie maravilhosa de máquina no fundo. Orientamos que ele sacasse o que quer que estivesse na extremidade da corrente. A peça parecia um globo feito metade de prata e metade de um tipo de metal transparente.

Na parte transparente, viam-se umas figuras estranhas desenhadas de forma circular, mas não conseguíamos tocá-las, visto que nossos dedos eram impedidos pela substância translúcida. Ele aproximou a máquina de nossos ouvidos, e ela fazia um som incessante, como o de um moinho de água. Imaginamos tratar-se ou de algum animal desconhecido ou do deus que ele adora, mas estamos mais inclinados a acreditar na segunda opção, visto que ele nos garantiu (se é que o entendemos bem, pois se expressa de forma bastante imperfeita) que raramente faz algo sem antes consultar o objeto. Ele o chama de seu oráculo e, segundo ele, o objeto dita o tempo de todas as ações de sua vida. De sua algibeira esquerda, ele retirou uma rede grande o suficiente para um pescador, mas concebida para fechar-se e abrir-se como uma bolsa, que era exatamente a serventia que ele lhe dava: encontramos dentro dela várias peças volumosas de um metal dourado, as quais, se forem de fato ouro, devem ser de imenso valor.

Tendo então, em cumprimento das ordens de Vossa Majestade, diligentemente revistado todos os seus bolsos, observamos uma cinta na altura de sua cintura feita com o couro de algum grande animal, em cujo lado esquerdo pendurava-se uma espada do tamanho de cinco homens e, no direito, um tipo de bolsa ou alforje dividido em dois compartimentos, cada um capaz de conter três súditos de Vossa Majestade. Em um desses compartimentos encontravam-se vários globos, ou bolas, de um metal extremamente pesado e mais ou menos do tamanho de nossa cabeça, sendo preciso um braço forte para levantá-los. O outro nicho continha um punhado de grãos pretos nem muito grandes nem pesados, pois conseguíamos levantar mais de cinquenta deles na palma de nossas mãos.

Este é um inventário detalhado do que encontramos junto ao corpo do Homem-Montanha, que nos tratou de forma muito civilizada, respeitando devidamente as ordens de Vossa Majestade. Assinado e selado no quarto dia da octogésima nona lua do auspicioso reinado de Vossa Majestade.

Clefrin Frelock, Marsi Frelock".

Quando esse inventário foi lido ao imperador, ele me ordenou, ainda que em termos muito gentis, a entregar diversos itens. O primeiro que ele pediu foi minha cimitarra, a qual retirei, com bainha e tudo. Nesse meio-tempo, ele ordenou que três mil homens de suas melhores tropas (que o acompanhavam) me cercassem a distância, com seus arcos e flechas prontos para disparar. Isso, contudo, eu não cheguei a ver, pois meus olhos estavam inteiramente fixados em Sua Majestade. Ele pediu então que eu desembainhasse a cimitarra, a qual, apesar de ter se enferrujado um pouco devido à água do mar, estava, em sua maior parte, excepcionalmente lustrosa. Fiz isso e, imediatamente, todas as tropas gritaram de pavor e admiração, pois o sol brilhava muito, e o reflexo que se produzia quando eu oscilava a cimitarra para lá e para cá ofuscava-lhes a vista. Sua Majestade, que é um príncipe muitíssimo magnânimo, impressionou-se menos do que eu poderia esperar: ordenou que eu pusesse a cimitarra de volta na bainha e a levasse ao chão o mais suavemente que pudesse, a cerca de dois metros do limite de minha corrente. O que me pediu em seguida foram os pilares ocos de ferro, querendo dizer as minhas pistolas de bolso. Saquei uma arma e, a pedido dele, expliquei, tão bem quanto pude, os usos dela. Então, carregando-a apenas com pólvora, a qual escapou de molhar-se por estar encerrada em minha bolsa (trata-se de um inconveniente que qualquer marinheiro prudente toma muito cuidado para evitar), eu, em primeiro lugar, disse ao imperador que não tivesse medo e, em seguida, disparei no ar. O choque geral nesse momento foi muito maior que o causado pela minha cimitarra. Centenas caíram ao chão como se tivessem sido mortos, e até o imperador, embora mantivesse a pose, demorou um tempo para se recuperar. Entreguei ambas as pistolas assim como fiz com minha cimitarra, bem como minha bolsa contendo a pólvora e as balas, implorando que as mantivessem longe do fogo, pois, em contato com a menor das faíscas, poderiam explodir o palácio imperial pelos ares. Além disso, entreguei meu relógio, que o imperador estava curioso para ver, e ele ordenou que dois dos guardas mais altos carregassem-no em um mastro sobre os ombros, como se carregam na Inglaterra os barris de cerveja. Ele ficou maravilhado com o barulho contínuo que o relógio fazia e com o movimento do ponteiro de minuto, que podia ver com facilidade, dado que a visão deles é muito mais aguçada que a nossa. Ele pediu então a opinião de seus homens mais escolados sobre o relógio, e os comentários destes foram muito distintos e remotos, como o leitor haverá de imaginar sem que eu precise me repetir, embora eu não pudesse compreendê-los muito bem. Em seguida, entreguei minhas moedas de prata e cobre; minha bolsa, contendo nove pepitas grandes de ouro e algumas menores; minha faca e minha navalha; meu pente e minha caixinha prateada de rapé; meu lenço e meu diário. Minha cimitarra, minhas pistolas e minha bolsa foram levadas em carroças para os depósitos de Sua Majestade, mas o resto de meus bens me foi devolvido.

Como mencionei anteriormente, eu tinha um bolso escondido que escapou da revista, no qual havia um par de óculos (que eu às vezes usava, devido à fraqueza de meus olhos), uma luneta de bolso e algumas outras conveniências. Como elas não teriam nenhuma importância para o imperador, não me vi obrigado pela honra a revelá-las e, além disso, temia que pudessem se perder ou se quebrar caso eu abrisse mão delas.

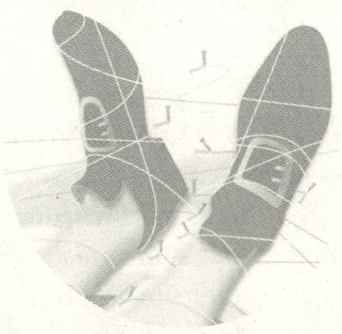

# Capítulo 3

*O autor diverte o imperador e seus nobres de ambos os sexos de uma maneira bastante atípica. As diversões da corte de Lilipute são descritas. A liberdade do autor é concedida com algumas condições.*

Minha gentileza e meu bom comportamento haviam de tal forma conquistado o imperador, sua corte e, sem dúvida, até mesmo seu exército e o povo em geral que eu comecei a ter esperança de ser libertado em breve. Lancei mão de todos os métodos possíveis para granjear seu favor. Aos poucos, os nativos foram perdendo o medo de mim. Eu às vezes me deitava e deixava que cinco ou seis deles dançassem sobre minha mão, e as crianças aventuravam-se a brincar de esconde-esconde em meus cabelos. A essa altura, eu havia feito um bom progresso na habilidade de falar e compreender a língua. O imperador teve a ideia, certo dia, de me entreter com vários espetáculos locais, nos quais eles superam todas as outras nações que já conheci, tanto em destreza quanto em magnificência. Entretive-me mais que tudo com as acrobacias em cordas, que se realizavam sobre um fino fio branco de uns sessenta centímetros de comprimento erguido a três metros e sessenta e cinco de altura. Sobre isso, tomo a liberdade de me alongar um pouco, com a paciência do leitor.

Essas apresentações só são feitas por pessoas aspirantes a altos cargos e a elevados favores junto à corte. São treinadas desde a juventude e nem sempre têm berço ou recebem uma educação liberal. Quando, em alguma repartição importante, surge uma vaga, seja por morte, seja por desgraça (o que corriqueiramente acontece), cinco ou seis desses aspirantes enviam pedidos ao imperador para entreter Sua Majestade e a corte com uma acrobacia sobre a corda. Aquele que conseguir pular mais alto sem cair assume a vaga. Muito frequentemente, os próprios ministros-chefes recebem ordens para demonstrar suas habilidades e convencer o imperador de que não perderam suas aptidões. Flimnap, o tesoureiro, tem permissão para fazer estripulias sobre a corda bamba pelo menos dois centímetros e meio mais alto que qualquer outro senhor em todo o império. Já o vi dar cambalhota sobre uma tábua fixada em uma corda nada mais grossa que um barbante qualquer. Meu amigo Reldresal, secretário-mor dos assuntos confidenciais, é, em minha opinião, sem querer ser parcial, o segundo melhor, depois do tesoureiro. Os demais altos funcionários estão todos na mesma média.

Esses espetáculos são por vezes marcados por acidentes fatais, dos quais se tem registro de vários. Eu mesmo já vi dois ou três aspirantes quebrarem um membro. Entretanto o perigo é maior quando os próprios ministros são ordenados a demonstrar sua destreza, pois, buscando superar a si mesmos e aos colegas, eles se esforçam de tal forma que dificilmente haverá algum entre eles que já não tenha sofrido alguma queda; alguns, até duas ou três. Contaram-me que, um ano ou dois antes de minha chegada, Flimnap teria certamente quebrado o pescoço se uma das almofadas do rei, que foi acidentalmente deixada no chão, não tivesse amortecido a sua queda.

Existe também outro tipo de espetáculo, o qual só se realiza para o imperador, a imperatriz e o primeiro-ministro, em ocasiões muito especiais. O imperador deposita sobre uma mesa três finos fios de seda de quinze centímetros de comprimento: um azul, um vermelho e um verde. Esses fios são oferecidos como prêmios àqueles que o imperador deseja distinguir com uma marca singular de seu favor. A cerimônia é conduzida no grande salão nobre de Sua Majestade, onde os aspirantes submetem-se a um julgamento de sua destreza muito diferente do que descrevi anteriormente, de um tipo que jamais presenciei em nenhuma outra parte do Velho ou do Novo Mundo. O imperador segura um bastão com as duas extremidades paralelas ao horizonte enquanto os aspirantes, avançando um por um, ora pulam por sobre o bastão, ora engatinham por debaixo dele, ora para a frente, ora para trás, várias vezes, conforme o bastão é movido adiante ou recolhido. Às vezes, o imperador segura uma das extremidades do bastão, e um de seus ministros, a outra; às vezes, o ministro segura-o sozinho. Quem executar sua parte mais rápido ou conseguir saltar e engatinhar por mais tempo recebe a seda de cor azul. A vermelha é dada ao segundo melhor, e a verde, ao terceiro. Os vencedores usam a seda amarrada duas vezes em volta da cintura, e são poucas as pessoas importantes na corte que não têm uma cinta semelhante.

Os cavalos do exército e os do estábulo real, tendo sido trazidos diariamente para ver-me, já não tinham mais medo e vinham para perto dos meus pés sem vacilar. Os cavaleiros saltavam com os cavalos por cima da minha mão, quando eu a botava no chão. Um dos caçadores do imperador, montando um corcel de grande porte, chegou a saltar sobre meu pé, com sapato e tudo, o que foi sem dúvidas bastante impressionante. Um dia, recebi a honra de poder entreter o imperador de uma forma bastante extraordinária. Pedi a ele que ordenasse que me trouxessem vários bastões de sessenta centímetros de altura e da grossura de uma cana, o que Sua Majestade solicitou ao chefe dos bosques imperiais que providenciasse. Na manhã seguinte, seis lenhadores chegaram, cada um em uma carroça puxada por oito cavalos. Tomei nove desses bastões e fixei-os firmemente no chão em um formato quadrangular de cerca de setenta e cinco centímetros. Em seguida, tomei mais quatro bastões e amarrei-os paralelamente a cada canto, a cerca de sessenta centímetros do chão. Depois, prendi meu lenço aos nove bastões que estavam em pé e o estendi em todos os lados, até que estivesse tão firme quanto a parte de cima de um tambor. Os quatro bastões paralelos, que ficaram quase treze centímetros acima do lenço, serviram de parapeitos em cada um dos lados. Quando terminei, pedi que o imperador permitisse que uma tropa de 24 de seus melhores cavalos viesse e se exercitasse sobre essa plataforma. O imperador aprovou o pedido, e eu os levantei um por um sobre minha mão, já montados e armados, com os oficiais para exercitá-los. Assim que todos estavam sobre a plataforma, dividiram-se em dois grupos, executaram simulações de combate, dispararam flechas falsas, sacaram as espadas, fugiram e perseguiram, atacaram e recuaram; em suma, demonstraram a melhor disciplina militar que eu jamais havia visto. Os bastões paralelos garantiram que os oficiais e seus cavalos não caíssem para fora da plataforma, e o imperador gostou tanto que ordenou que esse exercício fosse repetido durante vários dias. Uma vez, Sua Majestade se alegrou em ser posto sobre a plataforma para dar a voz de comando e, com muita dificuldade, conseguiu convencer até mesmo a própria imperatriz a deixar-me segurá-la, sentada em sua cadeira, a pouco menos de dois metros da plataforma, de onde ela pôde ter uma visão completa da apresentação. Para minha sorte, não houve nenhum acidente grave durante esses exercícios; só ocorreu uma vez de um cavalo mais agitado, que pertencia a um dos capitães, fazer um buraco no tecido do lenço ao bater com o casco nele. A pata do animal escorregou para dentro do buraco, e ele acabou caindo e derrubando o cavaleiro junto. Eu, contudo, rapidamente os acudi e, cobrindo o buraco com uma mão, usei a outra para descer a tropa da plataforma, da mesma maneira como os fiz subir. O cavalo que caiu teve uma distensão no ombro esquerdo, mas o cavaleiro nada sofreu. Eu reparei o lenço da melhor maneira que pude, mas não ousaria testar a resistência dele em uma atividade tão perigosa novamente.

Cerca de dois ou três dias antes de eu ser libertado, enquanto eu entretinha a corte com essa façanha, um mensageiro veio informar a Sua Majestade que alguns de seus súditos, cavalgando próximo ao local onde eu havia sido inicialmente capturado, haviam visto um grande objeto preto jazendo nos arredores, o qual tinha formato bastante estranho e estendia suas bordas ao redor, ocupando um espaço tão grande quanto o dormitório de Sua Majestade e erguendo-se à altura de um homem. Disse ainda que não se tratava de uma criatura viva, pois permanecia imóvel sobre a grama. O mensageiro relatou também que alguns desses súditos haviam caminhado várias vezes em volta do objeto e que, apoiando-se uns nos ombros dos outros, subiram na parte superior dele, a qual era plana e bem-nivelada, e, batendo os pés sobre ela, concluíram que era oco por dentro. Eles deduziram, então, tratar-se de algum pertence do Homem-Montanha e, se Sua Majestade assim quisesse, conseguiriam trazê-la empregando não mais que cinco cavalos para isso. Eu imediatamente soube do que falavam e fiquei muito feliz de receber a notícia. Ao que parece, logo que alcancei a costa depois do naufrágio, eu estava tão aturdido que, antes de chegar ao lugar em que adormeci, meu chapéu, que eu havia amarrado à minha cabeça com um barbante enquanto remava e que permaneceu preso a mim durante todo o tempo em que nadei, caiu quando dei em terra. Imagino que o barbante tenha se arrebentado por acidente e eu não tenha percebido, concluindo que o tivesse perdido no mar. Roguei à Sua Majestade que o fizesse trazer a mim tão logo fosse possível, descrevendo a ele o uso e a natureza do acessório. No dia seguinte, os carroceiros trouxeram-no, mas não em um estado muito bom. Haviam feito dois furos na aba, a pouco menos de quatro centímetros da extremidade, e prenderam dois ganchos aos buracos. Esses ganchos estavam amarrados por uma longa corda à sela dos cavalos, portanto meu chapéu foi arrastado por quase um quilômetro. Entretanto, como o chão daquela terra era bastante liso e nivelado, o dano foi menor do que se poderia imaginar.

Dois dias depois desses acontecimentos, o imperador, tendo ordenado que a parte de seu exército que se aloja dentro e nos arredores da metrópole ficasse a postos, quis se entreter de uma forma bastante singular. Pediu que eu me posicionasse como um colosso, com as pernas tão afastadas quanto me fosse convenientemente possível. Em seguida, determinou que seu general (que era um líder experiente e grande patrono meu) formasse suas tropas em ordem unida e as fizesse marchar por debaixo de mim. Passaram então fileiras de vinte e quatro soldados e dezesseis cavalos cada, com tambores rufando, bandeiras flamejando e lanças ao alto. Esse corpo de exército consistia em três mil soldados e mil cavalos. Sua Majestade deu ordens estritas, sob pena de morte, de que os soldados da marcha tivessem extrema decência com relação à minha pessoa, o que não impediu que alguns jovens oficiais levantassem os olhos enquanto passavam por debaixo de mim. E devo confessar que minhas calças estavam, àquela altura, em tão péssimo estado que proporcionaram a eles motivo para bastante risada e admiração.

Eu havia enviado tantos requerimentos e petições por minha liberdade que Sua Majestade finalmente trouxe a matéria à ordem do dia, primeiro no gabinete e, em seguida, em sessão plenária do conselho, na qual ninguém se opôs a ela, salvo Skyresh Bolgolam, que achou por bem, sem nenhuma provocação, tornar-se meu inimigo mortal. A minha libertação foi, contudo, aprovada pelo conselho em detrimento dele, e confirmada pelo imperador. Esse ministro era *galbet*, ou almirante do reino, e tinha a mais alta confiança de seu senhor, além de ser uma pessoa muito versada em assuntos políticos, mas de natureza bastante taciturna e amarga. Todavia ele foi, por fim, persuadido a aquiescer, mas conseguiu que os artigos e as condições sob os quais eu seria libertado, e aos quais deveria prestar juramento, fossem por ele redigidos. Esses artigos foram trazidos a mim pelo próprio Skyresh Bolgolam, em carne e osso, acompanhado por dois subsecretários e diversas pessoas de importância. Depois que eles foram lidos, exigiram que eu jurasse cumpri-los, primeiro conforme os costumes de meu próprio país e, depois, conforme o método previsto pelas leis deles, segundo o qual eu deveria segurar meu pé direito com minha mão esquerda e botar o dedo médio de minha mão direita no topo de minha cabeça, além do polegar na ponta de minha orelha direita. Mas como o leitor deverá estar curioso quanto ao estilo e à forma de expressão próprios desse povo, bem como ao conteúdo do artigo que me garantiu a liberdade, fiz uma tradução completa do documento, palavra por palavra, da maneira mais fiel que pude, a qual agora compartilho com o público.

"Golbasto Momarem Evlame Gurdilo Shefin Mully Ully Gue, potentíssimo imperador de Lilipute, o deleite e o terror do universo, cujos domínios estendem-se por mais de cinco mil *blustrugs* (cerca de dezenove quilômetros de circunferência) até as extremidades do globo; monarca dos monarcas, mais alto que os filhos dos homens; cujos pés perfuram a terra até o centro e cuja cabeça ergue-se até o Sol; aquele cujo aceno faz tremer os joelhos dos príncipes da Terra; agradável como a primavera, reconfortante como o verão, frutífero como o outono, terrível como o inverno: sua sublimíssima majestade propõe ao Homem-Montanha, recentemente chegado a nossos celestes domínios, os seguintes artigos, os quais, por meio de um solene juramento, fica obrigado a cumprir:

1º: O Homem-Montanha não deverá partir de nossos domínios sem uma autorização emitida por nós contendo nosso grande selo.

2º: Não deverá entrar em nossa metrópole, salvo em caso de ordens expressas para fazê-lo, ocasião em que os moradores receberão um aviso com duas horas de antecedência para manterem-se em casa.

3º: O referido Homem-Montanha deverá limitar suas caminhadas às nossas estradas principais, evitando andar ou deitar-se nos prados ou campos de milho.

4º: Ao caminhar pelas estradas anteriormente mencionadas, deverá tomar extremo cuidado para não pisar sobre os corpos de quaisquer de nossos prezados súditos, de seus cavalos ou de suas carruagens, abstendo-se ainda de tomar quaisquer de nossos súditos em suas mãos sem o consentimento deles.

5º: Se alguma mensagem necessitar de envio extraordinário, o Homem-Montanha ficará obrigado a levar em seu bolso o mensageiro e seu cavalo por uma jornada de até seis dias, uma vez a cada lua, e trazê-los de volta à nossa presença imperial (se assim for pedido) em segurança.

6º: Deverá ser nosso aliado contra nossos inimigos da ilha de Blefuscu e empenhar-se em destruir a sua frota, que se prepara para nos invadir.

7º: O referido Homem-Montanha, em suas horas de descanso, deverá ajudar e assistir nossos operários a levantar grandes blocos de pedra, a fim de construir o muro do parque principal, bem como outros edifícios imperiais.

8º: O referido Homem-Montanha deverá, no período de duas luas, entregar uma medida precisa da circunferência de nossos domínios, segundo um cálculo de seus próprios passos em volta da costa.

Finalmente, após seu juramento solene de observar todos os artigos listados acima, o Homem-Montanha terá direito a uma refeição diária composta de carne e bebida suficientes para 1.724 de nossos súditos, a livre acesso a nossa imperial pessoa e a outros sinais de nosso favor. Dado no nosso Palácio em Belfaborac no décimo segundo dia da nonagésima segunda lua de nosso reinado."

Jurei e firmei esses artigos com grande alegria e contentamento, embora alguns deles não fossem tão honrosos quanto eu poderia desejar, o que procedia inteiramente da malícia de Skyresh Bolgolam, o almirante-mor. Minhas correntes foram então retiradas e eu fiquei completamente livre. O imperador em pessoa deu-me a honra de estar ao meu lado durante toda a cerimônia. Prestei reverência, curvando-me aos pés de Sua Majestade, mas ele ordenou que eu me levantasse e, depois de expressar generosos elogios a mim, os quais não repetirei, a fim de evitar a censura da vaidade, acrescentou que "esperava que me provasse um servo útil e merecedor de todas as graças que já havia me concedido e que me viria a conceder no futuro".

O leitor gentilmente observe que, no último artigo do documento de concessão de minha liberdade, o imperador estipula que devo receber uma quantidade de carne e bebidas suficiente para o sustento de 1.724 liliputianos. Um tempo depois, perguntei a um amigo da corte como chegou-se a esse número, e ele me respondeu que os matemáticos de Sua Majestade, tendo tomado a medida de meu corpo com a ajuda de um quadrante e concluído que o meu tamanho excede o deles em uma proporção de doze para um, depreenderam, com base em seus próprios corpos, que o meu poderia conter 1.724 dos deles e, consequentemente, eu precisaria da quantidade de alimento necessária para sustentar esse número de liliputianos. Com isso, o leitor terá uma ideia da engenhosidade dessa gente, bem como de quão prudente e exata é a economia desse grande príncipe.

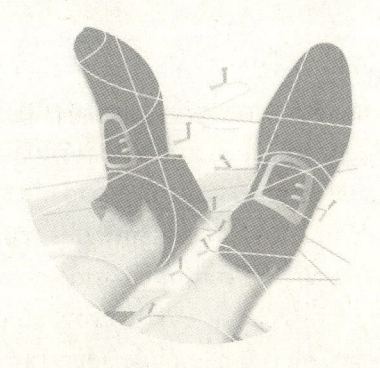

# Capítulo 4

*Descreve-se Mildendo, a metrópole de Lilipute, bem como o palácio imperial. Conduz-se uma conversa entre o autor e o secretário-mor acerca dos assuntos políticos daquele império. O autor se oferece para servir o imperador em suas guerras.*

O primeiro pedido que fiz após obter minha liberdade foi conhecer Mildendo, a metrópole, o que o imperador me concedeu sem qualquer embaraço, mas com uma ordem clara para não causar dano a nenhum habitante ou construção. Um anúncio foi emitido aos moradores sobre meu desejo de visitar a cidade. A muralha que a circunda tem 76 centímetros de altura e pelo menos 28 centímetros de largura, de forma que as carruagens e os cavalos podem transitar facilmente em torno dela. Além disso, é fortemente flanqueada com torres a cada três metros de distância. Passei sobre o grande portão Oeste e, deslizando, atravessei as duas principais vias, vestindo apenas meu colete, por medo de que a barra de meu casaco causasse dano aos telhados e aos beirais das casas. Caminhei com o maior cuidado para não pisar em nenhum possível retardatário que ainda estivesse nas ruas, apesar das instruções muito claras de que todos deveriam manter-se encerrados em casa, por sua conta e risco. As janelas superiores e as lajes das casas estavam tão cheias de espectadores que imaginei nunca ter visto um lugar mais populoso em qualquer uma de minhas viagens. A cidade forma um quadrado perfeito, sendo que cada um dos lados da muralha tem exatos cento e cinquenta e dois metros e quarenta centímetros de comprimento. As duas vias principais, que dividem a cidade em quatro, têm um metro e meio de largura. As ruelas e vielas, que eu não pude adentrar, mas que vi quando passei por elas, variam entre trinta e quarenta e cinco centímetros. A metrópole tem a capacidade de abrigar quinhentas almas; as casas têm entre três e cinco andares; e as lojas e os mercados são muito bem abastecidos.

O palácio imperial localiza-se no centro da cidade, onde as duas grandes vias se encontram. É cercado por um muro de sessenta centímetros de altura, que fica a seis metros de distância dos edifícios. Obtive permissão de Sua Majestade para passar por cima do muro, sendo o espaço entre ele e o palácio tão amplo que pude ver todos os lados deste último sem nenhuma dificuldade. O átrio exterior é um quadrado de doze metros e inclui outros dois átrios. No mais interno deles estão os apartamentos reais, que eu desejava muito ver, mas julguei demasiado difícil, visto que os portões que davam acesso de uma parte à outra não tinham senão quarenta e cinco centímetros de altura e menos de dezoito de largura. Já os prédios do átrio mais externo tinham pelo menos um metro e meio de altura, e era impossível que eu passasse por sobre eles sem danificar-lhes seriamente as vigas, embora as paredes de pedra talhada fossem fortemente construídas, tendo dez centímetros de espessura. Ao mesmo tempo, o imperador teve muita vontade de que eu visse a magnificência de seu palácio, mas isso eu só faria três dias depois, período que passei cortando com meu canivete algumas das maiores árvores do parque imperial, a mais de noventa metros de distância da cidade. Com essas árvores, construí dois tamboretes de mais ou menos 91 centímetros de altura e fortes o suficiente para sustentar meu peso. Assim que os habitantes receberam um novo aviso, tornei a entrar na cidade rumo ao palácio, com meus tamboretes em mãos. Quando cheguei à banda do átrio mais externo, subi em um dos tamboretes e tomei o outro em minha mão, o qual passei por cima do telhado e gentilmente depositei no espaço de quase dois metros e meio de largura entre os dois átrios. Em seguida, passei as pernas por sobre o prédio, pulando sem grandes dificuldades de um tamborete para o outro. Feito isso, icei o primeiro tamborete usando uma vara com um gancho. Desse modo, consegui entrar no átrio mais interno e, deitando-me de lado, enfiei a cabeça pelas janelas do andar do meio, que haviam sido deixadas abertas de propósito. Divisei então os apartamentos mais esplêndidos que poderia imaginar. Vi ali a imperatriz e os jovens príncipes, cada um em seus alojamentos, sendo assistidos por seus principais criados. Sua Majestade Imperial agraciou-me com um largo sorriso e estendeu a mão para que a beijasse.

Não vou, contudo, antecipar para o leitor descrições mais detalhadas a respeito disso, visto que as reservei para um trabalho maior, que já está praticamente pronto para impressão. Essa obra trará uma apresentação geral do império desde a sua fundação, passando pelo reinado de diversos príncipes, com uma minuciosa exposição sobre suas guerras e políticas, leis, ciência e religião, sua fauna e sua flora, seus hábitos e costumes próprios, bem como outros assuntos de grande interesse e utilidade. Meu principal objetivo no presente livro, entretanto, é descrever os acontecimentos que sucederam a mim durante minha estadia de cerca de nove meses naquele império.

Em uma manhã, cerca de duas semanas depois de eu ter obtido minha liberdade, Reldresal, secretário-mor (como se referem a ele) dos assuntos confidenciais, veio a minha casa acompanhado apenas de um criado. Ordenou que seu cocheiro esperasse a distância e pediu que eu lhe concedesse uma hora de meu tempo para que conversássemos, ao que eu prontamente assenti, visto que se trata de um sujeito de muitas qualidades e méritos pessoais que me auxiliou bastante com minhas solicitações à corte. Propus que eu me deitasse, para que ele tivesse acesso mais conveniente ao meu ouvido, mas ele preferiu que eu o segurasse em minha mão durante a conversa. Começou parabenizando-me por minha liberdade, dizendo que "ele talvez tivesse algum mérito no fato de eu a ter conseguido", acrescentando, contudo, que, "se não fosse pela atual situação das coisas na corte, eu talvez não a tivesse alcançado tão rapidamente. Isso porque", disse ele, "por mais profícua que a condição do reino possa parecer a um forasteiro, trabalhamos sob a opressão de dois grandes males: uma violenta facção interna e o risco de invasão por um inimigo extremamente poderoso. Quanto ao primeiro, é preciso que o senhor entenda que, há cerca de setenta luas, dois partidos chamados *Tramecksan* e *Slamecksan* digladiam-se neste império. Esses nomes derivam dos saltos altos e baixos de seus sapatos, respectivamente, pois é assim que se distinguem um do outro. Argumenta-se, é fato, que os tacões altos estão mais em consonância com nossas antigas tradições; no entanto, Sua Majestade está determinado a fazer-nos usar somente solas baixas em toda a administração do governo e em todas as repartições a serviço da Coroa, como o senhor certamente haverá de perceber. Além disso, os saltos de Sua Majestade são ainda mais baixos que os de qualquer outra pessoa em sua corte, na medida de pelo menos um *drurr* (um *drurr* corresponde aproximadamente a dois milímetros). As animosidades entre esses dois partidos têm sido tantas que seus membros nem mesmo comem, bebem ou conversam uns com os outros. Calculamos que os *Tramecksan*, ou tacões altos, nos excedam em número; todavia, o poder está completamente do nosso lado. Tememos que Sua Alteza Real, o herdeiro à Coroa, tenha alguma tendência aos tacões altos, ou, pelo que percebemos, no mínimo um de seus saltos é mais alto que o outro, o que o faz mancar. Agora, em meio a essas dificuldades internas, recebemos uma ameaça de invasão da ilha de Blefuscu, que é o outro grande império do universo, quase tão grande e poderoso quanto o de Sua Majestade. Quanto à sua afirmação de que existam outros reinos e Estados no mundo habitados por seres tão grandes quanto o senhor, nossos filósofos duvidam bastante e preferem crer que o senhor tenha caído da Lua ou de algum outro astro. Afinal de contas, cem mortais de seu tamanho iriam certamente, em muito pouco tempo, consumir todas as plantações e todo o gado existentes nos domínios de Sua Majestade. Além disso, em toda a nossa história de seis mil luas, nunca houve qualquer menção a outra terra além dos dois grandes impérios de Lilipute e Blefuscu. Essas duas grandes potências, como eu estava a lhe dizer, estão engajadas na mais obstinada guerra há 36 luas. Tudo começou da seguinte maneira. Qualquer um concordará que a forma mais convencional de se quebrar um ovo é batendo sua extremidade mais larga. Porém, o avô de Sua Majestade, quando criança, cortou o dedo ao quebrar um ovo dessa maneira. Isso fez com que seu pai, o então imperador, publicasse um decreto determinando que todos os seus súditos quebrassem ovos apenas em sua extremidade mais delgada, sob duras penas em caso de descumprimento. Essa lei gerou um descontentamento tão grande no povo que, segundo nossos relatos históricos, já houve seis revoltas populares por razão dela, nas quais um imperador perdeu a vida e outro perdeu a coroa. Essas comoções públicas foram constantemente estimuladas pelos monarcas de Blefuscu e, quando eram reprimidas, os exilados sempre buscavam refúgio naquele império. Estima-se que onze mil pessoas ao longo do tempo tenham preferido a morte a quebrar os ovos na extremidade mais delgada. Centenas de livros já foram publicados sobre essa controvérsia, mas os que foram escritos pelos partidários largo-extremistas estão há muito tempo proibidos. Além disso, todos os integrantes desse grupo estão permanentemente proibidos por lei de assumir cargos. Durante o curso dessas agitações, os imperadores de Blefuscu frequentemente nos censuraram, por meio de seus embaixadores, acusando-nos de criar um cisma religioso ao ofender a doutrina fundamental de nosso grande profeta Lustrog, no quinquagésimo quarto capítulo do Blundecral (que é o *Corão* deles). Acredita-se, no entanto, que essa seja uma interpretação forçada do texto, segundo o qual 'todos os verdadeiros fiéis quebram seus ovos na extremidade conveniente'. Em minha humilde opinião, decidir qual é a extremidade conveniente fica a cargo da consciência de cada pessoa ou, no mínimo, do magistrado-chefe. Recentemente, os largo-extremistas exilados ganharam tanto crédito na corte do imperador de Blefuscu e, ao mesmo tempo, receberam tantos auxílios e encorajamentos secretos de seus partidários em nossa própria terra que uma guerra sangrenta iniciou-se entre os dois impérios, a qual já dura 36 luas, com várias vitórias para cada lado. Nesse período, perdemos quarenta de nossos maiores navios de guerra e um número ainda maior de embarcações de menor porte, bem como trinta mil de nossos melhores marinheiros e soldados. Estima-se que os danos sofridos pelo inimigo sejam ainda maiores que os nossos. Contudo, eles agora se equiparam com uma frota expressiva e preparam-se para vir contra nós. Sua Majestade Imperial, que confia grandemente em seu caráter e sua força, mandou-me para descrever esses fatos ao senhor".

Pedi ao secretário que apresentasse meus humildes votos de lealdade ao imperador e que lhe dissesse que, "embora não me caiba interferir em assuntos partidários, dado que sou estrangeiro, estou pronto para defender sua pessoa e seu país com minha própria vida contra qualquer invasor".

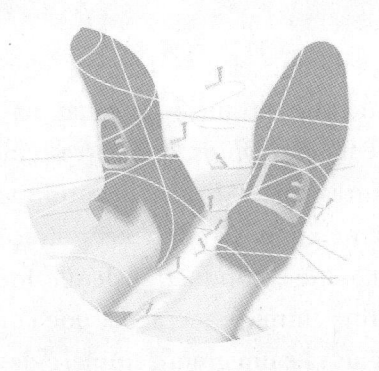

# Capítulo 5

*O autor, por meio de um extraordinário estratagema, impede uma invasão. Um alto título honorífico lhe é concedido. O imperador de Blefuscu envia embaixadores para apresentar pedidos de paz. Um incêndio deflagra-se acidentalmente nos apartamentos da imperatriz; o autor é crucial em salvar o resto do palácio.*

O império de Blefuscu é uma ilha situada a nordeste de Lilipute, da qual separa-se apenas por um canal de 731 metros de extensão. Eu ainda não a havia visto e, com a notícia da possível invasão, evitei aparecer naquela parte da costa, por medo de ser descoberto por algum dos navios inimigos, visto que eles ainda não sabiam de mim. Todas as transações entre os dois impérios haviam sido estritamente proibidas durante o período de guerra, sob pena de morte, e um embargo foi decretado por nosso imperador a todos os navios, sem distinção.

Comuniquei a Sua Majestade um projeto que havia elaborado para capturar toda a frota inimiga, a qual, segundo nossos batedores, já estava ancorada no porto, pronta para zarpar assim que os ventos estivessem favoráveis. Perguntei aos marujos mais experientes qual era a profundidade do canal, que eles já haviam navegado em diversas ocasiões. Disseram-me que, no meio do canal, na maré cheia, a profundidade era de setenta *glumgluffs*, que correspondem a um metro e oitenta e dois. Nas outras partes do canal, a profundidade seria de cinquenta *glumgluffs*, no máximo. Caminhei em direção à costa nordeste, que dá para Blefuscu, e me escondi atrás de um morro. Saquei minha luneta e observei a frota inimiga ancorada, que consistia em cerca de cinquenta navios de guerra e um grande número de transportes. Eu então voltei para casa e dei ordens (tinha autorização por mandado para fazê-lo) para que me trouxessem muitos cabos e barras de ferro, os mais fortes possíveis. Os cabos tinham a grossura de um barbante, e as barras, o tamanho e a espessura de uma agulha de costura. Dobrei três vezes um cabo, para que ficasse mais resistente, e, pela mesma razão, torci três barras de ferro juntas, curvando-lhes a ponta no formato de um gancho. Tendo então amarrado cinquenta ganchos a essa mesma quantidade de cabos, tornei a ir para a costa nordeste da ilha e, tirando meu casaco, meus sapatos e minhas meias, mas não meu gibão de couro, caminhei mar adentro, meia hora antes da maré alta. Vadeei o mais rápido que pude e, chegando ao meio do canal, comecei a nadar, o que fiz por cerca de 27 metros, quando tornei a sentir o chão sob os pés. Alcancei a frota em menos de meia hora. Os inimigos amedrontaram-se tanto ao ver-me que se jogaram dos navios e nadaram até a costa, onde não deveria haver menos que trinta mil almas. Saquei então meus equipamentos e, após prender um gancho ao buraco na proa de cada navio, amarrei todos os cabos juntos na outra extremidade. Enquanto me ocupava disso, o inimigo disparou centenas de flechas, muitas das quais atingiram minhas mãos e meu rosto, e, além da intensa dor, causaram bastante incômodo em meu trabalho. Temia mais pelos meus olhos, que eu certamente perderia, se não tivesse tido uma ideia. Entre outros itens de necessidade, mantinha comigo em meu bolso um par de óculos, que, como mencionei antes, havia escapado das revistas feitas pelos homens do imperador. Saquei-o e encaixei-o sobre o nariz o mais firmemente que pude. Protegido dessa maneira, retornei com bravura ao trabalho, apesar das flechadas que me atingiam aos montes, algumas inclusive nos próprios óculos, sem, contudo, causar-lhes mal algum, senão entortá-los um pouco sobre meu rosto. A essa altura eu já havia prendido todos os ganchos e, tomando o nó em minha mão, comecei a puxar. No entanto, nenhum navio sequer se moveu, dado que estavam muito bem ancorados, de sorte que a parte mais difícil de minha empreitada ainda estava por vir. Soltei então as cordas e, deixando os ganchos presos aos navios, cortei determinadamente os cabos que prendiam as embarcações às âncoras, recebendo nesse ínterim umas duzentas flechadas no rosto e nas mãos. Em seguida, tomei o nó que unia as extremidades dos cabos presos aos ganchos e, sem dificuldade alguma, puxei comigo cinquenta dos maiores navios de guerra do inimigo.

Os blefuscudianos, que não tinham a menor ideia do que eu pretendia, ficaram de início confusos e chocados. Haviam me visto cortar os cabos e pensaram que minha intenção era largar os navios à deriva ou fazê-los chocarem-se uns com os outros. Todavia, quando perceberam que a frota inteira se movia e que eu puxava a extremidade dos cabos presos aos navios, soltaram tamanhos gritos de desgosto e desespero que mal se podem descrever ou imaginar. Quando me encontrei fora de perigo, parei um pouco para retirar as flechas que estavam presas às minhas mãos e ao meu rosto e aproveitei para passar o unguento que me havia sido dado logo que cheguei, como já mencionei. Em seguida, retirei os óculos e, depois de esperar por cerca de uma hora para que a maré baixasse, vadeei de volta, puxando minha carga, e cheguei são e salvo ao porto real de Lilipute.

O imperador e toda a sua corte aguardavam na praia, à espera do resultado dessa grande aventura. Viram os navios avançando, formando juntos uma grande meia-lua, mas não puderam divisar-me, visto que estava até o peito sob a água. Quando cheguei à metade do canal, o desespero deles foi ainda maior, pois a água já me chegava ao pescoço. O imperador concluiu que eu havia me afogado e que a frota inimiga avançava de maneira hostil. Suas preocupações foram logo afastadas, pois, como o canal ficava mais raso a cada passo meu, alcancei logo uma distância a que podiam me ouvir e, levantando a extremidade dos cabos na mão, à qual a frota estava presa, gritei bem alto: "Vida longa ao poderosíssimo rei de Lilipute!". O príncipe recebeu-me em terra sem poupar louvores e consagrou-me *nardac* ali mesmo, sendo esse o mais alto título honorífico entre aquela gente.

Sua Majestade solicitou que, em futuras oportunidades, eu trouxesse todos os navios remanescentes do inimigo aos seus portos. E tão incomensurável é a ambição dos príncipes que ele julgou nada mais que apropriado reduzir todo o império de Blefuscu a uma província, governando-a por meio de um vice-rei. Queria ainda destruir os exilados largo-extremistas e obrigar todas as pessoas a quebrar os ovos na extremidade menor, modo pelo qual se consagraria rei de todo o mundo. Consegui, todavia, dissuadi-lo desses pensamentos por meio de muitos argumentos sobre política e justiça. Ademais, protestei francamente que "jamais serviria de instrumento para reduzir um povo livre e valente à escravidão". Mais tarde, quando o assunto foi discutido em conselho, a parte mais sábia dos ministros concordou com minha opinião.

Essa minha declaração aberta foi tão de encontro às maquinações e à política de Sua Majestade Imperial que ele nunca conseguiu perdoar-me. Ele mencionou isso de maneira bastante ardilosa no conselho e, pelo que soube, a parte mais sensata dessa assembleia, ainda que por meio do silêncio, demonstrou estar de acordo comigo. Todavia a outra parte, composta por inimigos não declarados meus, não pôde conter suas manifestações, as quais refletiram em mim por tabela. Iniciou-se a partir desse momento uma intriga entre Sua Majestade e uma junta de ministros maliciosamente mancomunados contra mim, a qual irrompeu menos de dois meses depois e poderia ter terminado com a minha mais completa destruição. Nota-se quão insignificantes são nossos maiores esforços a serviço de nossos príncipes diante de uma recusa a ceder a seus caprichos.

Cerca de três semanas após esses acontecimentos, uma aparatosa comissão diplomática de Blefuscu chegou ao império para oferecer seus humildes pedidos de paz, que foram prontamente aceitos sob condições muito favoráveis a nosso imperador, com as quais não vou importunar o leitor. Havia seis embaixadores acompanhados por mais umas quinhentas pessoas. A chegada deles foi muito ostentosa, condizente com a grandiosidade de seu senhor e com a importância de sua missão. Uma vez finalizado o tratado, em cuja elaboração intercedi bastante pelos blefuscudianos, dado o crédito que tinha na corte àquela altura (ou ao menos parecia ter), os embaixadores, que haviam secretamente tido notícia do quanto fui misericordioso com sua nação, prestaram-me uma visita formal. Em primeiro lugar, louvaram-me bastante a honra e a generosidade; convidaram-me, em nome do rei, para visitar seu reino; e pediram que lhes demonstrasse minha prodigiosa força, sobre a qual haviam ouvido tantas coisas maravilhosas. Eu satisfiz-lhes os pedidos, mas não incomodarei o leitor com os detalhes de como o fiz.

Depois de entreter Suas Excelências por algum tempo, deixando-os grandemente surpresos e satisfeitos, pedi que me fizessem a honra de apresentar minhas mais humildes reverências a seu senhor, o imperador, cujas renomadas virtudes haviam enchido o mundo inteiro de admiração e a quem gostaria muito de visitar antes de meu retorno a meu país. Dessa maneira, na primeira vez que tive o privilégio de ver nosso imperador, pedi-lhe que me permitisse ir prestar meus cumprimentos ao monarca blefuscudiano, ao que ele aquiesceu de uma forma que me pareceu um tanto quanto fria. A razão dessa frieza eu ignorava, até que ouvi rumores de que "Flimnap e Bolgolam haviam interpretado minhas interações com os embaixadores como um sinal de insatisfação", o que não poderia estar mais longe da realidade. Foi nesse momento que comecei a nutrir certas ideias problemáticas sobre cortes e políticos.

É preciso observar que os embaixadores conversaram comigo por meio de intérpretes, visto que os idiomas dos dois impérios são tão diferentes um do outro quanto quaisquer duas línguas europeias. Além disso, cada uma dessas nações se orgulha da antiguidade, beleza e energia de sua própria língua, nutrindo um expresso desdém pela do outro. Nosso imperador, todavia, valendo-se da vantagem de ter capturado a frota blefuscudiana, exigiu que os embaixadores apresentassem suas credenciais e fizessem seus discursos em idioma liliputiano. E devo confessar que esperava ver mais indivíduos bilíngues, a julgar pelo grande intercâmbio comercial entre os dois reinos, pela contínua migração de exilados de uma parte à outra e pelo costume de ambos os impérios de enviar seus jovens nobres e aristocratas de uma à outra parte, para que se eduquem conhecendo o mundo e aprendendo sobre as culturas humanas. Pelo contrário, há apenas algumas poucas pessoas de importância, mercadores ou marinheiros que, acostumados a transitar pelos mares, conseguem comunicar-se em ambas as línguas. Isso constatei algumas semanas depois, quando fui prestar minhas reverências ao imperador de Blefuscu, o que, apesar de alguns grandes infortúnios causados pela malícia de meus inimigos, provou ser uma aventura bastante feliz para mim, como hei de relatar no momento oportuno.

O leitor se lembrará de que, quando assinei aqueles artigos que me concediam a liberdade, houve alguns de que não gostei, pois me colocavam em uma posição demasiado servil. Não foi senão pela extrema necessidade que assenti em submeter-me a eles. Mas sendo eu agora um *nardac* da mais alta estirpe naquele império, tais funções ficavam muito abaixo de minha dignidade, e o imperador (para fazer-lhe justiça) nunca tornou a mencioná-las a mim. Antes disso, todavia, tive a oportunidade de prestar a Sua Majestade um serviço da maior importância, pelo menos como imaginei à época. Acordei alarmado à meia-noite pelos gritos aterrorizantes de centenas de pessoas à minha porta. Ouvi a palavra *Burglum* sendo repetida incessantemente, e alguns membros da corte, vencendo a multidão, suplicaram que eu viesse imediatamente ao palácio, onde os apartamentos de Sua Majestade, a imperatriz, ardiam em chamas devido ao descuido de uma dama de honra, que dormiu enquanto lia um romance. Levantei-me em um instante e, como ordens haviam sido dadas para que deixassem meu caminho livre e, igualmente, como a noite estava bem iluminada pela Lua, fiz um desvio para chegar ao palácio sem pisar em ninguém. Vi que já haviam posto escadas nas paredes do apartamento e tinham consigo muitos baldes, mas a água estava demasiadamente distante. Esses baldes eram do tamanho de um dedal grande, e os pobres habitantes os passavam a mim o mais rápido que podiam; todavia as chamas eram tão fortes que isso mal fazia diferença. Eu poderia facilmente ter apagado o incêndio com meu casaco, mas infelizmente deixei-o para trás na pressa e vestia apenas meu gibão de couro. A situação parecia inteiramente desesperadora e irremediável, e o magnífico palácio teria sem dúvida se queimado por completo não fosse por uma inusitada ideia que tive. Eu havia, no início da noite, bebido uma grande quantidade de um delicioso vinho chamado *glimigrim* (os blefuscudianos o chamam *flunec*, mas estima-se que o nosso seja melhor), o qual é altamente diurético. Pela maior sorte do mundo, eu ainda não havia me aliviado de nenhuma parte desse vinho. O calor que senti por estar perto das chamas e pelo esforço de tentar apagá-las logo fez com que eu quisesse urinar, o que fiz em tamanha quantidade e de forma tão bem direcionada que, em questão de uns três minutos, o fogo já estava completamente extinto. Dessa forma, o resto do nobre edifício, construído ao longo de tantos anos, foi preservado da destruição.

A essa altura já era dia, e eu retornei a minha casa sem aguardar os agradecimentos do imperador, mesmo porque, embora eu houvesse prestado um serviço extraordinário, não saberia dizer se Sua Majestade se ofenderia pela forma como o fiz, visto que, pelas leis fundamentais do reino, era crime capital que qualquer pessoa, independente da hierarquia, urinasse nos arredores do palácio. Fiquei um pouco mais tranquilo quando recebi uma mensagem de Sua Majestade dizendo que "enviaria ordens ao magistrado-chefe para que formalizasse o meu perdão", o qual eu, contudo, não cheguei a receber. Também soube em segredo que "a imperatriz, nutrindo o mais completo horror pelo que eu havia feito, retirou-se para a parte mais distante da corte, determinando firmemente que aquela parte do palácio nunca tornasse a ser reformada para seu uso. Além disso, jurou, a seus confidentes mais próximos, vingar-se de mim".

# Capítulo 6

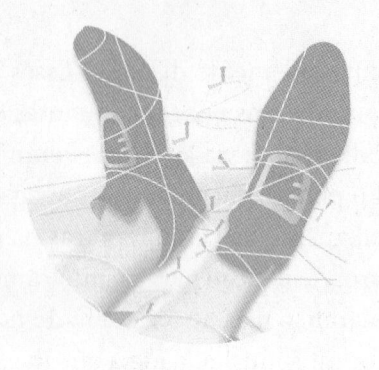

*Descrevem-se os habitantes de Lilipute, suas ciências, leis e costumes, e também a maneira como educam suas crianças. Relata-se o estilo de vida do autor naquele país. O autor defende uma importante dama.*

Embora minha intenção seja deixar a descrição deste império para um livro à parte, consentirei, neste meio-tempo, em gratificar o leitor curioso com algumas ideias gerais sobre a terra. Assim como o tamanho médio dos nativos é algo por volta dos quinze centímetros, existe uma exata proporção em todos os outros animais, bem como nas plantas e árvores. Por exemplo, os maiores cavalos e bovinos têm entre dez e treze centímetros de altura; as ovelhas, pouco menos de quatro centímetros; os gansos, o tamanho aproximado de um pardal; e assim por diante, até chegar aos seres menores, os quais são praticamente invisíveis aos meus olhos. A natureza, todavia, adaptou os olhos dos liliputianos ao seu tamanho: eles veem os objetos próximos de si com grande exatidão, mas não enxergam bem à distância. E para mostrar quão aguçada é a visão deles, já observei com grande fascínio um cozinheiro talhar uma ave menor que uma mosca e uma moça fiar um fio de seda invisível com uma agulha tão invisível quanto. Suas árvores mais altas têm pouco mais de dois metros. Refiro-me a algumas das que se encontram no parque real, cujo topo eu alcanço com meu punho fechado. Os demais vegetais têm a mesma proporção, mas isso eu deixarei a cargo da imaginação do leitor.

Direi pouquíssimo neste momento sobre as ciências desse povo, as quais, por muitos anos, têm florescido entre eles em todos os seus ramos. Sua maneira de escrever é muito peculiar, não indo nem da esquerda para a direita, como fazemos os europeus; nem da direita para a esquerda, como fazem os árabes; tampouco de cima para baixo, como os chineses; muito menos de baixo para cima, como os cascagianos[8]; mas sim na diagonal, indo de um canto da página ao outro, como fazem as damas inglesas.

Os liliputianos enterram seus mortos com as cabeças voltadas para baixo, porque acreditam que, em onze mil luas, todos eles voltarão à vida. Nesse período, a Terra (que creem ser plana) terá virado de ponta-cabeça, e com isso os mortos já ressuscitarão em pé. Os mais eruditos entre eles admitem o absurdo dessa doutrina, mas a prática segue viva, em conformidade com a vontade dos ignorantes.

Há leis e costumes bastante invulgares neste império e, se não fossem eles tão contrários aos que existem em minha própria terra adorada, me sentiria tentado a dizer algo em sua defesa. Deixam a desejar, todavia, em sua execução. O primeiro de que falarei diz respeito aos informantes. Todos os crimes contra o Estado são punidos aqui com a mais alta severidade. Contudo, se o acusado conseguir provar sua inocência de maneira irrefutável em juízo, seu acusador é imediatamente executado de forma extremamente vergonhosa. Então o acusado é recompensado com o quádruplo de seus bens e terras por seu tempo perdido, pelo perigo ao qual se submeteu, pelo sofrimento de ter sido aprisionado e por todos os gastos em que incorreu para se defender. Se os fundos para isso não forem suficientes, a própria

---

8   Termo inventado. (N.T.)

Coroa providencia grande parte das compensações. O imperador ainda lhe confere uma demonstração pública de seu favor, e um anúncio de sua inocência é feito por toda a cidade.

Para eles, a fraude é um crime maior que o roubo e, portanto, dificilmente se abstêm de puni-la com a morte. Como justificativa, argumentam que o cuidado e a vigilância, com bastante senso comum, podem proteger o patrimônio de um homem contra ladrões, mas a honestidade não tem defesa alguma contra uma astúcia superior. Dessa forma, como é indispensável que haja constantes transações de compra e venda e negociações a crédito, nas quais a fraude é permitida e compactua-se com ela, ou não havendo leis que a punam, o negociador honesto acaba sempre prejudicado, ao passo que o cafajeste tira sempre vantagem. Lembro-me de quando intercedi junto ao imperador por um criminoso que havia enganado seu senhor, roubando-lhe uma grande quantia, que recebera por procuração em nome do mestre e com a qual fugira. Insisti com Sua Majestade que se tratava apenas de uma quebra de confiança, e o imperador se horrorizou que eu oferecesse como defesa justamente o mais alto agravante do crime. De fato, não tive muito o que replicar, salvo pela trivial resposta de que cada terra tem um costume diferente, o que, confesso, fez com que me sentisse envergonhado.

Embora costumemos considerar a recompensa e a punição os dois pilares sobre os quais todo governo se sustenta, nunca vi essa máxima ser posta em prática por nenhuma outra nação além de Lilipute. Qualquer pessoa nessa terra que consiga juntar provas suficientes de ter observado diligentemente as leis do país por um período de 73 luas tem direito a certos privilégios, de acordo com sua posição hierárquica ou condição de vida, fazendo jus a uma soma proporcional de dinheiro proveniente de um fundo destinado a esse fim. Da mesma forma, adquire o título de *snilpall*, ou legalista, que é adicionado a seu nome, mas não pode ser herdado pelos filhos. Quando lhes contei que a execução de nossas leis é feita apenas por meio da punição, sem qualquer menção a recompensas, essas pessoas julgaram ser isso um enorme problema político. É por conta disso que a representação da justiça em suas cortes tem seis olhos (dois na frente, dois em cada lado e dois atrás), a fim de significar circunspecção, além de um saco aberto de ouro em sua mão direita e uma espada embainhada na esquerda, com o fito de demonstrar que tende mais à recompensa que à punição.

Ao escolher pessoas para ocupar cargos, tendem a considerar mais uma boa moral do que boas habilidades. Isso porque, sendo o governo necessário a toda a humanidade, acreditam que um entendimento humano de tamanho comum é suficiente para o exercício de qualquer função. Ademais, a Providência jamais quis que a administração de assuntos públicos fosse um mistério a ser compreendido apenas por umas poucas pessoas de notável capacidade intelectual, das quais dificilmente haverá três em uma mesma era. Supõem, contudo, que a verdade, a justiça, a temperança e outras virtudes afins estejam ao alcance de todo homem e, aliadas à experiência e à boa vontade, qualifiquem qualquer pessoa para estar a serviço de seu país, salvo quando estudos específicos forem indispensáveis. Por outro lado, creem que a falta de virtudes morais esteja tão longe de ser compensada por qualidades superiores da mente que nenhum cargo jamais poderia ser posto nas perigosas mãos de uma pessoa que tenha essas características. Além disso, pelo menos os erros cometidos por ignorância, mas com boas intenções, jamais teriam consequências tão fatais para o interesse público quanto as práticas de um homem cujas inclinações o levem a ser corrupto e que seja muito habilidoso em conduzir, multiplicar e defender suas corrupções.

Da mesma forma, a descrença em uma Divina Providência torna um homem incapaz de ocupar qualquer cargo público, pois, visto que os reis se declaram representantes da Providência, os liliputianos acreditam não haver nada mais absurdo que um príncipe empregar alguém que negue a autoridade sob a qual ele mesmo atua.

Ao relatar as leis anteriores e as seguintes, deve-se entender que me refiro apenas às instituições originais, e não aos mais escandalosos casos de corrupção que acometeram essa gente devido à natureza degenerada do homem. Quanto à prática infame de conseguir altos cargos dançando sobre cordas ou de adquirir insígnias de favor e distinção por pular sobre bastões e se arrastar embaixo deles, o leitor deve observar que esses costumes foram introduzidos pelo avô do atual imperador e só ganharam a presente dimensão por causa do crescimento gradual dos partidos e das facções.

    A ingratidão entre eles é crime capital, como os livros nos mostram ter sido também em outros países. Entendem que qualquer pessoa que faça mal a seu benfeitor torna-se automaticamente inimiga comum de todo o resto da humanidade, de quem não recebeu nenhuma obrigação, e, portanto, esse homem não merece viver.

    Suas ideias com relação aos deveres de pais e filhos são extremamente diferentes das nossas. Como a conjunção de macho e fêmea se sustenta nas grandes leis da natureza, para garantir a propagação e a continuidade da espécie, os liliputianos compreendem que homens e mulheres se juntam, como quaisquer outros animais, a fim de acasalar-se. Entendem ainda que o amor de homens e mulheres por seus rebentos segue a mesma lógica natural, motivo pelo qual não admitem qualquer obrigação do filho para com o pai, por tê-lo gerado, ou para com a mãe, por tê-lo trazido ao mundo, o que, considerando as misérias da vida humana, não seria nem um benefício em si nem uma intenção dos pais, cujos pensamentos, durante os encontros amorosos, estavam empregados em outros assuntos. Com base nesses e em outros raciocínios afins, a opinião deles é de que os pais são os últimos a quem a educação de seus próprios filhos deve ser confiada. Por isso, há educandários públicos em todas as cidades, aos quais todos os pais, salvo os camponeses e os lavradores, são obrigados a enviar os filhos de ambos os sexos para serem criados e educados assim que atingem a idade de vinte luas, momento em que já deverão ter desenvolvido alguma forma mais rudimentar de obediência. Essas escolas dividem-se em diversos tipos, adequados a diferentes qualidades e a ambos os sexos. Há professores certos e bem qualificados para preparar as crianças para uma condição de vida condizente com a classe social de seus pais e com suas próprias capacidades e inclinações. Falarei primeiro sobre os educandários de rapazes e, em seguida, sobre os de moças.

Os educandários para os meninos da nobreza ou de famílias importantes contam com professores sérios e muito bem capacitados, bem como com seus diversos assistentes. As roupas e a alimentação das crianças são simples e modestas. Elas são educadas nos princípios da honra, da justiça, da coragem, da modéstia, da clemência, da religião e do amor por seu país. Estão sempre ocupadas, salvo nas horas de comer e dormir, que são curtas, e nas duas horas de recreio, o qual consiste em exercícios físicos. Os meninos são vestidos por homens até os 4 anos de idade e, a partir daí, são obrigados a vestirem-se sozinhos, ainda que sejam de classe alta. As mulheres que ali trabalham, cuja idade é proporcional às nossas de 50 anos, dedicam-se exclusivamente a serviços domésticos. As crianças são proibidas de conversar com os criados, mas vão para o recreio em grupos maiores ou menores, sempre acompanhadas de um professor ou de um assistente, a fim de evitar as más impressões iniciais de vício ou traquinagem às quais estão sujeitas. Seus pais têm autorização para vê-las duas vezes ao ano. A visita não deve durar mais de uma hora, durante a qual permite-se que beijem a criança uma vez na chegada e uma na saída. Entretanto, há sempre um professor acompanhando o encontro, o qual não permitirá afagos ou quaisquer outras demonstrações de afeto, tampouco que se presenteie a criança com brinquedos, doces ou coisas afins.

Em caso de não pagamento, a pensão devida pelos pais pela educação e pelo entretenimento de seus filhos é cobrada pelos oficiais do imperador.

Os educandários para os filhos de cavalheiros comuns, mercadores, comerciantes e artesãos são administrados proporcionalmente da mesma maneira. A diferença é apenas que os alunos designados para o trabalho são feitos aprendizes aos 11 anos, ao passo que os filhos de pessoas de classe alta continuam seus estudos até os 15, o que corresponde a 21 anos nossos, mas o confinamento é gradualmente abrandado nos últimos três anos.

Nos educandários femininos, as jovens moças de berço são educadas tal qual os rapazes, exceto pelo fato de que são vestidas por disciplinadas criadas do mesmo sexo, mas sempre acompanhadas por uma professora ou assistente, até que completem 5 anos, idade em que já podem se vestir sozinhas. Se se descobrir que essas criadas ousaram entreter as alunas com alguma historinha besta ou de terror ou que fizeram qualquer traquinagem semelhante às praticadas pelas camareiras entre nós, elas são açoitadas em público três vezes em diferentes partes da cidade, aprisionadas por um ano e, então, banidas para alguma parte remota do país para o resto da vida. Dessa forma, as jovens damas envergonham-se de serem covardes ou tolas tanto quanto os homens e abominam toda sorte de ornamentos pessoais que não sejam os estritamente necessários à decência e ao asseio. Igualmente, não notei nenhuma diferença entre a educação das moças e a dos rapazes, salvo que os exercícios físicos praticados por elas não eram tão pesados, e que algumas regras relativas à vida doméstica lhes eram ensinadas, e que o escopo do que deveriam aprender era menor em relação ao dos moços. Isso se deve à máxima criada por eles de que, entre as pessoas de classe alta, a esposa deve ser sempre uma companheira sensata e agradável, dado que não pode ser jovem para sempre. Quando as moças completam 12 anos, uma idade em que já se pode casar entre eles, seus pais ou responsáveis as levam para casa, com grandes manifestações de gratidão para com os professores e, não raro, com muitas lágrimas por parte das moças e de suas colegas.

Nos educandários para moças de origem mais humilde, as alunas são instruídas em toda espécie de ofício apropriado ao seu sexo, em seus diversos níveis: aquelas destinadas a trabalhar como aprendizes são dispensadas aos 7 anos de idade, e as demais ficam até os 11.

As famílias mais pobres que mantêm filhas nesses educandários, além de pagar a pensão anual, que é a mais baixa possível, ficam obrigadas a repassar ao administrador da instituição uma pequena parcela de seus ganhos, a fim de constituir o dote da criança. Dessa forma, os gastos de todos os pais são limitados por lei. Isso porque os liliputianos acreditam não haver nada mais injusto do que as pessoas, cedendo aos seus próprios desejos, botarem filhos no mundo e deixarem os custos de sustentá-los a cargo da coisa pública. Quanto às pessoas de classe alta, asseguram-se de reservar uma quantia para cada criança, de acordo com sua condição, e esses fundos são geralmente administrados com muito zelo e a mais rígida justiça.

Os camponeses e os lavradores mantêm seus filhos em casa, sendo seu trabalho apenas arar e cultivar a terra, de sorte que sua educação tem pouca consequência para o público. Contudo, os velhos e os doentes entre eles recebem a ajuda de hospitais, pois a mendicância é algo desconhecido nesse império.

E aqui talvez interesse ao leitor um relato sobre meus empregados domésticos e meu modo de viver nesse país, durante minha estadia de nove meses e treze dias. Por ter bastante interesse em mecânica e também por força da necessidade, construí para mim uma mesa e uma cadeira bastante convenientes, usando para isso algumas das maiores árvores no parque real. Duzentas costureiras foram empregadas para me fazer camisas, bem como um lençol e uma toalha de mesa, para os quais usaram os tecidos mais resistentes que puderam encontrar e, ainda assim, tiveram que dobrá-lo várias vezes, pois mesmo o pano mais grosso que acharam ainda era um pouco mais fino que cambraia. As peças de linho dessa gente geralmente têm menos de oito centímetros de largura e 91 centímetros de comprimento. As costureiras tiraram minhas medidas enquanto eu estava deitado no chão. Uma ficou de pé sobre meu pescoço e outra na canela, cada uma segurando uma extremidade de um barbante bem resistente, enquanto uma terceira media esse barbante com uma régua de dois centímetros e meio. Em seguida, mediram meu polegar da mão direita e deram-se por satisfeitas. Isso porque, seguindo o cálculo de que duas voltas em torno do polegar equivalem a uma volta em torno do pulso, e assim por diante com relação ao pescoço e à cintura, e com a ajuda de minha camisa velha, que eu dispus no chão para que tomassem de modelo, elas foram capazes de acertar com exatidão as minhas medidas. Trezentos alfaiates foram empregados da mesma forma para me fazer roupas, mas usaram outra estratégia para medir-me. Ajoelhei-me, e eles ergueram uma escada que ia do chão ao meu pescoço. Um deles escalou essa escada e deixou cair um fio de prumo desde o meu colarinho até o chão, e com isso determinaram o tamanho de meu casaco. Meus braços e minha cintura, todavia, eu mesmo medi. Quando terminaram de costurar minhas roupas, o que fizeram em minha casa (visto que mesmo a maior casa entre eles não seria grande o suficiente para comportá-los todos), elas pareciam as colchas de retalhos feitas pelas damas na Inglaterra, com a ressalva de que eram de uma só cor.

Havia trezentos cozinheiros que preparavam meus alimentos em pequenas cabanas muito convenientemente construídas ao redor de minha casa, onde habitavam com suas famílias, fazendo-me dois pratos cada um. Eu tomava vinte criados em minha mão e os botava sobre a mesa. Cem ficavam no chão, alguns com pratos de carne, os demais com barris de vinho e de outras bebidas pendurados nos ombros. Os criados sobre a mesa puxavam esses alimentos para cima, conforme eu pedia, de uma forma bastante engenhosa: usando cordas, como nós puxamos os baldes de água dos poços na Europa. Um prato deles de carne garante um bom bocado, e um barril de bebida, um gole razoável. A carne de carneiro deles perde para a nossa, mas a de boi é excelente. Uma vez me deram um lombo tão grande que fui obrigado a comê-lo em três mordidas, mas isso é raro. Meus servos se chocaram quando me viram comer esse lombo, com os ossos e tudo, como fazemos em nosso país com as coxas de cotovia. Os gansos e perus deles, eu os comia em uma só bocada, e confesso que são muito superiores aos nossos. De suas aves menores, eu podia juntar vinte ou trinta na ponta de minha faca.

Um dia, Sua Alteza Imperial, sendo informado desse meu estilo de vida, solicitou que "ele e sua consorte, bem como seus jovens príncipes de sangue de ambos os sexos, pudessem ter a alegria", como ele próprio disse, "de comer comigo". E de fato vieram. Coloquei-os, sentados em seus tronos, sobre minha mesa, no lado oposto ao meu, com seus guardas juntos deles. Flimnap, o tesoureiro-mor, também compareceu, ostentando o cajado branco símbolo de seu cargo. Notei que ele por vezes me olhava com uma feição mal-humorada, mas não demonstrei dar-lhe muita atenção; antes, comi mais que o normal, em honra de minha adorada pátria e também para encher a corte de admiração. Tenho razões para crer que a visita de Sua Majestade deu a Flimnap a oportunidade de falar mal de mim a seu senhor. Esse ministro sempre foi um inimigo não declarado meu, embora em público fosse mais gentil comigo do que o normal para uma pessoa de natureza tão rabugenta. Ele expôs ao imperador "a condição periclitante de seu Tesouro; que havia sido forçado a tomar dinheiro emprestado a juros altíssimos; que os títulos do Tesouro estavam circulando nove por cento abaixo do normal; que eu havia custado a Sua Majestade mais de um milhão e meio de *sprugs*" (a maior moeda de ouro deles, a qual tinha o tamanho de uma lantejoula); "e que, em suma, seria aconselhável que o imperador me dispensasse na primeira oportunidade".

Devo agora defender a reputação de uma ilustríssima dama que, apesar de inocente, padeceu por culpa minha. O tesoureiro enciumou-se de sua esposa, que, devido às más línguas, acreditava ter tomado um grande afeto por minha pessoa. Por um tempo, correu pela corte um boato de que ela havia ido secretamente a minha casa. Declaro que isso não passa de uma calúnia das mais infames, sem qualquer fundamento. Longe disso, sua graça sempre se alegrou em me dispensar todas as marcas inocentes de familiaridade e de amizade. Admito que ela vinha com frequência a minha casa, mas nunca secretamente, estando sempre acompanhada por no mínimo mais três pessoas na carruagem, geralmente sua irmã, sua filha mais nova e mais alguma conhecida. Mas, como ela, várias outras damas da corte também o faziam. E pergunto ainda a meus empregados se alguma vez algum deles viu uma carruagem em minha porta sem saber quem era o ocupante. Nessas ocasiões, quando algum empregado me informava da chegada de alguém, meu hábito era ir imediatamente à porta e, depois de prestar meus respeitos, tomar a carruagem e dois cavalos cuidadosamente em minhas mãos (quando havia seis cavalos, o postilhão sempre desarreava quatro) e colocá-los sobre a mesa, à qual eu havia prendido uma borda redonda removível de aproximadamente treze centímetros de altura para prevenir acidentes. Por vezes, cheguei a ter quatro carruagens com seus cavalos de uma única vez sobre minha mesa, cheias de pessoas, enquanto eu me assentava em minha cadeira e pendia minha face para junto delas. Enquanto me ocupava de um grupo, os cocheiros gentilmente dirigiam os outros em volta da mesa. Passei várias tardes muito agradáveis nessas conversas. Mas desafio o tesoureiro e seus informantes (vou nomeá-los, e eles que se virem), Clustril e Drunlo, a provarem que qualquer pessoa tenha vindo até mim em segredo, salvo o secretário Reldresal, que o fez sob ordens expressas de Sua Majestade Imperial, como relatei anteriormente. Não teria me alongado tanto nesse assunto em particular se a reputação de uma grande dama não estivesse envolvida, sem dizer a minha própria, visto que tinha àquela altura o título de *nardac*, o qual nem mesmo o tesoureiro possui. É sabido que esse ministro possui apenas o título de *glumglum*, que está logo abaixo do meu, como o de marquês vem logo abaixo do de duque na Inglaterra. Todavia admito que ele me superava devido ao seu cargo. Essas mentiras, que mais tarde chegaram aos meus ouvidos por um acidente não digno de ser mencionado, fizeram com que o tesoureiro tratasse mal sua esposa por um tempo, e a mim, pior ainda. E, embora ele tenha por fim descoberto a verdade e se reconciliado com ela, eu perdi todo o crédito com ele e vi meus interesses serem muito prejudicados junto ao imperador, dado que Sua Majestade era muito influenciado pelo ministro.

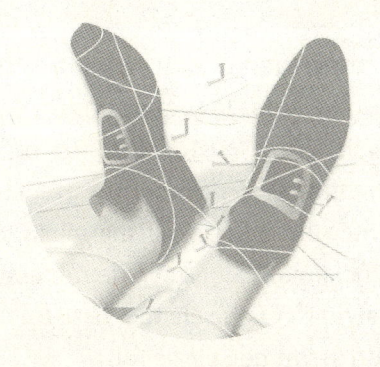

# Capítulo 7

*O autor, sendo informado de um plano para acusá-lo de alta traição, foge para Blefuscu. Narra-se sua recepção nessa terra.*

Antes de iniciar meu relato de como deixei esse reino, é válido informar o leitor de uma intriga pessoal que se formava há dois meses contra mim.

Até aquele momento, eu jamais havia frequentado as cortes, e nem poderia, dada minha condição financeira. Já lera bastante, sem dúvida, sobre os humores dos grandes príncipes e ministros, mas nunca imaginei causar neles um efeito tão terrível, ainda mais em um país tão remoto, governado, como pensava, por princípios tão diferentes dos que havia na Europa.

Quando preparava-me para prestar minha visita ao imperador de Blefuscu, uma pessoa importante da corte (a quem eu havia sido de grande serventia em um momento em que Sua Majestade Imperial estava muito insatisfeito com ela) veio uma noite muito secretamente a minha casa em uma liteira fechada e, sem anunciar seu nome, solicitou que a recebesse. Os carregadores foram dispensados, e eu pus a liteira contendo Sua Senhoria no bolso de meu casaco. Em seguida, dei ordem para que um empregado de confiança dissesse que eu estava indisposto e que iria recolher-me. Tranquei a porta da casa, botei a liteira sobre a mesa e, como me era de costume, sentei-me junto a ela. Depois dos cumprimentos habituais, percebendo a preocupação no feitio de Sua Senhoria, perguntei-lhe a razão de sua visita, e ele me pediu que "o ouvisse com paciência, pois se tratava de um assunto concernente à minha honra e minha vida". O que ele me disse foi exatamente o que se segue, pois anotei tudo assim que ele se foi:

"O senhor precisa saber", disse ele, "que reuniões do conselho foram convocadas nos últimos dias, de forma extremamente secreta, para tratar sobre o senhor, e há dois dias Sua Majestade tomou uma decisão.

O senhor certamente terá ciência de que Skyresh Bolgolam" (o *galbet*, ou almirante-mor) "tem sido seu mais mortal inimigo praticamente desde sua chegada. O motivo inicial eu desconheço, mas seu ódio aumentou muito desde o grande sucesso do senhor contra Blefuscu, que ofuscou bastante a glória dele como almirante. Esse senhor, em conluio com Flimnap, o tesoureiro-mor, cuja inimizade com o senhor é notória, por razão da senhora sua esposa; Limtoc, o general; Lalcon, o camareiro; e Balmuff, o magistrado-chefe, redigiu uma série de artigos de impedimento contra o senhor, por traição e outros crimes capitais".

Esse preâmbulo me deixou tão ansioso, por estar ciente de meus próprios méritos e de minha inocência, que eu me preparei para interrompê-lo. Foi quando ele fez um sinal para que eu ficasse calado, e então continuou:

"Como mostra da minha gratidão pelos favores que me fez, procurei obter informações sobre a íntegra do processo e consegui uma cópia dos artigos, colocando minha cabeça em risco para ajudá-lo.

'*Artigos de Impedimento contra QUINBUS FLESTRIN, (o Homem-Montanha).*

Artigo I

Considere-se que, conforme um estatuto promulgado no reino de Sua Majestade Imperial Calin Deffar Plune, estabelece-se que qualquer indivíduo que urine nos arredores do palácio real estará sujeito à pena de alta traição. Não obstante, o dito Quinbus Flestrin, em uma clara contravenção à referida lei, com a desculpa de extinguir o incêndio deflagrado no apartamento da muito benquista consorte de Sua Majestade, maliciosa, desleal e diabolicamente apagou, com um jato de urina, o supramencionado incêndio no referido apartamento, estando ele dentro dos limites do palácio real, violando assim o estatuto instaurado sobre essa matéria em descumprimento do dever, etc.

Artigo II

Que o dito Quinbus Flestrin, tendo trazido a frota imperial de Blefuscu aos portos reais e recebendo, posteriormente, uma ordem de Sua Majestade Imperial para capturar todos os outros navios do referido império de Blefuscu, bem como para reduzir aquele império a uma província a ser governada doravante por um vice-rei, e também para destruir e executar não apenas os exilados largo-extremistas, como também todas as pessoas naquele império que não negassem a heresia largo-extremista, ele, o dito Flestrin, tal qual um falso traidor de Sua Auspiciosíssima e Sereníssima Majestade Imperial, solicitou dispensa de tal serviço, sob o pretexto de não querer forçar sua consciência nem tirar a liberdade e a vida de um povo inocente.

Artigo III

Que, visto que alguns embaixadores foram enviados pela corte de Blefuscu com o intuito de apresentar pedidos de paz, ele, o dito Flestrin, tal qual um falso traidor, ajudou, instigou, confortou e entreteve os referidos embaixadores, embora os soubesse servos de um príncipe que era até pouco tempo antes inimigo declarado de Sua Majestade Imperial, tendo declarado guerra contra a dita majestade.

Artigo IV

Que o dito Quinbus Flestrin, em violação dos deveres de um súdito fiel, prepara-se agora para fazer uma viagem à corte e ao império de Blefuscu, para a qual recebeu apenas uma autorização verbal de Sua Majestade Imperial; e, valendo-se dessa dita autorização, pretende, de modo falso e traidor, realizar a referida viagem e, com isso, auxiliar, confortar e mancomunar-se com o imperador de Blefuscu, até tão pouco tempo atrás um inimigo em guerra declarada com a sua supramencionada majestade imperial.'

Há alguns outros artigos, mas esses, dos quais li um resumo para o senhor, são os mais importantes.

Nos vários debates sobre esse processo de impedimento, deve-se confessar que Sua Majestade deu muitas mostras de leniência, mencionando com frequência os serviços que o senhor prestou-lhe e empenhando-se em extenuar seus crimes. O tesoureiro e o almirante insistiram que o senhor deveria ser condenado à mais dolorosa e vergonhosa execução, o que se faria incendiando sua casa à noite, e o general deveria estar presente com vinte mil homens armados com flechas envenenadas, que seriam disparadas em seu rosto e suas mãos. Alguns de seus servos receberiam ordens secretas para espalhar um sumo venenoso sobre suas roupas e lençóis, o qual em pouco tempo faria com que o senhor rasgasse a própria carne, perecendo à mais terrível das torturas. O general concordou e assim, por um longo tempo, houve uma maioria contra o senhor. Todavia, estando Sua Majestade decidida, se possível, a poupar sua vida, terminou por dispensar o camareiro.

Nesse momento, Reldresal, secretário-mor dos assuntos confidenciais, que sempre declarou-se grande amigo seu, foi intimado pelo imperador a apresentar sua opinião, o que ele prontamente fez, justificando os bons pensamentos que tinha sobre o senhor. Admitiu que seus crimes eram graves, mas que havia espaço para clemência, sendo essa uma das maiores virtudes de um príncipe, pela qual Sua Majestade era tão justamente celebrado. Disse ainda que a amizade entre o senhor e ele era tão conhecida de todos que talvez o excelentíssimo conselho o julgasse parcial, mas que, em obediência ao comando que recebera, manifestaria livremente seus sentimentos. Pediu que Sua Majestade, levando em consideração os serviços do senhor e em conformidade com a própria índole misericordiosa, gentilmente poupasse sua vida e desse ordens apenas para que arrancassem-lhe os dois olhos, o que ele humildemente considerava ser suficiente para que se fizesse justiça. Dessa maneira, todos celebrariam a brandura do imperador, bem como o processo justo e generoso levado a cabo por aqueles que têm a honra de ser seus conselheiros. Declarou que a perda dos olhos não teria efeito algum na força física, de modo que o senhor continuaria a ser útil para Sua Majestade; que a cegueira contribui para a coragem por ocultar os perigos de nós; que o medo de que lhe ferissem os olhos foi uma de suas maiores dificuldades ao trazer-nos a frota inimiga; e que bastaria ao senhor ver através dos olhos dos ministros, posto que os maiores príncipes fazem o mesmo.

Essa proposta foi recebida com a mais pujante rejeição por todo o conselho. Bolgolam, o almirante, não conteve seu temperamento e, levantando-se furiosamente, disse que não compreendia como o secretário ousava defender a vida de um traidor; que os serviços que o senhor prestara eram, no que de fato compete ao Estado, os maiores agravantes de seus crimes; que o senhor, que foi capaz de apagar o incêndio com um jato de urina sobre os apartamentos de Sua Majestade, a imperatriz consorte (o que ele mencionou com horror), também poderia ser capaz, no futuro, de causar uma inundação dessa mesma maneira, de submergir o palácio inteiro; e que a mesma força que lhe permitiu capturar a frota inimiga pode, ao primeiro sinal de descontentamento, ser usada para levá-la de volta; que tinha razões para crer que, em seu coração, o senhor é um largo-extremista; e que, como a traição começa no coração antes de se manifestar em atos, ele o acusava de ser traidor e insistia que o senhor fosse executado.

O tesoureiro concordou. Mostrou como as receitas de Sua Majestade haviam sido reduzidas devido aos custos de sustentar o senhor, o que em breve se tornaria impraticável; que a ideia do secretário de arrancar-lhe os olhos estava tão longe de remediar esse mal que poderia, na realidade, piorá-lo, haja vista a prática comum de cegar algumas aves, o que faz com que comam mais e engordem mais rápido; que sua sacra majestade e seu conselho, que são juízes do senhor, estão completamente convencidos de sua culpa, o que é argumento suficiente para condená-lo à morte sem ser preciso apresentar as provas formais exigidas pela letra estrita da lei.

Contudo, Sua Majestade Imperial, completamente decidido contra a pena capital, graciosamente disse que, já que o conselho julgava a perda de seus olhos uma pena demasiadamente branda, alguma outra poderia ser infligida em seguida. Então, seu amigo, o secretário, pedindo humildemente para ser ouvido de novo, em resposta à objeção do tesoureiro quanto aos altos custos em que Sua Majestade incorria para sustentá-lo, disse que Sua Excelência, que tinha à disposição todas as receitas do imperador, poderia ele mesmo dar cabo desse mal, reduzindo paulatinamente sua ração, de modo que, pela falta de alimento, o senhor ficaria fraco e débil e perderia o apetite, consequentemente definhando e perecendo em poucos meses. Nesse caso, o fedor de sua carcaça também não seria tão perigoso, dado que ela teria perdido metade do tamanho. Além disso, assim que o senhor morresse, cinco ou seis mil súditos de Sua Majestade poderiam, em dois ou três dias, desossar toda a sua carne e, levando-a em carroças, enterrá-la em algum lugar remoto, a fim de evitar infecções. Por fim, seu esqueleto seria mantido como monumento para a admiração da posteridade.

Dessa forma, por conta da grande amizade que o secretário tem pelo senhor, chegou-se a um acordo sobre a matéria. Ficou estritamente ordenado que o plano de matá-lo de fome aos poucos fosse mantido em segredo. Todavia, a sentença de arrancar-lhe os olhos foi registrada nas atas. Não houve nenhuma discordância, salvo por Bolgolam, o almirante, que, sendo uma marionete da imperatriz, era constantemente instigado por ela a insistir em sua execução, devido ao perpétuo ódio que tomou pelo senhor por causa do método infame e ilegal de que o senhor lançou mão para extinguir o fogo em seus apartamentos.

Em três dias, seu amigo, o secretário, receberá instruções para vir a sua casa e ler diante do senhor os artigos de seu impedimento e, em seguida, como demonstração da grande parcimônia e do favor de Sua Majestade e do conselho, o senhor será condenado apenas a perder os olhos, pena à qual Sua Majestade tem convicção de que o senhor humildemente se submeterá de muito bom grado. Vinte dos cirurgiões de Sua Majestade comparecerão a fim de supervisionar a operação e garantir que ela seja bem conduzida, o que se fará por meio do disparo de flechas muito afiadas em seus globos oculares enquanto o senhor está deitado no chão.

Deixo a cargo do senhor decidir o que vai fazer. E, para evitar suspeitas, devo agora ir-me de modo tão furtivo quanto como eu vim."

Sua Senhoria se foi, e eu fiquei sozinho, atribulado com muitas dúvidas e ponderações.

Era um costume introduzido por esse príncipe e por seu ministério (costume esse muito diferente das práticas de tempos anteriores, como me garantiram) que, depois de a corte decretar uma execução cruel, fosse para satisfazer algum ressentimento de Sua Majestade ou a malícia de algum de seus favoritos, o imperador proferisse um discurso ao conselho, expressando sua grande misericórdia e gentileza, qualidades conhecidas e declaradas por todo o mundo. Seu discurso foi imediatamente publicado em todo o reino, e nada aterrorizava mais o povo que esses elogios à misericórdia de Sua Majestade, pois era sabido que, quanto maiores eram esses louvores e quanto mais insistia-se neles, mais desumana era a pena e mais inocente o condenado. De minha parte, devo confessar que eu, por nunca ter sido apto a ser cortesão, seja por berço, seja por estudo, era tão incapaz de avaliar as coisas que não conseguia perceber qualquer indício de clemência ou de favor em minha sentença, julgando-a (talvez equivocadamente) mais rigorosa que misericordiosa. Por vezes, considerei submeter-me ao julgamento, pois, apesar de não poder negar os fatos alegados nos artigos, esperava que pudessem admitir alguns atenuantes. Todavia tendo, ao longo de minha vida, presenciado muitos julgamentos, os quais sempre terminaram da forma que mais aprazia ao juiz, não ousei me apoiar em uma decisão tão perigosa, em uma conjuntura tão momentosa e contra inimigos tão poderosos. Por um momento, pensei seriamente em resistir, visto que, contanto que tivesse minha liberdade, as forças daquele império dificilmente conseguiriam subjugar-me, e eu poderia facilmente botar a metrópole abaixo, não deixando pedra sobre pedra. Mas logo afastei com horror esses pensamentos, lembrando-me do juramento que havia feito ao imperador, dos favores que havia recebido dele e do alto título de *nardac* que me havia sido conferido. Além do mais, tendo eu tão recentemente recebido mostras da gratidão dos cortesãos, não conseguia convencer-me de que a atual severidade do imperador me dispensasse de todas as minhas obrigações passadas.

Por fim, tomei uma decisão, pela qual eu provavelmente incorrerei em alguma censura, e com razão. Devo confessar que, se ainda mantenho meus olhos e, automaticamente, minha liberdade, é graças à minha afobação e inexperiência, visto que, se conhecesse, àquela altura, a natureza dos príncipes e dos ministros, a qual desde então já tive a oportunidade de observar em várias outras cortes, e se soubesse a maneira como tratam criminosos muito menos nocivos que eu, eu teria, de muito bom grado, me submetido a uma pena tão branda. No entanto, instigado pela pressa da juventude e tendo permissão de Sua Majestade para visitar o imperador de Blefuscu, aproveitei a oportunidade, antes que os três dias se passassem, para enviar uma carta a meu amigo secretário expressando minha decisão de partir na manhã seguinte para Blefuscu, em conformidade com a licença que havia obtido. Então, sem esperar pela resposta, fui para a parte da ilha onde nossa frota ficava ancorada. Tomei um grande navio de guerra, amarrei um cabo à proa e, levantando as âncoras, despi-me; pus minhas roupas (junto de minha manta, que carregava sob o braço) na embarcação e, puxando-a atrás de mim, vadeei e nadei até chegar ao porto real de Blefuscu, onde as pessoas há muito me aguardavam. Eles designaram dois guias para levar-me à capital, cujo nome é o mesmo do país. Segurei-os em minhas mãos até que cheguei a menos de duzentos metros do portão e pedi a eles que "anunciassem minha chegada a algum dos secretários, e que lhe dissessem que eu aguardava ordens de Sua Majestade". Passada uma hora, recebi a resposta de que "Sua Majestade, acompanhado de sua família real, bem como de altos oficiais da corte, vinha receber-me". Avancei noventa metros. O imperador e seu séquito apearam de seus cavalos, e a imperatriz e suas damas desceram de suas carruagens. Nenhum deles me pareceu estar amedrontado ou aflito. Pus-me no chão para beijar as mãos de Sua Majestade e da imperatriz. Disse ao imperador que "havia vindo conforme prometido, e com a permissão de meu senhor, o imperador de Lilipute, para poder ter a honra de conhecer um monarca tão poderoso e oferecer a ele qualquer serviço em meu poder, condizente com meus deveres ao meu próprio príncipe". Não mencionei nada sobre minha desgraça, visto que até então não havia recebido nenhuma notícia oficial sobre ela e, portanto, deveria comportar-me como se não soubesse nada a respeito. Tampouco imaginava que o imperador pudesse descobrir o segredo enquanto eu estivesse fora de seu alcance, mas logo descobri estar redondamente enganado.

Não incomodarei o leitor com detalhes de minha recepção na corte, que foi condizente com a generosidade de um príncipe tão magnânimo, nem com as dificuldades que passei por não ter nem casa nem cama, sendo forçado a deitar-me no chão e a cobrir-me com minha manta.

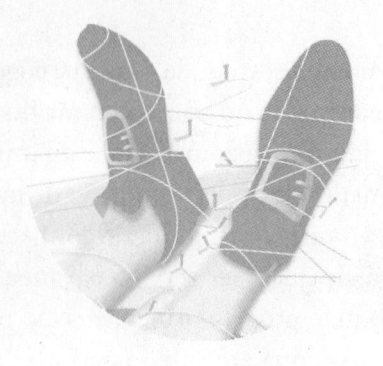

# Capítulo 8

*Graças a um feliz acidente, o autor encontra meios de deixar Blefuscu e, após algumas dificuldades, retorna são e salvo à sua terra natal.*

Três dias após minha chegada, caminhando por pura curiosidade na costa nordeste da ilha, divisei, a cerca de meia légua mar adentro, algo que se parecia com um barco de ponta-cabeça. Tirei meus sapatos e minhas meias e, vadeando por duzentos ou trezentos metros, percebi que o objeto se aproximava devido à maré. Notei, então, que de fato se tratava de um barco, que supus ter se soltado de algum navio por causa de uma tempestade. Foi então que retornei imediatamente à cidade e pedi à Sua Majestade Imperial que me emprestasse vinte dos mais altos navios que ainda tivesse após a perda de sua frota, bem como três mil marujos, sob o comando de seu vice-almirante. Essa frota foi contornando a ilha, enquanto eu voltei pelo caminho mais curto até a costa, onde havia descoberto o barco. Percebi que a maré o havia trazido ainda mais para perto. Os marujos estavam bem providos de cordas, que eu havia anteriormente entrelaçado juntas, a fim de fortificá-las. Quando os navios chegaram, despi-me e vadeei até chegar a noventa metros do barco, e a partir daí fui obrigado a nadar para alcançá-lo. Os marujos jogaram-me a ponta de uma corda, que eu prendi ao buraco na parte dianteira do barco, e a outra extremidade, prendi-a a um navio de guerra. Todavia percebi que meu esforço de pouco valia, pois, não podendo tocar o chão àquela profundidade, não conseguia fazer muito. Com isso, vi-me forçado a nadar atrás do barco, empurrando-o para a frente com uma das mãos tantas vezes quanto me fosse possível. Assim, com a ajuda da maré, pude avançar tanto que, levantando o queixo, conseguia sentir o chão com o pé. Descansei por dois ou três minutos e, então, dei outro empurrão no barco, e assim por diante, até que a água já não passava de meus sovacos. A essa altura, a parte mais difícil já havia terminado. Saquei os demais cabos, que estavam em um dos navios, e prendi-os primeiro ao barco e, em seguida, a nove dos navios que me assistiam. Com o vento a nosso favor, os marujos rebocaram o barco, e eu o empurrei, até que chegamos a menos de quarenta metros da costa. Feito isso, após aguardar que a maré baixasse, fui até o barco em seco e, com a ajuda de dois mil homens, com cordas e máquinas, consegui virá-lo para cima, descobrindo que estava apenas um pouco danificado.

Não incomodarei o leitor com detalhes das dificuldades pelas quais passei, com a ajuda de alguns remos que me levaram dez dias para fazer, para conseguir levar o barco ao porto real de Blefuscu, onde me esperava uma multidão que ficou muito impressionada com o tamanho da embarcação. Eu disse ao imperador que "minha boa sorte havia me guiado a esse barco, a fim de que ele me levasse de volta ao lugar do qual poderia retornar à minha terra natal. Implorei à Sua Majestade que desse ordens para que se providenciassem os materiais necessários para consertá-lo, bem como que me desse autorização para partir", o que, depois de alguns gentis protestos, ele prontamente me concedeu.

Todo esse tempo, não pude deixar de estranhar que não houvesse chegado nenhuma notícia a meu respeito à corte de Blefuscu. Contudo, mais tarde, fui informado em segredo que Sua Majestade Imperial, não tendo imaginado que eu sabia de suas intenções, acreditou que eu somente havia ido a Blefuscu a fim de cumprir minha promessa, conforme a licença que havia me concedido, o que era um fato conhecido por toda a corte liliputiana, e, portanto, acreditava que eu retornaria em poucos dias, quando terminasse a cerimônia. Todavia, ficou muito aflito com minha longa ausência e, após se consultar com o tesoureiro e os demais daquela conspiração, enviou à corte de Blefuscu uma pessoa de importância portando uma cópia dos artigos contra mim. Esse enviado tinha instruções de declarar ao monarca blefuscudiano "a grande misericórdia de seu senhor, que se contentava em punir-me com não mais que a perda de meus olhos; que eu fugira da justiça; e que, se eu não retornasse em duas horas, perderia meu título de *nardac* e seria declarado traidor". O enviado acrescentou ainda que, "a fim de manter a paz e a amizade entre os dois impérios, seu senhor esperava que seu irmão de Blefuscu desse ordens para que eu fosse enviado de volta a Lilipute, com mãos e pés amarrados, para que fosse punido como traidor".

O imperador de Blefuscu, tendo tomado três dias para consultar-se com os seus, enviou uma resposta consistindo de muitas formalidades e pedidos de desculpas. Disse que, "quanto a enviar-me amarrado, seu irmão sabia que isso seria impossível; que, embora eu o houvesse privado de sua frota, ele me devia grandes obrigações pelos serviços que lhe havia prestado durante o processo de pacificação. Que, contudo, ambas as majestades seriam em breve desapoquentadas, uma vez que eu havia encontrado uma prodigiosa embarcação perto da costa que seria capaz de levar-me pelo mar, a qual ele mandara reparar, com minha própria assistência e sob minha própria direção. Que, portanto, esperava que em algumas poucas semanas ambos os impérios estivessem livres desse estorvo tão insuportável".

Com essa resposta, o enviado retornou a Lilipute, e o monarca de Blefuscu relatou a mim o que havia sucedido, oferecendo-me, ao mesmo tempo (mas sob o mais estrito sigilo), sua gentil proteção, contanto que eu continuasse a seu serviço. Embora eu cresse que ele fosse sincero, decidi nunca mais depositar minha confiança em príncipes ou ministros, se pudesse escolher não o fazer. Por isso, reconhecendo suas muito favoráveis intenções, humildemente roguei que fosse dispensado. Disse-lhe que, "já que a sorte, seja ela boa ou má, havia posto um barco em meu caminho, preferia lançar-me ao mar a ser o motivo da discórdia entre dois monarcas tão poderosos". Não vi nenhum sinal de descontentamento no imperador. Pelo contrário, descobri, por acidente, que ele e seus ministros ficaram muito satisfeitos com minha decisão.

Essas considerações me levaram a adiantar um pouco a minha partida, algo para o qual a corte, ansiosa por ver-me ir, muito prontamente contribuiu. Quinhentos operários foram empregados na construção de duas velas para meu barco, costurando em camadas, conforme minhas instruções, treze peças de seu mais resistente linho. Ocupava-me com muita dificuldade em fazer as cordas e os cabos, entrelaçando dez, vinte ou trinta dos mais fortes que possuíam. Uma grande pedra, que eu por acaso encontrei junto à costa depois de procurar muito, serviu-me de âncora. Deram-me a gordura de trezentas vacas para calafetar meu barco e também para outros fins. Pelejei muito para derrubar algumas das maiores árvores, a fim de usar a madeira para construir remos e mastros, tendo, entretanto, contado com a grande ajuda dos carpinteiros náuticos de Sua Majestade, que se empenharam em lixá-las quando eu havia terminado o trabalho grosso.

Em cerca de um mês, quando tudo estava preparado, mandei que pedissem as ordens de Sua Majestade, a fim de receber minha autorização para partir. O imperador e a família real saíram do palácio; deitei para beijar-lhe a mão, que ele graciosamente me estendeu. O mesmo fizeram a imperatriz e os príncipes de sangue. Sua Majestade presenteou-me com cinquenta sacos contendo duzentos *sprugs* cada, bem como com uma pintura sua de corpo inteiro, que eu imediatamente guardei em minhas luvas, para que não se danificasse. Não vou enfadar o leitor neste momento com um relato das muitas cerimônias de despedida que foram realizadas.

Abasteci o barco com as carcaças de cem bois e trezentas ovelhas, com pão e bebida em quantidade proporcional e com a maior quantidade de carne já preparada que quatrocentos cozinheiros puderam providenciar. Levei comigo seis vacas e dois touros vivos, e a mesma quantidade de ovelhas e carneiros, com o propósito de levá-los ao meu país e propagar a raça. Para alimentá-los durante a viagem, dispunha de um bom punhado de feno e um saco de milho. Eu teria com muita alegria levado uma dúzia de nativos, mas isso o imperador de forma alguma permitiu. Além disso, mesmo com uma revista diligente de meus bolsos, Sua Majestade pediu minha palavra de honra de que "não levaria embora nenhum de seus súditos, mesmo que eles consentissem e desejassem que eu o fizesse".

Assim, tendo preparado tudo da melhor forma que pude, zarpei no vigésimo quarto dia de setembro de 1701, às seis da manhã. Após avançar cerca de dezenove quilômetros na direção Norte, com o vento soprando a sudeste, divisei, às seis da tarde, uma pequena ilha a cerca de meia légua na direção noroeste. Avancei e ancorei a sota-vento da ilha, que me pareceu desabitada. Em seguida, fiz uma refeição leve e fui descansar. Dormi bem, por pelo menos umas seis horas, imagino, pois o sol nasceu umas duas horas depois de eu acordar. A noite estava clara. Fiz o desjejum antes de o sol nascer, subi a âncora e, estando o vento favorável, tomei o mesmo curso do dia anterior, orientando-me por minha bússola de bolso. Minha intenção era alcançar, se possível, uma das ilhas que eu cria estarem localizadas a nordeste da Terra de Van Diemen. Não encontrei nada em todo aquele dia, mas, no seguinte, por volta das três da tarde, quando, segundo minhas contas, já estava a 24 léguas de distância de Blefuscu, divisei um navio indo na direção sudeste, sendo que eu ia rumo a Leste. Tentei chamá-lo, mas não obtive resposta. Todavia, percebi que conseguia alcançá-lo, pois o vento abrandara. Dei vela o máximo que pude e, depois de meia hora, perceberam-me, içaram a bandeira e dispararam um tiro. Nem consigo expressar a alegria que senti diante da inesperada possibilidade de rever meu adorado país, bem como os familiares que nele havia deixado. O navio folgou as velas, e eu subi nele entre as cinco e as seis da tarde do dia 26 de setembro. Meu coração quase saltou pela boca quando vi as cores da bandeira inglesa. Pus minhas vacas e ovelhas no bolso do casaco e subi a bordo com minhas poucas cargas e provisões. O veleiro era um navio mercante inglês retornando do Japão pelos mares do Norte e do Sul; o capitão, o sr. John Biddel, de Deptford, era um homem muito educado e um excelente marinheiro.

A essa altura, estávamos na latitude de trinta graus Sul. Havia cerca de cinquenta homens no navio, e encontrei aí um velho conhecido meu, chamado Peter Williams, que falou bem de mim para o capitão. Esse cavalheiro me tratou de forma muito gentil; quis saber de onde vinha e para onde ia, o que expliquei em poucas palavras, mas ele achou que eu estivesse variando e que os apuros pelos quais passara haviam perturbado minha cabeça. Foi então que tirei do bolso meu gado negro e minhas ovelhas, os quais tiveram o efeito de causar-lhe grande espanto, mas também de convencê-lo de que eu dizia a verdade. Em seguida, mostrei-lhe o ouro que me havia sido dado pelo imperador de Blefuscu, bem como o retrato de corpo inteiro de Sua Majestade e algumas outras raridades daquele país. Dei-lhe dois sacos contendo duzentos *sprugs* cada e prometi-lhe que, quando chegássemos à Inglaterra, lhe daria de presente uma vaca e uma ovelha prenhas.

Não incomodarei o leitor com detalhes dessa viagem, que foi muito próspera em sua maior parte. Chegamos às Dunas[9] em 13 de abril de 1702. Meu único infortúnio foi que os ratos do navio levaram de mim uma das ovelhas. Encontrei em um buraco apenas os ossos dela, completamente limpos da carne. Consegui manter o resto de meu gado a salvo até chegarmos à costa e botei-os para pastar em um campo de boliche na grama em Greenwich, cuja relva era tão boa que comeram em grande quantidade, embora eu sempre temesse o contrário. Também não teria conseguido preservá-los durante uma viagem tão longa se o capitão não me tivesse cedido um pouco de seus melhores biscoitos, os quais, esmigalhados e misturados com água, serviram várias vezes de ração para os animais. Durante o pouco tempo que passei na Inglaterra, lucrei consideravelmente mostrando esses bois e ovelhas a várias pessoas de importância e a algumas outras. E, antes de começar minha

---

9   Tradução de *The Downs*, famoso ancoradouro próximo a Kent, na Inglaterra, onde ocorreu, em 1639, a Batalha das Dunas, durante a Guerra dos Oitenta Anos. (N.T.)

segunda viagem, vendi-os por seiscentas libras. Parece-me que, desde meu último regresso, a raça tem se disseminado grandemente, em especial as ovelhas, as quais imagino que serão muito vantajosas para a indústria da lã, dada a qualidade de seu velo.

Permaneci junto de minha esposa e de minha família por apenas dois meses, pois meu desejo insaciável de conhecer novos países me instigava a partir. Deixei mil e quinhentas libras com minha mulher e levei-a para uma ótima casa à rua Redriff. O que sobrou, carreguei comigo, parte em dinheiro, parte em bens, na esperança de multiplicar minhas fortunas. Meu tio mais velho, John, deixara-me uma propriedade perto de Epping que rendia-me cerca de trinta libras por ano, e eu tinha ainda um aluguel a longo prazo de uma pensão chamada Black Bull[10], localizada em Fetter Lane, com o qual lucrava o mesmo valor. Sendo assim, minha família não corria o risco de não ter como se sustentar. Meu filho, Johnny, que recebeu esse nome em homenagem a meu tio, estava na escola de gramática[11] e era uma criança muito esperta. Minha filha, Betty (que hoje já é casada e tem filhos), dedicava-se a bordar naquela época. Deixei minha esposa, meu filho e minha filha aos prantos e fui a bordo do *Adventure*, um navio mercante de trezentas toneladas que ia rumo a Surate[12] e tinha por comandante o capitão John Nicholas, de Liverpool. O relato dessa jornada, contudo, ficará para a segunda parte de minhas viagens.

---

10 O autor não faz essa explicação. Diz apenas algo como "a Black Bull na Fetter Lane", mas, segundo nossas pesquisas (v. *Lockie's Topography of London*, 1810), trata-se de uma pensão real, da qual Swift, como é comum dele, se utilizou, borrando a fronteira entre o ficcional e o real. (N.T.)
11 Um tipo de escola do Reino Unido em que as crianças são alfabetizadas. (N.T.)
12 Cidade portuária na Índia. (N.T.)

# PARTE II
# Viagem a Brobdingnag

Paul Gavarni (1804 -1866) Fonte: Biblioteca Robarts - Toronto

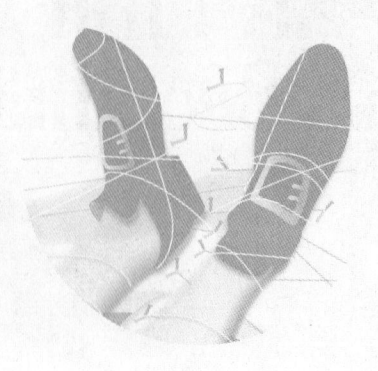

# Capítulo 1

*Descreve-se uma grande tempestade; um escaler é enviado para buscar água; o autor vai no escaler a fim de conhecer o país. É deixado na costa, capturado por um dos nativos e levado à casa de um fazendeiro. Narra-se sua recepção, bem como diversos acidentes que se desenrolam lá. Faz-se uma descrição dos habitantes.*

Tendo sido condenado pela fortuna a ser inquieto e ativo na vida, dois meses depois de meu regresso, eu novamente deixei minha terra natal e parti das Dunas no vigésimo dia de junho de 1702, a bordo do *Adventure*, navio com rumo a Surate comandado pelo capitão John Nicholas, natural da Cornualha. Contamos com um vento muito próspero até chegarmos ao Cabo da Boa Esperança, onde tomamos terra a fim de abastecer o navio de água doce. Contudo, ao descobrirmos um vazamento, desembarcamos nossos bens e invernamos ali. Como o capitão padecia de uma febre intermitente, não pudemos deixar o Cabo antes do fim de março. Depois disso, zarpamos e fizemos uma boa viagem até passarmos pelos estreitos de Madagascar. Todavia, tendo chegado ao Norte dessa ilha e a cerca de cinco graus Sul de latitude, os ventos, que naqueles mares são conhecidos por soprarem de forma uniforme e constante entre o Norte e o Oeste desde o início de dezembro até o início de maio, começaram, no dia 19 de abril, a soprar com muito mais violência e muito mais a Oeste que o usual, continuando assim por vinte dias seguidos. Durante esse período, fomos compelidos um pouco para o Leste das Ilhas Molucas, cerca de três graus ao Norte da linha do Equador, conforme constatou nosso capitão em uma observação que fez no segundo dia de maio, quando o vento cessou e o tempo ficou perfeitamente calmo, o que me agradou bastante. Entretanto tendo ele muita experiência em navegar por aqueles mares, alertou-nos que nos preparássemos para uma tempestade, a qual de fato chegou no dia seguinte, pois começou a soprar o vento vindo do Sul chamado monção sul.

Crendo que o vento poderia ser demasiado forte, rizamos a cevadeira e nos preparamos para ferrar o traquete, mas, como fazia um tempo péssimo, certificamo-nos de que os canhões estivessem bem presos e ferramos a mezena. Como o navio já havia se desviado muito, achamos melhor deixar que ele fosse conforme o mar do que forçá-lo ou correr o risco de danificar-lhe o casco. Rizamos o traquete e alamos a escota dele; o timão estava muito duro a barlavento. O navio resistiu bravamente. Amarramos a carregadeira de proa; contudo a vela se rasgou, então baixamos a verga, levamos a vela para dentro do navio e desprendemos todos os cabos amarrados a ela. Fazia uma borrasca braba, e as ondas quebravam estranha e perigosamente. Amarramos a arrida da cana do leme e acudimos o timoneiro. Não arriamos o mastaréu, mas mantivemos tudo como estava, pois a embarcação navegava bem, e sabíamos que, com o mastaréu para cima, o navio seguiria mais robusto, abrindo caminho por sobre a água, visto que tínhamos espaço para manobrar. Passada a borrasca, içamos o traquete e a vela grande e viramos o navio. Em seguida, içamos a mezena, a vela da gávea e o velacho. Rumávamos a lés-nordeste, e o vento soprava a sudeste. Amuramos a estibordo; soltamos os braços e os amantilhos a barlavento; caçamos os braços a sota-vento e, cerrando à bolina, amarramo-los firmemente; amuramos a mezena a barlavento e mantivemos o navio o mais perto possível da linha do vento, viajando a todo pano.

Durante essa tempestade, à qual se seguiu um forte vento a oés-sudoeste, fomos levados, pelas minhas contas, cerca de quinhentas léguas a Leste, de forma que nem o mais experiente marujo a bordo sabia dizer em que parte do mundo nos encontrávamos. Estávamos bem abastecidos de alimento, nosso navio estava intacto e toda a nossa tripulação estava saudável; porém nos encontrávamos seriamente desprovidos de água. Julgamos melhor manter o mesmo curso em vez de convergir mais para o Norte, o que acabaria nos levando à região nordeste da Grande Tartária e, automaticamente, para dentro do Mar Congelado.

Em 16 de junho de 1703, um rapaz no mastaréu divisou terra. No dia 17, podíamos ver claramente uma enorme ilha ou continente (não sabíamos, àquela altura, qual dos dois era), em cuja parte Sul havia uma fina faixa de terra que se projetava em direção ao mar, bem como uma enseada demasiado estreita para comportar um navio de mais de duzentas toneladas. Ancoramos a cerca de uma légua dessa enseada, e nosso capitão enviou doze de seus homens muito bem armados em um escaler, com recipientes para coletar água, se encontrassem alguma. Pedi autorização para ir com eles, a fim de conhecer a terra e descobrir o que pudesse. Quando em terra, não encontramos nenhum rio ou igarapé nem qualquer sinal de habitantes. Assim, nossos homens exploraram a costa a fim de encontrar água potável próximo ao mar, e eu caminhei sozinho cerca de um quilômetro e meio no sentido oposto, onde encontrei uma terra infértil e rochosa. A essa altura, comecei a me sentir cansado e, não encontrando nada que me chamasse a atenção, voltei devagar em direção à enseada. Quando enfim pude ver o mar, notei que os homens já estavam de volta ao escaler e remavam em desespero rumo ao navio. Estava prestes a gritar por eles, apesar de que isso não teria tido efeito algum, quando divisei uma enorme criatura correndo atrás deles mar adentro o mais rápido que podia. A criatura vadeou até que a água lhe chegasse pouco abaixo dos joelhos. Dava passos prodigiosos, mas os homens tinham uma meia légua de vantagem e, como aquela região do mar era cheia de pedras muito pontiagudas, o monstro não foi capaz de chegar ao navio. Isso me contaram depois, porque eu não ousei ficar para ver o fim da aventura. Antes, corri o mais rápido que pude na direção de onde viera e escalei até o cume de um monte íngreme, de onde pude ter uma visão da terra. Descobri que era completamente cultivada, mas o que mais me surpreendeu foi a altura da grama, a qual, naqueles campos que pareciam reservados à produção de feno, alcançava cerca de seis metros de altura.

 Cheguei ao que me pareceu ser uma estrada principal, embora aos nativos servisse apenas de vereda por entre os campos de cevada. Caminhei nela por algum tempo, mas não vi muito em nenhum dos lados, visto que era época de colheita, e o trigo erguia-se a pelo menos doze metros de altura. Levei uma hora para caminhar até o fim desse campo, que era ladeado por uma cerca de pelo menos 36 metros de altura, e as árvores eram tão altas que eu não conseguia medir-lhes o tamanho. Havia uma escada para atravessar de um campo ao outro. Eram quatro degraus que levavam a uma pedra, por cima da qual era preciso passar. Era-me impossível escalar essa escada, pois cada degrau tinha um metro e oitenta de altura, e a pedra no alto, cerca de seis metros. Tentei encontrar algum buraco na cerca, quando percebi um dos habitantes no campo, vindo de lá em direção à escada, com o mesmo tamanho do primeiro que vira perseguindo nosso barco. Parecia tão alto quanto o coruchéu de um campanário e avançava nove metros a cada passo, pelo que pude avaliar. Fui tomado pelo mais completo medo e assombro e corri para esconder-me em meio ao trigo, donde o vi no alto da escada olhando para trás, para o próximo campo à direita, e ouvi-o gritar em uma voz muito mais alta que um megafone, mas, como o som vinha de muito alto, pensei, em um primeiro momento, tratar-se de um trovão. Chegaram, então, mais sete monstros iguais ao primeiro, empunhando foices do tamanho de seis gadanhas cada. Esses indivíduos não estavam tão bem trajados quanto o que vira antes, e pareciam ser seus empregados, pois, após trocarem algumas palavras com ele, retornaram ao campo onde eu estava, para colher o trigo. Mantive-me o mais longe deles que pude, mas fui obrigado a me mover com extrema dificuldade, pois, dado que as hastes do trigo tinham às vezes menos de trinta centímetros de distância umas das outras, eu mal podia me espremer por entre elas. Contudo, me esforcei para seguir em frente até chegar a uma parte do campo onde o trigo havia crescido devido à chuva e ao vento. Ali era-me impossível avançar um passo sequer, pois as hastes eram tão entrelaçadas que eu não podia caminhar por entre elas, e as praganas das espigas que caíam ao chão eram tão fortes e pontiagudas que me furavam a roupa e espetavam-me a carne. Ao mesmo tempo, ouvia os ceifadores a não mais que noventa metros de mim. Estando exausto devido ao esforço e completamente tomado de medo e pavor, deitei-me entre dois sulcos e desejei com todas as forças terminar ali os meus dias. Senti um aperto no peito ao imaginar minha esposa viúva e meus filhos órfãos de pai. Lamentei por minha falta de juízo e teimosia ao fazer uma segunda viagem, contrariando os conselhos de meus amigos e familiares.

Em meio a essa terrível agitação da mente, não pude evitar pensar em Lilipute, cujos habitantes me viam como o maior prodígio existente no mundo; onde eu fui capaz de tomar uma frota imperial pela mão e realizar todos aqueles outros atos, que permanecerão para todo o sempre nas crônicas daquele império, enquanto as futuras gerações dificilmente acreditarão neles, apesar de terem sido testemunhados por milhões. Refleti sobre a ironia de ser tão irrelevante nesta terra quanto um liliputiano seria entre nós. Mas esse era, a meu ver, o menor de meus infortúnios, pois, visto que a selvageria e a crueldade das criaturas humanas parecem crescer proporcionalmente ao seu tamanho, o que poderia esperar que me sucedesse senão virar um pedacinho de carne na boca do primeiro daqueles enormes bárbaros que porventura me capturasse? Indubitavelmente, os filósofos têm razão ao dizer que nada pode ser considerado grande ou pequeno senão por comparação. Poderia ter aprazido à fortuna permitir que os liliputianos encontrassem alguma nação em que os habitantes fossem tão diminutos em relação a eles quanto eles próprios são em relação a mim. E quiçá mesmo essa raça de gigantescos mortais seja igualmente superada em alguma parte distante do mundo ainda por ser descoberta.

Por mais assustado e confuso que estivesse, não podia evitar continuar com essas reflexões, até que um dos ceifadores, aproximando-se a nove metros do sulco em que eu estava deitado, fez com que eu temesse morrer esmagado sob seu pé quando ele desse o próximo passo, ou cortado ao meio por sua foice. Então, quando ele se preparava mais uma vez para se mexer, eu gritei o mais alto que o medo me permitiu. Nesse momento, a enorme criatura abortou o passo e, olhando por um tempo ao seu redor e para baixo, finalmente viu-me deitado no chão. Ele pensou por um tempo, como quem busca uma forma de pegar algum animalzinho perigoso sem levar nenhuma mordida ou arranhão, como eu mesmo já fiz algumas vezes com as doninhas na Inglaterra. Por fim, tomou coragem e me pegou pela cintura, entre o polegar e o indicador, trazendo-me a quase três metros de seus olhos, a fim de me ver melhor. Adivinhei suas intenções, e a sorte me deu tanta presença de espírito que decidi não lutar enquanto ele estivesse me segurando no ar a dezoito metros do chão, embora ele me apertasse terrivelmente os flancos, por medo de que eu lhe escapasse por entre os dedos. Tudo que fiz foi levantar os olhos em direção ao Sol e juntar as mãos em posição de súplica, dizendo algumas palavras em um tom de humilde melancolia, condizentes com a situação em que me encontrava. Isso porque eu temia que, a qualquer momento, ele me arremessasse contra o chão, como fazemos com qualquer animalzinho odioso que desejemos matar. Não obstante, minha estrela da sorte admitiu que ele se agradasse de minha voz e de meus gestos e passasse a me olhar com curiosidade, maravilhando-se de ouvir-me articular palavras, embora não as pudesse compreender. Nesse ínterim, não pude conter meus gemidos e minhas lágrimas e, virando a cabeça em direção aos flancos, mostrei-lhe, da melhor forma que podia, quão cruelmente me machucava a pressão de seus dedos. Ele pareceu me entender, pois levantou a lapela de seu casaco e me pôs aí e, em seguida, levou-me correndo para seu senhor, que era a pessoa que eu vira inicialmente no campo.

Após ouvir o relato a meu respeito (que é o que suponho ter sido a conversa) que seu servo lhe fez, o fazendeiro tomou uma palha do tamanho de uma bengala e, com ela, levantou as lapelas de meu casaco, o qual aparentemente confundiu com alguma espécie de pelagem natural. Ele soprou meus cabelos para o lado, a fim de ver melhor o meu rosto. Chamou os peões que estavam à sua volta e lhes perguntou, como depois fiquei sabendo, se já haviam visto nos campos alguma criatura semelhante a mim. Em seguida, me depositou gentilmente no chão, de quatro, mas eu imediatamente levantei-me e caminhei calmamente para lá e para cá, querendo mostrar àquela gente que não tinha intenção de tentar escapar. Sentaram-se em um círculo à minha volta, a fim de observar melhor meus movimentos. Tirei meu chapéu e fiz uma reverência ao fazendeiro. Pus-me de joelhos, levantei minhas mãos e meus olhos e disse várias palavras, o mais alto que pude. Tirei um saco de ouro de meu bolso e humildemente apresentei a ele, que o recebeu na palma da mão, e então o trouxe para bem perto do olho a fim de ver o que era. Em seguida, virou-o várias vezes com a ajuda de um alfinete (que tirou da manga), mas não lhe deu nenhuma importância. Nesse momento, sinalizei para que ele botasse a mão no chão. Tomei o saco e, abrindo-o, derramei o ouro na palma da mão dele. Havia seis peças espanholas de quatro pistolas cada, além de mais umas vinte ou trinta moedas menores. Vi-o umedecer a ponta do dedo na língua e usá-lo para pegar uma de minhas maiores peças, e então outra; contudo, parecia ignorar completamente o que eram. Ele fez um sinal para que eu botasse as moedas de volta no saco, e o saco, de volta no bolso; após insistir várias vezes que ele aceitasse o ouro, achei melhor obedecer.

    O fazendeiro, a essa altura, estava convencido de que eu devia ser alguma criatura racional. Falou várias vezes comigo, mas o som de sua voz perfurava-me os ouvidos como o de um moinho, ainda que suas palavras fossem nítidas o suficiente. Respondia o mais alto que podia em várias línguas, e ele por vezes chegava a menos de dois metros de mim, mas era tudo em vão, pois éramos inteiramente ininteligíveis um ao outro. Em seguida, mandou seus servos de volta ao trabalho e, tirando seu lenço do bolso, dobrou-o e depositou-o sobre a mão esquerda, a qual então botou aberta no chão, com a palma para cima, fazendo sinal para que eu subisse nela. Fiz isso com relativa facilidade, pois a mão não tinha mais que trinta centímetros de grossura. Achei por bem obedecer e, por medo de cair, deitei-me sobre o lenço, com cujas bordas o fazendeiro me cobriu até a cabeça, por segurança, e dessa forma me levou para casa. Chegando lá, chamou pela esposa e mostrou-me a ela, mas ela gritou e afastou-se, como fazem as mulheres na Inglaterra quando veem algum sapo ou uma aranha. Entretanto, ao ver meu comportamento e quão bem eu entendia os sinais que seu marido me fazia, ela logo cedeu e, pouco a pouco, enterneceu-se grandemente de mim.

Era cerca de meio-dia, e um servo trouxe o almoço. A refeição consistia em um único prato substancial de carne (apropriado à condição simples de um fazendeiro), servido em um recipiente de aproximadamente sete metros de diâmetro. Estavam à mesa o fazendeiro, sua esposa, três crianças e uma velha avó. Quando se assentaram, o fazendeiro colocou-me próximo a ele, sobre a mesa, que tinha nove metros de altura. Tive muito medo de cair e mantive-me o mais longe possível das beiradas. A esposa cortou um pedaço de carne e esmigalhou um pouco de pão sobre uma tábua, que em seguida botou diante de mim. Fiz uma reverência, saquei meu garfo e minha faca e pus-me a comer, o que lhes causou grande satisfação. A senhora pediu a uma serva que trouxesse um copinho de dose, que comportava cerca de dois galões, e encheu-o de bebida; segurei a muito custo o recipiente com as duas mãos e, de forma muito respeitosa, brindei à saúde de Sua Senhoria, expressando as palavras em minha língua o mais alto que pude, o que fez com que os presentes gargalhassem bastante, quase me ensurdecendo com o som que emitiam ao fazê-lo. A bebida lembrava cidra e era muito agradável. Em seguida, o senhor fez um sinal para que eu viesse para perto de sua tábua, mas, à medida que eu caminhava sobre a mesa, sendo sempre surpreendido por uma ou outra coisa, como o gentil leitor haverá de imaginar e compreender, sucedeu-me de tropeçar em uma migalha e cair de cara, sem contudo me machucar. Levantei-me imediatamente e, percebendo a preocupação das pessoas, peguei o chapéu (que segurava debaixo do braço em sinal de respeito) e, abanando-o por cima de minha cabeça, dei três vivas para mostrar que não feri-me com a queda. Entretanto, quando avançava em direção a meu senhor (a quem assim me referirei daqui para a frente), seu filho mais novo, um menino sapeca de cerca de 10 anos, pegou-me pelas pernas e segurou-me tão alto que eu me tremi inteiro. Seu pai, todavia, tomou-me dele e, ao mesmo tempo, deu-lhe um sopapo ao pé do ouvido que teria derrubado uma tropa inteira de cavalos europeus, dando ordens para que ele fosse retirado da mesa. Contudo, temendo que a criança guardasse rancor de mim e sabendo muito bem quão más as nossas crianças naturalmente são com pardais, lebres e filhotinhos de gatos e cachorros, pus-me de joelhos e, apontando para o menino, fiz com que meu senhor entendesse, da melhor maneira que pude, que eu desejava que seu filho fosse perdoado. O pai aquiesceu e o rapazinho assentou-se novamente, no que caminhei até ele e beijei-lhe a mão, a qual meu senhor tomou e usou para fazer com que ele me acariciasse gentilmente.

Em meio à refeição, o gato predileto de minha senhora saltou sobre o colo dela. Ouvi um barulho atrás de mim semelhante ao de uma dúzia de teares em funcionamento e, virando minha cabeça, constatei tratar-se do ronronado do animal, que parecia três vezes maior que um boi, tamanho que me pareceu ter quando vi sua cabeça e uma de suas patas enquanto a senhora o alimentava e acariciava. A ferocidade do semblante dessa criatura me descompôs, muito embora eu estivesse na outra extremidade da mesa, a uns quinze metros de distância dela, e ainda que minha senhora a segurasse firme, por medo de que desse um bote e me capturasse em suas garras. Todavia, sucedeu que eu não corria perigo algum, pois o gato não me fez muito caso quando meu senhor me botou a menos de três metros dele. E, como sempre disseram-me e como constatei ser verdade nas experiências que tive durante minhas viagens, fugir ou demonstrar medo em vista de um animal feroz certamente fará com que o bicho nos ataque ou persiga, de modo que decidi, nessa perigosa conjuntura, não demonstrar preocupação alguma. Caminhei intrepidamente umas cinco ou seis vezes bem debaixo das fuças do gato e cheguei-me a meio metro dele, no que ele retrocedeu, como se tivesse mais medo de mim que eu dele. Tive menos medo dos cães, quando três ou quatro entraram na sala, como é comum em fazendas, sendo um deles um mastim do tamanho de quatro elefantes, e o outro um galgo, um pouco mais alto que o mastim, mas não tão grande quanto.

Quando a refeição estava próxima do fim, uma ama trouxe uma criança de 1 ano nos braços, a qual imediatamente me viu e soltou um berro que poderia ser ouvido da Ponte de Londres a Chelsea, como é típico da oratória das crianças, para que eu lhe fosse dado de brinquedo. A mãe, por puro mimo, tomou-me e me levou para perto da criança, que imediatamente me agarrou pela cintura e levou minha cabeça à boca. Nesse momento, gritei tão alto que o diabrete se assustou e me soltou, e eu teria sem sombra de dúvida quebrado o pescoço se a mãe não tivesse estendido o avental sob mim.

Para aquietar o bebê, a ama usou um chocalho que era uma espécie de recipiente oco contendo enormes pedras, o qual estava amarrado por uma corda à cintura da criança. Porém tudo foi em vão, de modo que a ama viu-se obrigada a recorrer à última alternativa, que era dar-lhe de mamar. Devo confessar que nada jamais me deu tanto nojo quanto a visão de sua monstruosa teta, a qual não tenho com que comparar a fim de dar ao leitor curioso uma ideia de seu tamanho, formato e cor. Tinha um metro e oitenta de altura e não menos que quatro e oitenta de circunferência. O mamilo tinha quase metade do tamanho de minha cabeça, e tanto ele quanto o seio tinham tantas manchas, espinhas e sardas que nada poderia ter aspecto mais nauseabundo. E disso sei bem, pois tive uma visão muito clara quando ela assentou-se a fim de dar de mamar de forma mais conveniente, enquanto eu estava de pé sobre a mesa. Isso me fez refletir sobre a formosa pele de nossas damas inglesas, que só nos parece tão bela porque tem o mesmo tamanho que nós, e seus defeitos não podem ser vistos senão com a ajuda de uma lupa. Se fizéssemos o experimento de observar-lhes a pele com uma lupa, descobriríamos que mesmo a mais suave e branca tez tem uma aparência grosseira, áspera e de má cor.

Lembro-me de que, quando estava em Lilipute, a pele daqueles diminutos indivíduos me parecia a mais bela do mundo e, quando toquei no assunto com um erudito daquela terra que era por acaso um grande amigo meu, ele me disse que meu rosto parecia-lhe muito mais claro e liso quando me observava do chão do que de perto, quando eu o tomava na mão e o trazia para junto de mim, o que confessou ser uma visão de início bastante chocante. Disse que "podia notar enormes buracos em minha pele; que os fios de minha barba eram dez vezes mais grossos que as cerdas de um javali; e que minha pele era composta de várias cores de todo bem desagradáveis", embora, em minha defesa, eu deva dizer que tenho a pele tão clara quanto qualquer homem de meu país e muito pouco queimada de sol, apesar de todas as minhas viagens. Por outro lado, ao falar das damas pertencentes à nobreza, o imperador de Lilipute me dizia que "uma tem sardas; a outra, a boca muito grande; aqueloutra, o nariz demasiado chato", mas nada disso eu era capaz de notar. Admito que essas reflexões são bastante óbvias, contudo, não pude preceder delas, do contrário o leitor poderia crer que essas gigantescas criaturas fossem verdadeiramente deformadas. Antes, devo fazer-lhes justiça e dizer que se trata de uma raça graciosa, e as feições de meu senhor, em particular, pareciam-me muito bem-proporcionadas quando o observava a dezoito metros de altura, embora fosse ele apenas um fazendeiro.

Findo o almoço, meu senhor saiu para ter com seus servos e, pelo que entendi de sua voz e de seus gestos, deu ordens estritas à sua esposa para cuidar de mim. Eu estava muito cansado e com sono, e, quando percebeu isso, minha senhora me botou em sua própria cama e me cobriu com um lenço branco e limpo, porém maior e mais grosso que a vela grande de uma belonave.

Dormi por cerca de duas horas e sonhei que estava em casa com minha esposa e meus filhos, o que agravou meu pesar quando acordei e vi-me sozinho naquele enorme quarto, com algo entre sessenta e noventa metros de largura e sessenta de altura, deitado em uma cama de dezoito metros de largura. Minha senhora fora tratar dos assuntos domésticos e me trancara ali. A cama erguia-se a mais de sete metros do chão. As necessidades da natureza faziam com que eu quisesse descer, mas não ousei chamar, e, se o fizesse, seria em vão, pois minha voz era demasiado baixa para a distância entre o cômodo em que eu estava e a cozinha onde se recolhia a família. Enquanto eu ocupava-me dessas elucubrações, duas ratazanas escalaram as cortinas e vieram afocinhando a cama para lá e para cá. Uma delas chegou quase ao meu rosto, no que eu me levantei em um susto e saquei meu espadim para defender-me. Esses asquerosos animais tiveram a ousadia de me atacar em ambos os lados, e um deles usou as patas da frente para agarrar-me o colarinho, porém tive a sorte de rasgar-lhe o ventre antes que pudesse me fazer qualquer mal. O bicho então despencou aos meus pés, e o outro, vendo o fim que levou seu companheiro, fugiu, mas não sem que eu lhe ferisse as costas, fazendo com que sangrasse em abundância. Depois dessa aventura, andei calmamente de um lado para o outro sobre a cama, a fim de recuperar o fôlego e a compostura. Essas criaturas tinham o tamanho de um mastim de grande porte, mas eram infinitamente mais ágeis e ferozes, de modo que, se eu tivesse tirado o cinto antes de dormir, teria certamente sido trucidado e devorado. Medi a cauda da ratazana morta e concluí que tinha dois centímetros e meio a menos que um metro e oitenta de comprimento, mas meu estômago não permitiu que eu arrastasse a carcaça para fora da cama, onde seguia sangrando. Percebi que o bicho estrebuchava um pouco, mas terminei de dar cabo dele com um profundo corte na garganta.

 Pouco tempo depois, minha senhora veio ao quarto e, vendo-me todo ensanguentado, correu e tomou-me na mão. Apontei para a ratazana morta sorrindo e fazendo sinais para mostrar que não estava ferido. Ela mostrou-se extremamente satisfeita e chamou uma serva para recolher o bicho morto com uma pinça e jogá-lo pela janela. Então me botou sobre a mesa, onde mostrei-lhe meu espadim todo ensanguentado, limpando-o em seguida na beirada de meu casaco e botando-o de volta na bainha. Eu estava apertado para fazer um par de coisas que ninguém mais poderia fazer por mim, e pelejei para fazer com que minha senhora entendesse que queria ser posto no chão. Quando ela o fez, minha timidez não permitiu que eu fizesse mais para me expressar além de apontar para a porta e fazer reverências várias vezes. Com muita dificuldade, a boa mulher por fim entendeu o que eu queria dizer e levou-me em sua mão até o jardim, onde me pôs no chão. Caminhei por cerca de 180 metros em uma direção e, acenando para que ela não me observasse nem seguisse, escondi-me entre duas folhas de azedinha, aliviando-me ali das necessidades da natureza.

Espero que o leitor me desculpe por me alongar em assuntos dessa natureza, os quais, apesar de parecerem insignificantes aos de mente comum e subserviente, certamente ajudarão os filósofos a ampliarem seus pensamentos e sua imaginação e a aplicá-los em benefício da vida pública e privada, o que sempre foi meu objetivo ao publicar este e outros relatos de minhas viagens pelo mundo. Por isso, sempre me ative diligentemente à verdade, sem afetar ornamentos de erudição ou estilo. No entanto, toda a cena desta viagem causou uma impressão tão forte em minha mente e está tão profundamente fixada em minha memória que, ao passá-la para o papel, não omiti nenhum acontecimento relevante. Após uma rigorosa revisão, contudo, retirei diversas passagens de menor importância que estavam em minha primeira versão, por medo de ser tachado de tedioso e banal, como os viajantes são frequente e, quiçá, justamente acusados de serem.

# Capítulo 2

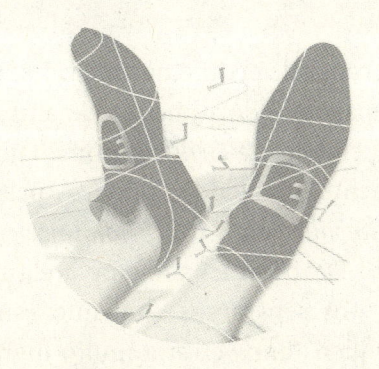

*Descreve-se a filha do fazendeiro. O autor é levado a um burgo e daí à metrópole. Dão-se detalhes sobre essa viagem.*

Minha senhora tinha uma filha de 9 anos, uma criança bastante desenvolta para sua idade, muito destra com sua agulha e deveras habilidosa ao vestir sua boneca. Sua mãe e ela tiveram a ideia de preparar o berço da boneca para que eu passasse a noite nele. O berço foi colocado em uma pequena gaveta de um armário, e a gaveta, sobre uma prateleira alta, por causa dos ratos. Esse berço me serviu de cama durante todo o período que passei com aquela gente, sendo melhorado com o tempo, à medida que eu aprendia a língua deles e conseguia explicar o que queria.

Essa jovem menina era tão habilidosa que, depois de eu ter tirado minhas roupas uma ou duas vezes diante dela, já era capaz de vestir-me e despir-me, embora eu nunca lhe desse esse trabalho quando ela me permitia fazer isso por conta própria. Ela fez-me sete camisas e algumas outras peças, usando um pano tão fino quanto se pôde conseguir, o qual era obviamente mais grosso que juta; e ela frequentemente lavava essas roupas para mim com as próprias mãos. Ela também servia-me de mestra e ensinava-me a língua: quando eu apontava para algo, ela me dizia o nome dessa coisa em sua própria língua, de sorte que, em poucos dias, eu já era capaz de pedir o que me viesse à mente. Era muito amável e não tinha mais que doze metros de altura, sendo isso pouco para sua idade. Apelidou-me *Grildrig*, nome também adotado pela família e, posteriormente, por todo o reino. A palavra tem o mesmo significado que *nanunculus* em latim, *homunceletino* em italiano e *mannikin* em inglês[13]. Devo principalmente a ela minha preservação naquele país: nunca nos separamos enquanto estive lá. Chamava-a *Glumdalclitch*, ou pequena ama, e seria muito ingrato de minha parte omitir essa honorável menção a seus cuidados e a seu afeto para comigo, os quais eu desejo de coração poder retribuir da forma como ela merece em vez de ser o instrumento inocente, porém infeliz, de sua desgraça, como temo ser o caso.

 Começou a correr na vizinhança o boato de que meu senhor havia encontrado um estranho animal no campo, do tamanho aproximado de um *splacnuck*, mas com a forma exata de um ser humano, comportando-se também como tal; falava uma linguazinha própria, mas já havia aprendido várias palavras do idioma local, andava ereto sobre duas pernas, era manso e afável, vinha quando chamado e fazia o que quer que se lhe pedisse, tinha os membros mais finos do mundo e uma pele mais bonita que a de uma nobre menina de 3 anos. Um outro fazendeiro que vivia nas proximidades e era um amigo particular de meu senhor fez uma visita com o propósito de verificar a veracidade dessa história. Trouxeram-me imediatamente e botaram-me sobre a mesa, onde caminhei conforme ordenado, saquei meu espadim, embainhei-o de volta, fiz reverência ao convidado de meu senhor, perguntei-lhe em sua própria língua como estava e dei-lhe as boas-vindas, exatamente como havia me ensinado minha pequena ama. Esse homem, que era ancião e tinha a vista embaçada, pôs os óculos para ver-me melhor, momento em que não pude deixar de soltar uma gargalhada, pois seus olhos pareciam-me a lua cheia refletida nas duas janelas de um quarto. Quando entenderam o motivo de minha risada, os familiares riram junto, e o velho foi tolo o suficiente para injuriar-se com isso e ficar de mau humor. Parecia

---

13 Homúnculo em português. (N.E.)

ser muito pão-duro, e, para meu azar, de fato o era, haja vista o mau conselho que deu a meu senhor de mostrar-me como atração no próximo dia de feira do burgo que havia ali perto, a uma hora de cavalgada, cerca de trinta e cinco quilômetros de distância de nossa casa. Imaginei que houvesse alguma armação quando vi meu senhor e seu amigo cochichando um com outro, por vezes apontando para mim, e meus temores fizeram com que eu quisesse escutar e compreender o que diziam. Na manhã seguinte, porém, minha pequena ama, Glumdalclitch, explicou-me toda a questão, que ela havia muito sagazmente arrancado à mãe. A pobre menina me botou junto ao peito e desatou a chorar de vergonha e tristeza. Temia que algum mal me fosse feito pelo vulgo mal-educado, que poderia me apertar até a morte ou quebrar um de meus membros ao me segurar. Ela também observara quanto eu era modesto por natureza e quão bem eu guardava minha honra, concluindo que me seria uma enorme vergonha ser exposto como espetáculo público à pior das ralés em troca de dinheiro. Disse que seu papai e sua mamãe haviam prometido que Grildrig lhe pertenceria, mas que agora percebia que fariam o mesmo que no ano anterior, quando fingiram dar-lhe um cordeiro de presente e, assim que o bicho engordou, venderam-no ao açougueiro. De minha parte, devo admitir que estava menos preocupado que minha ama. Tinha uma forte esperança, que nunca me abandonava, de um dia recobrar minha liberdade. E, quanto à ignomínia de ser exibido como uma aberração, entendia que eu era um perfeito estranho naquela terra e que esse infortúnio jamais poderia ser usado para me repreender caso eu porventura retornasse à Inglaterra, posto que mesmo o rei da Grã-Bretanha, na minha situação, passaria pelos mesmos apuros.

 Meu senhor, seguindo o conselho de seu amigo, levou-me em uma caixa ao burgo vizinho no dia de feira seguinte, e trouxe consigo sua filhinha, minha ama, na garupa. A caixa era fechada em todos os lados, contendo uma portinhola, para que eu pudesse entrar e sair, e uns buraquinhos feitos com verruma, para que o ar pudesse entrar. A menina, cuidadosa que era, botou a colcha do berço de sua boneca na caixa, para que eu me deitasse. Ainda assim, fui terrivelmente sacolejado e descomposto durante a viagem, embora ela tenha durado não mais que meia hora, porque o cavalo avançava cerca de doze metros a cada passo e trotava tão alto que a agitação era semelhante ao sobe e desce de um navio durante uma forte tempestade, porém muito mais frequente. Nossa jornada foi um pouco mais longa que uma ida de Londres a St. Alban's. Meu senhor apeou em uma estalagem que costumava frequentar e, depois de consultar-se por um momento com o estalajadeiro e fazer alguns preparativos necessários, contratou um *grultrud*, ou pregoeiro, para dar pela cidade a notícia de uma estranha criatura a ser exibida na estalagem com o letreiro da Águia Verde, criatura essa que era menor que um *splacnuck* (um animal daquele país de formas muito finas, com cerca de um metro e oitenta de comprimento) e em tudo semelhante a uma criatura humana, que podia falar várias palavras e realizar inúmeros truques divertidíssimos.

Fui colocado sobre uma mesa no salão principal da estalagem, que devia ter uns noventa metros quadrados. Minha pequena ama se colocou sobre um tamborete junto à mesa, a fim de cuidar de mim e de me instruir sobre o que fazer. Meu senhor permitia a entrada de apenas trinta pessoas por vez para ver-me, para evitar que se formasse uma multidão. Caminhei em torno da mesa conforme a menina ordenava; ela me fez algumas perguntas, limitando-se àquilo que sabia que eu conseguia compreender da língua, e eu as respondi o mais alto que pude. Dirigi-me várias vezes aos espectadores, fiz-lhes reverência, dei-lhes as boas-vindas e disse algumas outras coisas que me haviam sido ensinadas. Tomei um dedal cheio de bebida, que Glumdalclitch havia me dado para servir de copo, e brindei à saúde deles; saquei meu espadim e fiz um molinete à maneira dos esgrimistas ingleses. Minha ama deu-me um pedaço de palha, com o qual me exercitei como se fosse uma lança, conforme a arte que aprendera em minha juventude. Fui exibido naquele dia a doze grupos de espectadores e, por vezes, forçado a repetir as mesmas asneiras, até estar quase morto de cansaço e vergonha. Os que me viam saíam dando relatos tão extraordinários que a turba estava a ponto de derrubar a porta para conseguir entrar. Para proteger seus próprios interesses, meu senhor não permitiu que ninguém me tocasse, salvo minha ama, e, para evitar acidentes, colocaram bancos em volta da mesa a uma distância que me deixava fora do alcance de todos. Contudo, um menino infeliz arremessou uma noz na direção da minha cabeça que por pouco não me acertou; do contrário, com a violência com que fora atirada, com certeza teria estourado meus miolos, visto que tinha o tamanho de uma abóbora pequena. Todavia, tive a satisfação de ver o pequeno diabo apanhar devidamente e ser expulso do recinto.

    Meu senhor anunciou que eu seria novamente exibido no próximo dia de feira e, nesse meio-tempo, preparou um veículo adequado para mim, o que tinha razões suficientes para fazer, pois eu estava tão exausto depois de minha primeira viagem e de entreter os espectadores por oito horas seguidas que mal podia ficar em pé ou falar. Levei pelo menos três dias para recobrar as forças, e mal tive descanso em casa, pois todos os cavalheiros em um raio de cento e sessenta quilômetros, ao ouvirem falar de mim, vinham ver-me na própria casa de meu senhor. Não poderia haver menos de trinta homens acompanhados de suas esposas e de seus filhos (pois o país era muito populoso), e meu senhor cobrava a taxa de uma sala cheia toda vez que me exibia em sua própria casa, mesmo que fosse para uma única família. Com isso, por um bom tempo, eu tive poucos momentos de folga ao longo da semana (salvo às quartas-feiras, que são o sabá deles), mesmo que eu não fosse levado ao burgo.

    Meu senhor, percebendo quão rentável eu poderia ser, decidiu levar-me à cidade mais importante do reino. Munindo-se de tudo que era necessário para uma viagem longa e acertando todos os seus assuntos em casa, despediu-se de sua esposa e, em 17 de agosto de 1703, dois meses depois de minha chegada, partimos rumo à metrópole, situada próximo ao centro do império, a quase cinco mil quilômetros de distância de nossa casa. Meu senhor fez com que sua filha, Glumdalclitch, cavalgasse atrás dele. Ela me levou em seu colo, em uma caixa amarrada à cintura. A menina havia forrado todos os lados da caixa com o pano mais macio que pudera encontrar; acolchoado bem os fundos; colocado a cama de sua boneca nela; providenciado lençóis e outros itens de necessidade para mim e preparado tudo da forma mais conveniente possível. Não tínhamos nenhuma outra companhia além de um menino da fazenda, que vinha atrás de nós com a bagagem.

A intenção de meu senhor era exibir-me em todas as cidades no caminho e desviar-se da estrada por oitenta ou cento e sessenta quilômetros para ir a qualquer vilarejo ou casa grande onde pudesse encontrar público. Viajamos tranquilamente por não mais que mil ou mil e trezentos quilômetros por dia, pois Glumdalclitch, para me poupar, reclamava de estar cansada com o trotear do cavalo. Ela frequentemente retirava-me da caixa, a pedido meu, para que eu pudesse tomar ar e ver a terra, mas sempre me segurava firme por meio de uma guia. Atravessamos cinco ou seis rios muito mais fundos que o Nilo ou o Ganges, e dificilmente surgia algum riacho tão estreito quanto o Tâmisa na altura da Ponte de Londres. Levamos dez semanas viajando, e fui exibido em dezoito grandes cidades, além de muitos vilarejos e casas de família.

Em 26 de outubro, chegamos à metrópole, chamada na língua local de *Lorbrulgrud*, ou Orgulho do Universo. Meu senhor se alojou na rua principal da cidade, não muito longe do palácio real e, como de costume, emitiu anúncios contendo uma descrição exata de minha pessoa. Alugou um saguão com algo entre noventa e cento e vinte metros de largura. Providenciou uma mesa de dezoito metros de diâmetro, sobre a qual eu faria meu espetáculo, e botou uma cerca de noventa centímetros de altura em volta dela, aos mesmos noventa centímetros da extremidade, para evitar que eu caísse. Fui exibido dez vezes por dia, para o fascínio e a satisfação de todos. A essa altura, já falava a língua deles de maneira tolerável e compreendia perfeitamente todas as palavras que eram ditas a mim. Além disso, havia aprendido o alfabeto deles e podia me esforçar para explicar alguma frase aqui e ali, pois Glumdalclitch havia sido minha mestra enquanto estávamos em casa, bem como nas horas vagas durante a viagem. Levava no bolso um livreto menor que um Atlas de Sanson[14]; era um tratado muito usado por jovens meninas que dava um relato sucinto da religião de seu povo, o qual ela usava para ensinar-me as letras e o vocabulário.

---

14 Nicolas Sanson foi um cartógrafo francês cujo *Atlas nouveau* tornou-se bastante conhecido no século XVIII. (N.T.)

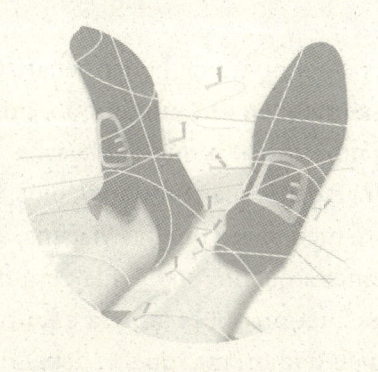

# Capítulo 3

*O autor é enviado à corte. A rainha o compra de seu senhor, o fazendeiro, e o apresenta ao rei. Ele debate com os grandes acadêmicos de Sua Majestade. Um apartamento na corte é providenciado para o autor, que ganha as graças da rainha. Ele defende a honra de seu próprio país. Ele briga com o anão da rainha.*

A frequente labuta a que eu era submetido diariamente causou, em poucas semanas, uma mudança considerável em minha saúde: quanto mais meu senhor ganhava comigo, mais insaciável se tornava. Eu havia perdido muito peso e estava reduzido a um esqueleto. O fazendeiro percebeu isso e, concluindo que eu logo morreria, resolveu tirar de mim o máximo que pudesse. Enquanto ele se ocupava desses pensamentos e decisões, um *slardral*, ou cavalheiro ostiário, enviado da corte, ordenou que meu senhor me levasse imediatamente para lá para que eu pudesse entreter a rainha e suas damas. Algumas destas já haviam ido me ver e tinham relatado coisas surpreendentes sobre minha beleza, meu comportamento e meu bom senso. Sua Majestade e aquelas que a acompanhavam ficaram sobremaneira fascinadas com minha conduta.

Pus-me de joelhos e pedi a honra de poder beijar seu pé imperial, mas essa graciosa princesa estendeu seu mindinho a mim, depois de eu ter sido colocado sobre uma mesa, o qual eu agarrei com as duas mãos, levando, com o maior respeito, sua ponta aos lábios. Ela fez algumas perguntas genéricas sobre meu país e minhas viagens, às quais respondi da forma mais clara e concisa quanto podia. Ela perguntou "se eu gostaria de viver na corte". Inclinei-me sobre a mesa e humildemente respondi que "era escravo de meu senhor, mas que, se dependesse de mim, ficaria orgulhoso em poder devotar minha vida ao serviço de Sua Majestade". Ela então perguntou a meu senhor "se ele aceitaria vender-me por um bom preço". Temendo que eu não sobrevivesse mais que um mês, ele prontamente abriu mão de mim e pediu mil peças de ouro, as quais lhe foram prontamente entregues, cada uma tendo o tamanho de oitocentas moedas de ouro portuguesas. Porém, levando em conta a proporção de todas as coisas entre aquele país e a Europa, bem como o alto preço do ouro entre eles, essa quantia dificilmente haveria de valer mais do que mil guinéus valem na Inglaterra. Eu então disse à rainha que, "já que era agora a mais humilde criatura e vassalo de Sua Majestade, deveria rogar-lhe o favor de que Glumdalclitch, que sempre cuidara de mim com tanto afinco e gentileza e que sabia fazê-lo tão bem, fosse empregada a seu serviço, a fim de continuar sendo minha ama e mestra".

Sua Majestade concordou com meu pedido e facilmente conseguiu o consentimento do fazendeiro, que ficou muito satisfeito em ver sua filha entre as preferidas na corte, e nem a pobre menina foi capaz de conter a própria alegria. Meu antigo senhor se retirou, despedindo-se de mim e dizendo que me deixara em boa situação, ao que não respondi nada, fazendo-lhe apenas uma pequena reverência.

A rainha percebeu minha frieza e, quando o fazendeiro se retirou do apartamento, perguntou-me a razão dela. Juntei coragem para dizer-lhe que "não devia nenhuma obrigação a meu antigo senhor, senão por ele não ter esmagado os miolos de uma pobre e indefesa criatura que porventura encontrara em seus campos, obrigação essa que já havia sido amplamente recompensada pelos ganhos que tivera ao exibir-me a metade do reino, bem como pela quantia que acabara de receber com minha venda. Que a vida que levara desde então era laboriosa o suficiente para matar um animal dez vezes mais forte que eu. Que minha saúde havia se deteriorado muito devido à labuta de entreter a ralé a todas as horas do dia. E que, se meu senhor não pensasse que minha vida corria perigo, Sua Majestade dificilmente teria conseguido uma pechincha tão boa. Mas que, como não tinha mais medo de ser maltratado, estando agora sob a proteção de uma imperatriz tão grandiosa e magnânima, o ornamento da natureza, a querida de todas as gentes, o deleite de seus súditos, a fênix da criação, esperava que as apreensões de meu antigo senhor se mostrassem infundadas, pois já sentia meu espírito se reavivar por influência de sua augustíssima presença".

Esse foi o resumo de meu discurso, proferido com muitas impropriedades e hesitação, cuja última parte foi totalmente estruturada conforme o estilo próprio daquela gente, do qual Glumdalclitch havia me ensinado algumas frases enquanto me carregava para a corte.

A rainha, ignorando os vários erros que eu cometia ao falar, ficou, todavia, surpresa com tanta perspicácia e bom senso em um animal tão diminuto. Tomou-me em sua própria mão e levou-me ao rei, que se recolhia em seu gabinete. Sua Majestade, um príncipe de aspecto muito grave e austero, não observando muito bem minha aparência de início, perguntou friamente à rainha "desde quando ela começara a se enternecer por um *splacnuck*". Aparentemente, ele me confundiu com esse animal ao ver-me deitado de bruços na mão direita da rainha. Não obstante, a princesa, que era infinitamente sagaz e bem-humorada, pôs-me gentilmente de pé sobre a escrivaninha e ordenou que eu desse à Sua Majestade um relato sobre mim mesmo, o que eu fiz em muito poucas palavras. Glumdalclitch, que até aquele momento esperava junto à porta do gabinete e não suportava que eu estivesse fora de seu campo de visão, sendo admitida, confirmou tudo que se passara desde minha chegada à casa de seu pai.

Embora o rei fosse tão culto quanto qualquer pessoa em seus domínios, tendo sido educado nos estudos da filosofia e, particularmente, da matemática, ao observar cuidadosamente minha aparência e ao ver-me caminhar ereto, antes que eu começasse a falar, tomou-me por alguma espécie de mecanismo (que nesse país havia alcançado um nível de grande perfeição) desenvolvido por algum artista engenhoso. No entanto, quando ouviu minha voz e percebeu que o que eu dizia era sensato e racional, não conteve seu assombro. Não ficou nada satisfeito com o que eu lhe disse sobre a forma como chegara a seu reino, mas julgou que essa história fora conjecturada por Glumdalclitch e seu pai, que teriam me ensinado algumas palavras a fim de vender-me por um preço melhor. Tendo isso em mente, fez-me várias outras perguntas, para as quais continuou a receber respostas racionais, sem nenhum defeito além do sotaque estrangeiro e um conhecimento imperfeito da língua, com algumas frases mais rústicas que eu aprendera na casa do fazendeiro e que não eram apropriadas à etiqueta da corte.

Sua Majestade mandou chamar grandes eruditos, que estavam então em seu dia semanal de serviço ao rei, conforme os costumes daquele país. Depois de terem examinado minunciosamente minhas formas por um tempo, esses cavalheiros tiveram opiniões divergentes a meu respeito. Todos concordaram que eu não poderia ter sido produzido segundo as leis normais da natureza, dado que não era dotado de uma capacidade de preservar minha vida, seja pela ligeireza, seja escalando árvores, seja cavando buracos. Observaram meus dentes com grande precisão e concluíram que eu era um animal carnívoro. Entretanto, tendo em vista que a maioria dos quadrúpedes me superava em tamanho e que os ratos do campo e outros animais afins eram demasiado ariscos, não puderam imaginar como eu seria capaz de me alimentar, a não ser que comesse lesmas e outros insetos, o que admitiram, com base em muitos argumentos inteligentíssimos, que eu não poderia fazer. Um desses sábios pareceu imaginar que eu fosse um embrião ou o fruto de um aborto. Não obstante, essa opinião foi rejeitada pelos outros dois, que apontaram meus membros completamente desenvolvidos e também minha idade avançada, como evidenciava minha barba, cujos fios puderam ver claramente com a ajuda de uma lupa. Não aceitaram que eu fosse um anão, já que minha pequenez estava muito além da comparação, pois mesmo o anão predileto da rainha, o menor jamais conhecido naquele reino, media quase nove metros de altura. Depois de muito debate, concluíram unanimemente que eu só havia de ser um *relplum scalcath*, que pode ser traduzido literalmente como *lusus naturæ*[15]. Essa conclusão seria perfeitamente aceitável pela filosofia moderna da Europa, cujos acadêmicos, desdenhosos do antigo hábito de evocar causas ocultas (por meio do qual os seguidores de Aristóteles tentavam em vão esconder sua ignorância), inventaram essa maravilhosa solução para todas as dificuldades, possibilitando assim o inenarrável avanço do conhecimento humano.

Depois dessa decisiva conclusão, pedi para dizer uma ou duas palavras. Dirigi-me ao rei, garantindo à Sua Majestade que "vinha de um país em que abundavam milhões de indivíduos de ambos os sexos de estatura igual à minha; onde os animais, as árvores e as casas tinham a mesma proporção; onde, consequentemente, eu seria tão capaz de me defender e de encontrar alimento quanto qualquer súdito de Sua Majestade era aqui; e que isso me parecia ser a solução para as indagações daqueles cavalheiros". Responderam com sorrisos presunçosos, dizendo que "o fazendeiro havia me ensinado bem em minha lição". O rei, que era muito mais entendido, dispensando seus eruditos, mandou buscar o fazendeiro, que por sorte ainda não havia deixado a cidade. Tendo-o, no primeiro momento, examinado em particular e, depois disso, confrontando-o comigo e com a jovem menina, Sua Majestade passou a crer que o que lhe dizíamos podia mesmo ser verdade. Pediu à rainha que ordenasse que cuidados especiais fossem tomados comigo e concordou que Glumdalclitch continuasse na função de cuidar de mim, visto que tínhamos muito afeto um pelo outro. Um ótimo apartamento foi providenciado para ela na corte; ela tinha uma espécie de governanta responsável por cuidar de sua educação, uma aia para vesti-la e duas outras servas, para os trabalhos domésticos. Todavia, os

---

15  Capricho da natureza. (N.T.)

cuidados comigo eram de inteira responsabilidade sua. A rainha ordenou que seu próprio marceneiro construísse uma caixa para servir-me de quarto, conforme um modelo a ser aprovado por Glumdalclitch e por mim. Esse senhor era um artista bastante engenhoso e, conforme minhas orientações, terminou, ao cabo de três semanas, de construir para mim um quarto de madeira com cinco metros quadrados e três metros e meio de altura, com janelas guilhotinas, uma porta e dois armários, idêntico a um quarto londrino. A tábua que fazia as vezes de teto podia ser levantada e abaixada por meio de duas dobradiças, para que se pudesse colocar dentro do quarto a cama prontamente construída pelo estofador de Sua Majestade, a qual Glumdalclitch botava para fora todos os dias para tomar ar, fazia com as próprias mãos e trazia de volta para o quarto à noite, quando trancava o teto sobre mim. Um excelente artesão conhecido pelos pequenos apetrechos curiosos que construía assumiu a tarefa de fabricar-me duas cadeiras, com encosto e armação feitos de um material semelhante ao marfim, e duas mesas, além de um armário para que guardasse meus pertences. Todas as paredes do quarto eram acolchoadas, bem como o chão e o teto, para evitar possíveis acidentes devidos ao descuido de quem estivesse me carregando e para amortecer a força do tranco quando eu estivesse em um coche. Solicitei um trinco para minha porta, para impedir a entrada de ratos e camundongos. Depois de muitas tentativas, o ferreiro logrou fazer o menor trinco jamais visto entre aquela gente, pois até eu já havia visto um maior, nos portões da casa de um cavalheiro na Inglaterra. Insisti para manter a chave em meu próprio bolso, por medo de que Glumdalclitch a perdesse. Ademais, a rainha mandou providenciar a seda mais fina que se pudesse arranjar, para fazer roupas para mim; esse tecido não era muito mais grosso que um cobertor inglês, parecendo-me demasiado pesado até que eu me acostumasse com ele. As roupas seguiam a moda do reino, semelhante em parte à persa e em parte à chinesa, sendo muito severas e decorosas.

 A rainha passou a apreciar tanto a minha presença que já não fazia a ceia sem mim. Puseram uma mesa para mim sobre a mesa à qual Sua

Majestade comia, ao lado de seu cotovelo esquerdo, e uma cadeira para que eu me assentasse. Glumdalclitch ficava sobre um tamborete no chão junto à mesa, para me ajudar e cuidar de mim. Eu dispunha de toda uma baixela de prata e de outros utensílios, os quais, se comparados aos da rainha, não seriam maiores que os que se veem em lojas de brinquedos para casinhas de boneca. Minha pequena ama mantinha esses utensílios em uma caixa de prata, e os dava a mim durante as ceias conforme eu os pedia, limpando-os sempre ela mesma. Ninguém mais comia com a rainha, exceto pelas duas princesas reais, tendo a mais velha 16 anos, e a mais nova à época, 13 e um mês. Sua Majestade costumava pôr uma peça de carne sobre um dos meus pratos, da qual eu mesmo ia tirando pedaços, e ela se divertia horrores observando-me comer em miniatura. Isso porque a rainha (que, na realidade, tinha um estômago fraco) comia, em uma só bocada, a mesma quantidade que uma dúzia de fazendeiros ingleses conseguiria comer em uma refeição inteira, o que era para mim uma visão muito repulsiva. Destroçava entre os dentes a asa de uma cotovia, com osso e tudo, muito embora fosse nove vezes maior que a de um peru adulto, e punha na boca um pedaço de pão maior que dois pães ingleses inteiros. Bebia de um castiçal dourado o equivalente a um barril em uma golada só. Suas facas eram duas vezes mais compridas que uma gadanha, se a lâmina fosse uma continuação reta do cabo. As colheres, os garfos e os demais utensílios tinham todos a mesma proporção. Lembro-me de quando Glumdalclitch levou-me, por curiosidade, para ver algumas das mesas na corte, onde dez ou doze desses enormes garfos e facas eram empunhados todos ao mesmo tempo. Pensei jamais ter tido uma visão tão terrível na vida.

É de costume que, às quartas-feiras (que são, como mencionei, o sabá deles), o rei e a rainha, acompanhados de seus descendentes de ambos os sexos, jantem juntos no apartamento de Sua Majestade, o rei, de quem eu havia me tornado um grande favorito. Nessas ocasiões, minhas pequenas mesa e cadeira eram colocadas à esquerda dele, diante de um dos saleiros. Esse príncipe se aprazia em conversar comigo, fazendo perguntas sobre os costumes, a religião, as leis, o governo e a ciência da Europa, sobre os quais dei-lhe o melhor relato que pude. Ele compreendia tão bem o que eu lhe dizia e tirava conclusões tão exatas com base nisso que era capaz de fazer reflexões muito sábias. Mas confesso que, depois de eu ter sido copioso ao extremo ao falar sobre minha amada pátria, sobre nosso comércio, nossas guerras marítimas e terrestres, nossos cismas religiosos e nossos partidos políticos, os preconceitos da educação de Sua Majestade prevaleceram de tal maneira que ele me tomou em uma das mãos e, acariciando-me gentilmente com a outra, depois de rir com vontade, perguntou-me se eu era um *whig* ou um *tory*[16]. Então, virando-se para seu primeiro-ministro, que aguardava atrás dele com um cajado branco quase tão alto quanto o mastro principal do *Royal Sovereign*[17], observou "como a grandeza humana é desprezível, ao ponto de poder ser arremedada por insetos tão minúsculos como eu. Não obstante", continuou, "ouso apostar que essas criaturas tenham seus títulos e distinção de honra. Constroem ninhos e buracos que chamam de casas e cidades; fazem bonito com suas vestes e suas carruagens; amam; lutam; disputam; trapaceiam; traem!". E continuou, enquanto eu perdia e recobrava a cor várias vezes de indignação por ver nossa nobre nação, a dama das artes e das armas, o flagelo da França, a árbitra da Europa, a sede da virtude, da piedade, da honra e da verdade, o orgulho e a inveja do mundo, ser tratada com tamanho desdém.

Todavia, eu não estava em posição de ficar ressentido com essas injúrias e, depois de pensar de forma madura, comecei a me perguntar se eu estava de fato injuriado. Tendo-me acostumado após vários meses a ver e conversar com essa gente, e observando que todos os objetos que eu via tinham a mesma proporção, meu horror inicial diante da grandeza e da aparência deles passara, ao ponto que, se eu porventura visse um grupo de lordes e damas ingleses trajando suas mais elegantes roupas de domingo, comportando-se como é de praxe na corte (pavoneando, fazendo reverências e tagarelando), francamente, sentiria-me

---

16   Os *whigs* e os *tories* eram os dois partidos da Inglaterra no século XVIII, respectivamente o liberal e o conservador. (N.T.)
17   Um navio-almirante da armada inglesa. (N.T.)

bastante tentado a rir deles tanto quanto o rei e seus nobres riam de mim. E de fato também não podia evitar rir de mim mesmo quando a rainha me segurava em sua mão em frente a um espelho e eu podia ter uma visão completa de nós dois. Nada poderia ser mais ridículo que a comparação, e assim realmente passei a imaginar-me reduzido várias vezes em relação ao meu tamanho normal.

Nada me irritava e atormentava mais que o anão da rainha, que, sendo a pessoa de menor estatura que jamais houve naquele país (acredito com convicção que não chegue a ter mais de nove metros de altura), tornou-se de tal maneira insolente ao ver uma criatura tão abaixo dele que sempre afetava uma ginga e se fazia de grande quando passava por mim na antecâmara da rainha, enquanto eu estava sobre alguma mesa conversando com os lordes e as damas da corte. Além disso, raramente se privava de caçoar de minha pequenez, sendo minha única vingança possível chamá-lo de irmão, desafiá-lo para a briga e fazer outras insinuações dessas típicas de pajens da corte. Um dia, durante a ceia, esse pequeno demônio ficou tão encafifado com algo que eu havia lhe dito que, trepando na cadeira da rainha, tomou-me pela cintura enquanto eu me preparava distraidamente para me assentar e jogou-me em uma enorme tigela de creme, fugindo o mais rápido que pôde logo em seguida. Mergulhei de corpo inteiro e, se não fosse bom nadador, teria passado por maus bocados, pois nesse momento Glumdalclitch estava na outra extremidade da sala, e a rainha ficou tão atordoada que não teve a presença de espírito necessária para me acudir. Porém, minha pequena ama correu para me socorrer e me tirou da tigela, depois de eu ter engolido mais de um quarto do creme. Fui colocado na cama e não sofri dano algum senão a perda de uma muda de roupas, que ficou completamente destruída. O anão foi sobejamente açoitado e, como punição adicional, obrigado a beber toda a tigela de creme na qual havia me mergulhado. Também não foi capaz de recuperar o favor da rainha, a qual logo depois o entregou a uma nobre dama. Eu nunca mais o vi, o que muito me agradou, pois não saberia dizer a que extremos esse pirralho endiabrado poderia levar seu ressentimento.

Ele já fizera, em outra ocasião, uma traquinagem comigo, a qual fez a rainha rir, embora ela também tenha ficado ao mesmo tempo bastante chateada, e o teria dispensado imediatamente se eu não tivesse intercedido. Sua Majestade havia posto um osso em seu prato e, depois de retirar dele o tutano, botou-o de volta onde estava, em pé. O anão, vendo essa oportunidade, enquanto Glumdalclitch havia ido ao aparador, subiu no tamborete em que ela ficava para cuidar de mim durante as refeições e pegou-me com as duas mãos. Então, segurando minhas pernas juntas, enfiou-as osso adentro até chegar à cintura, e eu fiquei preso aí por um tempo, fazendo papel de ridículo. Acho que deve ter se passado um minuto antes que dessem falta de mim, pois fui orgulhoso demais para gritar por socorro. Como a realeza raramente come a comida quente, minhas pernas não foram escaldadas, mas minhas meias e minhas calças ficaram em uma condição deplorável. O anão, a pedido meu, não teve nenhuma outra punição senão um bom açoite.

A rainha com frequência caçoava de mim por eu ser muito medroso e costumava me perguntar se as pessoas na minha terra eram tão covardes quanto eu. Esta era a ocasião: no verão, o reino ficava empesteado de moscas, e esses insetos detestáveis, cada um do tamanho de uma cotovia de Dunstable[18], não me deixavam em paz enquanto eu comia, zunindo e zumbindo em torno de meus ouvidos. Por vezes, pousavam em minha comida e despejavam seu asqueroso excremento ou suas ovas, que me eram muito visíveis, embora não para os nativos, cujos enormes olhos não eram tão aguçados quanto os meus para coisas pequenas. Outras vezes, pousavam sobre meu nariz ou minha testa, onde picavam-me profundamente, soltando uma catinga nauseabunda. E eu podia facilmente ver a substância viscosa que, segundo nossos naturalistas, permite a essas criaturas caminhar de ponta-cabeça no teto. Custava-me muito defender-me desses detestáveis animais, e não podia evitar o susto quando se aproximavam de meu rosto. O anão costumava capturar um punhado desses insetos, como fazem os meninos de

---

18  Dunstable é uma cidade a Norte de Londres, onde um grande número de cotovias era capturado a fim de abastecer os mercados londrinos. (N.T.)

escola entre nós, e soltá-los bem embaixo de meu nariz, de propósito, para assustar-me e divertir a rainha. Meu remédio era cortá-los em pedacinhos com minha faca enquanto eles voavam, causando muita admiração com minha destreza.

Lembro-me de que, em uma manhã, Glumdalclitch havia posto a caixa sobre uma janela, como fazia com frequência nos dias quentes, para que eu pudesse tomar ar (porque eu não tinha coragem de deixar que a caixa fosse pendurada em um prego do lado de fora da janela, como fazemos com as gaiolas na Inglaterra). Abri a janela e me sentei à mesa para comer um pedaço de bolo doce de desjejum, e então mais de vinte marimbondos, atraídos pelo cheiro, entraram voando no quarto, zumbindo mais alto que um número idêntico de gaitas de fole. Alguns deles tomaram meu bolo e levaram-no embora em pedaços; os demais voaram em volta de minha cabeça e de meu rosto, perturbando-me com o barulho que faziam e deixando-me completamente aterrorizado, com medo de seus ferrões. Todavia, juntei coragem para levantar-me, sacar meu espadim e investir contra eles no ar. Dei cabo de quatro deles, mas o resto escapou, e eu imediatamente fechei a janela. Esses insetos eram tão grandes quanto perdizes. Tirei o ferrão deles e constatei que tinham dois centímetros e meio de comprimento, sendo tão pontiagudos quanto agulhas. Preservei-os cuidadosamente e, desde então, exibi-os, junto a algumas outras curiosidades, em diversas partes da Europa. Quando regressei à Inglaterra, doei três deles ao Gresham College e fiquei com o quarto para mim.

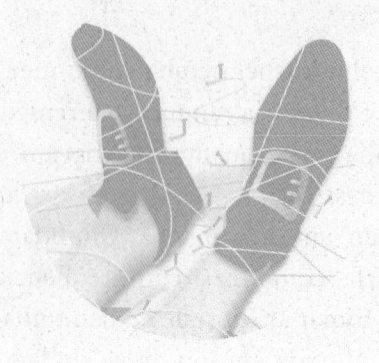

# Capítulo 4

*O autor descreve o país. Sugere-se a correção dos mapas modernos. O palácio do rei é descrito e são apresentados alguns relatos sobre a metrópole. O autor comenta seu modo de viajar. O templo principal é descrito.*

Pretendo agora apresentar ao leitor uma breve descrição desta terra com base nas partes pelas quais viajei, isto é, não mais que três mil e duzentos quilômetros em torno de Lorbrulgrud, a capital. Isso porque a rainha, que eu sempre assistia, nunca ia mais longe que isso quando acompanhava o rei em suas viagens oficiais, e ali ficava até que Sua Majestade retornasse da inspeção de suas fronteiras. A extensão completa dos domínios desse príncipe alcança cerca de nove mil e seiscentos quilômetros de comprimento e de quatro a oito mil de largura, o que me faz crer que nossos geógrafos na Europa estão terrivelmente equivocados ao supor que não exista nada além de mar entre o Japão e a Califórnia, pois sempre fui da opinião de que deveria haver um equilíbrio de terra para se contrapor ao grande continente da Tartária. Portanto, deveriam corrigir seus mapas e cartas, acrescentando neles essa vasta porção de terra a noroeste da América, no que me prontifico a prestar-lhes minha assistência.

O reino consiste em uma península, limitada a nordeste por uma cadeia de montanhas com quarenta e oito quilômetros de altura, a qual é inteiramente instransponível devido aos vulcões em seus cumes. Nem os mais eruditos sabem que espécie de mortais habita as terras além dessa cadeia, nem mesmo se elas são de fato habitadas. Nas outras três bandas, a terra é limitada pelo mar. Não há um porto marinho sequer em todo o reino e, nas regiões onde os rios desembocam, as pedras são tão pontiagudas, e o mar, tão agitado, que não há como se aventurar por elas nem com o menor dos barcos daquela gente. Dessa maneira, esse povo está completamente isolado do comércio com o resto do mundo. Todavia, seus caudalosos rios são cheios de embarcações e abundam em excelentes peixes. Eles raramente pescam no mar, pois os peixes marinhos têm o mesmo tamanho que os da Europa e, assim, não vale a pena pescá-los. Com isso, fica evidente que a natureza limitou a produção de plantas e animais de tamanho tão extraordinário inteiramente a esse continente, mas a razão disso eu deixo para os filósofos determinarem. Não obstante, de vez em quando eles capturam alguma baleia que porventura encalha nas pedras, e a plebe se banqueteia com elas. Soube que algumas dessas baleias são tão grandes que um homem deste reino dificilmente poderia carregá-las nas costas. Às vezes, elas são levadas em cestas a Lorbrulgrud, a título de curiosidade. Eu mesmo já vi uma em uma travessa sobre a mesa do rei, servida como raridade, mas não me pareceu que Sua Majestade se interessasse por ela, pois creio, na verdade, que o tamanho o enojou, embora já tenha visto uma maior ainda na Groenlândia.

O país é bem populoso, pois contém cinquenta e uma cidades, quase cem vilas muradas e um grande número de vilarejos. Para satisfazer a curiosidade do leitor, parece-me suficiente descrever Lorbrulgrud. Essa cidade é dividida por um rio em duas partes de tamanho mais ou menos parecido. Abriga mais de oitenta mil casas e cerca de seiscentos mil habitantes. Tem cerca de três *glomglungs* (que correspondem a oitenta e sete quilômetros) de comprimento e dois e meio de largura. Eu mesmo cheguei a essas medidas com base no mapa real feito a mando do rei, o qual foi propositadamente posto no chão para mim, estendendo-se por trinta metros. Percorri descalço o diâmetro e a circunferência várias vezes e, fazendo cálculos com base na escala, cheguei a medidas bastante exatas.

O palácio do rei não é um edifício regular, mas sim um amontoado de prédios que ocupam uma área de onze quilômetros. Os salões nobres têm geralmente cerca de setenta metros de altura, e a mesma proporção no comprimento e na largura. Um coche foi designado a Glumdalclitch e a mim, no qual a governanta dela com frequência a levava para ver a cidade ou ir a lojas. Eu sempre ia junto, sendo levado na caixa, embora a menina, a pedido meu, muitas vezes me retirasse dela e me segurasse na mão, para que eu pudesse ver de forma mais conveniente o casario e as pessoas, enquanto passávamos pelas ruas. Ao que me parece, nosso coche tinha o tamanho aproximado do Westminster Hall[19], mas não era tão alto. Todavia, não posso dizer com exatidão. Um dia, a governanta ordenou que nosso cocheiro parasse em várias lojas, onde pedintes, observando a oportunidade, amontoaram-se em volta da carruagem, realizando o espetáculo mais horrível que meus olhos europeus jamais viram. Havia uma mulher com um cancro no seio, o qual havia inchado a um tamanho monstruoso e estava coberto de chagas, em duas ou três das quais eu poderia facilmente entrar de corpo inteiro. Havia um tipo com um cisto no pescoço maior que cinco fardos de lã; e também um outro com um par de pernas de pau, cada uma com seis metros de altura. Mas a visão mais asquerosa era a dos piolhos passeando pelas roupas deles. Eu conseguia ver nitidamente as pernas desses vermes a olho nu, melhor do que eu poderia ver as de um piolho europeu através de um microscópio, e os focinhos com os quais fuçavam feito porcos. Eram os primeiros que via, e eu teria tido a curiosidade de dissecá-los se tivesse os instrumentos apropriados, os quais, infelizmente, havia deixado para trás no navio, embora, na realidade, a visão deles fosse tão nauseante que me revirava com força o estômago.

---

19  Grande salão do palácio de mesmo nome e parte mais antiga desse prédio. (N.T.)

Além da caixa grande em que eu era normalmente transportado, a rainha ordenou que uma menor fosse feita para mim, com cerca de três metros e meio quadrados e três de altura, para facilitar as viagens. Isso porque a outra era demasiado grande para o colo de Glumdalclitch e pesava o coche. A nova caixa foi feita pelo mesmo artista, a quem eu instruí durante todo o processo de fabricação. Esse baú de viagem era um quadrado perfeito, com uma janela no meio de três das paredes, contendo cada janela uma treliça feita com fio de ferro pelo lado de fora, para prevenir acidentes em viagens mais longas. Na quarta parede, que não tinha janela, dois fortes ganchos foram afixados, através dos quais a pessoa que me carregava, quando eu pedia para ir a cavalo, passava um cinto de couro, prendendo-o em seguida à própria cintura. Essa função ficava sempre a cargo de algum servo responsável e de confiança, estivesse eu acompanhando o rei ou a rainha em suas viagens oficiais, ou com vontade de ir ver os jardins, ou visitando alguma grande dama ou ministro de Estado na corte, quando Glumdalclitch porventura não estivesse disposta. Eu logo me tornei conhecido e benquisto entre os altos oficiais, suponho que mais por conta do favor de Suas Majestades que por mérito próprio. Durante as viagens, quando eu me cansava da carruagem, um servo afivelava à cintura o cinto preso à minha caixa, colocando-a sobre uma almofada à sua frente, e daí eu tinha uma vista completa do país em três lados diferentes, a partir de minhas três janelas. Nessa caixa, dispunha também de uma cama de campanha e de uma rede presa ao teto, bem como de duas cadeiras firmemente aparafusadas ao chão, para evitar que fossem jogadas para lá e para cá devido à agitação do cavalo ou do coche. Como eu estava acostumado a viajar de barco, esses sacolejos, embora por vezes bastante violentos, não me faziam muito mal.

Quando quer que eu desejasse ver a cidade, fazia-o em meu baú de viagem, o qual Glumdalclitch levava no colo em uma espécie de liteira aberta, conforme o costume do país, carregada por quatro homens e acompanhada por mais dois trajados com a libré da rainha. O povo, que sempre ouvia falar de mim, amontoava-se curiosamente em volta da liteira, e a menina era complacente o bastante para pedir que os carregadores parassem, botando-me em seguida na mão, para que eu pudesse ser mais facilmente visto.

Eu tinha muita vontade de ver o templo principal e em especial a torre pertencente a esse edifício, que é tida como a mais alta no reino. Dessa forma, um dia minha ama me levou até lá, mas devo dizer que voltei bastante desapontado, pois a altura não passa dos noventa metros, contados do chão ao pináculo mais alto, o que, resguardada a diferença entre o tamanho daquela gente e o nosso na Europa, não é lá de se admirar, tampouco se compara proporcionalmente (se me lembro bem) ao campanário da Salisbúria[20]. Todavia, para não depreciar uma nação à qual, durante toda minha vida, serei extremamente grato, deve-se admitir que o que falta em altura a essa torre é-lhe compensado com abundância em beleza e força, pois as paredes têm quase trinta metros de espessura, tendo sido construídas com pedras lisas de doze metros quadrados cada e enfeitadas em todos os cantos com estátuas de deuses e imperadores talhadas em mármore e de tamanho maior que o natural, dispostas em diversos nichos. Medi um mindinho que havia se soltado de uma dessas estátuas e caído, quedando despercebido em meio ao lixo, e concluí que tinha exatamente 1,244 metro de comprimento. Glumdalclitch o embrulhou em seu lenço e o levou para a casa no bolso, para conservá-lo junto a outros cacarecos de que gostava muito, como é comum entre as crianças dessa idade.

A cozinha do rei era um edifício sem dúvidas muito nobre, de teto abobadado e com cerca de 182 metros de altura. O forno-mor não era muito largo, tendo dez passos a menos que a cúpula da catedral de São Paulo[21], a qual medi de propósito depois que regressei. No entanto, se eu fosse descrever a grelha da cozinha, as enormes panelas e caldeiras, os pedaços de carne sendo girados nos espetos e outras particularidades, talvez fosse difícil acreditar em mim; no mínimo, um crítico

---

20 Esse campanário já foi o mais alto da Inglaterra. (N.T.)
21 A catedral de São Paulo, em Londres, tem a segunda maior cúpula do mundo, perdendo apenas para a da basílica de São Pedro, no Vaticano. (N.T.)

mais severo ficaria tentado a crer que eu exagerei, como os viajantes são comumente suspeitos de fazerem. Para evitar a censura, temo ter ido para o extremo oposto e receio que, se este tratado for porventura traduzido para a língua de Brobdingnag (que é o nome corrente daquele reino) e enviado para lá, o rei e seus súditos tenham razão para reclamar que lhes causei uma injúria, apresentando-os de forma falsa e diminutiva.

Sua Majestade raramente mantém mais que seiscentos cavalos em seus estábulos, e esses animais têm, em geral, entre dezesseis e dezoito metros de altura. Todavia, quando sai do palácio em dias solenes, é acompanhado protocolarmente por uma guarda militar de quinhentos cavalos, o que sem dúvidas me pareceu a visão mais esplêndida que eu poderia ter, até eu ver parte de seu exército em combate, algo de que encontrarei outra oportunidade para falar.

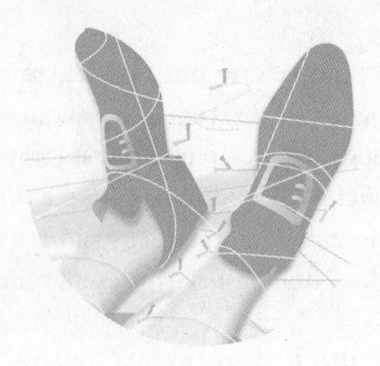

# Capítulo 5

*Diversas aventuras sucedem ao autor. Um criminoso é executado. O autor demonstra sua habilidade na navegação.*

Eu teria vivido muito feliz naquele país se minha pequenez não me expusesse a diversos acidentes tão ridículos quanto incômodos, alguns dos quais me atrevo a descrever. Glumdalclitch frequentemente me levava aos jardins da corte em minha caixa menor e, às vezes, me retirava dela e me segurava na mão ou me botava no chão, para caminhar. Lembro que, antes de ir embora, o anão da rainha nos seguiu um dia àqueles jardins e, quando minha ama me pôs no chão, estando ele por perto, próximo a algumas macieiras-anãs, quis mostrar minha sagacidade fazendo uma alusão jocosa à relação entre ele e as árvores, que por acaso é tão possível na língua deles quanto na nossa. Nesse momento, o diabrete, vendo uma oportunidade enquanto eu caminhava sob um dos troncos, balançou-o diretamente sobre minha cabeça, o que fez com que uma dúzia de maçãs, cada uma do tamanho de um barril de Bristol, despencassem em volta de meus ouvidos. Uma delas me atingiu as costas quando eu me inclinei e me jogou de cara no chão. No entanto, não sofri nenhum outro dano, e o anão foi perdoado a pedido meu, pois fora eu quem o provocara.

Em outro dia, Glumdalclitch me deixou sobre um gramado macio para passar o tempo enquanto ela caminhava mais adiante com sua governanta. Nesse ínterim, caiu uma chuva de granizo tão forte que, por força dela, eu imediatamente fui jogado ao chão e, enquanto estava deitado, as pedras me atingiram violentamente por todo o corpo, como se bolas de tênis estivessem sendo arremessadas contra mim. Contudo, esforcei-me para engatinhar e buscar abrigo, deitando-me de bruços a sota-vento de uma fileira de tomilho-limão. Fiquei tão machucado da cabeça aos pés que precisei me recolher por dez dias. Isso não é de surpreender, visto que a natureza daquela terra, observando uma proporção exata em todas as suas operações, fez com que as pedras de granizo ali fossem mil e oitocentas vezes maiores que as da Europa, o que eu posso afirmar por experiência, tendo sido curioso o bastante para pesá-las e medi-las.

No entanto, um acidente ainda mais grave me sucedeu nesse jardim quando minha pequena ama, acreditando haver me colocado em um local seguro (como por vezes lhe pedia, a fim de contemplar meus próprios pensamentos) e tendo deixado minha caixa em casa, para evitar o trabalho de carregá-la, foi para outra parte do jardim com a governanta e outras damas conhecidas suas. Enquanto ela estava ausente, longe demais para me escutar, um pequeno spaniel branco que pertencia a um dos jardineiros-chefes entrou por acidente no jardim e aproximou-se do lugar onde eu estava. O cão seguiu o rastro do meu cheiro e veio diretamente a mim; pegou-me com a boca e voltou correndo para seu dono com a cauda balançando, botando-me com gentileza no chão. Por sorte, ele havia sido bem treinado e me carregou entre os dentes, sem me causar nenhum ferimento nem rasgar minhas roupas. Porém o pobre jardineiro, que me conhecia bem e era muito gentil comigo, ficou terrivelmente abalado; tomou-me nas mãos e perguntou como eu estava, mas eu estava tão atordoado e sem ar que não disse uma palavra. Em poucos minutos, voltei a mim, e ele me levou em segurança à minha pequena ama, que, a essa altura, já havia retornado ao lugar onde me deixara e fora tomada de uma angústia aterradora quando eu não apareci nem respondi a seus chamados. Ela repreendeu o jardineiro severamente por conta de seu cão. Mas a coisa toda foi abafada e nunca chegou aos ouvidos da corte, pois a menina tinha medo da ira da rainha, e eu, de minha parte, concluí que não seria nada bom para minha reputação se essa história se espalhasse.

Por causa desse incidente, Glumdalclitch determinou-se resolutamente a nunca mais me perder de vista durante os passeios fora do palácio. Eu temia há tempos que ela tomasse essa decisão e, por isso, escondi dela vários infortúnios que se passaram nas vezes que fui deixado a sós. Uma vez, um milhafre que pairava sobre o jardim fez um voo rasante em minha direção, e, se eu não tivesse sacado o espadim e corrido para debaixo de um arbusto, ele certamente teria me levado embora entre as garras. Em outra ocasião, enquanto caminhava por sobre um monte recentemente feito por uma toupeira, me enterrei sem querer até o pescoço em um buraco pelo qual o animal jogara a terra para fora da toca e inventei uma mentira que nem vale a pena relembrar para justificar as roupas destruídas. Ademais, quebrei a canela direita batendo-a contra a concha de um caracol, no qual tropecei enquanto caminhava só, pensando em minha saudosa Inglaterra.

Não sei dizer se fiquei mais satisfeito ou aflito ao observar, durante aquelas caminhadas solitárias, que mesmo os menores pássaros não pareciam ter medo algum de mim e em vez disso saltitavam a não mais que noventa centímetros de distância em busca de minhocas e outros alimentos, tão indiferentes e seguros de si quanto como se não houvesse nenhuma outra criatura perto deles. Lembro que um tordo foi corajoso o bastante para tomar de minha mão, com o bico, um pedaço de bolo que Glumdalclitch havia acabado de me dar para o desjejum. Quando tentava capturar algum desses pássaros, eles se voltavam bravamente contra mim, tentando bicar meus dedos, que eu não ousava deixar ao alcance deles; depois, voltavam a saltitar tranquilamente à procura de minhocas e lesmas, como faziam antes. Um dia, no entanto, consegui arranjar um bastão bem grosso e joguei-o com tanta força e tão boa pontaria contra um pintarroxo que consegui abatê-lo. Tomando-o pelo pescoço com ambas as mãos, corri triunfantemente com ele em direção à minha ama. No entanto, o bicho, que estava apenas meio atordoado, recobrou a consciência e, embora eu o segurasse à distância de um braço e estivesse fora do alcance de suas garras, golpeou-me tantas vezes com as asas nas costelas e na cabeça que considerei seriamente deixá-lo ir. Porém logo fui acudido por um dos servos, que torceu o pescoço do pássaro, e eu comi-o no dia seguinte no jantar, por ordens da rainha. Esse pintarroxo era, pelo que me lembro, um pouco maior que um cisne inglês.

As damas de companhia convidavam Glumdalclitch com frequência a seus apartamentos e pediam que ela me levasse consigo, para que pudessem ter o prazer de ver-me e tocar-me. Por vezes, despiam-me dos pés à cabeça e punham-me deitado sobre os seios. Devo dizer que isso me causava bastante asco, pois, para dizer a verdade, uma inhaca muito repugnante exalava de suas peles. Não digo isso para prejudicar essas notáveis damas, por quem nutro o mais alto respeito, nem tenho essa intenção. Acredito que meus sentidos eram mais aguçados em proporção à minha pequenez, e que essas ilustres senhoras não haveriam de ser mais desagradáveis a seus amantes, ou umas às outras, que alguém da mesma hierarquia seria a nós na Inglaterra. E, no fim das contas, achava o cheiro natural delas muito mais suportável que seus perfumes, que me faziam desmaiar imediatamente. Não esqueço que um amigo meu em Lilipute, em um dia mais quente em que eu havia me exercitado bastante, tomou a liberdade de reclamar de um cheiro forte que vinha de mim, embora eu não padeça mais desse mal que outras pessoas de meu sexo. Entretanto, creio que sua faculdade olfativa fosse tão sensível a mim quanto a minha era a essa gente. Nisso, devo fazer justiça à minha senhora, a rainha, e a Glumdalclitch, minha ama, cujo odor era sempre tão sublime quanto o de qualquer dama inglesa.

O que mais me incomodava nessas damas de companhia (quando minha ama me levava a visitá-las) era perceber que me tratavam sem qualquer cerimônia, como uma criatura sem nenhuma importância, pois despiam-se completamente e punham as camisolas em minha presença, quando me levavam a seus toaletes e me deixavam bem em vista de sua nudez, a qual com certeza estava longe de ser uma visão tentadora para mim ou de suscitar em mim qualquer emoção além do horror e do nojo. Suas peles pareciam muito grosseiras e irregulares, de cor bastante incerta, quando as via de perto, com verrugas tão grandes quanto tábuas de cortar pão aqui e acolá, das quais cresciam pelos tão grossos quanto barbante, para dizer o mínimo a respeito de suas pessoas. Também não tinham nenhum escrúpulo em aliviar-se do que haviam bebido, em uma quantidade de no mínimo dois barris, em um recipiente que comportava mais de três tonéis. A mais bela entre essas damas, uma menina agradável e brincalhona de 16 anos, às vezes me colocava montado sobre um de seus mamilos, entre outras traquinagens, que o leitor haverá de me desculpar por não descrever de forma muito detalhada. Mas isso me era tão desagradável que pedi a Glumdalclitch que encontrasse um pretexto para não ver mais aquela moça.

Um dia, um jovem cavalheiro, que era sobrinho da governanta de minha ama, veio e insistiu que as duas fossem assistir a uma execução. Era de um homem que assassinara um conhecido próximo desse cavalheiro. Glumdalclitch foi convencida a ir, muito em detrimento de sua própria vontade, pois tinha naturalmente o coração mole. Quanto a mim, embora repugnasse esse tipo de espetáculo, fui tentado por minha curiosidade a ir ver o que me parecia ser algo fora do comum. O malfeitor foi posto em uma cadeira sobre um andaime erigido especialmente para aquele propósito, e sua cabeça foi cortada em um só golpe com uma espada de cerca de doze metros de comprimento. As veias e as artérias jorraram uma quantidade tão prodigiosa de sangue e tão alto no ar que nem mesmo o grande *jet d'eau*[22] de Versalhes lhes faria jus durante o tempo que duraram. Já a cabeça, quando caiu do andaime, fez um barulho tão alto que me assustou, embora eu estivesse a pelo menos oitocentos metros de distância.

A rainha, que costumava me ouvir falar de minhas viagens marítimas e fazia de tudo para me entreter quando eu estava melancólico, perguntou-me se eu sabia manejar uma vela ou um remo, e se um exercício de remada não me faria bem à saúde. Respondi que sabia fazer muito bem ambas as coisas, pois, embora minha função oficial fosse de cirurgião ou médico do navio, eu era por vezes, no aperto, obrigado

---

22 Em francês, jato d'água; fonte. (N.T.)

a trabalhar como um marinheiro comum. No entanto, não via como isso pudesse ser feito naquele país, onde mesmo a menor barcaça era do tamanho de uma belonave de primeira classe entre nós, e mesmo um navio que eu pudesse manejar não sobreviveria jamais a nenhum de seus rios. Sua Majestade disse que, se eu projetasse um navio, seu próprio marceneiro o faria, e ela me arranjaria um lugar para navegar. O marceneiro era tão engenhoso que, seguindo minhas instruções, construiu, em dez dias, um barco de passeio com todos os equipamentos, capaz de comportar com facilidade oito europeus. Quando ficou pronto, a rainha ficou tão animada que correu para mostrá-lo ao rei, que ordenou que ele fosse colocado em uma cisterna cheia d'água, comigo dentro, a fim de testá-lo, mas eu não fui capaz de manejar minhas duas zingas (que são um tipo pequeno de remo) ali, por falta de espaço. Entretanto, a rainha já havia planejado outro projeto. Ela ordenou que seu marceneiro fizesse uma tina de madeira de noventa e um metros de comprimento, quinze de largura e oitenta de profundidade, a qual, depois de ser muito bem calafetada para prevenir vazamentos, foi posta no chão, junto à parede, em um cômodo externo do palácio. Havia uma torneira no fundo da tina, para retirar a água quando ela estivesse velha, e dois servos conseguiam facilmente enchê-la em meia hora. Eu remava nela com frequência, para divertir a mim mesmo e à rainha e suas damas, que se entretinham bastante com minha habilidade e agilidade. Às vezes eu hasteava minha vela, e então meu único trabalho era velejar, enquanto as damas me abanavam com seus leques. Quando se cansavam, alguns de seus pajens sopravam-me à frente com o próprio pulmão, enquanto eu exibia minha técnica manobrando a barlavento e a sota-vento, conforme me aprazia. Quando eu terminava, Glumdalclitch sempre levava meu barco de volta para seus aposentos e pendurava-o em um prego para secar.

Uma vez eu me acidentei durante esse exercício e quase perdi a vida: depois de um dos pajens ter posto meu barco na tina, a governanta de Glumdalclitch muito gentilmente me levantou para colocar-me nele; contudo, eu escorreguei por entre seus dedos e teria sofrido uma queda fatal de doze metros de altura se, pela maior sorte do mundo, não tivesse ficado preso a um alfinete grande que estava afixado ao peitilho da boa dama; a cabeça do alfinete passou por entre minha camisa e o cós de minhas calças, e assim eu fiquei suspenso no ar pela cintura, até que Glumdalclitch correu para acudir-me.

Em outra ocasião, um dos servos, cuja responsabilidade era encher minha tina de três em três dias com água fresca, foi descuidado a ponto de não perceber que um enorme sapo caíra de seu balde na tina. O sapo ficou escondido até que eu fosse posto em minha embarcação. Então, vendo ali um lugar para descansar, o bicho trepou nela, fazendo-a inclinar-se tanto para um dos lados que eu fui obrigado a usar todo o meu peso no lado oposto para contrabalancear, evitando que o barco emborcasse. Quando o sapo terminou de subir, saltou de uma vez só o equivalente a metade do tamanho da embarcação, e então por cima da minha cabeça, para a frente e para trás, emplastrando meu rosto e minhas roupas com sua meleca asquerosa. Devido ao tamanho enorme de suas feições, parecia ser o animal mais deformado que se pode imaginar. Não obstante, pedi a Glumdalclitch que me deixasse lidar com ele sozinho. Dei-lhe umas boas cacetadas com um de meus remos e, por fim, obriguei-o a pular para fora do barco.

Todavia, o maior perigo pelo qual passei naquele reino foi devido a um macaco, que pertencia a um dos funcionários da cozinha. Glumdalclitch havia me trancado em seu aposento, enquanto ia não sei aonde tratar de algum assunto ou fazer alguma visita. Como o tempo estava muito quente, a janela do quarto estava aberta, bem como as janelas e a porta de minha caixa maior, na qual eu costumava morar, exatamente por ser mais espaçosa e conveniente. Estando eu tranquilamente sentado à mesa, ocupado de minhas meditações, ouvi algo pulando janela adentro no cômodo, saltitando em seguida de um lado para outro. Então, embora estivesse bastante assustado, ousei olhar para fora, mas sem me mover da cadeira; foi quando vi o bicho sapeca saltando e dando cambalhotas para lá e para cá até chegar à minha caixa, a qual parecia observar com grande prazer e curiosidade, espiando pela porta e por todas as janelas. Eu recuei para o canto mais afastado de meu quarto, isto é, de minha caixa; não obstante, o macaco, olhando por todos os lados, causou-me tanto pânico que me faltou a presença de espírito para esconder-me sob a cama, o que eu poderia ter feito com facilidade. Depois de espiar, guinchar e sorrir por um tempo, o bicho por fim me viu; então, passando uma das patas pela porta, como os gatos fazem quando brincam com camundongos, embora eu fosse de um canto a outro para tentar escapar dele, por fim me agarrou pela lapela do casaco (que, tendo sido feita com o tecido daquela terra, era muito grossa e resistente) e me puxou para fora. Ergueu-me com a pata dianteira direita e segurou-me como uma ama segura uma criança para dar de mamar, exatamente como eu já vira uma criatura congênere fazer com um filhote de gato na Europa. Quando tentei escapar, apertou-me tão forte que eu julguei mais prudente não resistir. Tenho boas razões para crer que o bicho tenha me confundido com algum filhote de sua espécie, pois acariciava-me com frequência o rosto com sua outra pata. Nesse momento, ele foi interrompido por um som que vinha da porta do aposento, como se alguém a estivesse abrindo. Foi então que ele saltou de repente em direção à janela pela qual havia entrado e, dali, trepou pelos canos e calhas, caminhando sobre três patas e me segurando com a quarta, até alcançar a muito custo um telhado vizinho ao nosso. Ouvi Glumdalclitch dar um berro no momento em que ele me levou para fora. A pobre menina ficou desnorteada; todos que estavam naquela parte do palácio se alvoroçaram; os servos correram para buscar escadas. O macaco foi visto por centenas de pessoas na corte, sentado na beirada de um prédio, segurando-me como um bebê em uma de suas patas dianteiras e me alimentando com a outra, enfiando em minha boca algum alimento que retirava de dentro de suas bochechas e dando-me uns tapinhas quando eu me recusava a comer, ao que a ralé lá embaixo não conseguiu segurar o riso (nem creio eu que devam ser culpados por isso, pois, sem dúvida alguma, a cena devia ser bastante ridícula para qualquer um, exceto para mim). Algumas pessoas lançaram pedras, esperando fazer com que o macaco descesse, mas isso foi estritamente proibido; do contrário, muito provavelmente, teriam estourado meus miolos.

A essa altura, as escadas estavam a postos, e vários homens subiam por elas; observando isso e vendo-se praticamente cercado, não sendo capaz de ganhar velocidade com apenas três patas, o macaco soltou-me sobre uma fileira de telhas e escapou. Fiquei ali por um tempo, a 450 metros do chão, esperando a qualquer momento ser soprado para baixo pelo vento ou cair devido à vertigem e ir rolando telhado abaixo até chegar ao beiral; contudo, um rapaz bastante íntegro, lacaio de minha ama, subiu até onde eu estava e, colocando-me no bolso de suas calças, trouxe-me para baixo são e salvo.

Eu quase me engasguei com a massa imunda que o macaco me enfiara goela abaixo, mas minha querida ama a retirou de minha garganta com uma pequena agulha, e então comecei a vomitar, o que me causou bastante alívio. Entretanto, estava tão esgotado e tão machucado nas costelas devido aos apertos que me dera o maldito animal que fui obrigado a ficar de cama por duas semanas. O rei, a rainha e toda a corte pediam notícias de mim todos os dias, e Sua Majestade me prestou várias visitas durante minha recuperação. O macaco foi sacrificado, e uma ordem foi emitida para que nenhum animal semelhante fosse mantido nas proximidades do palácio.

Quando compareci diante do rei após me recuperar, para agradecer-lhe seus favores, ele folgou em caçoar de mim por conta dessa aventura. Perguntou-me "em que pensei enquanto estava nos braços do macaco; se gostei da comida que me dera; como o bicho me alimentara; e se o ar fresco do telhado havia deixado meu estômago mais forte". Quis saber "o que eu teria feito nessa situação em meu próprio país". Respondi à Sua Majestade que, "na Europa, não havia macacos, salvo os que foram trazidos como curiosidade de outros lugares, os quais são tão pequenos que eu poderia lutar com uma dúzia deles, se ousassem me atacar. Quanto ao monstruoso animal com o qual eu lidara recentemente (era de fato tão grande quanto um elefante), se meus nervos tivessem permitido que eu usasse meu espadim", e enquanto falava fiz uma careta feroz e passei a mão no cabo dele, "quando ele enfiou a mão em meu quarto, eu talvez o tivesse ferido de tal forma que ele a teria retirado tão rápido quanto a colocou lá dentro". Expressei isso em um tom firme, como alguém desejoso de que sua coragem não fosse questionada. Contudo, meu discurso não produziu nada além de uma forte gargalhada, a qual nem todo o respeito por Sua Majestade que todos ali tinham foi capaz de conter. Isso me fez refletir sobre quão inútil é para um homem tentar defender sua honra diante de quem lhe é tão superior. Todavia, desde meu regresso, já presenciei várias vezes comportamentos semelhantes a esse meu na Inglaterra, onde o mais desprezível valete, sem qualquer qualidade de berço, de personalidade, de inteligência ou de senso comum, atreve-se a fazer-se de importante, tentando comparar-se às pessoas mais respeitáveis do reino.

Eu provia a corte todos os dias com alguma história ridícula, e Glumdalclitch, embora me amasse muito, informava prontamente a rainha toda vez que eu fazia alguma asneira que ela julgava digna de divertir Sua Majestade. Um dia, a menina, que havia passado um pouco mal, foi levada por sua governanta para tomar ar a cerca de uma hora de distância, isto é, quase cinquenta quilômetros, da cidade. Apearam próximo a uma vereda em um campo, e, quando Glumdalclitch pôs meu baú de viagem no chão, eu saí dele para caminhar. Havia um monte de esterco no caminho, e eu quis testar meu vigor tentando pular por sobre ele. Corri para ganhar impulso e saltei, mas, infelizmente, meu salto foi demasiado curto, e eu aterrissei bem no meio do esterco, afundando até os joelhos. Vadeei para fora do monte de excremento com bastante dificuldade, e um dos lacaios me limpou com o lenço o melhor que pôde, pois eu estava imundo. Minha ama, então, me confinou à caixa até que retornássemos ao palácio, onde a rainha foi imediatamente informada do que se passara, e o lacaio espalhou a fofoca pela corte, de modo que fui motivo de piada por alguns bons dias.

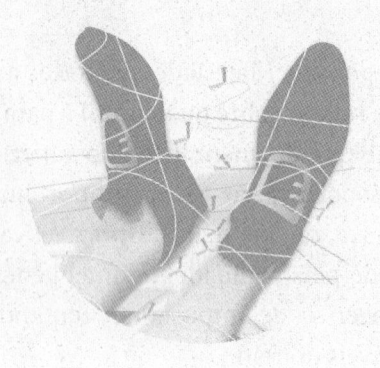

# Capítulo 6

*O autor inventa diversos objetos para agradar ao rei e à rainha. Ele demonstra sua habilidade na música. O rei faz perguntas sobre o estado da Inglaterra, as quais o autor lhe responde. O rei faz observações a respeito disso.*

Eu costumava comparecer às recepções dadas pelo rei uma ou duas vezes por semana, e por vezes o vira sendo barbeado, o que de início me pareceu uma coisa terrível, pois a lâmina era duas vezes mais comprida que uma gadanha comum. Sua Majestade, de acordo com os costumes do país, era barbeado apenas duas vezes por semana. Uma vez, convenci o barbeiro a dar-me um pouco da espuma, da qual retirei quarenta ou cinquenta dos fios mais fortes. Então tomei um pedaço de madeira boa e talhei-o no formato da base de um pente, fazendo nele diversos furos equidistantes com um pequeno prego que consegui com Glumdalclitch. Afixei muito bem os fios a essa base, raspando e acertando as pontas deles com minha faca, e dessa forma logrei fazer um pente muito digno, o qual veio bastante a calhar, visto que o meu estava em tão péssimo estado, com vários dentes quebrados, que já quedara praticamente inútil. Também não conhecia nenhum artista naquele país hábil e destro o suficiente para fazer-me um novo.

E isso me traz à mente um passatempo com o qual ocupei muitas de minhas horas de lazer. Pedi à aia da rainha que guardasse para mim os fios de cabelo de Sua Majestade que saíssem quando ela fosse penteada, dos quais consegui juntar uma boa quantidade depois de um tempo. Então, após consultar-me com meu amigo marceneiro, que havia recebido ordens gerais para fazer pequenos trabalhos para mim, instruí-o a montar duas armações de cadeiras do mesmo tamanho que as que eu tinha em minha caixa e a fazer pequenos furos com uma sovela fina em torno do assento e do encosto. Através desses furos eu passei os fios de cabelo mais fortes que pude achar, à maneira das cadeiras de palhinha na Inglaterra. Quando estavam prontas, presenteei Sua Majestade com elas, que as guardou em seu gabinete e costumava exibi-las como curiosidades, e de fato maravilhavam a todos que nelas botavam os olhos. A rainha quis que eu me assentasse em uma dessas cadeiras, mas eu me recusei veementemente, dizendo que preferia morrer a botar uma parte tão desonrosa de meu corpo sobre aqueles preciosos cabelos, que outrora adornaram a cabeça de Sua Majestade. Como tenho um gênio muito voltado para a mecânica, também fiz, com esses fios de cabelo, uma bolsinha muito caprichada, de cerca de um metro e meio de comprimento, com o nome de Sua Majestade escrito em letras douradas, a qual dei para Glumdalclitch, com autorização da rainha. Para dizer a verdade, era mais para me exibir que para usar, pois não era forte o suficiente para aguentar o peso das moedas maiores, e sendo assim, minha ama não guardava nada nela senão uns brinquedinhos desses de que meninas costumam gostar.

O rei, que gostava muito de música, promovia concertos frequentes na corte, aos quais eu era por vezes levado em minha caixa e posto sobre alguma mesa para apreciar, mas o barulho era tão alto que eu dificilmente conseguia distinguir a melodia. Estou seguro de que todos os tambores e trompetes de um exército real retumbando e soando em uníssono bem ao pé do ouvido não se igualariam a esses espetáculos. O que eu fazia era pedir que levassem minha caixa para o mais longe possível de onde se sentavam os músicos, e então fechar as portas e as janelas, bem como as cortinas; feito isso, a música deles não me parecia em nada desagradável.

Eu aprendera, quando jovem, a tocar um pouco a espineta. Glumdalclitch tinha uma em seu quarto, e um professor vinha duas vezes por semana ensiná-la a tocar. Digo tratar-se de uma espineta porque se parece um pouco com esse instrumento e é tocado da mesma maneira. Veio à minha cabeça a ideia de que eu poderia entreter o rei e a rainha tocando nesse instrumento uma melodia inglesa. No entanto, isso parecia ser extremamente difícil, pois a espineta tinha quase dezoito metros de comprimento, cada tecla tendo quase trinta centímetros de largura, de forma que mesmo com meus braços totalmente abertos eu não poderia alcançar mais que cinco teclas; além disso, para pressioná-las, eu precisava dar um golpe forte com o punho, o que seria demasiado trabalhoso e não teria efeito algum. A solução que encontrei foi esta: fiz duas baquetas redondas do tamanho de cassetetes comuns, mais grossas em uma extremidade que na outra, e cobri as pontas mais grossas com couro de um rato, de modo que ao bater com elas eu não danificasse a tecla nem interrompesse o som. Um banco foi posto em frente à espineta, a pouco mais de um metro abaixo das teclas, e eu fui posto sobre esse banco. Corri ao longo do instrumento, de um lado para o outro, o mais rápido que pude, batendo com as baquetas nas teclas apropriadas, e logrei tocar uma giga, para a grande satisfação de ambas as majestades; porém esse foi o exercício mais extenuante ao qual jamais me submeti, e, mesmo assim, não conseguia acertar mais que dezesseis teclas nem tocar o grave e o agudo ao mesmo tempo, como fazem outros artistas, o que comprometeu muito minha apresentação.

O rei, que, como mencionei antes, era um príncipe de excelente entendimento, frequentemente ordenava que eu fosse trazido em minha caixa e colocado sobre a mesa em seu aposento. Ele então mandava que eu trouxesse uma de minhas cadeiras para fora da caixa e me assentasse a três metros de distância no alto da escrivaninha, o que me colocava praticamente ao nível de seu rosto. Dessa forma, tivemos várias conversas. Um dia, tomei a liberdade de dizer à Sua Majestade que "o desdém que ele nutria em relação à Europa e ao resto do mundo não parecia compatível com as excelentes qualidades intelectuais de que dispunha; que a sensatez não correspondia ao tamanho do corpo; que, pelo contrário, observávamos em nosso país que as pessoas mais altas eram frequentemente as mais desprovidas dessa virtude; que, entre outros animais, as abelhas e as formigas gozavam da reputação de terem mais indústria, arte e sagacidade que muitas espécies maiores; e que, por mais insignificante que ele me considerasse, eu esperava viver o bastante para prestar à Sua Majestade algum serviço de grande valia". O rei ouviu-me com atenção e passou a nutrir uma opinião muito melhor sobre mim do que a que tinha anteriormente. Pediu "que eu lhe fizesse uma descrição o mais exata possível do governo da Inglaterra, pois, por mais zelosos que os príncipes em geral fossem de seus próprios costumes (pois isso ele concluiu acerca de outros monarcas, com base em meus discursos anteriores), ele ficaria feliz em ouvir qualquer coisa digna de ser imitada".

Imagine o cortês leitor o quanto não desejei naquele momento ter uma língua como a de Demóstenes ou Cícero, que me permitisse celebrar os louros de minha amada pátria em um estilo que fizesse jus a seus méritos e êxitos.

Iniciei meu discurso explicando à Sua Majestade que nossos domínios consistiam em duas ilhas, as quais compunham três poderosos reinos sob um único soberano, além de nossas colônias na América. Falei demoradamente sobre a fertilidade de nosso solo e a temperatura de nosso clima. Em seguida, falei um bocado sobre a constituição do Parlamento Inglês, composto em parte por um ilustre órgão chamado Câmara dos Pares, integrado pelas pessoas do sangue mais nobre e donas dos maiores e mais antigos patrimônios. Expliquei que um cuidado extraordinário era tomado com a educação desses indivíduos nas artes e nas armas, a fim de qualificá-los para serem conselheiros tanto do rei quanto do reino; para tomarem parte na legislatura; para serem membros da mais alta corte de Justiça, da qual não se pode apelar; e para serem paladinos sempre a postos para defender seu príncipe e seu país com sua coragem, conduta e fidelidade. Disse que eles eram o ornamento e o bastião do reino, dignos descendentes de seus mui renomados ancestrais, cuja honra fora a recompensa de sua virtude, da qual jamais ouviu-se dizer uma vez sequer que sua posteridade tenha se desviado. A eles somavam-se várias santas pessoas para integrar aquela assembleia, sob o título de bispos, cuja ocupação primária era tratar da religião e daqueles que instruem o povo nesse assunto. Eles eram procurados e selecionados pelo príncipe e por seus conselheiros mais sábios dentre os membros do sacerdócio de toda a nação, merecendo a distinção entre seus pares pela santidade de sua vida e pela profundidade de sua erudição; esses eram sem dúvida os pais espirituais do clero e do povo.

Esclareci também que a outra parte do Parlamento consistia em uma assembleia chamada Câmara dos Comuns, composta por importantes cavalheiros livremente escolhidos e apontados pelo próprio povo, devido a suas grandes habilidades e a seu amor pela pátria, para representar a sabedoria de toda a nação. E que esses dois órgãos formavam a mais augusta assembleia na Europa, à qual, em conjunção com o príncipe, competia a legislatura.

Passei então às cortes de judicatura, sobre as quais presidem os juízes, veneráveis eruditos e intérpretes da lei, para determinar as disputas por direitos e propriedades entre os homens, bem como a punição do vício e a proteção da inocência. Mencionei quão prudente era a gestão de nosso Tesouro; quão bravas e exitosas eram nossas forças, tanto no mar quanto em terra. Estimei o número de nosso povo, calculando quantos milhões de seitas religiosas ou partidos políticos deveria haver entre nós. Não omiti nem nossos desportos e passatempos, nem qualquer outra particularidade que julguei poder contribuir para a honra de meu país. Terminei tecendo um breve histórico dos negócios e dos eventos envolvendo a Inglaterra nos últimos cem anos, aproximadamente.

Essa conversa foi concluída ao cabo de cinco audiências, cada uma durando várias horas. O rei me ouvia todo o tempo com muita atenção, frequentemente tomando nota do que eu dizia, bem como escrevendo lembretes das perguntas que queria me fazer.

Quando eu terminei esses longos discursos, Sua Majestade, em uma sexta audiência, consultando suas notas, apresentou várias dúvidas, questões e objeções com relação a todos os assuntos de que eu havia falado. Perguntou "quais métodos eram usados para cultivar a mente e o corpo de nossa jovem nobreza, e do que normalmente esses jovens se ocupam durante as partes iniciais de sua vida, quando são mais passíveis de ensinamento. De qual recurso lançava-se mão para suprir a assembleia quando alguma nobre família tornava-se extinta. Quais qualificações eram necessárias àqueles que estavam para se tornar lordes; se os humores do príncipe, uma soma de dinheiro para alguma dama da corte ou primeiro-ministro, ou a intenção de fortalecer um partido político contrário aos interesses públicos jamais calhavam de ser a razão dessas investiduras. Quanto conhecimento esses lordes tinham das leis de seu país e como o adquiriam, a ponto de qualificarem-se para decidir sobre as propriedades de seus compatriotas em último recurso. Se eles eram de fato tão isentos de avareza, parcialidades e privações que um suborno ou qualquer outra atitude sinistra não teria lugar entre eles. Quanto àqueles santos lordes que, segundo eu, eram sempre promovidos a seus postos por conta de seu conhecimento de assuntos religiosos e da santidade de suas vidas, será que eles nunca foram lenientes com os costumes da época enquanto eram padres comuns? Ou será que, quando capelães, nunca se prestaram a ser prostitutos servis de algum nobre, cujos interesses continuam a servir com submissão, mesmo depois de terem sido admitidos àquela assembleia?".

Quis, então, saber "que artes eram praticadas na eleição daqueles a quem chamei 'comuns': se algum estranho com o bolso cheio não seria capaz de convencer o vulgo a escolher a si, e não a seu próprio senhorio ou a algum cavalheiro mais relevante em sua comunidade. Por que razão as pessoas eram tão violentamente inclinadas a assumir um posto nessa assembleia, que eu fiz parecer ser algo tão difícil e dispendioso, levando por vezes à ruína das famílias, sem receber por isso nenhum salário ou pensão. Isso parecia ser uma demonstração tamanha de virtude e espírito público que Sua Majestade chegava a desconfiar da possibilidade de ela não ser sempre sincera". E quis ainda saber "se cavalheiros tão zelosos jamais manifestavam a intenção de serem recompensados pelos gastos e pelas dificuldades a que se submeteram sacrificando o bem público aos desígnios de um príncipe tão fraco e vicioso, em conjunção com um ministério corrupto". Ele multiplicou suas perguntas e me fez satisfazer todas as indagações que lhe vinham à mente, levantando incontáveis questionamentos e objeções, os quais não julgo prudente ou conveniente repetir.

Sobre o que eu dissera acerca de nossas cortes de Justiça, Sua Majestade quis ser esclarecido em diversos pontos, e isso eu fui mais capaz de fazer, pois já quase me arruinara devido a um longo processo na Chancelaria[23], cuja sentença foi a meu favor, mas com cujos custos tive que arcar. Ele perguntou "quanto tempo geralmente se levava para decidir entre o certo e o errado e a que custos". Também quis saber se "os advogados e oradores tinham liberdade para pleitear causas sabidamente injustas, vexatórias ou opressoras. Se as organizações, fossem religiosas ou políticas, tinham algum peso na balança da justiça. Se os oradores que apresentam pleitos diante das cortes eram pessoas educadas no conhecimento geral da equidade ou apenas em costumes provincianos, nacionais ou locais. Se esses indivíduos ou seus juízes tinham alguma participação na redação daquelas leis, as quais tomavam a liberdade de interpretar e glosar a seu bel-prazer. Se esses oradores jamais pleitearam, em ocasiões diferentes, pró e contra uma mesma causa, citando precedentes para provar opiniões contrárias. Se eram ricos ou pobres. Se recebiam alguma recompensa pecuniária para pleitear causas ou para apresentar suas opiniões. E, particularmente, se alguma vez eram admitidos como membros da Câmara Baixa do Parlamento."

Em seguida, passou à gestão de nosso Tesouro e disse "achar que minha memória havia me falhado, pois eu estimara nossos impostos

---

[23] A Corte de Chancelaria (*Court of Chancery*, ou apenas *Chancery*) foi um tribunal que existiu na Inglaterra até a segunda metade do século XIX. Essa corte seguia o princípio da *equity law* (lei de equidade) e sua função era compensar a desatualização e a rigidez das cortes de *common law* (lei comum). (N.T.)

em cerca de cinco ou seis milhões por ano e, no entanto, quando mencionei os gastos, ele concluiu que estes chegavam por vezes a mais que o dobro disso. As notas que havia tomado eram muito minuciosas nesse ponto, visto que esperava, como me dissera, que o conhecimento de nossa conduta lhe fosse de alguma utilidade, portanto ele não poderia ter se equivocado em seus cálculos. Contudo, se o que eu lhe dissera era verdade, ele não conseguia compreender como um reino poderia gastar além de seu patrimônio, como se fosse uma pessoa privada". Ele me perguntou "quem eram nossos credores e onde encontrávamos dinheiro para pagá-los". Maravilhava-se ao me ouvir falar sobre guerras tão dispendiosas e onerosas, dizendo "que certamente haveríamos de ser um povo sobejamente beligerante ou devíamos viver entre péssimos vizinhos, e que nossos generais deveriam ser mais ricos que nossos reis". Quis saber "que alçada tínhamos para agir fora de nossas próprias ilhas, senão para fins de comércio, de diplomacia ou para defender nossas costas com nossa frota". Sobretudo, admirou-se ao me ouvir falar de um exército mercenário permanente durante a paz e em meio a um povo livre. Disse que, "se éramos governados com nosso próprio consentimento por pessoas que eram representantes nossas, não conseguia conceber quem temíamos ou contra quem haveríamos de lutar; e quis saber se eu não concordava que a casa de um homem particular haveria de ser mais bem protegida por ele próprio, seus filhos e sua família do que por uma meia dúzia de cafajestes escolhidos a esmo nas ruas em troca de uma mixaria de salário, os quais poderiam conseguir cem vezes mais cortando-lhes a garganta".

Ele riu de minha "estranha aritmética", como folgou em descrever, "ao estimar os números de nosso povo por meio de um cálculo feito com base nas diversas seitas religiosas e políticas existentes entre nós". Disse "não ver nenhuma razão pela qual aqueles indivíduos que nutrem opiniões prejudiciais ao público sejam obrigados a mudá-las, ou razão pela qual não sejam obrigados a ocultá-las. E que, da mesma forma que um governo poderia ser considerado tirano por exigir que essas opiniões fossem mudadas, também poderia ser considerado fraco por não garantir que elas fossem ocultadas. Afinal, um homem tem o direito de guardar veneno em seu armário, mas não de vendê-lo como se fosse algo bom".

Observou que, "entre os passatempos de nossa nobreza e aristocracia, eu mencionara os jogos: quis saber em que idade geralmente começavam a se interessar por esse tipo de entretenimento e quando o abandonavam; quanto tempo ele consumia; se porventura esses jogos chegavam a afetar a fortuna dessa gente; se pessoas más e viciosas, por meio da destreza nessa arte, não lograriam juntar grandes riquezas e se, por vezes, não manteriam nossos grandes nobres em sua dependência, habituando-os a vis companhias, abstendo-os completamente do bom desenvolvimento de seu intelecto e forçando-os, devido às perdas em que incorriam, a aprender e a praticar essa mesma infame destreza em detrimento de outrem".

O rei quedou completamente estarrecido com o relato histórico que lhe dei de nossos assuntos internos nos últimos cem anos, contestando que "não consistia senão em um amontoado de conspirações, rebeliões, assassinatos, massacres, revoluções, degredos, isto é, os piores efeitos oriundos da avareza, do sectarismo, da hipocrisia, da perfídia, da crueldade, da ira, da loucura, do ódio, da inveja, da luxúria, da malícia e da ambição".

Sua Majestade, em outra audiência, esforçou-se para recapitular o conjunto de tudo que eu lhe dissera; comparou as perguntas que me fizera às respostas que lhe apresentara; e então, tomando-me em suas mãos e acariciando-me gentilmente, disse as seguintes palavras, das quais jamais me esquecerei, tampouco da maneira como as expressou: "Meu pequeno amigo Grildrig, fizeste um panegírico muito admirável sobre teu país; provaste claramente que a ignorância, a indolência e o vício são os ingredientes essenciais para qualificar um legislador; que as leis são mais bem explicadas, interpretadas e aplicadas por aqueles cujos interesses e habilidades consistem em pervertê-las, confundi-las e esquivar-se delas. Noto entre vós indícios de uma instituição que, em sua origem, talvez tenha sido tolerável, mas que ora jaz parcialmente apagada ou completamente borrada e maculada pela corrupção. Não me parece, pelo que me disseste, que qualquer nível de perfeição seja necessário à investidura em qualquer posto entre vós; muito menos que os homens sejam enobrecidos por conta de sua virtude; que os padres sejam promovidos por sua piedade ou erudição; os soldados, por sua conduta e sua bravura; os juízes, por sua integridade; os senadores, pelo amor de seu país; ou os conselheiros, por sua sabedoria. Quanto a ti", continuou o rei, "que passaste grande parte de tua vida viajando, estou inclinado a crer que até este momento escapaste aos vícios de teu país. Mas, pelo que depreendi de teu relato e das respostas que com muito custo logrei arrancar e extorquir de ti, não posso senão concluir que a maior parte de teus compatriotas consiste na raça mais perniciosa e asquerosa de vermes que a natureza jamais permitiu rastejar sobre a superfície da Terra".

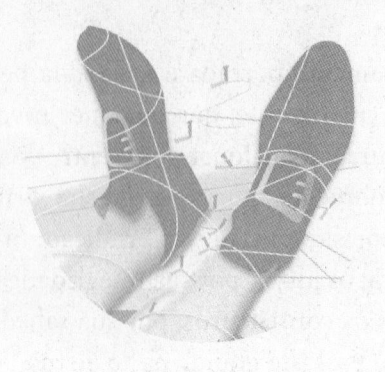

# Capítulo 7

*Relata-se o amor do autor por seu país. Ele faz uma proposta muito vantajosa para o rei, a qual é rejeitada. Descreve-se a grande ignorância do rei sobre política. A ciência daquele país revela-se muito imperfeita e limitada. As leis, os assuntos militares e os grupos daquela terra.*

Nada, senão um extremo amor pela verdade, poderia ter impedido que eu ocultasse esta parte de minha história. Seria vão revelar meus ressentimentos, os quais sempre foram transformados em jocosidade; e fui forçado a aguentar pacientemente enquanto meu nobre e amado país era tratado com tamanha injúria. Meu pesar é tão grande quanto o de qualquer leitor por conta desse acontecimento, mas esse príncipe calhou de ser tão questionador e curioso sobre toda e qualquer particularidade que seria falta de gratidão e de boas maneiras de minha parte se eu me recusasse a dar-lhe todas as explicações que podia. Ainda assim, permito-me dizer, em minha defesa, que eu ardilosamente me esquivei de muitas de suas perguntas e que dei a todos os itens de que falei um verniz muito mais favorável do que permitiria a estrita verdade. Isso porque sempre dispus daquela louvável parcialidade para com meu país que Dionísio de

Halicarnasso, com muita justiça, recomenda aos historiadores: escondia as fragilidades e as deformidades de minha pátria, e elevava suas virtudes e belezas à luz mais vantajosa. Foi em alcançar esse sincero objetivo que me empenhei durante as várias discussões que tive com aquele monarca, mas, infelizmente, não obtive sucesso nessa empreitada.

Todavia, é importante considerar que esse rei vive totalmente isolado de todo o resto do mundo e, portanto, é por completo ignorante das práticas e dos costumes mais correntes em outras nações, ignorância essa que sempre resulta em muitos preconceitos e em certa limitação do intelecto, algo a que nós, bem como as demais nações mais bem-educadas da Europa, estamos inteiramente imunes. Além disso, seria de fato absurdo que as noções de virtude e vício de um príncipe tão remoto fossem tomadas como padrão por toda a humanidade.

Para confirmar o que acabo de dizer e para demonstrar mais claramente os efeitos nefastos de uma educação limitada, incluo aqui uma passagem na qual será difícil acreditar. Na esperança de conquistar ainda mais as graças de Sua Majestade, contei-lhe sobre "uma invenção, criada entre três e quatro séculos atrás, de um certo pó do qual uma pequena quantidade, à menor faísca, explodia imediatamente como se fosse tão grande quanto uma montanha e fazia tudo voar pelos ares com um barulho mais forte que o de um trovão. Que se enfiássemos um pouco desse pó em um tubo oco de latão ou ferro, em uma quantidade apropriada ao tamanho do tubo, a explosão decorrente era capaz de impulsionar uma bola de ferro ou chumbo com tanta violência e velocidade que nada era capaz de conter sua força. Que as maiores bolas lançadas dessa maneira eram capazes não apenas de destruir fileiras inteiras de um exército de uma só vez, como também de trazer abaixo as mais fortes muralhas e de afundar navios com mil homens; além disso, se duas dessas bolas fossem presas com uma corrente uma à outra e disparadas, eram capazes de partir mastros, arrebentar cordames e cortar ao meio centenas de corpos, transformando em entulho tudo em seu caminho. Que nós por vezes púnhamos esse pó em grandes bolas de ferro ocas e as disparávamos com uma máquina contra as cidades que estávamos sitiando, o que fazia despedaçar a pavimentação das ruas, estraçalhar as casas em pedaços, explodir e arremessar estilhaços por todos os lados, estourando os miolos de todos que estivessem por perto. Que eu conhecia os ingredientes muito bem, os quais eram baratos e fáceis de conseguir, sabia como combiná-los e poderia ensinar seus servos a fazer os tubos em um tamanho proporcional a todas as outras coisas no reino de Sua Majestade, sendo que o maior não precisaria ter mais que trinta metros de comprimento. Vinte ou trinta de tais tubos, carregados com uma quantidade apropriada de pólvora e de bolas, seriam capazes de derrubar as muralhas da cidade mais bem fortificada em seus domínios em questão de horas ou destruir toda a metrópole, se essa cidade porventura se atrevesse a questionar seus absolutos comandos". Ofereci isso humildemente à Sua Majestade como um pequeno tributo de agradecimento pelas tantas demonstrações que eu recebera de seu real favor e proteção.

O rei ficou horrorizado com a descrição que eu fizera dessas terríveis máquinas, bem como com minha proposta. "Admirava-o que um inseto tão impotente e ordinário quanto eu", ele disse, com essas palavras, "pudesse entreter ideias tão desumanas, e de forma tão natural, a ponto de me mostrar completamente indiferente a todas as cenas de carnificina e desolação que eu havia pintado como sendo os efeitos comuns daquelas máquinas destrutivas, das quais algum gênio maligno, inimigo da humanidade, deve ter sido o criador". Quanto a si, ele contestou que, "embora poucas coisas o deleitassem tanto quanto novas descobertas da arte e da natureza, ainda assim preferiria perder metade de seu reino a ser posto a par de um segredo como aquele; o qual ele ordenou que, se eu tivesse valor à vida, jamais voltasse a mencionar".

Que estranho é o efeito de visões e princípios limitados! Pois fazem com que um príncipe possuidor de todas as qualidades dignas de veneração, amor e estima; de habilidades poderosas, grande sabedoria e profunda erudição, dotado de admiráveis talentos e praticamente adorado por seus súditos deixe escapar, por conta de um escrúpulo exagerado e desnecessário que jamais seria concebido na Europa, a oportunidade entregue em suas mãos de tornar-se senhor absoluto das vidas, das liberdades e do destino de seu povo! Tampouco digo isso com a menor intenção de depreciar as muitas virtudes daquele excelentíssimo rei, cujo caráter estou ciente de que será, por conta deste relato, sobejamente diminuído na opinião de um leitor inglês; porém considero que esse defeito entre eles seja oriundo de sua ignorância, por não terem até hoje transformado a política em uma ciência, como fizeram os europeus, por serem mais sagazes e perspicazes. Lembro-me muito bem de que, durante uma conversa com o rei, quando calhei de mencionar que "vários livros foram escritos entre nós sobre a arte de governar", passei-lhe (ao contrário do que eu queria) uma impressão muito ruim a respeito de nossos entendimentos. Ele declarou abominar e desprezar todo tipo de mistério, refinamento e intriga, tanto em um príncipe quanto em um ministro. Não conseguiu compreender o que eu queria dizer com "segredos de Estado" quando não houvesse algum inimigo ou uma nação rival envolvida. Ele confinava as noções de governança a limites muito estreitos determinados pelo senso comum e pela razão, pela justiça e pela mansidão, pelo julgamento célere de causas civis e criminais e por outros preceitos óbvios que não vale a pena considerar. E expressou a opinião de que "qualquer um que lograsse fazer nascer duas espigas de trigo ou duas folhas de capim onde outrora apenas uma crescia mereceria mais da humanidade e prestava um serviço mais essencial a seu país do que toda a raça de políticos junta".

As ciências dessa gente são bastante defeituosas, consistindo apenas na moral, na história, na poesia e na matemática, na qual devo admitir que se sobressaem. Mas esta última é aplicada exclusivamente naquilo que é de utilidade à vida, no desenvolvimento da agricultura e em outras artes mecânicas, de maneira que, entre nós, não seria muito estimada. E, quanto às ideias, às entidades, às abstrações e aos transcendentais, jamais logrei enfiar a menor concepção delas na cabeça desse povo.

Nenhuma lei naquele país deve exceder em palavras o número de letras do alfabeto, que na língua deles são apenas 22. Mas, na realidade, poucas leis sequer chegam a ser tão extensas. Elas são redigidas em termos muitíssimo simples e claros, dos quais essa gente não é perspicaz o suficiente para extrair mais que uma interpretação. Além disso, escrever um comentário sobre qualquer lei é crime capital. Quanto às decisões de causas civis ou de processos criminais, os precedentes são tão poucos que eles têm pouca razão para se gabar de qualquer conhecimento extraordinário acerca delas.

Desenvolveram a arte da impressão, tal qual os chineses, em tempos imemoriáveis, mas suas bibliotecas não são muito grandes: a do rei, que se diz ser a maior, não conta com mais do que mil volumes dispostos em uma galeria de 365 metros de extensão, da qual eu tomava a liberdade de pegar emprestados quaisquer livros que me interessassem. O marceneiro da rainha havia projetado em um dos cômodos de Glumdalclitch uma espécie de máquina de madeira com sete metros e meio de altura, cujo formato era o de uma escada; os degraus tinham quinze metros de comprimento cada. Era de fato um par de escadas móveis, cuja extremidade mais baixa ficava a três metros de distância da parede do quarto. Quando eu desejava ler um livro, ele era encostado contra a parede. Primeiro, eu escalava até o degrau mais alto da escada e, voltando meu rosto para o livro, começava a leitura no topo da página e ia caminhando para a direita e a esquerda por cerca de oito ou dez passos, de acordo com a extensão das linhas, até que chegasse a um nível um pouco abaixo da altura de meus olhos, quando então descia gradualmente até chegar embaixo. Depois disso, eu tornava a escalar a escada e começava a leitura da página seguinte da mesma maneira, e então virava a folha, o que conseguia fazer com facilidade usando minhas duas mãos, pois os fólios eram tão grossos e rígidos quanto cartolina, sendo que os maiores não tinham mais que cinco ou seis metros de comprimento.

O estilo deles é claro, masculino e fluido, mas nada florido, pois não há nada que evitem mais do que o excesso de palavras ou o uso de expressões variadas. Examinei muitos de seus livros, especialmente os de história e de moral. Quanto aos demais, distraí-me muito com um antigo tratado que estava sempre disposto no quarto de dormir de Glumdalclitch e que pertencia à sua governanta, uma austera dama de mais idade que se ocupava de leituras sobre moralidade e devoção. O livro trata da fraqueza do ser humano e não é muito apreciado, senão pelas mulheres e pelo vulgo. Contudo, fiquei curioso para saber o que um autor daquela terra poderia dizer sobre esse assunto. Esse escritor abordou todos os tópicos usuais dos moralistas europeus, mostrando "que animal diminuto, desprezível e indefeso era o homem por natureza; quão incapaz de se defender das inclemências do tempo ou da fúria das bestas-feras: como uma criatura o supera em força; outra, em agilidade; uma terceira, em prudência; e uma quarta, em indústria". Acrescentava que "a natureza havia se degenerado nestas últimas decadentes eras do mundo, e ora produzia apenas pequenos abortos em comparação com aquilo de que era capaz em tempos antigos". Dizia que "era muito razoável pensar não apenas que as espécies de homens fossem originalmente muito maiores, mas também que muito provavelmente tenha havido gigantes em eras passadas, o que é atestado pela história e pela tradição e também foi confirmado por imensos ossos e crânios desenterrados por acaso em diversas partes do reino, os quais excediam sobejamente a raça nanica de homens dos nossos dias". Argumentava que "as próprias leis da natureza requeriam que tivéssemos, no início, um tamanho maior e mais robusto, menos passível de destruição por pequenos acidentes, tais como uma telha caindo de uma casa, uma pedra lançada por uma criança ou um afogamento em um pequeno igarapé". Com base nesse raciocínio, o autor traçava diversas aplicações morais, úteis na condução da vida, mas que não precisam ser repetidas. De minha parte, não pude evitar refletir sobre quão universalmente disseminado era esse talento de traçar lições de moral, ou melhor, de extrair matéria de descontentamento e amofinação das querelas que temos com a natureza. E creio eu que, com a devida investigação, essas querelas vão se revelar tão infundadas entre nós quanto são entre aquela gente.

Quanto a seus assuntos militares, gabam-se eles de que o exército do rei consista de 176 mil soldados e 32 mil cavalos, se é que se pode chamar aquilo de exército, posto que é formado por artesãos nas cidades e por fazendeiros no interior, e seus comandantes são meros nobres e aristocratas que não recebem pagamento nem recompensa. São de fato muito perfeitos em seus exercícios e muito bem disciplinados, o que, para mim, não é razão de mérito, pois como haveria de ser diferente quando todos os fazendeiros estão sob a direção de seus respectivos senhorios e todos os cidadãos, sob o de algum homem importante de sua própria cidade, escolhido conforme se faz em Veneza, isto é, por meio do voto?

Vi por vezes a milícia de Lorbrulgrud exercitar-se em um grande campo de trinta e dois quilômetros quadrados próximo à cidade. Não deviam passar de vinte e cinco mil homens e seiscentos cavalos, mas me era impossível estimar-lhes o número, dado o espaço enorme que ocupavam. Um cavaleiro montando um corcel grande pode alcançar vinte e sete metros de altura. Já vi todo esse corpo de cavalaria, a um sinal de comando, sacar suas espadas de uma só vez e brandi-las no ar. A imaginação não é capaz de figurar nada tão grandioso e assombroso! Era como se dez mil raios atravessassem todas as partes do céu simultaneamente.

Fiquei curioso para saber como esse príncipe, a cujos domínios não se tem acesso desde outros países, concebeu a ideia de um exército ou ensinou a seu povo a prática da disciplina militar. Mas logo inteirei-me, por meio de conversas e de leituras sobre a história daquela gente, de que, no curso de muitas eras, aquele país fora afligido pelo mesmo mal ao qual toda a raça humana está sujeita: a nobreza constantemente lutando por poder; o povo, por liberdade; e o rei, pelo domínio absoluto. Embora tudo isso fosse, felizmente, atenuado pelas leis daquele reino, havia por vezes violações por parte de cada um desses três grupos, o que levou mais de uma vez à guerra civil. O avô do atual príncipe pôs fim à última dessas guerras por meio de um tratado geral, e a milícia, estabelecida àquela época com o consentimento de todos, era desde então mantida, cumprindo rigidamente o seu dever.

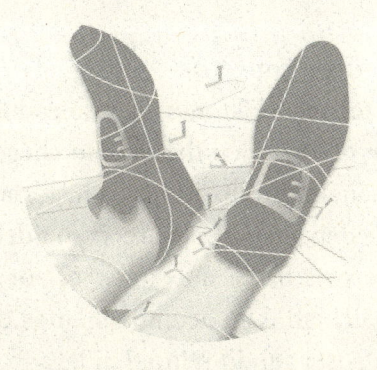

## Capítulo 8

*O rei e a rainha fazem uma visita oficial às fronteiras. O autor os acompanha. Relato detalhado da maneira como ele deixa o país. Ele regressa à Inglaterra.*

Sempre mantive uma forte convicção de que recuperaria em algum momento minha liberdade, embora me fosse impossível imaginar por que meios ou formular algum plano com a menor possibilidade de êxito. O navio em que viera era o primeiro jamais visto naquela costa, e o rei dera ordens estritas para que, caso algum outro tornasse a aparecer, ele fosse trazido para a terra e levado, com toda a sua tripulação e seus passageiros, até Lorbrulgrud em uma carroça. Ele tinha muito interesse em arranjar uma mulher de meu tamanho para mim, com quem eu pudesse propagar a espécie, mas creio que preferiria morrer a me submeter à desgraça de deixar uma posteridade para ser mantida em jaulas, feito canários mansos, e talvez, com o tempo, vendida ao redor do reino a pessoas de importância como curiosidades. Não há dúvida de que eu era tratado com muita gentileza: eu era o favorito de um grande rei e de sua rainha e o deleite de toda a corte; no entanto, isso se deu de uma maneira que feriu a dignidade da espécie humana. Eu jamais esquecera a família que deixara para trás. Queria estar entre pessoas com quem pudesse conversar como igual e caminhar pelas ruas e pelos campos sem ter medo de morrer pisoteado como um sapo ou um filhote de cachorro. Mas meu livramento chegou antes do que eu esperava e de uma maneira muito atípica; a história exata e as circunstâncias em que isso se deu, eu ora relatarei com fidelidade.

Eu estava naquele país havia dois anos, e, por volta do início do terceiro ano, Glumdalclitch e eu acompanhamos o rei e a rainha em uma viagem oficial à costa sul do reino. Fui levado, como de costume, em meu baú de viagem, o qual, como já descrevi, era um quarto bastante conveniente de cerca de três metros e meio de largura. Eu havia ordenado que uma rede fosse afixada, por meio de cordas de seda, aos quatro cantos do teto, a fim de amortecer os solavancos quando algum servo me estivesse carregando no colo a cavalo, como eu por vezes pedia que fizessem. Não era raro que eu dormisse nessa rede enquanto estávamos na estrada. No teto de meu quarto, mas não diretamente sobre o centro da rede, mandei que o marceneiro fizesse um buraco de trinta centímetros quadrados, para dar passagem ao ar nos dias de tempo quente, enquanto eu dormia. Se quisesse, eu podia fechar esse com uma tábua que corria para trás e para a frente sobre uma corrediça.

Quando nos aproximamos do fim da viagem, o rei julgou apropriado passar alguns dias em um palácio que tinha próximo a Flanflasnic, uma cidade a quase trinta quilômetros da costa. Glumdalclitch e eu estávamos muito cansados: eu havia apanhado um leve resfriado, mas a pobre menina estava tão mal que precisou ficar de repouso em seu quarto. Eu ansiava por ver o mar, que haveria de ser minha única possibilidade de fuga, se isso viesse a acontecer. Fingi estar muito pior do que de fato estava e pedi licença para ir tomar o ar fresco do mar com um pajem de quem gostava bastante e que por vezes ficava responsável por mim. Jamais me esquecerei da má vontade com que Glumdalclitch consentiu isso, nem da ordem estrita que deu ao pajem para que fosse cuidadoso comigo, rompendo ao mesmo tempo em um choro inconsolável, como se de alguma forma pudesse prever o que sucederia. O rapaz levou-me em minha caixa por cerca de meia hora a pé do palácio, indo em direção às rochas que havia junto à costa. Ordenei que me pusesse no chão e, abrindo uma de minhas janelas, lancei vários olhares melancólicos e pensativos ao mar. Não me senti muito bem e disse ao pajem que ia dormir em minha rede, pois acreditava que isso seria bom para mim. Entrei, e o rapaz fechou a janela para impedir a passagem do ar frio. Adormeci em pouco tempo e tudo que consigo imaginar é que, enquanto eu dormia, o pajem, supondo que nenhum perigo poderia suceder, foi caminhar em meio às rochas à procura de ovos de passarinho; já o vira anteriormente de minha janela procurando ao redor e catando um ou dois em uma fissura entre as pedras. Seja como for, acordei de repente com um violento puxão no anel que ficava no topo de minha caixa, para facilitar o transporte. Senti que a caixa era levantada muito alto no ar e, então, puxada para a frente a uma velocidade espantosa. O primeiro solavanco quase me fez cair da rede, mas os movimentos seguintes foram suficientemente suaves. Gritei várias vezes, o mais alto que pude, mas tudo em vão. Olhei em direção à janela, mas não pude ver nada além das nuvens e do céu. Ouvi um barulho bem acima de minha cabeça, semelhante ao bater de asas, e foi então que comecei a entender a situação angustiante em que estava: alguma águia havia agarrado o anel de minha caixa com o bico com a intenção de deixá-la cair sobre uma rocha, como fazem às tartarugas em seus cascos, para então capturar meu corpo e devorá-lo. A sagacidade e o olfato desse pássaro tornam-no capaz de encontrar sua presa a uma grande distância, mesmo tão bem escondido quanto eu, dentro uma caixa cujas paredes têm cinco centímetros de espessura.

Em pouco tempo, notei o barulho e o bater de asas aumentar rapidamente, e minha caixa foi sacolejada para cima e para baixo, como um letreiro em um dia de vento. Ouvi vários golpes e batidas, que concluí estarem sendo infligidos contra a águia (pois tenho certeza de que foi uma águia que levou minha caixa no bico pelo anel) e, então, subitamente, senti-me caindo em linha reta por cerca de um minuto, mas em uma velocidade tão incrível que quase perdi o ar. Minha queda interrompeu-se com um estrondo terrível de água quebrando, que me pareceu mais alto que o das Cataratas do Niágara. Depois disso, fiquei no escuro por mais um minuto e, em seguida, minha caixa começou a subir tão alto que eu pude enfim ver a luz na parte de cima de minhas janelas. Percebi então que havia caído no mar. Minha caixa, devido ao peso de meu corpo, dos bens que havia nela e das grandes placas de ferro afixadas aos quatro cantos superiores e inferiores para fortificá-la, boiava a cerca de um metro e meio de profundidade na água. Supus então, e sigo a acreditar que foi de fato o que se passou, que a águia que havia voado embora com minha caixa fora perseguida por outras duas ou três e viu-se obrigada a me deixar cair para defender-se das demais, que queriam roubar-lhe a presa. As placas de ferro afixadas ao fundo da caixa (que eram as mais fortes) garantiram o equilíbrio dela enquanto caía e impediram que ela se desmantelasse contra a superfície da água. Todas as juntas da caixa eram muito bem sulcadas, e a porta não se abria por meio de dobradiças, mas sim subindo e descendo, como uma janela guilhotina. Isso mantinha a caixa tão hermética que muito pouca água entrou. Desci com muita dificuldade da rede, tendo antes me esforçado para abrir a porta corrediça no teto, de que já falei anteriormente, a fim de permitir a entrada de ar, cuja falta já estava fazendo-me sufocar.

Quão terrivelmente desejei naquele momento estar com minha querida Glumdalclitch, de quem me afastara há apenas uma hora! E não estarei mentindo ao dizer que, em meio a meus próprios infortúnios, não podia deixar de lamentar por minha pobre ama, imaginando a agonia que haveria de passar devido à minha perda, o desgosto da rainha e a ruína de sua fortuna. Arrisco dizer que poucos viajantes terão passado dificuldades e aflições maiores que as minhas nessa conjuntura, esperando a qualquer momento que minha caixa fosse feita em pedaços ou, no mínimo, virada de ponta-cabeça pelo primeiro vento mais forte ou por uma onda maior. A menor rachadura em uma das vidraças teria levado à minha morte imediata, e ao mesmo tempo não havia nada para preservar as janelas além da treliça de fios colocada no lado de fora para evitar acidentes. Eu vi a água escorrer para dentro da caixa pelas frestas, embora esses vazamentos não fossem consideráveis, e tentei contê-los o melhor que pude. Não fui capaz de levantar o teto do quarto, o que do contrário eu certamente teria feito para me assentar sobre a caixa, o que poderia me garantir algumas horas a mais do que estando confinado (como eu posso muito bem dizer) naquele calabouço. E mesmo se eu escapasse a esses perigos por um ou dois dias, o que poderia esperar senão uma morte miserável de fome e frio? Passei quatro horas nessas circunstâncias, esperando e, na realidade, até desejando que todo momento fosse meu último.

 Eu já informei ao leitor que duas fortes alças estavam afixadas à parede de minha caixa que não tinha janela, pelas quais o servo que me carregava a cavalo passava um cinto de couro, afivelando-o à cintura. Enquanto estava nesse estado desolado, ouvi, ou pelo menos achei que ouvi, um barulho como se algo estivesse arranhando o lado da caixa onde as alças estavam afixadas. Logo imaginei que a caixa estivesse sendo puxada ou rebocada pelo mar, pois eu sentia uma espécie de arranco que fazia as ondas subirem até quase o alto de minhas janelas, deixando-me praticamente no escuro. Isso trouxe-me algumas breves esperanças de ser resgatado, embora não soubesse como. Arrisquei desparafusar uma de minhas cadeiras, que estavam sempre presas ao chão; assim, tendo feito um esforço hercúleo para parafusá-la novamente logo abaixo da tábua corrediça que eu abrira havia pouco, subi na cadeira e, botando minha boca o mais perto possível da abertura, gritei bem alto por socorro em todas as línguas que conhecia. Depois amarrei meu lenço a uma bengala que costumava carregar comigo e, passando-a pela abertura, balancei-a várias vezes no ar, de modo que, se houvesse algum barco ou navio próximo, os marujos entenderiam que algum infeliz mortal estava confinado na caixa.

 Nada do que fiz teve efeito algum, mas eu sentia claramente meu quarto se movendo adiante. Então, no espaço de uma hora, ou algo mais, o lado da caixa onde as alças estavam e no qual não havia janelas se chocou contra algo duro. Imaginei que fosse uma pedra e fui sacolejado mais que nunca. Ouvi distintamente um barulho sobre a tampa de meu quarto, como o raspar de um cabo sendo passado pelo anel.

Vi-me então sendo içado gradualmente a pelo menos noventa centímetros de onde estava anteriormente. Nesse momento, tornei a passar minha bengala com o lenço pela abertura, gritando por socorro até ficar rouco. Em resposta, ouvi um grito alto sendo repetido três vezes, o que me encheu de uma alegria que só pode ser entendida pelos que a sentem. Eu então ouvi passos sobre minha cabeça e alguém gritando pela abertura no teto, em língua inglesa, dizendo que "se houvesse alguém lá dentro, que se manifestasse". Respondi que eu era inglês e que havia sido levado pela má sorte às piores calamidades a que jamais se submeteu qualquer criatura, e implorei, por tudo que fosse mais sagrado, para ser libertado do cativeiro em que me encontrava. A voz retorquiu que "eu estava em segurança, pois minha caixa estava amarrada ao seu navio, e o carpinteiro logo chegaria para serrar um buraco na tampa grande o suficiente para que eu passasse por ele". Respondi que "isso não era necessário e levaria muito tempo; que bastaria que algum marujo passasse o dedo pelo anel, tirasse a caixa do mar e a levasse para a cabine do capitão". Alguns deles, ouvindo-me dizer tamanho contrassenso, concluíram que eu era doido; os outros riram-se. Ainda não havia passado pela minha cabeça que eu estivesse àquela altura entre pessoas de minha própria estatura e força. O carpinteiro chegou e, em poucos minutos, serrou uma abertura de pouco mais de um metro quadrado, passando por ela uma pequena escada na qual trepei, sendo em seguida conduzido ao navio em um estado de grande fraqueza.

Os marinheiros estavam muito impressionados e me fizeram mil perguntas, às quais eu não tinha a menor vontade de responder. Eu estava igualmente confuso diante da visão de tantos pigmeus, depois de meus olhos estarem há tanto tempo acostumados aos objetos monstruosos que deixara para trás. Mas o capitão, o sr. Thomas Wilcocks, um cavalheiro muito digno e honesto oriundo de Shropshire, percebendo que eu estava a ponto de desmaiar, levou-me para sua cabine, deu-me um cordial[24] para me confortar e me fez deitar em sua própria cama,

---

24  Bebida alcoólica ou produto medicamentoso. (N.T.)

aconselhando-me a descansar um pouco, o que eu precisava muito. Antes de dormir, eu lhe disse que havia alguns móveis valiosos em minha caixa, bons demais para se perderem: uma rede muito fina, uma bela cama de campanha, duas cadeiras, uma mesa e um armário; que todos os lados de meu quarto eram cobertos, ou, melhor dizendo, acolchoados, com seda e algodão; que, se ele permitisse que um membro de sua tripulação trouxesse meu quarto à sua cabine, eu o abriria diante dele e lhe mostraria meus pertences. Ouvindo-me dizer esses absurdos, o capitão concluiu que eu delirava; contudo (suponho que para me tranquilizar) prometeu dar as ordens que eu pedira e, subindo para o deque, mandou alguns de seus homens descerem até o quarto, de onde (depois me disseram) eles retiraram todos os meus bens e arrancaram o acolchoado. No entanto, as cadeiras, o armário e a cama, por estarem parafusados ao assoalho, foram demasiadamente danificados devido à ignorância dos marujos, que os arrancaram à força. Eles então removeram algumas tábuas de madeira para usar no navio e, quando já haviam retirado tudo que lhes interessava, lançaram ao mar a caixa, a qual, devido às muitas rachaduras que foram feitas nas paredes e no assoalho, logo afundou. Confesso ter ficado feliz de não ter sido espectador da destruição que causaram, pois estou seguro de que isso teria me emocionado bastante, trazendo-me à mente acontecimentos passados que eu preferiria esquecer.

Dormi por algumas horas, mas fui constantemente perturbado por sonhos com o lugar que deixara e com os perigos de que escapara. Ao acordar, contudo, estava muito melhor. Eram oito da noite em ponto, e o capitão mandou que o jantar fosse servido no mesmo instante, concluindo que eu já estava havia muito sem comer. Ele tratou-me com bastante gentileza, notando que eu já não agia de maneira desvairada nem falava de forma inconsistente. Além disso, quando ficamos a sós, pediu que eu lhe contasse sobre minhas viagens e que lhe explicasse que acidente me levara a ficar à deriva, trancafiado naquela monstruosa arca de madeira. Ele disse que, "por volta do meio-dia, olhava pela sua janela quando divisou a caixa a distância e julgou ser uma embarcação, da qual decidiu se aproximar, visto que não estava demasiado fora de seu curso, na esperança de comprar um pouco de biscoito, pois o que tinha estava em vias de acabar. Que, ao se aproximar e perceber seu equívoco, enviou um escaler para verificar do que se tratava; que seus homens voltaram assustadíssimos, dizendo terem visto uma casa flutuante. Que ele riu daquela bobagem e foi ele mesmo no barco, dando ordens para que seus homens trouxessem consigo uma corda. Que, como o tempo estava calmo, ele remou em torno de mim várias vezes, examinando minhas janelas e as treliças que a protegiam. Que descobriu as duas alças em um dos lados, o qual era uma tábua inteiriça sem nenhuma abertura para a entrada de luz. O capitão então mandou que seus homens remassem para aquele lado e, amarrando a corda a uma das alças, deu ordens para que rebocassem minha arca, como ele a chamava, até o barco. Chegando lá, instruiu-os a amarrar outra corda ao anel que havia no alto da arca, levantando-a por meio de roldanas, mas os marujos não a puderam içar mais do que sessenta ou noventa centímetros". Contou que "eles viram minha bengala com o lenço saindo pela abertura e concluíram que algum pobre desgraçado estivesse preso dentro da arca". Perguntei-lhe "se ele ou alguém de sua tripulação havia visto uns pássaros de tamanho descomunal voando ali por perto no momento em que me encontraram". Ele retorquiu que, "ao conversar sobre o assunto com os marinheiros enquanto eu dormia, um deles lhe disse que vira três águias voando rumo ao Norte, mas que esse sujeito não dissera nada sobre serem maiores que o normal". Suponho que isso se deva à altura em que voavam, e ele não entendeu o motivo de minha pergunta. Eu então perguntei ao capitão "quão longe ele imaginava que estivéssemos da terra firme". Ele disse que, "de acordo com seus cálculos, estávamos a pelo menos quinhentos quilômetros de distância". Assegurei-o de que "ele deveria ter errado por no mínimo umas cinquenta léguas, pois, quando fui lançado ao mar, não fazia mais de duas horas desde que deixara o país em que estava". Nesse momento, ele tornou a pensar que minha mente estava perturbada e, dando a entender o que estava pensando, aconselhou que eu voltasse para a cama em uma cabine que ele havia providenciado. Garanti-lhe que "eu estava bem revigorado, graças ao ótimo tratamento e à companhia que me estavam sendo proporcionados, e tão lúcido como jamais estivera em toda a minha vida". Ele então ficou sério e pediu licença para me perguntar "se minha consciência não estava atribulada devido a algum crime hediondo pelo qual eu havia sido punido, a comando de algum príncipe, sendo exposto naquela arca, pois grandes criminosos, em outros países, eram forçados ao mar em barcos furados, sem provisões. Que, embora ele lamentasse ter admitido um homem tão vil em seu navio, ele ainda assim cumpriria sua palavra de me transportar em segurança até a terra firme, deixando-me no primeiro porto ao qual chegássemos". Ele então acrescentou que "suas suspeitas aumentavam muito por causa das coisas absurdas que eu dissera de início aos marujos, e depois a ele mesmo, com relação à minha arca, ou quarto, bem como devido à estranheza de meu olhar e de meu comportamento durante o jantar".

Implorei que ele tivesse a paciência de ouvir minha história, que lhe contei fidedignamente, desde minha última partida da Inglaterra até o momento em que ele me descobriu. E, como a verdade sempre entra nas mentes racionais, esse digno e honesto cavalheiro, que tinha algum verniz de cultura e muito bom senso, convenceu-se de imediato de minha inocência e veracidade. Mas, para confirmar ainda mais o que eu havia dito, pedi a ele que desse ordem para que trouxessem meu armário, cuja chave eu guardava em meu bolso, pois ele já me informara que os marujos haviam descartado meu quarto. Abri-o em presença dele e mostrei-lhe a pequena coleção de raridades que eu havia juntado no país de onde tinha sido tão estranhamente trazido. Lá estavam o pente que eu fiz com os fios de barba do rei e um outro cujas cerdas eram do mesmo material, mas cujo cabo fora feito com um pedaço da unha do dedão da rainha. Havia ainda uma coleção de agulhas e alfinetes que iam de trinta a noventa centímetros de comprimento; quatro ferrões de marimbondo, grandes como as tachas de um marceneiro; alguns tufos de cabelo da rainha; e um anel de ouro que ela me dera de presente de uma maneira muito amigável, tirando-o de seu mindinho e colocando-o em meu pescoço, como um colar. Pedi que o capitão fizesse a gentileza de aceitar esse anel como pagamento por sua hospitalidade, mas ele recusou com veemência. Mostrei-lhe um calo que eu havia cortado com minhas próprias mãos do dedo do pé de uma dama de honra. Era do tamanho de uma maçã, e foi ficando tão duro que, quando regressei à Inglaterra, mandei talhá-lo no formato de um castiçal e coloquei-o em uma base de prata. Por fim, pedi que ele observasse as calças que eu estava usando, que eram feitas de couro de camundongo.

Não consegui convencê-lo a aceitar nada além do dente de um lacaio, o qual notei que ele examinava com muita curiosidade e percebi que lhe interessava. Wilcocks recebeu-o com muitos agradecimentos, mais do que o apropriado por uma ninharia daquela. Fora arrancado por um dentista muito inábil, por equívoco, da boca de um servo de Glumdalclitch que reclamava de dor de dente, mas estava tão saudável quanto todos que ele possuía. Eu o limpei e o guardei em meu armário. Tinha cerca de trinta centímetros de comprimento e dez de diâmetro.

O capitão ficou muito satisfeito com esse relato claro que lhe dei e disse esperar que, "quando regressássemos à Inglaterra, eu gratificasse o mundo colocando-o no papel e publicando-o". Minha resposta foi que "já estávamos abarrotados de livros de viagens; que nenhum acontecimento poderia ser considerado extraordinário hoje em dia; que, por isso, desconfiava que muitos autores preocupavam-se menos com a verdade do que com sua própria vaidade e seus interesses, ou com o entretenimento de leitores ignorantes; que minha história não conteria nada além de acontecimentos comuns, sem aquelas descrições ornamentais de plantas, árvores, aves e outros animais estranhos, ou dos costumes bárbaros e cultos idólatras de povos selvagens, o que abundava nas obras de outros autores. Entretanto, agradeci-lhe por sua boa opinião e prometi que levaria o assunto em consideração".

Ele disse que "uma coisa que o deixava bastante curioso era o fato de eu falar tão alto", perguntando em seguida "se o rei ou a rainha daquele país eram meio surdos". Respondi que "eu me acostumara havia mais de dois anos a falar daquele jeito e que me admirava igualmente ouvir a voz dele e a de seus homens, que pareciam apenas sussurrar, e mesmo assim eu os ouvia muito bem. Mas, quando eu falava naquele país, era como se um homem no nível da rua tentasse conversar com outro que estava sobre o coruchéu de uma igreja, a não ser que eu fosse colocado sobre alguma mesa ou segurado na mão de alguma pessoa". Disse-lhe ainda que, "logo que cheguei ao navio e os marinheiros se puseram todos de pé à minha volta, eles me pareceram as criaturas mais desprezíveis que eu jamais havia visto". Isso porque, de fato, enquanto eu estava no país daquele príncipe, não suportava olhar-me no espelho, depois de meus olhos terem se acostumado a ver objetos tão enormes, pois a comparação fazia com que eu me achasse insignificante. O capitão disse que, "enquanto jantávamos, ele notou que eu olhava para tudo com uma espécie de fascínio e que, por vezes, mal parecia conseguir conter o riso; que, àquela altura, ele não sabia muito bem o que pensar disso, mas tomou como sendo um distúrbio mental". Respondi que "era verdade; e que de fato não sabia como consegui segurar o riso ao ver seus pratos do tamanho de uma moeda de prata de três centavos; um pernil que mal encheria uma boca; um castiçal menor que uma casca de noz"; e segui descrevendo seus utensílios e suas provisões dessa maneira. Pois, embora a rainha tivesse mandado fazer um conjunto de todas as coisas que me eram de necessidade enquanto eu estava a seu serviço, minha mente estava completamente tomada por tudo que via ao meu redor, e fazia vista grossa à minha própria pequenez, como as pessoas costumam fazer com suas imperfeições. O capitão compreendeu a minha hilaridade e respondeu risonhamente com um antigo provérbio, dizendo que "duvidava que eu tivesse o olho maior que a barriga, pois não lhe parecia que eu fosse bom de garfo, embora tivesse passado o dia todo em jejum". E acrescentou, rindo, que "teria pagado cem libras de bom grado para ver meu quarto no bico da águia, bem como sua queda no mar desde o alto, pois a cena certamente deveria ter sido assombrosa, digna de ser transmitida às futuras gerações". A comparação com Fáeton[25] era tão óbvia que ele não pôde evitar fazê-la, embora a ideia não tenha me admirado muito.

---

25 Fáeton é uma personagem da mitologia grega que, ao perder o controle da carruagem do Sol durante um desafio, foi fulminado com um raio por Zeus, para evitar a destruição da Terra, despencando do céu no Rio Pó. (N.T.)

Após ter estado em Tonquim, Wilcocks estava regressando à Inglaterra, rumando a nordeste em uma latitude de 44 graus e longitude de 143. Mas, devido a um vento alísio que começou a soprar dois dias depois de eu vir a bordo, velejamos na direção Sul por um bom tempo e, costeando a Nova Holanda[26], mantivemos o curso a oés-sudoeste, e então a su-sudoeste, até passarmos pelo Cabo da Boa Esperança. Nossa viagem foi muito próspera, mas não enfadarei o leitor com um diário dela. O capitão fez escala em um ou dois portos e enviou seu escaler para buscar provisões e água fresca, mas eu não saí do navio até chegarmos às Dunas, o que aconteceu no terceiro dia de junho de 1706, cerca de nove meses depois de minha fuga. Propus deixar meus pertences como garantia de pagamento por meu transporte, mas o comandante respondeu que não receberia um centavo sequer. Despedimo-nos calorosamente um do outro, e o fiz prometer que iria me visitar em Redriff. Aluguei um cavalo e um guia por cinco xelins, que o capitão me emprestou.

Enquanto estava na estrada, distraído com a pequenez das casas, das árvores, do gado e das pessoas, tive a sensação de estar de novo em Lilipute. Tive medo de atropelar todo viajante que encontrava e, por vezes, gritava para que saíssem do caminho, de modo que por pouco não tomei um ou dois cascudos por minha impertinência.

Quando cheguei em casa, cujo endereço fui obrigado a perguntar a alguém, um dos servos abriu a porta e eu me inclinei para passar por ela (como um ganso faz para passar por baixo de um portão), por medo de bater a cabeça. Minha esposa correu ao meu encontro, mas eu me agachei a uma altura abaixo de seus joelhos, pensando que, de outra forma, ela não conseguiria me beijar. Minha filha se ajoelhou para pedir-me a bênção, mas eu não consegui vê-la até que se pôs novamente de pé, pois estava demasiado acostumado a manter minha cabeça e meus olhos erguidos acima dos dezoito metros. Em seguida, quis levantá-la pela cintura com uma só mão. Olhava para os servos e um par de amigos

---

26  Antigo nome dado à Austrália. (N.T.)

que estavam na casa como se fossem pigmeus, e eu, um gigante. Disse à minha esposa que "ela fora demasiado frugal, pois a fome fizera com que ela e minha filha se reduzissem a nada". Em suma, comportei-me tão estranhamente que todos que ali estavam tiveram a mesma sensação que o capitão quando viu-me pela primeira vez, concluindo que eu havia perdido a lucidez. Menciono isso como um exemplo do poder do hábito e do preconceito.

Depois de pouco tempo, eu, minha família e meus amigos viemos a nos entender, mas minha esposa exigiu que "eu jamais voltasse ao mar", embora meu mau destino tenha quisto que ela não tivesse o poder de deter-me, como o leitor verá mais à frente. Nesse meio-tempo, concluo a segunda parte de minhas viagens.

# PARTE III
## Viagem a Laputa, Balnibarbi, Luggnagg, Glubbdubdrib e Japão

Paul Gavarni (1804 -1866)  Fonte: Biblioteca Robarts - Toronto

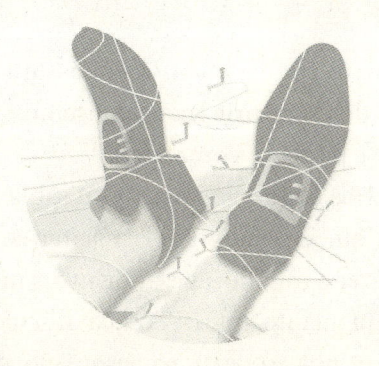

# Capítulo 1

*O autor parte para sua terceira viagem. É aprisionado por piratas. A maldade de um holandês. Ele chega em uma ilha. É recebido em Laputa.*

Eu não havia estado em casa por mais de dez dias quando o capitão William Robinson, da Cornualha, comandante do *Boa Esperança*, um navio robusto de trezentas toneladas, veio me encontrar. Eu já havia sido cirurgião e proprietário de vinte e cinco por cento de outro navio comandado por ele em uma viagem ao Levante. Ele sempre tratou-me mais como um irmão do que como um oficial de patente inferior e, sabendo de minha chegada, fez-me uma visita, que eu entendi como um simples ato de amizade, já que não havia acontecido nada além do costumeiro após longas ausências. No entanto, suas visitas passaram a se repetir com frequência, e ele sempre expressava sua alegria em me encontrar com boa saúde, perguntando "se eu havia me estabelecido para sempre" e acrescentando que "pretendia viajar para as Índias Orientais em dois meses", até que por fim convidou-me explicitamente, ainda que pedindo desculpas, para ser o cirurgião em seu navio, explicando "que eu teria outro cirurgião abaixo de mim, além de nossos dois imediatos; que meu salário seria o dobro daquilo que costuma ser pago;

e que, sabendo que meus conhecimentos em assuntos marítimos eram no mínimo iguais ao dele, seguiria meus conselhos em qualquer situação, como se eu tivesse parte no comando".

Ele disse tantas outras coisas elogiosas, e eu sabia que ele era um homem muito honesto, que eu não poderia rejeitar sua proposta. A sede que eu tinha de conhecer o mundo, apesar de meus infortúnios passados, continuava tão violenta quanto antes. A única dificuldade que permaneceu foi a de persuadir minha esposa, cuja permissão, contudo, eu por fim obtive graças às possíveis vantagens que ela previu para seus filhos.

Partimos no quinto dia de agosto de 1706 e chegamos ao Forte de São Jorge em 11 de abril de 1707. Ficamos lá por três semanas para revigorar nossa tripulação, pois muitos deles estavam doentes. De lá, partimos para Tonquim, onde o capitão resolveu permanecer por algum tempo, porque muitas das mercadorias que ele queria comprar não estavam prontas, e ele tampouco podia esperar que elas fossem despachadas meses depois. Assim sendo, na esperança de custear algumas despesas que deveria ter, ele comprou uma chalupa, carregou-a com vários tipos de mercadoria, as quais normalmente são negociadas com as ilhas vizinhas pelos tonquineses, e, colocando catorze homens a bordo, três dos quais eram do país, nomeou-me capitão da chalupa e me deu poder de fazer comércio enquanto ele cuidava de seus negócios em Tonquim.

Não havíamos navegado mais do que três dias quando uma grande tempestade começou a surgir, levando-nos para nor-nordeste por cinco dias e, então, para o Leste; depois disso, tivemos um tempo bom, mas ainda com um vento bastante forte vindo do Oeste. No décimo dia, fomos perseguidos por dois navios-piratas, que rapidamente nos alcançaram, pois minha chalupa estava tão carregada que navegava muito lentamente, e tampouco tínhamos condições de nos defender.

Fomos abordados ao mesmo tempo pelos dois navios, cujos bandos subiram a bordo do nosso furiosamente; mas, encontrando-nos deitados de bruços (conforme minha ordem), eles amarraram nossos braços com cordas resistentes e, montando guarda sobre nós, foram revistar a chalupa.

Notei um holandês entre eles, que parecia ter algum tipo de autoridade, apesar de não ser comandante de nenhum dos dois navios. Pela nossa fisionomia, ele sabia que éramos ingleses e, grasnando para nós em sua própria língua, jurou que seríamos amarrados um de costas para o outro e jogados ao mar. Eu falava razoavelmente bem o holandês, então lhe disse quem éramos e implorei que ele tivesse alguma consideração, por sermos cristãos e protestantes, por nossos países serem vizinhos e terem uma aliança bastante forte, e que fizesse com que os capitães tivessem um pouco de compaixão por nós. Isso inflamou sua raiva; ele repetiu suas ameaças e, virando-se para seus companheiros, falou com grande veemência, suponho que em japonês, frequentemente usando a palavra *cristianos*.

O maior dos dois navios-piratas era comandado por um capitão japonês, que falava um holandês claudicante. Ele veio conversar comigo e, depois de fazer diversas perguntas, às quais respondi com muita humildade, disse que "não morreríamos". Fiz uma grande reverência ao capitão e, então, virando-me para o holandês, disse que "lamentava encontrar mais clemência em um pagão do que em um irmão protestante". No entanto, eu rapidamente tive motivo para me arrepender dessas palavras imprudentes: aquele patife maldoso, tendo em vão se empenhado em persuadir ambos os capitães a me jogarem ao mar (o que eles não consentiram fazer, depois da promessa que me fizeram de que eu não morreria), conseguiu, no entanto, que me dessem uma punição pior que a própria morte, sob todos os aspectos possíveis. Meus homens foram divididos igualmente entre os dois navios-piratas, e minha chalupa recebeu uma nova tripulação. Quanto a mim, foi determinado que eu ficaria à deriva em uma pequena canoa, com remos e uma vela, e provisão suficiente para quatro dias; provisões essas que o capitão japonês foi gentil o bastante para dobrar, retirando de suas próprias reservas, e não permitiu que ninguém me revistasse. Eu entrei na canoa, enquanto o holandês, parado no convés, despejou sobre mim todas as ofensas e termos chulos que sua língua permitia.

Aproximadamente uma hora antes de vermos os piratas, eu tinha feito anotações e concluído que estávamos a 46 graus Norte de latitude e 183 de longitude. Após ter tomado alguma distância dos piratas, descobri, usando minha luneta, diversas ilhas a sudeste. Icei minha vela, pois o vento estava bom, com a intenção de chegar à mais próxima daquelas ilhas, o que logrei fazer após cerca de três horas. Era tudo rochoso, mas consegui pegar muitos ovos de aves, os quais depois cozinhei, acendendo um fogo com a ajuda de urzes e algas secas. Não jantei nada além disso, estando decidido a poupar minhas provisões o máximo possível. Passei a noite sob o abrigo de uma rocha, deitado sobre um pouco de urze, e dormi muito bem.

No dia seguinte, velejei para outra ilha, e então para uma terceira e uma quarta, algumas vezes usando a vela, outras usando os remos. No entanto, para não aborrecer o leitor com um relato muito minucioso de meus infortúnios, basta dizer que, no quinto dia, eu cheguei à última ilha do meu campo de visão, que ficava a sul-sudeste da anterior.

Esta ilha estava a uma distância maior do que eu esperava, e eu não a alcancei em menos de cinco horas. Rodeei-a quase inteira antes de encontrar um lugar conveniente para atracar, que era uma pequena enseada, aproximadamente três vezes mais larga que a minha canoa. Notei que a ilha era toda rochosa, entremeada por parcos tufos de grama e ervas aromáticas. Tomei minhas poucas provisões e, depois de fazer uma refeição, guardei-as em uma das muitas cavernas. Coletei vários ovos sobre as rochas e consegui uma quantidade de alga seca e grama ressecada, que tinha a intenção de usar no dia seguinte para acender fogo e cozinhar meus ovos da melhor maneira possível, pois tinha comigo minha pederneira, meu amolador, fósforos e minha lupa. Passei toda a noite deitado na caverna em que tinha guardado minhas provisões. Minha cama era feita da mesma grama e alga seca que eu pretendia usar como combustível. Dormi muito pouco, pois as inquietudes de minha mente prevaleceram sobre meu cansaço e me mantiveram acordado. Considerei quão impossível seria preservar a minha vida em um lugar tão desolado e quão miserável seria o meu fim; ainda assim, estava tão letárgico e desanimado que não tive forças para me levantar; e, até eu conseguir juntar coragem para rastejar para fora da minha caverna, boa parte do dia já tinha passado. Caminhei por um tempo entre as rochas: o céu estava perfeitamente limpo, e o Sol estava tão quente que eu fui forçado a desviar meu rosto dele. Então, de repente, o Sol ficou obscuro de uma maneira que me pareceu bastante diferente daquela que ocorre quando há a interposição de uma nuvem. Eu me virei e percebi um grande corpo opaco entre mim e o Sol se movendo em direção à ilha: parecia ter cerca de três quilômetros de altura e escondeu o Sol por seis ou sete minutos, mas não me pareceu que o ar se tornasse muito mais frio ou que o céu estivesse mais escuro do que ficariam se eu me encontrasse à sombra de uma montanha. Conforme o objeto se aproximou do local em que eu estava, pareceu-me ser de uma substância firme, com uma parte inferior plana e lisa, e brilhava intensamente com o reflexo do mar abaixo de si. Eu estava a uma altura aproximada de cento e oitenta metros da costa, e vi esse corpo imenso descendo quase que paralelamente a mim, a menos de um quilômetro e meio de distância. Saquei minha luneta e pude ver com clareza inúmeras pessoas andando para cima e para baixo em suas laterais, que pareciam se inclinar, mas não consegui discernir o que aquelas pessoas estavam fazendo.

Minha paixão natural pela vida gerou um movimento interno de alegria, e eu estava pronto para alimentar a esperança de que esta aventura poderia, de uma forma ou de outra, ajudar no meu resgate deste local desolado e da condição em que eu estava. Mas, ao mesmo tempo, o leitor dificilmente poderá imaginar meu assombro ao contemplar uma ilha no ar, habitada por homens que eram capazes (como pareciam ser) de fazê-la subir ou descer, ou colocá-la em movimento progressivo, como lhes aprouvesse. Entretanto, não estando naquele momento disposto a filosofar sobre esse fenômeno, eu optei por observar que curso a ilha tomaria, porque pareceu por um tempo estar parada. Logo na sequência, porém, ela se aproximou mais, e eu pude ver que seus lados eram cingidos por diversas gradações de galerias, além de escadas, em intervalos regulares, para que se pudesse descer de uma para outra. Na galeria mais baixa, pude ver algumas pessoas pescando com longas varas de pescar, e outras observando. Acenei com o meu quepe (já fazia muito que meu chapéu estava puído) e meu lenço em direção à ilha e, conforme ela se aproximava, chamei e gritei com todas as forças; então, olhando cautelosamente, notei uma multidão agrupada no lado que estava em meu campo de visão. Percebi, por eles estarem apontando para mim e uns para os outros, que tinham me visto, conquanto não respondessem aos meus gritos. Contudo, pude ver quatro ou cinco homens correndo com afobação escada acima, para o topo da ilha, os quais então desapareceram. Corretamente, conjecturei que eles tinham sido enviados para receber ordens de alguma autoridade quanto a esse acontecimento.

O número de pessoas aumentou e, em menos de meia hora, a ilha foi movida e elevada de tal forma que sua galeria mais baixa pareceu estar, em uma linha paralela, a menos de noventa metros de distância da altura em que eu estava. Eu então me coloquei na postura mais suplicante possível e falei em tom humilde, mas não obtive resposta. Aqueles que estavam parados no ponto mais próximo de mim pareciam ser pessoas distintas, por conta das vestimentas que trajavam. Eles debateram com seriedade entre si, frequentemente olhando em minha direção. Por fim, um deles falou em um dialeto claro, formal e fluido, não diferente do som da língua italiana, e, por isso, respondi a eles nesse idioma, na esperança de que pelo menos sua cadência soasse mais agradável aos seus ouvidos. Apesar de não nos entendermos, o significado daquilo que eu dizia era facilmente decifrável, pois as pessoas viam com clareza o tormento no qual me encontrava.

Eles fizeram sinais para que eu descesse da rocha e fosse em direção à praia, o que eu fiz. Então, com a ilha voadora chegando a uma altura conveniente, sua borda diretamente sobre mim, uma corrente foi baixada da galeria mais inferior, com um assento preso à parte de baixo, sobre o qual me instalei, e fui então puxado por roldanas.

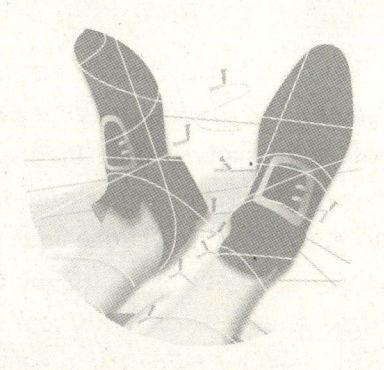

# Capítulo 2

*Narram-se os humores e as disposições dos laputianos. O autor faz um relato sobre sua ciência. O rei e sua corte são apresentados. Descreve-se a recepção do autor. Os leitores conhecem os medos e as apreensões dos habitantes. Faz-se um relato sobre as mulheres.*

Ao descer do assento, percebi-me cercado por uma multidão, sendo que aqueles que estavam mais próximos de mim pareciam ter uma posição social elevada. Eles me olhavam com muitos sinais de admiração, e eu certamente devia estar olhando para eles da mesma forma, pois, até aquele momento, nunca havia visto uma raça de mortais tão singular em sua forma, seus hábitos e suas feições. Suas cabeças eram todas inclinadas, ou para a esquerda ou para a diréita; um de seus olhos era virado para dentro, e o outro, diretamente para o zênite. Suas vestimentas mais externas eram adornadas com imagens de sóis, luas e estrelas entremeadas com outras de rabecas, flautas, harpas, trompetes, violões, espinetas e muitos outros instrumentos musicais desconhecidos dos europeus. Eu notei, aqui e acolá, muitos com vestimentas de serviçais, carregando em suas mãos uma bexiga inflada, presa feito um debulhador à ponta de um bastão. Em cada bexiga havia uma pouca quantidade de ervilhas secas ou pequenos seixos, como me contaram posteriormente. De tempos em tempos, eles batiam essas bexigas na boca e nas orelhas daqueles que estavam perto deles, mas, naquele momento, não consegui entender o porquê dessa prática. Parecia que aquelas pessoas estavam tão absortas em suas meditações que não conseguiam falar nem prestar atenção ao discurso das outras pessoas sem serem incitadas a isso por uma ação externa sobre seus órgãos de fala e escuta. Por tal motivo, aqueles que tinham meios para tal sempre mantinham um "batedor" (tradução de *climenole*) na família, entre os servos domésticos, e não iam para lugar algum nem faziam visitas sem tal companhia. Quando duas, três ou mais pessoas estavam reunidas, cabia a esse serviçal bater com sua bexiga, gentilmente, na boca do próximo a falar, bem como na orelha direita de seus interlocutores. Esse batedor tinha a função de acompanhar, com a mesma diligência, seu senhor em suas caminhadas, batendo suavemente com a bexiga em seus olhos a fim de evitar que ele, sempre tão envolto em seus devaneios, caísse de um precipício, chocasse sua cabeça em um poste, esbarrasse nos outros nas ruas ou fosse empurrado para a sarjeta.

Faz-se necessário fornecer essa informação ao leitor para que ele não fique tão à deriva como eu fiquei ao me defrontar com os modos daquelas pessoas enquanto elas me conduziam escada acima em direção ao topo da ilha, e dali para o palácio real. Durante esse percurso, esqueceram-se inúmeras vezes do que estavam fazendo e deixaram-me sozinho até que suas memórias fossem estimuladas novamente por seus batedores, pois pareciam estar completamente indiferentes à minha feição e aos meus hábitos estrangeiros, bem como aos gritos dos plebeus, cujos pensamentos e mentes eram menos sobrecarregados.

Por fim, nós chegamos no palácio e fomos à sala de audiências, onde pude ver o rei sentado em seu trono e cercado por nobres. Em frente ao trono estava uma mesa grande repleta de globos, esferas e instrumentos matemáticos de toda sorte. Sua Majestade sequer percebeu a nossa presença, embora ela tenha sido bastante ruidosa, devido à afluência de todas as pessoas da corte. Ele, no entanto, buscava resolver um problema, fazendo-nos esperar por pelo menos uma hora antes de nos receber. Perto dele havia dois jovens pajens, um de cada lado, com bexigas nas mãos, e, ao perceberem que o rei havia se desocupado, um acertou-lhe gentilmente a boca, e o outro, a orelha direita. Ao fazerem isso, o rei assustou-se como alguém que é acordado de repente e, olhando para mim e para aqueles que me acompanhavam, lembrou-se do motivo que nos trouxera até lá, do qual já havia sido informado. Ele disse algumas palavras e, no mesmo instante, um jovem batedor veio a meu lado e bateu gentilmente em minha orelha direita, ao que eu reagi gesticulando da melhor maneira possível para demonstrar que tal instrumento não me era necessário. Esse gesto, eu soube mais tarde, suscitou em Sua Majestade e na corte uma percepção bastante ruim de minha pessoa. O rei, até onde pude compreender, fez-me diversas perguntas, e eu me dirigi a ele em todos os idiomas que conhecia. Ao perceber que eu não conseguia compreendê-lo nem me fazer compreender, ele ordenou que eu fosse conduzido a um aposento no palácio (esse príncipe distinguia-se de todos os seus antepassados por sua hospitalidade com os estrangeiros), no qual dois servos foram designados para me atender. Meu jantar foi servido, e quatro nobres, que eu me lembrava de ter visto perto do rei, deram-me a honra de sua presença durante a refeição, a qual se dividiu em duas partes com três pratos cada. Na primeira parte, serviram-nos uma perna de carneiro cortada em forma de triângulo equilátero, uma peça de carne de boi cortada em forma de losango e um pudim em formato de cicloide. Na segunda parte, serviram-nos dois patos amarrados em forma de rabecas, salsichas e pudins semelhantes a flautas e oboés, e um peito de vitela no formato de harpa. Os servos cortaram o pão em formato de cones, cilindros, paralelogramos e diversas outras formas matemáticas.

Enquanto jantávamos, ousei perguntar como chamavam diversas coisas em seu idioma, e aquelas nobres pessoas, com a ajuda de seus batedores, deleitaram-se em responder, na esperança de conseguir conversar comigo e, assim, conquistar minha admiração no tocante às suas maravilhosas habilidades. Eu rapidamente aprendi a pedir por pão e bebida, ou qualquer outra coisa que desejasse.

Depois do jantar, minha companhia se retirou, e uma pessoa me foi enviada pelo rei, com seu batedor. Esse indivíduo trouxe consigo uma caneta, tinta e papel, bem como três ou quatro livros, e fez-se compreender por meio de sinais, indicando que fora mandado para me ensinar seu idioma. Nós passamos quatro horas juntos, nas quais eu escrevi uma grande quantidade de palavras em colunas, com a respectiva tradução ao lado. Também consegui aprender diversas frases curtas, pois meu tutor ordenava a um de meus servos que pegasse algo, se virasse, fizesse uma reverência, se assentasse, andasse, etc. E eu, então, escrevia a frase. Ele me mostrou também, em um dos livros, imagens do Sol, da Lua, das estrelas, do zodíaco, dos trópicos e dos círculos polares, assim como muitas denominações de sólidos e planos. Apresentou-me o nome e as descrições de todos os instrumentos musicais, bem como os termos artísticos da arte de tocá-los. Depois que ele foi embora, eu coloquei todas as minhas palavras, junto de suas interpretações, em ordem alfabética. E assim, em poucos dias, com o auxílio de uma memória bastante precisa, comecei a compreender o idioma. Apesar disso, nunca consegui entender a real etimologia da palavra *Laputa*, que traduzi como "ilha voadora" ou "ilha flutuante". Segundo eles, *Laputa* é uma corruptela derivada da arcaica palavra *Lapuntuh*, em que *lap*, na antiga língua obsoleta, significa "alto", e *untuh*, "governante". Eu, no entanto, não concordo com essa derivação, pois ela me parece muito forçada. Assim, arrisquei-me a explicar minha própria conjectura para os mais estudados entre eles, de que Laputa se parecia muito com *lap outed*, em que *lap* significa, propriamente, "dança de raios de sol no mar", e *outed*, "asa". Não vou, no entanto, impor essa ideia, mas sim deixar a cargo do leitor criterioso.

Aqueles que foram designados a mim pelo rei, observando meus trajes inadequados, pediram a um alfaiate que fosse tirar minhas medidas na manhã seguinte. Esse trabalhador exerceu seu ofício de forma distinta daquela feita na Europa. Em primeiro lugar, ele mediu minha altura com um quadrante; depois, com régua e compasso, descreveu as dimensões e contornos de todo o meu corpo, e anotou tudo no papel. Em seis dias, trouxe minhas roupas bem malfeitas e fora de formato, tudo por conta de um erro numérico em seus cálculos. Mas, para meu consolo, notei que isso acontecia com frequência e as pessoas não davam tanta atenção ao fato.

Durante meu confinamento por falta de roupas, e devido a uma indisposição que me deixou de resguardo por mais alguns dias, eu pude aumentar muito o meu léxico; assim, em minha próxima ida à corte, fui capaz de entender muito daquilo que dizia o rei e de dar-lhe algumas respostas. Sua Majestade havia dado ordens para que a ilha fosse movida nos sentidos nordeste e Leste, até estar verticalmente sobre Lagado, a metrópole de todo o reino em terra firme. A cidade ficava a aproximadamente noventa léguas de distância, e nossa viagem levou quatro dias e meio. Não senti nem um pouco os movimentos progressivos feitos pela ilha no ar. Na manhã do segundo dia de viagem, por volta das onze horas, o rei em pessoa, acompanhado de seus nobres, cortesãos e oficiais, todos munidos de seus instrumentos musicais, tocaram por três horas ininterruptas, de modo que fiquei muito atordoado com o barulho. Tampouco pude imaginar o significado de tudo aquilo, até que meu tutor o explicasse para mim. Ele disse que as pessoas daquela ilha tinham ouvidos adaptados para escutar a "música das esferas, que sempre soava em determinados períodos, e agora a corte estava preparada para tocar sua parte com os instrumentos em que tivessem mais aptidão".

Em nossa jornada a Lagado, Sua Majestade ordenou que a ilha parasse sobre algumas cidades e vilas, para que ele recebesse os pedidos de seus súditos. Para isso, inúmeros fios de corda com peso na ponta foram abaixados para que as pessoas prendessem suas petições a eles, os quais subiam diretamente, feito os pedaços de papel amarrados pelas crianças às rabiolas de suas pipas. Por vezes recebíamos vinhos e víveres dos súditos do continente, que eram trazidos para a ilha pela roldana.

Meu conhecimento em matemática foi de grande ajuda para que eu entendesse a fraseologia utilizada por eles, a qual estava relacionada também às ciências e à música, sobre a qual eu tinha também alguma noção. Suas ideias eram sempre relacionadas a linhas e números. Por exemplo, ao elogiar a beleza de uma dama, ou qualquer outro animal, eles o faziam por meio de termos geométricos, como losangos, círculos, paralelogramos e elipses, entre outros, ou com palavras artísticas de origem musical, cuja reprodução aqui julgo desnecessária. Observei que na cozinha do rei havia toda espécie de instrumentos musicais e matemáticos, cujas figuras serviam de referência para que se cortassem as peças de carne que seriam servidas à mesa de Sua Majestade.

As casas são muito mal construídas, as paredes inclinadas, sem nenhum ângulo reto em nenhum aposento, defeito esse que advém de seu desdém pela geometria aplicada, que eles consideram vulgar e inferior; suas instruções costumam ser muito refinadas para o intelecto dos trabalhadores, ocasionando erros constantes. E, apesar de serem bastante habilidosos com um pedaço de papel, no manejo da régua, do lápis e do compasso, eu nunca tinha visto um povo mais estabanado, tosco e desajeitado em ações e costumes cotidianos, nem tão lento e confuso ao deparar com qualquer outro assunto que não fosse relacionado à matemática ou à música. Eles têm um raciocínio péssimo e são muito dados à contradição, a não ser que sua opinião esteja correta, o que raramente acontece. São por completo estranhos à imaginação, à criatividade e à invenção, e tampouco têm palavras em sua língua para expressar essas ideias; seus pensamentos e sua mente são inteiramente circunscritos às duas ciências já mencionadas.

A maioria deles, em especial aqueles que lidam com aspectos astronômicos, acreditam piamente em astrologia judicial, apesar de se envergonharem de assumir isso em público. Mas o que mais me surpreendeu, e que julguei totalmente inexplicável, foi a forte inclinação das pessoas para notícias e política, sempre comentando sobre assuntos públicos, manifestando suas opiniões sobre negócios do Estado e discutindo com paixão sobre cada pormenor na posição de um partido.

De fato, notei a mesma disposição na maioria dos matemáticos que conheci na Europa, apesar de nunca ter compreendido qual é a relação entre essas duas ciências; a não ser que as pessoas suponham que, da mesma forma que o menor dos círculos tem tantos graus quanto o maior, a regulação e o gerenciamento do mundo não demandem nenhuma habilidade além do manejo de um globo, mas eu na verdade acredito que essa qualidade surja de uma enfermidade bastante comum da natureza humana, que nos torna curiosos e convencidos em assuntos sobre os quais pouco sabemos, e para os quais temos pouca aptidão, seja por estudo ou natureza.

Essas pessoas estão sob contínua inquietação, nunca desfrutando de um momento de paz de espírito, e suas perturbações derivam de causas que pouco afetam os outros mortais. Essas apreensões surgem do temor que sentem das mudanças dos corpos celestes: temem, por exemplo, que a Terra, devido à sua aproximação constante do Sol, seja absorvida ou engolida por ele com o passar do tempo; ou que a face do Sol venha a ser, aos poucos, encoberta por seus próprios eflúvios, deixando de emitir luz e calor para o mundo; que a Terra tenha escapado por pouco do toque da cauda do último cometa, o que inevitavelmente a reduziria a cinzas; e que o próximo cometa, o qual, de acordo com seus cálculos, virá em trinta e um anos, provavelmente nos aniquile. Isso porque se, em seu periélio[27], o cometa se aproximar a certo grau do Sol (o que, de acordo com seus cálculos, é um perigo real), ele receberá uma onda de calor dez mil vezes mais intensa do que aquela de um ferro em brasa, e, ao se distanciar do Sol, carregará consigo uma cauda flamejante de um milhão e seiscentos mil quilômetros de comprimento; e, se a Terra passar a uma distância de cento e sessenta mil quilômetros do núcleo ou do corpo principal desse cometa, ela se incendiará e se reduzirá a cinzas. Outro temor é que o Sol, diariamente emitindo seus raios sem nenhuma fonte de nutriente para repô-los, seja enfim consumido e aniquilado por completo, causando a destruição da Terra e de todos os outros planetas que recebem luz dele.

---

27  Ponto em que um astro se encontra mais próximo do Sol. (N.T.)

Como estão sempre alarmadas por conta dessas apreensões e da possibilidade de outros perigos semelhantes, essas pessoas não conseguem ter uma boa noite de descanso em suas camas e tampouco desfrutam dos prazeres comuns e das diversões da vida. Ao encontrar um conhecido pela manhã, a primeira pergunta que fazem é sobre a saúde do Sol, como ele estava ao nascer e ao se pôr, e depois discorrem sobre a esperança compartilhada de evitar o choque de um cometa que está em curso. O tom dessas conversas é o mesmo daquele de meninos que descobrem as terríveis histórias de espíritos e fantasmas, as quais escutam avidamente e depois ficam com medo de dormir.

As mulheres da ilha são extremamente vivazes: elas menosprezam seus maridos e são muitíssimo atraídas por forasteiros, os quais abundam na ilha, vindos do continente para comparecer à corte, seja por conta de negócios entre as diversas cidades e corporações, seja por conta de motivos particulares, porém são também desdenhados, uma vez que carecem dos mesmos dotes. Dentre eles, as mulheres escolhem seus amantes, mas o problema é que agem com excesso de facilidade e confiança, pois o marido está sempre de tal modo absorto em suas meditações que a esposa e o homem escolhido podem proceder com a maior das familiaridades bem debaixo de suas fuças, se ele tiver à disposição papel e apetrechos, e se seu batedor não estiver a seu lado.

As esposas e filhas reclamam de seu confinamento à ilha, apesar de eu considerá-la o melhor pedaço de terra no mundo, e, mesmo vivendo aqui com grande opulência e magnificência, podendo fazer o que bem quiserem, desejam ver o mundo e conhecer as distrações da metrópole, coisa que não lhes é permitida a não ser que tenham uma licença especial do rei, o que não é fácil de ser obtido, pois os nobres descobriram, por experiência própria, quão difícil é persuadir suas mulheres a voltar do continente para a ilha. Contaram-me que uma ilustre mulher da corte, que tinha muitos filhos (casada com o primeiro-ministro, o súdito mais rico do reino, uma pessoa muito cortês, que cultivava uma grande afeição por ela e que morava no melhor palácio da ilha) desceu para Lagado sob o pretexto de cuidar de sua saúde e lá se escondeu por muitos meses, até que o rei expediu um mandado de busca em seu nome. Por fim, ela foi encontrada em uma espelunca vestindo farrapos, pois havia penhorado suas roupas para manter um velho e decrépito lacaio, que a espancava todos os dias e em cuja companhia ela foi presa contra a sua vontade. E, apesar de seu marido tê-la recebido com toda a afetuosidade possível e sem a menor reprimenda, ela rapidamente conseguiu voltar para o continente e para o seu amante, levando consigo todas as suas joias, e nunca mais se teve notícia dela.

Para o leitor, essa história pode parecer ter ocorrido na Europa ou na Inglaterra, e não em um país tão remoto. Mas ele deve considerar que os caprichos femininos não são limitados por clima ou nação, e são muito mais corriqueiros do que podemos imaginar[28].

Em cerca de um mês, eu havia desenvolvido uma proficiência tolerável no idioma local, conseguindo responder à maioria das perguntas do rei quando tinha a honra de estar em sua presença. Sua Majestade não ficou nem um pouco curiosa por me perguntar sobre as leis, os governos, a história, a religião ou os costumes dos países que eu havia visitado, focando suas perguntas em questões matemáticas e ouvindo meu relato com desprezo e indiferença, apesar de ser constantemente tocado por seus dois batedores.

---

28 Mantivemos o texto original do autor, esses termos e ideias eram comuns na época, o que não reflete a sociedade atual ou a opinião da editora. (N.E.)

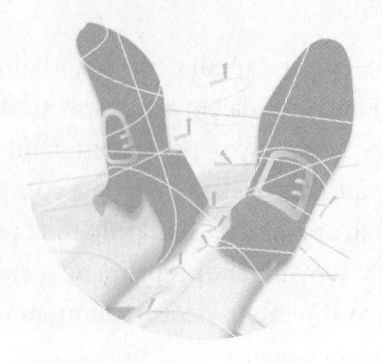

# Capítulo 3

*Um fenômeno é desvendado pela filosofia moderna e pela astronomia. Descrevem-se os grandes avanços dos laputianos em astronomia. O método do rei para pôr fim a insurreições é explicado.*

Eu pedi licença ao rei para conhecer as curiosidades da ilha, a qual ele concedeu com prazer, ordenando que meu tutor me acompanhasse. Eu prontamente questionei a causa, artística ou natural, por trás da movimentação da ilha, e gostaria de compartilhar meu relato filosófico sobre o assunto com o leitor.

A ilha voadora, ou flutuante, é perfeitamente circular, com um diâmetro de 7.166 metros, ou aproximadamente sete quilômetros, isto é, uma área de dez mil acres. Tem 274 metros de espessura. A parte inferior, ou sob a superfície, que aparece para aqueles que a observam do continente, é formada por uma placa inteiriça de adamante[29], com uma altura que alcança quase 182 metros. Sobre ela, encontram-se diversos minerais em sua ordem costumeira e, cobrindo-os, uma camada de terra fértil, com três ou três metros e meio de profundidade. O declive

---

29  Material mitológico associado ao diamante. (N.T.)

da superfície mais alta, do exterior da circunferência até o centro, é o motivo pelo qual o orvalho e a chuva que caem sobre a ilha se tornem pequenos riachos que fluem em direção ao centro, onde desembocam em quatro grandes bacias, cada uma com cerca de oitocentos metros de circuito e a uma distância de cento e oitenta metros do centro. Ao refletir sobre essas bacias, o Sol faz com que a água evapore, garantindo que elas não transbordem. Além disso, como o monarca pode fazer com que a ilha voe acima das nuvens, as quais não ultrapassam muito a altura de três quilômetros, ao menos segundo os naturalistas do país, ele consegue evitar as chuvas e o orvalho, que caem sobre a ilha apenas quando ele assim o deseja.

Há uma fenda com cerca de quarenta e cinco metros de diâmetro no centro da ilha, por onde os astrônomos descem para uma grande abóbada chamada *flandona gagnole*, ou caverna do astrônomo, situada a uma profundidade de noventa metros abaixo da superfície do adamante. Nessa caverna, há vinte lamparinas sempre acesas, as quais, ao refletirem no adamante, iluminam todo o espaço. Lá eles guardam uma grande variedade de sextantes, quadrantes, telescópios, astrolábios e outros instrumentos astronômicos. Mas o mais curioso, e do que depende o destino da ilha, é uma magnetita imensa cujo formato lembra a lançadeira de um tear, com cinco metros e meio de comprimento e ao menos dois metros e setenta de diâmetro em sua parte mais grossa. Esse ímã é sustentado por um eixo muito forte de adamante que passa em seu centro, em torno do qual ele gira, e é posicionado com precisão tal que mesmo a mão mais fraca pode girá-lo. Em torno dele, há um cilindro oco de adamante, com um metro e vinte de diâmetro, disposto horizontalmente e sustentado por oito estacas de adamante, cada uma com cinco metros e meio de altura. No meio do lado côncavo, há um sulco com trinta centímetros de profundidade, no qual as extremidades do eixo estão alojadas, e onde são giradas quando há necessidade.

É impossível remover a magnetita, pois o cilindro e as estacas formam uma peça contínua com a placa de adamante que constitui a parte inferior da ilha.

É por meio desse ímã que a ilha se move para cima e para baixo, de um lado para o outro. Assim, tendo como referência o pedaço de terra governado pelo monarca, o ímã se utiliza de forças de atração e repulsão. Quando ele fica ereto, com seu polo positivo direcionado para o continente, a ilha desce; quando seu polo negativo fica em tal posição, a ilha sobe. Quando sua posição é oblíqua, o movimento da ilha também é, uma vez que as forças do ímã sempre agem em linhas paralelas à direção em que ele é posicionado.

É esse posicionamento oblíquo que permite que a ilha seja levada às diferentes partes do reino. Para explicar a maneira como ela se move, digamos que os pontos $AB$ representem uma linha desenhada sobre os domínios de Balnibarbi e que os pontos $CD$ representem a linha do ímã, em que $D$ é o polo negativo e $C$, o positivo. Se a ilha estiver sobre o ponto $C$ e o ímã $CD$ estiver com seu polo negativo para baixo, a ilha será levada de forma oblíqua para cima, em direção ao ponto $D$. Ao chegar a ele, se girarmos o ímã em seu eixo até que o polo positivo aponte para o ponto $E$, a ilha se moverá obliquamente na direção de $E$; lá, se girarmos de novo o ímã em seu eixo até que ele fique na posição $EF$, com seu polo negativo apontado para baixo, a ilha se moverá obliquamente em direção a $F$, onde, se ajustarmos o polo positivo em direção a $G$, a ilha será levada para este ponto, e de $G$ para $H$ se girarmos o ímã e colocarmos o polo positivo virado para baixo. E assim, alterando a posição da magnetita conforme a necessidade, levamos a ilha para cima e para baixo e, por vezes, em direções oblíquas, e, por meio da alternância entre subidas e descidas (movimentos oblíquos não são considerados aqui), movemo-nos entre uma parte dos domínios do monarca e outra.

É importante mencionar, no entanto, que a ilha não pode ser movida além da extensão de seus domínios abaixo de si, e tampouco pode ser elevada acima da altura de seis quilômetros e meio. Os astrônomos (que escreveram grandes tratados a respeito da pedra) atribuem isso à seguinte razão: a virtude magnética não se estende para além da distância de seis mil e quatrocentos quilômetros, e o mineral, que age sobre a pedra no interior da terra, e no mar a cerca de seis léguas de distância da costa, não é difuso por todo o globo, mas circunscrito aos limites dos domínios do rei; e foi fácil para um príncipe, devido à grande vantagem de uma posição tão superior, pôr sob seu comando qualquer país que estivesse dentro da área de atração daquele ímã.

Quando o ímã é posicionado paralelamente à linha do horizonte, a ilha se mantém no lugar, pois assim suas extremidades, estando cada uma à mesma distância da terra, agem com a mesma força (uma puxando para baixo, outra empurrando para cima), de maneira que não ocorre nenhum movimento.

Essa pedra está sob o cuidado de alguns astrônomos que, de tempos em tempos, movem-na conforme as orientações do monarca. Eles passam grande parte da vida observando os corpos celestiais por meio de lentes infinitamente melhores do que as nossas. Apesar de seus maiores telescópios não chegarem a noventa centímetros de comprimento, eles têm um poder de aumento muito superior aos nossos de noventa metros, e ao mesmo tempo mostram os astros com maior clareza. Essa vantagem os capacitou a levar suas descobertas muito além daquelas dos astrônomos na Europa, posto que fizeram um catálogo de dez mil estrelas fixas, enquanto o mais abrangente dos nossos não contém nem um terço dessa quantia. Da mesma maneira, eles descobriram duas estrelas menores, ou satélites, que orbitam em torno de Marte, das quais a mais próxima está exatamente à medida de três diâmetros do centro do planeta principal, e a mais distante, a cinco; além disso, descobriram que a primeira orbita no espaço por dez horas, enquanto a outra leva vinte e uma horas e meia, de forma que as raízes de seus tempos periódicos são proporcionalmente próximas à sua distância cúbica do centro de Marte, que por óbvio deve ser governado pelas mesmas leis da gravidade que influenciam outros corpos celestiais.

Eles observaram 93 cometas diferentes e estabeleceram seus períodos com perfeita exatidão. Se isso for verdade (o que eles afirmam com grande convicção), é de se desejar que essas observações se tornem públicas, de modo que a teoria dos cometas, atualmente capenga e deficiente, possa ser levada à mesma perfeição de outras artes da astronomia.

O rei seria o príncipe absoluto do universo se persuadisse um ministério a se juntar a ele, mas os ministros, tendo suas terras no continente e considerando que o ofício de um favorito tem uma estabilidade incerta, nunca consentiriam com a escravidão de seu país.

Quando alguma cidade se rebela ou faz um motim, cai nas mãos de facções violentas ou se recusa a pagar os tributos usuais, o rei recorre a dois métodos para reconduzi-la à obediência. O primeiro, e mais ameno, é fazer com que a ilha fique flutuando sobre tal cidade, de forma a privá-la da chuva e da luz do sol, consequentemente afligindo seus habitantes com escassez e doenças. Dependendo da gravidade do crime cometido, eles também podem ser bombardeados pela ilha com pedras enormes, das quais não têm como se defender senão rastejando para porões ou cavernas enquanto o teto de suas casas é quebrado em pedaços. Mas se ainda assim continuarem obstinados, ou ameaçarem aumentar as rebeliões, o rei parte para o segundo método, que é jogar a ilha diretamente sobre suas cabeças, causando uma destruição geral das casas e das pessoas. Esse, no entanto, é um método muito extremo ao qual o rei raramente apela e que tampouco deseja pôr em prática; seus ministros também não ousam aconselhá-lo a tal, já que isso não apenas os levaria a serem odiados pelas pessoas, como também poderia causar destruição a suas propriedades, que ficam todas no continente, pois a ilha é propriedade exclusiva do rei.

Há uma razão ainda mais forte para os reis da ilha evitarem executar esse método tão terrível, exceto em casos de extrema necessidade: caso a cidade a ser destruída tenha alguma rocha mais alta, como costuma acontecer em cidades maiores, justamente para prevenir tal catástrofe, ou quando há uma abundância de pináculos ou pilares de pedras, uma queda brusca da ilha sobre ela poderia colocar em risco sua superfície inferior, que, apesar de ser feita, como eu disse, de uma placa inteiriça de adamante com cento e oitenta metros de espessura, mesmo assim poderia sofrer alguma rachadura por conta do forte impacto ou até se despedaçar ao chegar muito perto do fogo das casas do continente, tal como as partes posteriores de nossas chaminés, tanto de ferro quanto de pedra, por vezes se rompem. As pessoas estão bastante cientes de tudo isso, sabendo até que ponto devem levar sua obstinação no que diz respeito a sua liberdade e suas propriedades. E quando o rei, fortemente provocado e inequivocamente determinado a transformar uma cidade em ruínas, ordena que a ilha seja baixada, pede que o façam com gentileza, sob o pretexto de cuidado com os seus súditos, mas, na verdade, por medo de quebrar a placa inferior da ilha. Caso isso acontecesse, na opinião de todos os filósofos, e o ímã não conseguisse mais aguentar, toda a massa da ilha cairia sobre a terra.

Além disso, como lei fundamental desse reino, é proibido que o rei, seus dois filhos mais velhos e a rainha, enquanto estiver em idade fértil, deixem a ilha.

# Capítulo 4

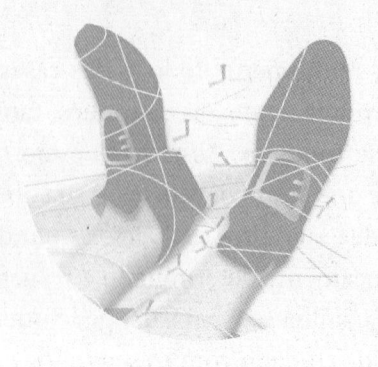

*O autor deixa Laputa, passa por Balnibarbi e chega à metrópole. Descrevem-se a metrópole e seus arredores. O autor narra a hospitalidade de um lorde ao recebê-lo e sua conversa com ele.*

Apesar de não poder dizer que tenha sido mal recebido na ilha, devo confessar que me senti muito negligenciado e um tanto desprezado, uma vez que nem o príncipe nem os demais demonstravam interesse por nada além de matemática e música, assuntos nos quais meus conhecimentos são bastante inferiores aos deles, de forma que muito pouca atenção se me deu.

Por outro lado, após ter conhecido as curiosidades da ilha, eu não via a hora de partir, pois já estava bastante cansado daquelas pessoas. De fato, elas eram excelentes em duas ciências pelas quais tenho grande estima e às quais não sou totalmente estranho, mas, ao mesmo tempo, são tão perdidas em suas próprias cabeças que julgo terem sido as piores companhias que já tive. Durante os dois meses que ali passei, conversei apenas com mulheres, comerciantes, batedores e pajens, fazendo aumentar o desprezo que os demais sentiam por mim, mas essas eram as únicas pessoas das quais eu conseguia receber uma resposta minimamente razoável.

Após muitos estudos, eu tinha alcançado um conhecimento considerável de seu idioma, mas me cansara de estar confinado a uma ilha onde recebia tão pouca consideração, então resolvi partir na primeira oportunidade que surgiu.

Havia um notável lorde na corte, de parentesco próximo ao rei e respeitado exclusivamente por essa razão, uma vez que era conhecido por todos como a pessoa mais estúpida e ignorante entre eles. Ele havia prestado importantes serviços para a Coroa e dispunha de muitos dons naturais e adquiridos, os quais eram adornados com integridade e honra, mas tinha um ouvido musical tão ruim que seus oponentes diziam que "ele era conhecido por marcar o tempo no lugar errado"; tampouco logravam seus professores, senão com extrema dificuldade, ensiná-lo a demonstrar as mais simples proposições matemáticas. Agradava-se ele em demonstrar sua estima por mim e com frequência dava-me a honra de sua visita, fazendo perguntas sobre os negócios da Europa, suas leis e seus costumes, os modos e aprendizados dos diversos países pelos quais eu já havia passado. Ele me escutava com grande atenção e fazia observações bastante sagazes enquanto eu falava. Era sempre acompanhado por dois batedores, mas só os utilizava na corte ou em visitas cerimoniosas, e ordenava que se retirassem quando estávamos a sós.

Roguei a esse ilustre nobre que intercedesse por mim junto à Sua Majestade, pedindo-lhe permissão para que eu partisse, o que ele fez, muito contra sua vontade, como lhe aprouve me dizer: de fato, esse nobre me fez várias propostas vantajosas, as quais, todavia, recusei com manifestações de imensa gratidão.

No dia 16 de fevereiro, despedi-me de Sua Majestade e da corte. O rei presenteou-me com uma quantia equivalente a cerca de duzentas libras inglesas, e meu protetor, seu parente, concedeu-me a mesma quantia, bem como uma carta de recomendação destinada a um amigo seu em Lagado, a metrópole. Estando a ilha parada sobre uma montanha a pouco mais de três quilômetros dessa cidade, fizeram-me baixar desde a galeria inferior, conforme me haviam feito subir anteriormente.

O continente sob domínio do monarca da ilha flutuante recebe o nome geral de *Balnibarbi*, e sua metrópole, como já comentei, chama-se *Lagado*. Senti certa satisfação por me encontrar novamente em terra firme. Andei para a cidade sem quaisquer preocupações, vestindo-me como um local e com conhecimento suficiente para interagir com eles. Encontrei, sem demora, a casa da pessoa à qual fui recomendado, mostrei-lhe a carta escrita por seu amigo, o nobre da ilha, e fui recebido com muita bondade. Esse lorde, chamado Munodi, acomodou-me em um dos aposentos de sua própria casa, onde permaneci durante a minha estada, e tratou-me da maneira mais hospitaleira possível.

Na manhã seguinte após a minha chegada, ele me levou em sua carruagem para conhecer a cidade, cujo tamanho equivale à metade de Londres. As casas, no entanto, eram construídas de forma estranha, e a maioria carecia de reparo. As pessoas na rua andavam com pressa, tinham aparência selvagem, com seus olhos vidrados, e geralmente vestiam farrapos. Passamos por um dos portões da cidade e avançamos quase cinco quilômetros no campo, onde vi muitos lavradores trabalhando no solo com diversas ferramentas, mas não consegui entender o que eles faziam, tampouco notei qualquer prenúncio de grama ou trigo, apesar de a terra parecer excelente. Não pude deixar de me admirar com essas estranhas aparências, tanto na cidade quanto no interior, e ousei pedir a meu condutor que me explicasse o significado de tantas cabeças, mãos e rostos ocupados, tanto nas ruas como no campo, porque eu não lograva perceber nenhum bom efeito que tivessem produzido; ao contrário, nunca havia visto um solo tão mal cultivado, casas tão mal planejadas e mal preservadas, ou pessoas cujas feições e trajes expressassem tanta miséria e necessidade.

O lorde Munodi era uma pessoa de posição elevada e havia sido governador de Lagado uns anos antes, mas, por conta de uma conspiração de ministros, fora dispensado por insuficiência. O rei, no entanto, tratava-o de forma amável, considerando-o um homem bem-intencionado, mas de entendimento parco e desprezível.

Quando fiz aquela censura franca ao país e a seus habitantes, sua única resposta foi que "eu não estava entre eles há tempo suficiente para emitir julgamentos, e as diferentes nações do mundo têm diferentes costumes", além de outros comentários nesse sentido. No entanto, ao retornarmos para sua casa, ele me perguntou "o que achei do prédio, quais absurdos notei e qual era meu problema com as roupas e a aparência de seus criados". Tais questionamentos podiam ser feitos sem receio, pois tudo naquele homem era esplendoroso, disciplinado e refinado. Retorqui que "a prudência, a qualidade e a fortuna de Sua Excelência o isentavam daqueles defeitos produzidos nos outros pela loucura e pela mendicância". Ele, por sua vez, disse-me que, "se eu fosse com ele para sua casa de campo, a uma distância aproximada de trinta quilômetros, onde fica sua propriedade, teríamos mais tranquilidade para conduzir aquele tipo de discussão". Eu disse à Sua Excelência que "estava à sua inteira disposição", de forma que partimos na manhã seguinte.

Durante nossa jornada, ele chamou minha atenção para os diversos métodos usados pelos fazendeiros no cultivo da terra, os quais eram totalmente inexplicáveis para mim, pois, salvo em alguns poucos lugares, não divisava uma espiga de trigo ou uma folha de grama sequer. Mas, após três horas de viagem, esse cenário mudou por completo. Adentramos um belíssimo campo, com casas de fazendeiros construídas com cuidado e a uma pequena distância umas das outras, e áreas cercadas contendo vinhedos, trigais e prados. Tampouco me lembro de jamais ter visto paisagem mais agradável. Sua Excelência observou minhas feições ficarem mais leves e me disse, com um suspiro, que "sua propriedade começava ali e continuaria da mesma forma até que chegássemos a sua casa; e seus compatriotas o desprezavam e ridicularizavam por não cuidar melhor de seus negócios e por dar um exemplo tão mau para o reino, o qual, no entanto, era seguido apenas por um punhado de outros velhos voluntariosos e fracos como ele".

Por fim, chegamos à casa, cuja nobre estrutura fora construída de acordo com as melhores regras da arquitetura antiga. As fontes, os jardins, os passeios, as alamedas e os bosques eram todos dispostos com bom gosto e precisão de julgamento. Eu elogiei com sinceridade tudo o que vi, mas Sua Excelência mostrou-se inteiramente indiferente a meus comentários até o momento do jantar, quando então, não havendo mais ninguém conosco, disse-me que "temia ter de derrubar suas casas na cidade e no campo para reconstruí-las de acordo com a moda atual; destruir suas plantações e começar outras seguindo os requerimentos modernos, dando a mesma orientação para seus arrendatários, a menos que quisesse se submeter às muitas críticas a seu orgulho, singularidade, afetação, ignorância e capricho, e talvez aumentar o desgosto de Sua Majestade; que a admiração que eu sentia diminuiria ou cessaria assim que ele me contasse alguns detalhes que eu provavelmente não havia ouvido na corte, pois as pessoas lá passavam tempo demais absortas em seus próprios pensamentos para se preocuparem com o que acontecia sob elas".

O teor de seu discurso foi como se segue: "Há aproximadamente quarenta anos, certas pessoas foram a Laputa para tratar de negócios ou para se divertirem, e, após permanecerem ali por cinco meses, retornaram para a metrópole com apenas um punhado de noções de matemática, mas repletas do caráter volátil que adquiriram naquela região aérea. Essas pessoas, após sua chegada, passaram a criticar toda a gestão do continente e se mancomunaram para elevar as artes, as ciências, as linguagens e a mecânica a outro patamar. Para isso, lograram obter a patente real para fundar uma academia de projetistas em Lagado, e foram tão bem-sucedidos em sua empreitada que não há uma cidade importante no reino que não disponha de uma academia semelhante. Nesses colégios, os professores criam novas regras e métodos de agricultura e construção, bem como novos instrumentos e ferramentas para todas as artes e manufaturas; por meio disso, segundo eles, um homem passará a fazer o trabalho de dez e um palácio poderá ser construído em uma semana, empregando-se nele materiais tão duráveis que jamais tornará a precisar de reparo. Todos os frutos da terra amadureceriam na estação que nos aprouvesse, multiplicando-se cem vezes mais que hoje; além de inúmeras outras maravilhosas propostas. O único inconveniente é que nenhum desses projetos ainda foi aperfeiçoado, e, no meio-tempo, todo o país está miseravelmente arruinado; as casas, em ruínas; e as pessoas, carentes de comida e roupas. Tudo isso, em vez de desencorajá-los, fez com que perseguissem cinquenta vezes mais violentamente seus planos, motivados em igual medida pela esperança e pelo desespero. Quanto a ele, por não ter um espírito empreendedor, contentou-se em seguir com os métodos antigos, em viver nas casas que seus ancestrais construíram e em agir como eles agiam, em cada aspecto da vida, sem inovações. Algumas outras pessoas da nobreza e da aristocracia fizeram o mesmo que ele, mas eram todos vistos com maus olhos e como exemplo de má vontade, como inimigos da arte e seres ignorantes, que preferiam a facilidade e a morosidade ao desenvolvimento geral de seu país".

Sua Senhoria acrescentou ainda que "ele não sabotaria com mais detalhes o prazer que eu certamente haveria de ter ao visitar a grande academia, à qual ele estava decidido que eu deveria ir". Apenas pediu que eu observasse o prédio em ruínas na encosta da montanha a menos de cinco quilômetros dali, sobre o qual me deu o seguinte relato: "Possuía um moinho convenientemente localizado a menos de oitocentos metros de sua casa, movido pela correnteza de um grande rio e suficiente para sua família, bem como para um grande número de seus arrendatários. Cerca de sete anos atrás, um grupo desses projetistas foi até ele e propôs que destruísse esse moinho e construísse um novo ao lado daquela montanha, cuja crista seria preciso cortar para servir de repositório de água, que seria levada para o moinho por meio de canos e máquinas, porque o vento e o ar naquela altura agitavam a água, tornando-a mais apta ao movimento, e porque a água, ao descer o declive, moveria o moinho com metade da correnteza de um rio cujo curso está em um local mais plano". Ele acrescentou que, "não estando àquela altura em bons termos com a corte e sendo pressionado por muitos de seus amigos, acabou concordando com a proposta; entretanto, depois de empregar cem homens por dois anos, o projeto fracassou, e os projetistas foram embora, pondo toda a culpa nele, insultando-o desde então e subjugando outros ao mesmo experimento, dando-lhes as mesmas garantias de sucesso e levando-os à mesma decepção".

Após alguns dias, voltamos para a cidade, e Sua Excelência, considerando a má fama que tinha na academia, optou por não fazer a visita comigo, mas recomendou-me a um amigo seu, para acompanhar-me até lá. Meu senhor decidiu me apresentar como um grande admirador dos projetistas e como uma pessoa bastante curiosa e crédula, o que, de fato, não era de todo mentira, pois eu tinha sido uma espécie de projetista na minha juventude.

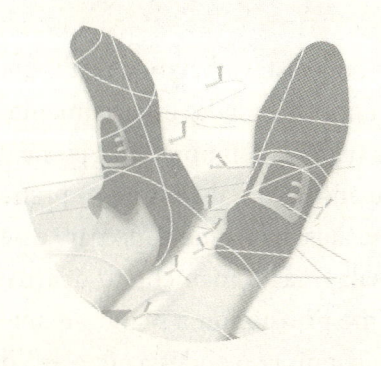

# Capítulo 5

*O autor recebe permissão para visitar a grande academia de Lagado. A academia é descrita minuciosamente. Narram-se as artes às quais os professores se dedicam.*

Essa academia não ocupa apenas um prédio, mas um conjunto de diversas casas nos dois lados da rua, as quais foram compradas para tal fim, pois estavam se deteriorando.

Fui recebido calorosamente pelo diretor e fui por vários dias à academia. Cada sala tinha um ou mais projetistas, e creio que não havia menos de quinhentas salas.

O primeiro homem que vi era bastante magro, com mãos e rosto cobertos de fuligem, cabelos e barbas longos, roupas rasgadas e chamuscadas em diversas partes. Suas roupas, camisa e pele eram todas da mesma cor. Ele se debruçava havia mais de oito anos sobre um projeto cujo objetivo era a extração de raios solares de pepinos, os quais deveriam ser colocados em frascos hermeticamente lacrados e retirados para aquecer o ar durante verões úmidos e inclementes. Ele me disse que não duvidava de que, ao cabo de mais uns oito anos, lograsse fornecer raios solares para o jardim do governador a um valor justo, mas reclamou que seu estoque estava baixo, e pediu que "eu lhe desse algo para incentivar sua engenhosidade, especialmente porque os pepinos estavam muito caros naquela temporada". Fiz-lhe um pequeno agrado com o valor que meu anfitrião, sabedor dessa prática dos projetistas de angariar fundos das visitas, havia me dado para esse fim.

Entrei em outra sala, mas o mau cheiro dentro dela me fez sair de imediato. Meu guia me pressionou a seguir adiante, sussurrando "que não demonstrasse nojo, pois isso poderia ofender", de forma que a única coisa que ousei fazer foi parar de respirar pelo nariz. O projetista dessa sala era o estudioso mais antigo da academia; seu rosto e sua barba eram de um amarelo pálido, suas mãos e roupas, emplastradas de sujeira. Ele me deu um abraço forte quando fomos apresentados, atenção que eu teria dispensado com prazer. Seu trabalho, desde sua chegada à academia, visava a reduzir o excremento humano ao seu alimento original separando suas diversas partes, removendo a tintura que recebe da bile, eliminando o odor e retirando a saliva. Recebia toda semana da sociedade um barril cheio de esterco humano.

Vi outro empregado calcinar gelo para transformá-lo em pólvora, o qual também mostrou-me um tratado que havia escrito sobre a maleabilidade do fogo, que pretendia publicar.

Havia um arquiteto engenhosíssimo, que havia desenvolvido um novo método de construir casas começando pelo telhado e descendo até a fundação; método esse que ele justificou para mim apontando a prática semelhante desses dois insetos prudentes que são a abelha e a aranha.

Outro projetista era um homem nascido cego que tinha sob seu comando vários aprendizes com a mesma deficiência. Sua função era misturar cores para pintores, distinguindo-as umas das outras por suas texturas e seus cheiros. Infelizmente, não os encontrei no melhor momento de suas lições, e mesmo o professor calhava de se equivocar com frequência. No entanto, esse artista é muito encorajado e apreciado por todo o colegiado.

Em outro aposento, tive o prazer de conhecer um projetista que havia desenvolvido um sistema para arar a terra com porcos, reduzindo custos com arado, gado e força de trabalho. Seu método consistia no seguinte: em uma faixa de terra de um acre, enterrava-se, com intervalos de quinze centímetros de distância e a vinte de profundidade, uma quantidade de alimentos que esses animais apreciam, como nozes, tâmaras, castanhas e outras frutinhas ou vegetais; então, levavam-se seiscentos porcos ou mais para esse campo. Em uns poucos dias, esses animais fuçavam toda a terra em busca de sua comida, deixando-a pronta para a semeadura e, ao mesmo tempo, adubando-a com seu esterco; é verdade, no entanto, que, ao testarem o experimento, julgaram-no dispendioso e muito trabalhoso, e a colheita foi pouca ou nenhuma. Apesar disso, não há dúvidas de que tal invenção é passível de ser aperfeiçoada.

Fui então para outra sala, onde as paredes e o teto estavam completamente tomados por teias de aranha, exceto pela passagem reservada para o artista entrar e sair. Quando cheguei, ele me avisou "para não tocar em suas teias". Lamentou que "um erro fatal que a humanidade cometia há muito tempo era usar o bicho-da-seda enquanto dispúnhamos de insetos domésticos que sobressaíam-se sobremaneira aos primeiros, posto que sabiam tecer e fiar". E acrescentou que "o uso de aranhas reduziria completamente os custos com o tingimento da seda", convencendo-me de seu argumento ao me mostrar uma grande quantidade de moscas maravilhosamente coloridas, com as quais alimentava suas aranhas, assegurando que "as teias assumiriam a cor delas, e, como ele dispunha de moscas de todas as cores, esperava agradar a todos os gostos, tão logo pudesse encontrar alimento adequado para as moscas que contivesse certas gomas, óleos e outras substâncias glutinosas, para dar força e consistência aos fios".

Havia um astrônomo que assumira a tarefa de colocar um relógio de sol no ponto mais alto do prédio do conselho municipal, ajustando os movimentos anuais e diurnos da Terra e do Sol devidamente, de modo a corresponder e coincidir com todas as movimentações acidentais provocadas pelo vento.

Queixei-me de um pouco de cólica, e meu guia me levou para uma sala onde se encontrava um excelente médico, famoso por curar tal mal-estar com operações contrárias de um mesmo instrumento. Ele tinha um grande fole com um bocal longo e fino de marfim, do qual vinte centímetros eram introduzidos no ânus do paciente, e então, aspirando o ar com esse instrumento, ele garantia ser capaz de deixar as entranhas tão murchas quanto uma bexiga seca. Mas, quando a doença era mais persistente e violenta, ele introduzia o bocal com o fole cheio de vento, preenchendo o interior do paciente com ar; depois, retirava o bocal para encher o fole com ar novamente, apertando seu dedão com firmeza contra o ânus do indivíduo; e, após esse processo ser repetido de três a quatro vezes, o ar saía com força, trazendo a doença consigo (como água posta em uma bomba), e o paciente melhorava. Eu o vi testar os dois procedimentos em um cachorro, mas não pude distinguir os efeitos de cada um. Depois do segundo procedimento, o animal parecia pronto para explodir, expelindo o ar dentro de si com violência e enchendo a mim e meus companheiros de asco. O cão morreu ali mesmo, e nós deixamos o médico enquanto ele usava a mesma operação para tentar reanimá-lo.

Visitei muitos outros aposentos, mas não vou cansar o leitor com todas as curiosidades que pude observar, uma vez que prezo pela objetividade.

Até este ponto, eu havia visto apenas um lado da academia, sendo o outro dedicado àqueles que militavam por um conhecimento mais abstrato, sobre os quais falarei um pouco mais adiante, após mencionar mais uma pessoa ilustre, conhecida por eles como "artista universal". Ele disse-nos que "havia trinta anos que aplicava seus conhecimentos para o desenvolvimento da vida humana". Além de dois grandes quartos repletos de itens curiosos, ele tinha cinquenta pessoas sob seu comando. Alguns estavam condensando o ar em uma substância seca e tangível, por meio da extração de salitre e da filtragem de partículas aquosas e fluidas; outros amoleciam mármore para usá-lo como travesseiro e almofada de alfinete; outros ainda petrificavam os cascos de um cavalo ainda vivo para evitar seu desgaste. Naquele momento, o artista estava trabalhando em dois grandes projetos. Um deles consistia em semear o campo com joio, que segundo ele continha a verdadeira virtude seminal, como demonstrou em vários experimentos que não fui capaz de compreender. O outro era aplicar uma composição de goma, minerais e vegetais sobre dois jovens cordeiros para prevenir o crescimento de lã; ele esperava, em pouco tempo, propagar a raça de ovelhas nuas por todo o reino.

Cruzamos um passeio para a outra parte da academia, onde, como eu disse antes, ficam os projetistas de conhecimento abstrato.

O primeiro professor que vi estava um uma sala imensa com quarenta alunos ao seu redor. Depois de me cumprimentar e de perceber que meu olhar estava fixo em um quadro que ocupava a maior parte do cômodo, tanto em comprimento quanto em largura, ele disse que "talvez me admirasse vê-lo trabalhar em um projeto que visava à melhora do conhecimento abstrato por meio de operações práticas e mecânicas. Mas o mundo logo perceberia sua utilidade, e se vangloriou, dizendo que nenhuma outra mente havia tido ideia tão nobre e gloriosa. Que todos sabiam quão laborioso era o método tradicional de aprendizado das artes e das ciências, e que, com sua criação, até a pessoa mais ignorante seria capaz, mediante um valor justo e com pouco esforço físico, de escrever livros de filosofia, poesia, política, direito, matemática e teologia, sem a menor assistência de um gênio ou de estudo". Levou-me então até o quadro, em cujas laterais se enfileiravam seus alunos. Tinha seis metros quadrados e estava localizado no meio da sala. Sua superfície era composta de vários pedaços de madeira mais ou menos do tamanho de um dado, uns um pouco maiores que outros, e todos unidos por arames finos. Cada um desses pedaços de madeira tinha papéis colados a ele, nos quais estavam escritas todas as palavras do idioma local, em suas diversas declinações, modos e tempos verbais, mas sem nenhuma ordem. O professor, então, pediu "que eu prestasse atenção, pois ele faria a engenhoca funcionar". Ao seu comando, cada um de seus alunos segurou uma das quarenta alavancas de ferro que se distribuíam nas extremidades da estrutura e, ao virarem-nas subitamente, toda a disposição das palavras foi alterada. Ele então instruiu trinta e seis de seus alunos a ler, em voz baixa, as diversas linhas, conforme elas apareciam na estrutura, e, quando achassem três ou quatro palavras juntas que pudessem fazer parte de uma sentença, ditassem-nas aos quatro rapazes remanescentes, que faziam as vezes de escribas. Esse experimento foi repetido três ou quatro vezes, e, a cada vez, as palavras ficavam em lugares diferentes por conta dos movimentos dos pedaços de madeira.

Os estudantes passavam seis horas de seu dia nessa tarefa, e o professor mostrou-me diversos volumes em fólio grande com sentenças quebradas já coletadas, os quais ele tinha a intenção de reunir e, com base nesse rico material, apresentar ao mundo uma compilação completa de todas as artes e ciências; a qual, porém, poderia ser melhorada ainda mais e acelerada, se o público angariasse fundos para financiar a confecção e a utilização de quinhentas estruturas como essa em Lagado, obrigando seus administradores a contribuir para a obra comum com suas respectivas coleções.

Assegurou-me que "empregara todos os seus pensamentos naquela invenção desde a juventude, derramara todo o seu vocabulário no quadro e fizera os cálculos mais rígidos da proporção geral que havia em livros entre os números de partículas, substantivos e verbos, bem como de outras classes de palavras".

Prestei a esse ilustre estudioso meus reconhecimentos de sua grande eloquência e lhe prometi que, "se eu obtivesse êxito em voltar para o meu país natal, lhe faria justiça como o único inventor dessa máquina", cuja forma e função eu gostaria de colocar no papel. Eu lhe disse que, "apesar de os estudiosos europeus terem o costume de roubar as invenções uns dos outros para levar vantagens, sempre era levantada a questão da propriedade intelectual, e eu cuidaria para que ele não tivesse rivais e levasse todos os louros da descoberta".

Na sequência, fomos para a escola de idiomas, onde três professores discutiam melhorias em sua língua nativa.

Um dos projetos propunha o encurtamento do discurso, transformando polissílabos em monossílabos e excluindo verbos e particípios, uma vez que, na verdade, todas as coisas imagináveis não passavam de substantivos.

O outro projeto propunha um esquema para a abolição de todas as palavras, o que seria, segundo seus idealizadores, uma grande vantagem do ponto de vista da saúde e da brevidade. Isso porque nossos pulmões, a cada palavra que falamos, corroem-se e reduzem um pouco de tamanho, o que consequentemente leva ao abreviamento de nossa vida. A solução proposta foi que, "uma vez que palavras são apenas nomes para coisas, seria mais conveniente se todas as pessoas carregassem consigo os objetos necessários para se expressarem a respeito de determinado assunto". E essa invenção teria sido aceita, facilitando bastante a vida e contribuindo para a saúde dos súditos, não tivessem as mulheres, os pobres e os analfabetos ameaçado se rebelar caso não lhes fosse permitido falar com a língua, tal como seus antepassados; isso revela como algumas pessoas são inimigas irreconciliáveis da ciência. Entretanto, muitos estudiosos e sábios aderiram ao novo esquema de se expressar pelo uso de objetos, cujo único inconveniente era que, quanto maior e mais variado fosse o negócio no qual atuavam, maior seria a carga que deveriam levar consigo nas costas, a não ser que pudessem pagar um ou dois servos fortes para acompanhá-los. Com frequência, vi dois desses sábios praticamente soterrados pelo peso de sua carga, caminhando como nossos mascates. Quando se encontravam na rua, arriavam a carga, abriam suas sacolas e conversavam durante uma hora; depois, arrumavam seus apetrechos, ajudavam um ao outro a ajeitar a carga e iam-se embora.

No entanto, para interações breves, um homem poderia carregar apenas os apetrechos necessários em seu bolso e sob seus braços; e, em sua casa, jamais lhe faltariam recursos. Dessa maneira, a sala daqueles que praticam tal arte de comunicação é repleta de coisas à mão, prontas para fornecer material para esse tipo de conversa artificial.

Uma outra vantagem proposta por essa invenção é que ela serviria como língua universal, sendo compreendida por todas as nações civilizadas, cujos bens e utensílios geralmente têm o mesmo propósito ou se parecem, de forma que seu uso seria facilmente entendido. Assim, embaixadores estariam qualificados a tratar com príncipes estrangeiros, ou ministros do Estado, cujos idiomas eles desconhecem totalmente.

Fui à escola de matemática, onde o mestre ensinava a seus pupilos um método que seria inconcebível na Europa. Sua proposição e a demonstração dela estavam escritas de forma legível em um biscoito fino com uma tinta composta de tintura cefálica. Esse biscoito era engolido por um aluno em jejum, que não ingeriria nada além de pão e água pelos próximos três dias. Após a digestão do biscoito, a tintura seria levada a seu cérebro, carregando consigo a proposição. O sucesso de tal experimento, no entanto, ainda não foi mensurado, em parte por conta de erros na quantidade ou na composição, e outra parte devido ao mau caráter dos estudantes, que consideravam essa mistura tão nauseante que geralmente trapaceavam, regurgitando-a antes que ela pudesse fazer efeito, e tampouco convenciam-se a fazer uma abstinência alimentar tão longa quanto a demandada pela prescrição.

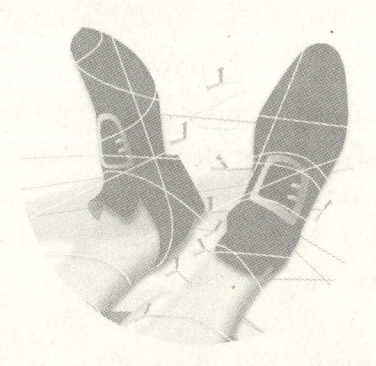

# Capítulo 6

*Continuam os relatos sobre a academia. O autor propõe algumas melhorias, as quais são honradamente aceitas.*

A escola de projetistas políticos não prendeu a minha atenção. Os professores pareciam, a meu ver, totalmente insensatos, coisa que sempre me deixa melancólico. Eles propunham planos para persuadir os monarcas a escolher seus favoritos com base em sua sabedoria, capacidade e virtude; para ensinar ministros a consultar a população e pensar no bem público; para recompensar mérito, grandes habilidades e serviços relevantes prestados à nação; para instruir príncipes de forma que percebam que seu real interesse coincide com o de seus súditos; para escolher pessoas qualificadas a fim de ocupar cargos públicos; bem como muitas outras quimeras impossíveis e desvairadas que nunca foram concebidas pelo coração humano, confirmando assim minha teoria de que "não há nada tão extravagante e irracional que não tenha sido defendido pelos filósofos".

Contudo, apesar de reconhecer que eles não eram muito visionários, sinto o dever de fazer justiça a essa parte da academia. Havia um doutor muito engenhoso, que parecia conhecer amplamente a natureza e o sistema de governança. Esse ilustre indivíduo havia, de maneira bastante útil, dedicado seus estudos a descobrir uma solução efetiva para todas as doenças e corrupções que assolam a administração pública, tanto por conta dos vícios e da fraqueza daqueles que governam como pela indisciplina daqueles que são governados. Por exemplo, considerando-se que todos os escritores e pensadores concordam que as estruturas da natureza e da política são semelhantes, poderia haver um raciocínio mais óbvio do que seguir as mesmas prescrições para preservar a saúde de ambas e curar suas doenças? Sabe-se que os senados e os grandes conselhos são comumente acometidos de humores redundantes, ebulientes e maléficos; de diversas enfermidades na cabeça e no coração; de fortes convulsões e dolorosas contrações dos nervos e tendões de ambas as mãos, mas em especial a direita; de melancolia, flatulências, vertigens e delírios; de fétidos e purulentos tumores escrofulosos, com eructações azedas e espumosas; de apetites caninos e indigestão, entre muitos outros problemas cuja menção é desnecessária. O professor propôs então que "alguns médicos estivessem presentes nos três primeiros dias de cada sessão do senado e ao final de cada dia de debate para tomar o pulso de cada senador; depois disso, tendo avaliado com diligência a natureza de seus vários males, bem como as possíveis curas, deveriam retornar no quarto dia, acompanhados por seus boticários e providos dos remédios apropriados, e administrar a cada membro, antes do início da sessão, medicamentos lenitivos, aperitivos, abstergentes, corrosivos, restringentes, paliativos, laxantes, cefalálgicos, ictéricos, apoflegmáticos e acústicos, conforme exigisse cada caso; e, de acordo com o efeito desses remédios, deveriam repetir, alterar ou suspender seu uso na sessão seguinte".

Esse projeto não haveria de ser muito oneroso para a população e, em minha humilde opinião, seria um ótimo investimento, pois ajudaria no encaminhamento do trabalho em países em que os senados têm alguma participação no poder legislativo; suscitaria unanimidade, encurtaria os debates, abriria algumas bocas que agora estão fechadas e fecharia muitas outras que agora estão abertas; conteria a petulância dos jovens e corrigiria a inflexibilidade dos velhos; animaria os estúpidos e enfraqueceria os impertinentes.

Além disso, como é consenso que os favoritos do príncipe sofrem de memória curta e fraca, o mesmo professor propôs que "aqueles que se apresentassem a um primeiro-ministro, após expor suas questões da forma mais sucinta e com as palavras mais simples, deveriam, antes de partir, dar no ministro uma torcida no nariz, ou um pontapé na barriga, ou um pisão no calo, ou três puxões de orelha, ou uma alfinetada no traseiro, ou um beliscão no braço até ficar roxo, para evitar que se esqueça. Tal procedimento deveria ser repetido a cada encontro, até que o assunto fosse resolvido ou rechaçado".

Da mesma forma, ele aconselhou que "todos os senadores, após manifestarem e defenderem sua opinião em uma sessão, votassem contrariamente a ela, pois, dessa forma, o resultado seria inevitavelmente positivo para a população".

Para quando os partidos de um Estado são violentos, ele propôs um método fantástico para reconciliá-los. Consistia nisto: escolher cem chefes de cada partido e organizá-los em pares cujo tamanho da cabeça seja similar; então, dois bons cirurgiões serram, ao mesmo tempo, o occipício[30] da dupla, de forma que o cérebro seja dividido igualmente. Então, os occipícios, já cortados, seriam trocados e colocados na cabeça do oponente. Ao que parece, esse trabalho exige bastante precisão, mas o professor garantiu que, "se o procedimento fosse desempenhado com destreza, a cura seria infalível", pois, segundo ele, "as duas metades do cérebro debateriam o assunto entre si dentro do crânio, chegando logo a um entendimento e produzindo moderação, bem como regularidade de pensamento, como se espera daqueles que acreditam ter vindo ao mundo apenas para assistir e governar o seu movimento". Quanto às diferenças, em quantidade ou qualidade, entre os cérebros daqueles que dirigem tais facções, o professor me garantiu, com base em seu conhecimento, que elas eram mínimas.

---

30   Parte inferior da cabeça. (N.T.)

Pude acompanhar o debate acalorado entre dois professores sobre as formas mais cômodas e eficazes de arrecadar dinheiro sem extenuar os súditos. Um deles afirmou que "o método mais justo seria cobrar um imposto sobre vícios e asneiras, soma essa que seria definida, para cada pessoa, por uma comissão composta de seus vizinhos". O outro discordou totalmente dessa abordagem e propôs "taxar qualidades do corpo e da mente, pelas quais os homens mais dão valor a si mesmos, sendo a quantia maior ou menor, de acordo com os graus de excelência; decisão que caberá inteiramente ao próprio indivíduo". O imposto mais alto recairia sobre os homens que fazem mais sucesso com as mulheres, e a avaliação seria feita por eles mesmos, de acordo com o número e a natureza dos favores que recebiam do outro sexo. Da mesma maneira, a perspicácia, a bravura e as boas maneiras seriam altamente taxadas, com o valor estabelecido de acordo com o julgamento da própria pessoa sobre a quantidade dessas características que possui. Quanto à honra, à justiça, à sabedoria e aos estudos, não haveria quaisquer taxas, pois ninguém as reconheceria em seu vizinho nem as valorizaria em si mesmo.

Já as mulheres seriam taxadas de acordo com sua beleza e elegância, tendo o mesmo privilégio dado aos homens de determinar a soma a ser paga de acordo com seu próprio julgamento. Entretanto, constância, castidade, bom-senso e boa índole não seriam taxados, pois não valeriam o custo da arrecadação.

Para que os senadores defendessem os interesses da Coroa, foi proposto que se rifassem os cargos, mas, antes, todos fariam um juramento e garantiriam votar a favor da corte, ganhando ou não; depois, os perdedores poderiam concorrer de novo quando uma nova vaga fosse aberta. Assim, a chama da esperança e da expectativa seria mantida acesa e ninguém reclamaria de promessas não cumpridas, uma vez que a decepção seria totalmente atribuída à fortuna, cujos ombros são mais fortes e mais largos do que os dos ministros.

Outro professor me mostrou uma lista imensa de instruções para descobrir tramoias e conspirações contra o governo. Ele aconselhava que políticos de alto escalão examinassem a alimentação dos suspeitos, a que horas faziam suas refeições, de que lado da cama dormiam e com que mão limpavam o traseiro; que fizessem uma rigorosa análise dos excrementos dessas pessoas para que, de acordo com aspectos como cor, odor, sabor, consistência e tempo de digestão, descobrissem seus pensamentos e planos. A justificativa para tal era que os homens nunca são tão sérios, cuidadosos ou atentos quando estão defecando, o que o professor havia descoberto por meio de um experimento que fazia com frequência: quando ele, apenas para testar sua teoria, pensava nas melhores formas de matar o rei, suas fezes adquiriam um tom esverdeado, ao contrário do que acontecia quando pensava apenas em começar uma insurreição ou incendiar a metrópole.

Todo esse discurso foi escrito com muita perspicácia, com muitas observações curiosas e úteis para os políticos. Entretanto, a meu ver, elas pareciam incompletas. Arrisquei-me a dizê-lo ao autor e me coloquei à sua disposição, se ele assim o quisesse, para acrescentar algumas informações. Ele recebeu minha sugestão com mais complacência do que o usual entre escritores, em especial aqueles da espécie projetista, e disse que ficaria grato em receber mais informações.

Contei a ele que, no reino de Tribnia[31], chamado pelos nativos de Langdon[32], onde passei algum tempo durante minhas viagens, a maioria da população consiste em descobridores, testemunhas, informantes, acusadores, promotores, alcaguetes ou declarantes, com seus diversos instrumentos subservientes e subalternos, e agiam todos de acordo com as vontades, as condutas e os pagamentos dos ministros do Estado e de seus representantes. As conspirações naquele reino geralmente partem daqueles que querem afirmar-se como políticos proeminentes, que buscam devolver algum vigor a uma administração desvairada, que almejam reprimir ou desviar a atenção dos descontentes, que desejam encher seus cofres com confiscos e elevar, ou afundar, o conceito de crédito popular, conforme lhes seja mais favorável. Há um acordo entre eles em que se decide quais suspeitos serão acusados de conspiração,

---

31 Referência à *Britannia*, isto é, à Grã-Bretanha. (N.O.)
32 Referência a *London*, isto é, a Londres. (N.O.)

tomando-se o cuidado de apreender todas as suas cartas e documentos e de prender o criminoso. Tais documentos são entregues a diversos artífices muito hábeis em descobrir os significados misteriosos de palavras, sílabas e letras; por exemplo, eles podem constatar que retrete significa conselho privado; revoada de gansos, senado; cachorro estropiado, invasor; praga, as forças armadas; abutre, o primeiro-ministro; gota, alto sacerdote; forca, o secretário de Estado; penico, comissão de pessoas ilustres; peneira, dama da corte; vassoura, revolução; ratoeira, cargo público; poço sem fundo, Tesouro; cloaca, a corte; chapéu de tolo, um favorito; vara quebrada, a corte de Justiça; tonel vazio, general; e ferida purulenta, o governo[33].

Quando esse método não é bem-sucedido, há dois outros mais eficientes, os quais os estudiosos chamam de acrósticos e anagramas. No primeiro, eles deciframem todas as letras iniciais em significados políticos, de forma que *N* significa uma conspiração; *B*, um regimento da cavalaria; *L*, uma frota marítima. A outra forma é transpor as letras do alfabeto para qualquer texto suspeito, conseguindo desvendar todos os planos daqueles que estão descontentes. Então, por exemplo, se eu enviasse a um amigo a mensagem *"Our brother Tom has just got the piles"* [Nosso irmão Tom está sofrendo de hemorroidas], um hábil decifrador descobriria, usando as mesmas letras, que eu escrevi *"Resist, a plot is brought home. The Tour"*. [Resista, uma conspiração está em andamento. *The Tour*[34]]. E assim é o método do anagrama.

O professor me agradeceu imensamente por compartilhar essas observações e me prometeu fazer uma menção honrosa em seu tratado.

Não encontrando nada no país que me incentivasse a estender minha permanência, comecei a pensar em meu retorno à Inglaterra.

---

33 Esta é a versão revisada do texto adotada pelo Dr. Hawksworth (1766). O parágrafo acima, nas edições originais (1726), tem outra forma, começando da seguinte maneira: "Disse-lhe que, se eu calhasse de viver em um reino onde tantos estivessem em voga", etc. Os nomes Tribnia e Langdon não são mencionados, e a "retrete" e seus significados não constam. (N.O.)

34 Segundo nossas pesquisas, alusão a Henry St John, 1º Visconde de Bolingbroke, que apoiou o levante jacobita de 1715 e usou o codinome M. La Tour durante seu exílio na França. (N.T.)

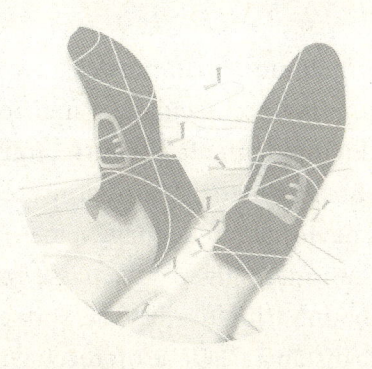

# Capítulo 7

*O autor parte de Lagado e chega a Maldonada. Não há navios prestes a zarpar. Ele faz uma breve viagem a Glubbdubdrib, onde é recebido pelo governador.*

Tenho razões para crer que o continente do qual este reino faz parte estende-se a Leste até aquele pedaço desconhecido da América a Oeste da Califórnia, e ao Norte até o Oceano Pacífico, que está a mais de duzentos e quarenta quilômetros de Lagado. Lá há um bom porto e muito comércio com a ilha de Luggnagg, situada a noroeste, cerca de 29 graus de latitude Norte e 140 graus de longitude. Essa ilha fica a sudeste do Japão, a umas cem léguas de distância. Há uma estreita aliança entre o imperador japonês e o rei de Luggnagg, o que proporciona frequentes oportunidades de navegar de uma ilha para a outra. Sabendo disso, defini que esse seria o curso da minha viagem para regressar à Europa. Contratei um guia com duas mulas para mostrar-me o caminho e carregar minha pouca bagagem. Despedi-me de meu nobre protetor, que recebeu-me de maneira bastante amistosa e presenteou-me com grande generosidade quando parti.

Não tive nenhum imprevisto ou acidente digno de menção em minha jornada. Quando cheguei ao porto de Maldonada (pois este é seu nome), não havia nenhum navio prestes a zarpar para Luggnagg, nem haveria por algum tempo. A cidade é mais ou menos do tamanho de Portsmouth. Eu rapidamente encontrei um conhecido, que me recebeu com muita hospitalidade. Um distinto cavalheiro disse-me que, "uma vez que os navios para Luggnagg não estariam prontos para partir em menos de um mês, talvez eu achasse interessante visitar a pequena ilha de Glubbdubdrib, localizada a sudoeste, a aproximadamente cinco léguas de distância". Ele se ofereceu para acompanhar-me com um amigo seu, e me concedeu uma pequena barca para fazer a viagem.

O nome Glubbdubdrib, pelo que posso interpretar da palavra, significa "ilha de feiticeiros ou mágicos". Ela equivale a um terço da Ilha de Wight[35], é extremamente frutífera e governada pelo chefe de determinada tribo em que todos os membros são mágicos. As pessoas dessa tribo podem casar-se somente entre si, e o mais velho na sucessão é o príncipe ou governador. Ele dispõe de um palácio e um parque de cerca de três mil acres, ambos cercados por um muro de pedra talhada com seis metros de altura. No parque, há diversas áreas menores cercadas para gado, trigo e jardins.

O governador e sua família são servidos por criados um tanto fora do comum. Por meio de suas habilidades em necromancia, ele tem o poder de evocar quem quiser do mundo dos mortos e exigir seus serviços por até 24 horas, e não mais do que isso; tampouco pode chamar as mesmas pessoas em menos de três meses, salvo em casos extraordinários.

Quando chegamos à ilha, por volta das onze da manhã, um dos senhores que me acompanhava foi até o governador pedir que um forasteiro, cujo propósito era ter a honra de se apresentar à Sua Alteza, fosse admitido no local. Tal pedido foi imediatamente atendido, e nós três adentramos pelo portão do palácio, passando entre duas fileiras de guardas armados e vestidos de forma burlesca, e com algo em sua fisionomia que me fazia tremer de medo de uma forma que não sei explicar.

---

35 Ilha inglesa localizada no Canal da Mancha. (N.T.)

Passamos por diversos aposentos, entre criados da mesma espécie, enfileirados de ambos os lados, até chegarmos à sala de audiências, onde, após três grandes mesuras e algumas perguntas gerais, permitiram-nos sentar em três bancos perto do degrau mais baixo do trono de Sua Alteza. O governador compreendia o idioma de Balnibarbi, apesar de não ser o falado na ilha. Pediu-me que lhe fizesse um relato de minhas viagens e, para mostrar que eu seria tratado sem cerimônias, dispensou todos os seus criados com um único movimento de dedos, ao que, para meu grande espanto, eles desapareceram no mesmo instante, como visões em um sonho quando acordamos subitamente. Demorei um tempo para me recuperar do susto, até que o governador me assegurou que eles não me machucariam. Vendo que meus companheiros não estavam preocupados, posto que já tinham presenciado tal feito em outras ocasiões, tomei coragem e comecei a relatar para Sua Alteza algumas de minhas diversas aventuras, não sem certa hesitação e frequentemente olhando de esguelha para onde os espectros haviam estado. Tive a honra de almoçar com o governador, com um novo grupo de fantasmas servindo os pratos e atendendo à mesa. Pude perceber que estava menos assustado naquele momento do que estivera pela manhã. Fiquei até o pôr do sol, mas me desculpei humildemente com Sua Alteza por recusar o seu convite para pernoitar no palácio. Meus dois companheiros e eu ficamos em uma casa particular na cidade adjacente, que é a metrópole dessa ilhota, e retornamos ao palácio na manhã seguinte para apresentarmo-nos ao governador e seguir suas ordens.

    Permanecemos dessa forma na ilha por dez dias, passando boa parte de cada dia com o governador e retornando à nossa hospedagem à noite. Familiarizei-me rapidamente com a presença dos espíritos, e, depois da terceira ou quarta vez, eles já não despertavam em mim mais nenhuma emoção; ou, se alguma apreensão ainda houvesse, era em muito superada por minha curiosidade. Sua Alteza, o governador, ordenou-me que "evocasse qualquer indivíduo que eu quisesse pelo nome, e na quantidade que eu desejasse, dentre todos os mortos desde o início dos tempos até agora, e que fizesse a eles quaisquer perguntas, com a condição de que estas se ativessem ao período de tempo em que eles estavam vivos". Ele garantiu que os espíritos seriam honestos em suas respostas, posto que dizer mentiras era um talento inútil no mundo inferior.

Humildemente agradeci Sua Alteza por conceder-me tamanho favor. Estávamos em um aposento de onde se tinha uma bela vista do parque. Como meu primeiro impulso era divertir-me com cenas de pompa e magnificência, desejei ver Alexandre, o Grande[36], liderando seu exército logo após a Batalha de Arbela[37]; e, com um movimento de seu dedo, o governador de imediato evocou essa aparição no campo, bem abaixo da janela junto à qual estávamos. Alexandre foi chamado ao aposento, e foi com imensa dificuldade que compreendi o que ele falava, posto que meu conhecimento em grego era bastante elementar. Ele jurou pela sua honra que "não foi envenenado, mas que morreu por conta de uma febre avassaladora causada por excesso de bebida".

Em seguida, vi Aníbal[38] cruzar os Alpes, e ele me disse que "não havia uma gota sequer de vinagre em seu acampamento".

Vi César e Pompeu[39] liderando suas tropas, prontos para entrar em combate. Presenciei, então, o último grande triunfo de César. Desejei que o Senado romano aparecesse diante de mim em um dos aposentos, e que uma assembleia de representantes modernos aparecesse em outro, em contrapartida. O primeiro parecia ser uma sessão de heróis e semideuses, enquanto o segundo parecia uma horda de vadios, ladrões, salteadores e intimidadores.

A meu pedido, o governador fez um sinal para que César e Bruto[40] viessem ao nosso encontro. Fui tomado por uma súbita veneração diante de Bruto, em quem facilmente discerni, em cada um dos traços da fisionomia, sua virtude, intrepidez e firmeza de espírito, seu amor sincero à pátria e sua benevolência por toda a humanidade. Com prazer, observei

---

36 Antigo rei da Macedônia. (N.T.)
37 Batalha de Gaugamela. (N.T.)
38 General e estadista cartaginês que conduziu seu exército pelos Alpes usando, supostamente, vinagre para destruir as rochas intransponíveis que encontrava pelo caminho. (N.T.)
39 Políticos romanos. (N.T.)
40 Personagem da história romana, um dos assassinos de Júlio César. (N.T.)

que eles tinham muito respeito um pelo outro, e César confessou-me espontaneamente que "as maiores ações de sua vida não se igualavam à glória do ato de dar fim a elas". Tive a honra de conversar durante algum tempo com Bruto, que me disse que "ele e seus ancestrais, Júnio[41], Sócrates[42], Epaminondas[43], Catão, o Jovem[44], e *Sir* Thomas More[45], estão para sempre juntos": um *Sextumvirato* ao qual nem todas as eras do mundo poderão acrescentar um sétimo.

Seria entediante aborrecer o leitor com os inúmeros relatos de pessoas ilustres evocadas para satisfazer o meu desejo insaciável de ver o mundo em cada um dos períodos da Antiguidade. Deleitei meus olhos contemplando principalmente aqueles que destruíram tiranos e usurpadores, que restauraram a liberdade às nações oprimidas e maltratadas. No entanto, é impossível expressar a satisfação que senti em minha mente de maneira que proporcione ao leitor um entretenimento apropriado.

---

41   Estadista romano. (N.T.)
42   Filósofo. (N.T.)
43   Estadista grego. (N.T.)
44   Herói romano. (N.T.)
45   Filósofo, autor, diplomata e estadista inglês executado pelo rei Henrique VIII. (N.T.)

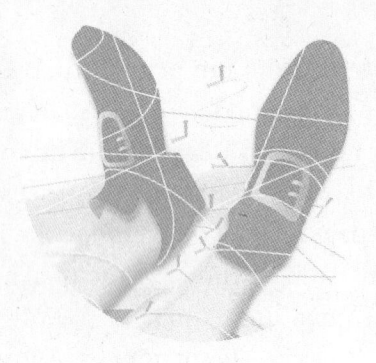

# Capítulo 8

*Continuação do relato sobre Glubbdubdrib. Correções à História Antiga e Moderna.*

Desejoso de ver as figuras da História Antiga reconhecidas por sua sagacidade e sabedoria, reservei um dia para esse fim. Propus que Homero[46] e Aristóteles[47] aparecessem diante de todos os seus comentadores, mas eles eram tão numerosos que algumas centenas foram forçadas a esperar no pátio e nas salas externas do palácio. Pude reconhecer e distinguir aqueles dois heróis não apenas da multidão, mas um do outro. Homero era o mais alto e gracioso entre eles, andava muito ereto para a sua idade e tinha os olhos mais vivos e penetrantes que já vi. Aristóteles era bastante curvado e necessitava da ajuda de um bastão. Seu rosto era magro; seus cabelos, finos e ralos; e sua voz, cavernosa. Em pouco tempo, pude notar que eles passavam despercebidos pelos presentes, que jamais os haviam visto ou ouvido, situação que um fantasma, cuja identidade manterei anônima, explicou-me entre sussurros,

---

46 Poeta grego. (N.T.)
47 Filósofo grego. (N.T.)

dizendo que "esses comentadores eram sempre mantidos o mais distante possível dos autores no mundo inferior, por consciência de vergonha e culpa, posto que haviam interpretado tais autores de forma terrivelmente errônea para a posteridade". Apresentei Dídimo e Eustáquio[48] a Homero e o persuadi a tratá-los melhor do que talvez merecessem, pois ele logo percebeu que eles queriam que um gênio entrasse no espírito de um poeta. Aristóteles, no entanto, perdeu a paciência com meu relato sobre Escoto e Ramus[49] quando os apresentei a ele, e perguntou-lhes "se os outros de sua tribo eram igualmente parvos".

Pedi então ao governador que chamasse Descartes e Gassendi[50], convencendo-os a explicar seus sistemas a Aristóteles. Esse grande filósofo reconheceu espontaneamente seus erros em filosofia natural, posto que se baseava em conjecturas a respeito de muitas coisas, tal qual a maioria dos homens, e concluiu que Gassendi, que explicou a doutrina de Epicuro da maneira mais palatável possível, e os vórtices de Descartes estavam igualmente equivocados. Ele previu o mesmo destino para a *atração*, tão cara aos zelosos estudiosos do presente. Segundo ele, os novos sistemas da natureza eram apenas modas temporárias que variavam de acordo com o período, e mesmo aqueles que pretendessem demonstrá-los com base em princípios matemáticos floresceriam por um curto período de tempo, tornando-se ultrapassados quando tal período se expirasse.

Passei cinco dias conversando com muitos outros sábios da Antiguidade. Vi a maioria dos primeiros imperadores romanos. Persuadi o governador a evocar os cozinheiros de Heliogábalo[51] para que nos preparassem o jantar, mas, devido à falta de materiais necessários, eles não conseguiram mostrar-nos boa parte de suas habilidades. Um hilota[52] de Agesilau[53] nos preparou um caldo espartano, porém não consegui tomar mais de uma colherada.

---

48 Dois comentadores da obra de Homero. (N.T.)
49 Duns Escoto e Petrus Ramus, comentadores da obra de Aristóteles. (N.T.)
50 René Descartes e Pierre Gassendi, filósofos e matemáticos franceses. (N.T.)
51 Imperador romano. (N.T.)
52 Tipo de escravo espartano pertencente ao Estado, e não a um indivíduo. (N.T.)
53 Rei de Esparta. (N.T.)

Os dois senhores que haviam me levado à ilha precisavam retornar a seus afazeres pessoais em três dias, período esse em que dediquei-me a ver alguns dos mortos modernos, aqueles que ficaram mais conhecidos nos últimos duzentos ou trezentos anos em nosso país e nos demais países da Europa; e, sendo eu um grande admirador de antigas famílias ilustres, pedi ao governador que evocasse uma ou duas dúzias de reis, bem como seus antepassados, em ordem, por oito ou nove gerações. Minha decepção, no entanto, foi dolorosa e inesperada, pois, em vez de um longo séquito adornado de diademas reais, vi, em uma família, dois tocadores de rabeca, três cortesãos bem-vestidos e um prelado italiano. Em outra, vi um barbeiro, um abade e dois cardeais. Minha grande adoração por cabeças coroadas impede-me de estender-me mais no assunto. Porém não sou tão escrupuloso no que tange a condes, marqueses e duques. E confesso que senti certo prazer ao conseguir traçar as características particulares pelas quais algumas famílias são conhecidas até seus fundadores. Foi com facilidade que descobri como uma família desenvolveu um queixo comprido; por que outra família teve uma abundância de patifes por duas gerações e parvos por outras duas; o motivo de uma terceira família ser desmiolada e uma quarta ser mais astuta; por qual razão Polidoro Virgílio[54] dizia sobre uma proeminente família: *Nec vir fortis, nec foemina casta*[55]; como a crueldade, a falsidade e a covardia se tornaram tão características de algumas famílias quanto seus brasões; quem foi o responsável por levar a sífilis a uma família nobre, passando linearmente seus tumores escrofulosos à posteridade. Tampouco fiquei surpreso ao ver que linhagens eram interrompidas por pajens, lacaios, criados, cocheiros, apostadores, tocadores de rabeca, capitães e ladrões.

A História Moderna causou-me grande repulsa. Tendo eu examinado com cuidado todas as pessoas ilustres nas cortes reais dos últimos cem anos, pude ver como o mundo havia sido enganado por escritores prostituídos, os quais atribuíram grandes feitos de guerra a covardes;

---

54 Poeta romano. (N.T.)
55 Nenhum homem é forte; nenhuma mulher, casta. (N.T.)

sábios conselhos a idiotas; sinceridade a bajuladores; virtude romana a traidores da pátria; piedade a ateus; castidade a sodomitas; verdade a informantes. Pude ver também como muitas pessoas inocentes e boas foram exiladas ou condenadas à morte pelo feito de ilustres ministros agindo sob ordens de juízes corruptos e da maldade de facções; como muitos vilões foram elevados a cargos de confiança, poder, dignidade e lucro; como grande parte das moções e dos eventos de cortes, conselhos e senados podem ter sido alterados por cafetões, prostitutas, parasitas e bufões. Quão ruim foi a opinião que formei a respeito da sabedoria e integridade humana uma vez que soube das reais origens e dos motivos de grandes empreendimentos e revoluções do mundo, bem como dos desprezíveis acidentes aos quais se deviam seu sucesso.

Aqui eu descobri a patifaria e a ignorância daqueles que se propõem a escrever anedotas ou histórias secretas; que mandam tantos reis para suas sepulturas com uma taça de veneno; que reportam o diálogo entre um príncipe e um primeiro-ministro, embora não houvesse nenhuma testemunha por perto; que revelam as ideias e os gabinetes de embaixadores e secretários de Estado, tendo sempre o perpétuo infortúnio de estarem enganados. Aqui eu coloquei-me a par dos reais motivos por trás de muitos grandes eventos que surpreenderam o mundo; como uma meretriz pode governar um conselho com segredos sórdidos, e um conselho pode governar o Senado. Um general confessou, em minha presença, que "havia sido vitorioso apenas por força da covardia e da má conduta", e um almirante, que, "por falta de inteligência adequada, ganhou do inimigo cuja frota pretendia trair". Três reis afirmaram que, "durante todo o seu reinado, nunca haviam escolhido uma pessoa por mérito, a não ser que o fizessem por equívoco ou por traição de algum ministro em quem haviam confiado, e que não o fariam caso tivessem outra oportunidade"; e demonstraram, de maneira deveras racional, que "o trono real não poderia ser mantido sem corrupção, posto que o temperamento ferrenho, confiante e determinado que a virtude confere a um homem era sempre um empecilho para os negócios públicos".

Tive a curiosidade de questionar, de forma precisa, quais métodos foram utilizados para que tantos homens alcançassem elevados títulos de honra e patrimônios prodigiosos, e restringi minha indagação a um período bastante moderno, sem, no entanto, chegar ao momento presente, de forma a não ofender os estrangeiros (espero que não precise dizer ao leitor que de modo algum tenho em mente meu próprio país, no que digo nesta ocasião). Uma grande quantidade de pessoas que poderiam falar-me sobre o assunto foram evocadas, e, após uma breve análise, descobri tantas infâmias que não consigo refletir sobre a questão sem um grau de seriedade. Perjúrio, opressão, suborno, fraude, favores carnais e diversas outras enfermidades estavam entre as artes mais perdoáveis que eles mencionavam, e com esses, que eram mais sensatos, fui complacente. Alguns, porém, confessaram dever sua grandeza e riqueza à sodomia, ou ao incesto; outros, à prostituição de sua própria esposa e filhas; outros, à traição à pátria e ao príncipe; alguns, ao envenenamento; muitos, à perversão da Justiça visando à destruição de inocentes. Espero ser perdoado se tais descobertas levam-me a atenuar a profunda veneração que naturalmente sinto por pessoas de categoria mais elevada, as quais deveriam ser tratadas com o máximo respeito que é devido à sua sublime dignidade por nós, seus inferiores.

Por ter lido com frequência sobre alguns dos diversos favores prestados a príncipes e Estados, desejei ver aqueles que fizeram tais serviços, ao que me informaram que "não havia registro desses nomes, exceto por alguns poucos, que foram retratados pela História como os mais vis trapaceiros e traidores". Quanto aos demais, nunca se soube nada a seu respeito. Todos apareceram com ar combalido e trajes paupérrimos, e muitos disseram-me "ter morrido na miséria e na vergonha, e os demais, em cadafalsos ou patíbulos".

Entre todos, havia uma pessoa cujo caso pareceu um tanto singular. Ele tinha um jovem de 18 anos a seu lado. Contou-me que fora comandante de navio por muitos anos e que, na batalha naval de Áccio[56],

---

56 Batalha em que as tropas de Marco Antônio e de Cleópatra foram derrotadas por Otaviano. (N.T.)

teve a grande sorte de romper a linha de batalha do inimigo, afundando três de seus principais navios e tomando um quarto, o que causou a fuga de Marco Antônio[57] e a vitória que se seguiu; que o jovem a seu lado, seu único filho, havia sido morto em combate. Ele acrescentou que, considerando seu mérito e estando terminada a guerra, foi a Roma e solicitou à corte de Augusto[58] que lhe concedesse um navio maior, cujo comandante fora morto; seu pedido, porém, não foi levado em conta, e o comando do navio foi dado a um jovem que nunca havia visto o mar, filho de uma tal Libertina[59], que servia uma das amantes do imperador. Ao retornar para sua própria embarcação, ele foi acusado de negligenciar seu posto, e o navio foi dado ao pajem favorito de Publícola, o vice-almirante; depois disso, ele se retirou para uma fazenda pobre e muito distante de Roma, onde terminou seus dias. Minha curiosidade para descobrir a veracidade de sua história foi tamanha que pedi que Agripa, o almirante daquela batalha, fosse evocado. Ele apareceu e confirmou todo o relato, porém de forma mais elogiosa ao capitão, cuja modéstia o levara a diminuir ou ocultar boa parte de seu mérito.

Surpreendeu-me saber que a corrupção crescera tanto e tão rápido naquele império por conta do luxo introduzido tão recentemente, o que me levou a admirar-me menos de tantos casos paralelos em outros países, nos quais os vícios de toda sorte reinam há tempos e onde todos os louvores e pilhagens são coletados pelo comandante principal, que talvez fosse quem menos merecesse uma coisa ou outra.

Como cada pessoa evocada aparecia com a mesma aparência que tinha quando vivo, pus-me a refletir melancolicamente sobre quão grande fora a degeneração da raça humana nos últimos cem anos. Pensei sobre como a varíola, com todas as suas consequências e denominações, alterou cada traço da fisionomia inglesa, reduziu o tamanho dos corpos, enfraqueceu os nervos, relaxou os tendões e músculos, deixou a pele amarelada, e a carne, frouxa e rançosa.

---

57  Cônsul romano. (N.T.)
58  Imperador romano. (N.T.)
59  Trata-se de um nome próprio, não do adjetivo. (N.T.)

Cheguei até a desejar que fossem convocados alguns guardas reais mais distintos e antigos, os quais eram famosos pela simplicidade de suas maneiras, dieta e vestimentas, pela justiça em suas negociações, pelo seu verdadeiro espírito de liberdade, pelo seu valor e amor à pátria. Tampouco pude permanecer indiferente ao comparar os vivos com os mortos quando ponderei sobre como um pedaço de papel-moeda levou à prostituição de todas essas virtudes inerentes por seus netos, que, vendendo seus votos e manipulando eleições, adquiriram todos os vícios e corrupções que podem ser aprendidos em uma corte.

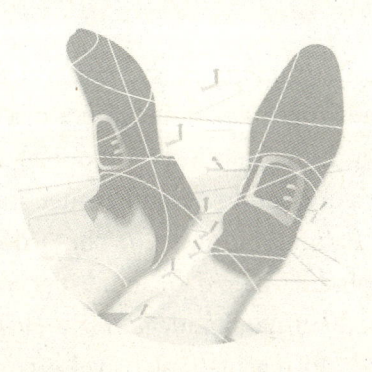

# Capítulo 9

*O autor retorna a Maldonada. Navega para o reino de Luggnagg. É confinado. É convocado pela corte. Narram-se a maneira como foi admitido e a brandura do rei para com seus súditos.*

Chegado o dia de nossa partida, pedi licença à Sua Alteza, o governador de Glubbdubdrib, e retornei com meus dois companheiros a Maldonada, onde, após quinze dias de espera, um navio estava pronto para zarpar para Luggnagg. Os dois cavalheiros, e alguns outros, foram bastante generosos e bondosos ao fornecer-me provisões e levar-me a bordo. Essa viagem durou um mês. Tivemos uma tempestade violenta, que nos obrigou a seguir para o Oeste para aproveitar os ventos alísios, que se mantêm por mais de sessenta léguas. No dia 21 de abril de 1708, entramos no rio de Clumegnig, uma cidade portuária a sudeste de Luggnagg. Lançamos nossa âncora a uma légua da cidade e fizemos sinal para um timoneiro. Em menos de meia hora, dois deles vieram a bordo e nos guiaram entre bancos de areia e rochedos, que tornam a passagem demasiado perigosa, até uma grande bacia fluvial, onde uma frota pode navegar com segurança a uma distância de um cabo dos muros da cidade.

Alguns de nossos marinheiros, fosse por traição ou por inadvertência, informaram aos timoneiros que eu era um forasteiro e grande viajante, e estes transmitiram a notícia a um oficial aduaneiro, pelo qual fui examinado com rigor quando desembarquei. Esse oficial dirigiu-se a mim na língua de Balnibarbi, que, por conta do intenso comércio, é geralmente compreendida na cidade, em especial por marinheiros e por aqueles que trabalham na alfândega. Fiz a ele um breve relato de alguns pormenores, da forma mais plausível e consistente que pude; no entanto, julguei necessário disfarçar meu país e disse ser holandês, posto que tinha intenção de ir ao Japão e sabia que os holandeses eram os únicos europeus que tinham permissão de lá entrar. Sendo assim, disse ao oficial que, tendo naufragado na costa de Balnibarbi e ficando ilhado em um rochedo, fui recebido em Laputa, a ilha voadora (da qual ele já ouvira falar inúmeras vezes), e agora estava tentando chegar ao Japão, onde buscaria uma forma oportuna de retornar ao meu país. O oficial informou-me que eu deveria ser confinado até que ele recebesse ordens da corte, as quais solicitaria imediatamente e cuja resposta esperava receber em até duas semanas. Fui levado para um alojamento conveniente, com uma sentinela à porta; eu podia, porém, passear por um amplo jardim, e fui tratado de forma bastante humana, sendo mantido durante todo esse período às custas do rei. Fui visitado por diversas pessoas, levadas por sua curiosidade, porque diziam que eu vinha de países muito remotos, dos quais elas nunca tinham ouvido falar.

 Contratei um jovem que viera no mesmo navio que eu para ser meu intérprete; ele era nativo de Luggnagg, mas vivera em Maldonada por alguns anos, de maneira que tinha pleno domínio de ambas as línguas. Com sua ajuda, pude travar conversas com aqueles que vinham me visitar, as quais se limitavam às perguntas deles e às minhas respostas.

 O despacho veio da corte no tempo estipulado. Ele continha um mandado para que eu e a minha comitiva fôssemos conduzidos para *Traldragdubh*, ou *Trildrogdrib* (pois, pelo que me lembro, ambas as pronúncias estão corretas), por um grupo de dez cavaleiros. Minha comitiva consistia naquele pobre homem como intérprete, que convenci a tornar-se meu criado, e, a meu humilde pedido, em duas mulas, que nos foram concedidas para nos levar. Um mensageiro foi enviado meio dia de viagem antes de nós para avisar ao rei de minha chegada e para lhe pedir que "indicasse o dia e a hora em que me agraciaria com o prazer de lamber o pó diante de seu escabelo[60]". Esse é o estilo da corte, que descobri ser mais do que uma questão de formalidade, pois, quando fui admitido, dois dias depois de minha chegada, ordenaram-me que rastejasse sobre minha barriga, lambendo o chão conforme meu progresso; porém, por eu ser um forasteiro, medidas foram tomadas para que o chão fosse limpo com antecedência, de maneira que o pó não me fosse ofensivo. Essa honra peculiar, no entanto, é concedida apenas a pessoas de alta estirpe quando elas desejam admissão. De fato, algumas vezes, o pó é espargido sobre o chão de propósito, quando aquele a ser admitido tem inimigos poderosos na corte. Já vi um lorde com a boca tão abarrotada que, após finalmente rastejar toda a distância até o trono, não conseguiu falar uma palavra. E não há remédio, pois atribui-se a pena capital àqueles que recebem uma audiência e cospem ou limpam a boca na presença de Sua Majestade. Há também outro costume que não posso aprovar de todo: quando o rei decide matar um de seus nobres de maneira gentil e indulgente, ordena que um pó marrom com uma composição fatal seja espargido sobre o piso, o qual, sem exceções, leva aquele que o lambeu à morte em 24 horas. Porém, para fazer justiça à grande clemência do rei, e ao cuidado que ele tem pela vida de seus súditos (e que seria ótimo se fosse imitado pelos monarcas da Europa), é necessário mencionar, em sua honra, que ordens rígidas são dadas para que as partes infectadas do piso sejam lavadas com muito esmero após cada execução, as quais, se negligenciadas por seus criados, os coloca sob a mira da fúria real. Eu mesmo ouvi quando ele deu instruções para açoitar um de seus pajens, que deveria ter transmitido a ordem de lavar o assoalho após uma execução, mas a omitiu por maldade, fazendo com que um jovem lorde esperançoso, vindo a uma audiência,

---

60 Pequeno banco para apoio dos pés. (N.T.)

fosse desgraçadamente envenenado, embora o rei não tivesse nenhuma intenção de executá-lo no momento. Mas esse bom príncipe era tão gracioso que perdoou o pobre pajem, livrando-o dos açoites depois de o criado prometer que não tornaria a incorrer naquele erro, a não ser que assim lhe fosse ordenado.

Para retornar de minha digressão, após rastejar pelos três metros e meio até o trono, levantei-me gentilmente sobre meus joelhos e, então, levando minha testa sete vezes ao chão, pronunciei as seguintes palavras, que me haviam sido ensinadas na noite anterior: *Inckpling gloffthrobb squut serummblhiop mlashnalt zwin tnodbalkuffh slhiophad gurdlubh asht*. Pelas leis locais, esse é o cumprimento que deve ser feito por todos aqueles admitidos na presença do rei. Poderia ser traduzido como "Que Sua Majestade celestial tenha uma vida mais longa que a do Sol por onze Luas e meia!". O que o rei me respondeu e, apesar de não o compreender, repliquei como me haviam instruído, dizendo *Fluft drin yalerick dwuldom prastrad mirpush*, que significa "Minha língua está na boca de meu amigo", expressão cujo sentido era demonstrar que eu pedia licença para trazer meu intérprete. Na sequência, o jovem já mencionado foi apropriadamente apresentado e, por meio de sua intervenção, pude responder às diversas perguntas feitas por Sua Majestade por cerca de uma hora. Falei na língua de Balnibarbi, e meu intérprete traduzia o sentido daquilo que eu dizia para o idioma de Luggnagg.

O rei ficou deveras satisfeito com minha companhia, e ordenou a seu *bliffmarklub*, ou camareiro-mor, que acomodasse a mim e a meu intérprete nos aposentos da corte, com refeições diárias e uma grande bolsa de ouro para meus gastos pessoais.

Permaneci nesse país por três meses em total obediência à Sua Majestade, que muito se agradou de me favorecer e me fazer ofertas bastante honrosas. No entanto, julguei mais prudente e justo passar o resto de meus dias com minha mulher e família.

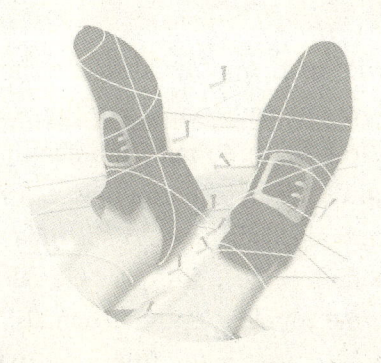

# Capítulo 10

*O autor faz elogios aos luggnaggianos e uma descrição detalhada dos struldbrugs, com muitos diálogos sobre o assunto entre ele e algumas pessoas eminentes.*

Os luggnaggianos são um povo generoso e educado, e, apesar de não serem imunes ao orgulho que é característico de todos os países orientais, demonstram-se corteses com os forasteiros, especialmente aqueles que são admitidos pela corte. Eu tinha muitos conhecidos, entre eles pessoas da alta sociedade, e, por estar sempre acompanhado de meu intérprete, nossas conversas não eram desagradáveis.

Um dia, em muito boa companhia, uma pessoa da alta sociedade me perguntou "se eu já tinha visto um *struldbrug*, ou imortal". Eu respondi que não e pedi que ele me explicasse "o significado de tal denominação, aplicada a uma criatura mortal". Ele me disse que, "algumas vezes, apesar de ser muito raro, acontecia de nascer uma criança com uma mancha vermelha circular em sua testa, exatamente acima da sobrancelha esquerda, a qual era infalível em mostrar que ela jamais morreria". A mancha, conforme sua descrição, "era do tamanho aproximado de uma moeda inglesa de três centavos; porém, com o passar do tempo, ela aumentava e mudava de cor: tornava-se verde aos 12 anos de idade e assim permanecia até os 25, quando mudava para um azul-escuro. Por fim, adquiria uma coloração escura como carvão e ficava do tamanho de um xelim aos 45 anos, e nunca mais se alterava". Ele acrescentou que "esses nascimentos eram tão raros que não deveriam existir mais do que mil e cem *struldbrugs* de ambos os sexos, em todo o reino", dos quais ele calculava que cerca de cinquenta estavam na metrópole e, entre os demais, havia uma menina nascida mais ou menos três anos antes. Informou-me também que esses casos não eram particulares a nenhuma família, mas sim totalmente frutos do acaso, e que os filhos dos *struldbrugs* eram tão mortais quanto as outras pessoas.

Confesso que fui acometido por um prazer inexprimível ao ouvir tal relato, e a pessoa que o contou compreendia a língua de Balnibarbi, na qual eu me comunicava muito bem, de forma que não me contive e fiz algumas exclamações, talvez um pouco extravagantes. Extasiado, disse: "Bem-aventurada a nação onde cada criança tem ao menos uma chance de ser imortal! Bem-aventurado o povo que desfruta de tantos exemplos vivos de antiga virtude e que possui mestres dispostos a instruí-lo na sabedoria de eras passadas! E, acima de tudo, bem-aventurados aqueles fantásticos e incomparáveis *struldbrugs*, que nasceram isentos da calamidade universal da natureza humana e que têm suas mentes livres e desimpedidas, sem o peso da depressão causada pela contínua apreensão da morte!". Declarei minha admiração "por não haver visto nenhuma dessas pessoas ilustres na corte, posto que uma mancha preta na testa era uma distinção bastante notável, de maneira que não passaria desapercebida; ademais, era impossível que Sua Majestade, um príncipe sensato, não quisesse estar cercado por um bom número de conselheiros tão sábios e capazes. Talvez a virtude daqueles veneráveis sábios fosse rigorosa demais para os costumes corruptos e libertinos da corte, e com frequência constatamos, por experiência própria, que os jovens são demasiado teimosos e volúveis para serem orientados pela sóbria moral dos mais velhos. No entanto, considerando que o rei havia me concedido acesso à sua real pessoa, eu estava determinado, tão logo tivesse uma oportunidade, a manifestar abertamente a minha opinião sobre o assunto, com a ajuda de meu intérprete; e quisesse ele ou não seguir o meu conselho, de uma coisa eu estava certo: uma vez que Sua Majestade me oferecera diversas vezes a possibilidade de me estabelecer no país, eu aceitaria o favor com imensa gratidão e passaria minha vida aqui, conversando com aqueles seres superiores, os *struldbrugs*, se eles permitissem que eu o fizesse".

O cavalheiro a quem eu dirigia a palavra, o qual (como já mencionei) falava a língua de Balnibarbi, disse-me, com uma espécie de sorriso que demonstra piedade pelos ignorantes, que "apreciava qualquer motivo que me fizesse permanecer entre eles, e me pediu licença para explicar aos demais o que eu havia dito". Assim ele o fez, e eles conversaram durante algum tempo em seu idioma, do qual eu não compreendia sequer uma sílaba, e tampouco podia entender, por suas expressões, o impacto que meu discurso havia causado neles. Após um breve silêncio, ele me disse que "seus e meus amigos (como desejou ele se expressar) ficaram muito satisfeitos com minhas sensatas observações a respeito da imensa alegria e das vantagens da vida imortal e desejavam saber, particularmente, que forma de vida eu escolheria para mim caso fosse um *struldbrug*".

Respondi-lhes que "era fácil ser eloquente em um tema tão rico e prazeroso, em especial para mim, que com frequência me entretinha com devaneios a respeito do que eu faria se fosse um rei, um general ou um lorde; e, quanto a esse caso específico, imaginara com frequência todo o sistema que haveria de empregar para passar o tempo se eu vivesse para sempre.

Se eu tivesse tido a sorte de vir ao mundo como um *struldbrug*, tão logo eu pudesse descobrir minha própria felicidade por meio da compreensão da diferença entre a vida e a morte, eu em primeiro lugar buscaria, usando todos os artifícios e métodos, obter riquezas. Assim, com parcimônia e boa administração, é razoável esperar que, em aproximadamente duzentos anos, eu fosse o homem mais rico do reino. Em segundo lugar, eu me dedicaria, desde a mais tenra idade, aos estudos de arte e ciências, de forma que, com o tempo, me tornaria o mais sábio de todos. Por fim, registraria, com bastante cuidado, todas as ações e os eventos ocorridos na esfera pública, e traçaria, com imparcialidade, os caracteres de diversas sucessões de príncipes e ministros de Estado, fazendo minhas próprias observações a respeito de cada aspecto. Registraria com precisão as diversas mudanças de hábitos, língua, vestimenta, alimentação e diversão. Por meio de todas essas aquisições, eu seria um tesouro vivo de sabedoria, e certamente me tornaria o oráculo da nação.

Não me casaria depois dos 60 anos, mas viveria de uma maneira hospitaleira, porém econômica. Eu me divertiria formando e orientando a mente de jovens esperançosos, convencendo-os, pela minha própria memória, experiência e observação, fundamentadas em numerosos exemplos, da utilidade da virtude nas esferas pública e privada. Entretanto, meus companheiros constantes seriam meus irmãos imortais, entre os quais eu elegeria cerca de uma dúzia, dos mais antigos até os meus contemporâneos. Se a algum deles faltasse fortuna, eu lhes proveria um alojamento conveniente próximo de minha propriedade, e teria alguns deles sempre à minha mesa; apenas me misturaria com uns poucos mortais mais valiosos, como vós, cujo tempo de vida me endureceria para perdê-los com pouca ou nenhuma relutância, e trataria vossa posteridade da mesma forma, como quem se entretém com a sucessão anual de cravos e tulipas em seu jardim, sem lamentar a perda daqueles que murcharam no ano anterior.

Esses *struldbrugs* e eu trocaríamos nossas observações e lembranças no decorrer do tempo, observaríamos as diversas gradações em que a corrupção se infiltra no mundo e nos oporíamos a cada uma delas, alertando e instruindo a humanidade, o que, considerando a forte influência de nosso exemplo pessoal, provavelmente impediria a degeneração contínua da natureza humana da qual se reclama com razão em todas as eras.

Adicione a isso o prazer de ver as várias revoluções de Estados e impérios; as mudanças nos mundos superior e inferior; cidades antigas em ruínas e vilarejos desconhecidos se tornando sede do reino; rios famosos escasseando até virarem riachos rasos; o oceano deixando uma costa seca e sobrepujando a outra; a descoberta de diversos países ainda desconhecidos; a barbárie invadindo as nações mais desenvolvidas, e os mais bárbaros se tornando civilizados. Presenciaria a descoberta da longitude, do moto perpétuo, do remédio universal e de muitas outras maravilhosas invenções aperfeiçoadas ao extremo.

Que fantásticas descobertas faríamos na astronomia ao sobrevivermos e confirmarmos nossas próprias predições, ao observarmos o progresso e o retorno de cometas, com as mudanças no movimento do Sol, da Lua e das estrelas!"

Discorri sobre muitos outros tópicos trazidos à mente com facilidade pelo desejo natural de vida eterna e felicidade sublunar. Quando terminei e o conteúdo do meu discurso foi interpretado, como dantes, para os demais presentes, houve muita conversa entre eles na língua do país, não sem algumas risadas às minhas custas. Finalmente, o mesmo cavalheiro que havia sido meu intérprete disse que "os demais lhe pediram que me corrigisse em alguns equívocos, nos quais incorri por conta da debilidade comum da natureza humana, de forma que não seria censurado por eles. Disse que os *struldbrugs* existiam apenas em seu país, pois não havia pessoas como eles em Balnibarbi nem no Japão, onde ele tivera a honra de ser embaixador de Sua Majestade, e constatou que os nativos desses dois reinos demonstraram-se céticos em acreditar que tal fato fosse possível; e pareceu, pelo meu espanto quando ele mencionou o assunto pela primeira vez, que eu recebera aquilo como algo inteiramente novo, pouco digno de crédito. Que nos dois reinos antes mencionados, nos quais, durante sua estadia, ele havia conversado com muita gente, notara que uma vida longa era um desejo universal da raça humana. Que qualquer um que tivesse um pé na cova fazia questão de manter o outro de fora o mais firme que pudesse. Que os mais velhos ainda nutriam a esperança de viver por mais um dia e viam na morte o maior dos males, o qual a natureza sempre os fazia evitar. Apenas nessa ilha de Luggnagg o apetite pela vida não era tão ávido, por conta do exemplo contínuo dos *struldbrugs* diante de seus olhos.

Que o sistema de vida por mim concebido era sem sentido e injusto, pois pressupunha juventude, saúde e vigor eternos, os quais nenhum homem seria tão tolo de esperar, por mais extravagantes que fossem seus desejos. Que a questão, portanto, não era se um homem escolheria viver sempre no auge da juventude, dotado de prosperidade e saúde, mas sim como ele poderia viver eternamente, considerando as desvantagens que a idade avançada em geral traz consigo. Pois, embora apenas alguns homens admitam seus anseios pela imortalidade mesmo sob essas duras condições, nos dois reinos previamente mencionados, Barnibarbi e Japão, ele notou que todos desejavam adiar um pouco mais a sua morte, para que ela chegasse o mais tarde possível, e raríssimas vezes o ouvira falar de um homem que tivesse morrido de bom grado, a menos que motivado por pesares ou torturas extremas. E ele me perguntou se, nos países pelos quais havia passado, assim como no meu, eu não havia notado a mesma disposição geral."

Após esse preâmbulo, tal cavalheiro me fez um relato sobre os *struldbrugs* entre eles. Ele contou que "eles normalmente se portavam como mortais até cerca de 30 anos de idade, depois dos quais, aos poucos, passavam a sofrer de melancolia e desânimo, sentimentos que aumentavam até que chegassem aos 80 anos. Isso ele os ouvira confessar, pois, não tendo nascido mais do que dois ou três em uma era, eram poucos demais para que se formasse uma observação geral deles. Quando alcançavam os 80 anos, idade considerada o pico da longevidade no país, eles não apenas manifestavam todas as demências e enfermidades comuns à idade, mas também muitas outras que provinham da terrível perspectiva de jamais morrer. Eles não eram apenas teimosos, rabugentos, avarentos, sombrios, vaidosos e verborrágicos, mas também incapazes de estabelecer laços de amizade e indiferentes a qualquer afeto natural, que jamais se estendia além de seus netos. Inveja e desejos impotentes eram suas principais paixões. Eles pareciam direcionar sua inveja, especialmente, aos vícios da juventude e à morte dos velhos. Ao refletir sobre o primeiro aspecto, encontravam-se impossibilitados de desfrutar de qualquer chance de prazer, e, ao ver um funeral, lamentam-se e reclamam que os outros têm um refúgio de descanso pelo qual eles não podem sequer nutrir esperanças. Eles não se lembram de nada à exceção do que aprenderam e observaram em sua juventude e na meia-idade, e mesmo essas lembranças são muito imperfeitas; para a verdade ou particularidade dos fatos, é mais seguro confiar nas tradições comuns do que em suas recordações. Os menos miseráveis entre eles parecem ser aqueles que se tornam senis e perdem totalmente a memória, encontrando mais piedade e assistência, já que são menos acometidos pelas más qualidades que os demais.

Se porventura dois *struldbrugs* contraem matrimônio entre si, o casamento é forçosamente dissolvido como cortesia do reino assim que o mais novo do casal completa 80 anos, indulgência que a lei considera razoável, pois aqueles que são condenados, sem terem cometido nenhuma falta, a uma existência eterna não deveriam ter sua miséria duplicada pelo fardo de uma esposa.

Tão logo completam 80 anos, eles perdem os seus direitos legais, e seus herdeiros imediatamente assumem suas propriedades, destinando apenas uma ninharia para sua sobrevivência, sendo os mais pobres sustentados pelo Estado. Depois desse período, são declarados incapazes de exercer qualquer cargo de confiança ou remunerado, não podem comprar terras ou contrair empréstimos, e tampouco podem ser testemunhas em nenhum caso, civil ou criminoso, nem para as decisões relacionadas a fronteiras ou divisas.

Aos 90 anos, eles perdem seus dentes, cabelos e paladar, mas ainda assim comem e bebem tudo que conseguirem, mesmo sem sentir nenhuma satisfação ou apetite. As doenças a que estão sujeitos permanecem, sem aumentar nem diminuir. Na fala, eles se esquecem dos nomes comuns das coisas e das pessoas, inclusive dos amigos e entes queridos. Pela mesma razão não conseguem se entreter com a leitura, uma vez que sua memória não lhes permite ir do início ao fim de uma sentença; e, por conta desse defeito, eles são privados da única forma de entretenimento da qual ainda poderiam desfrutar.

Uma vez que a língua desse país muda de acordo com o fluxo, os *struldbrugs* de uma geração não conseguem compreender aqueles de outra, tampouco são capazes, após duzentos anos, de manter uma conversa (mais longa do que algumas palavras gerais) com seus vizinhos mortais, e assim vivem com a inconveniência de serem forasteiros em sua própria pátria."

Esse foi o relato feito a mim sobre os *struldbrugs*, tão fiel quanto me lembro. Depois disso, vi cinco ou seis deles, de diferentes idades (os mais novos não tinham mais de 200 anos), que foram trazidos até mim em diversas ocasiões por alguns de meus amigos. Entretanto, embora tenham lhes contado que "eu era um grande viajante e que tinha visto todo o mundo", eles não tiveram a menor curiosidade de me fazer sequer uma pergunta; pediram apenas que "eu lhes desse um *slumskudask*", isto é, um objeto para que se lembrassem de mim, que é uma forma sutil de mendicância, evitando assim a lei que proíbe tal ato, visto que eles são sustentados pelo reino, embora com uma quantia baixíssima.

Eles são desprezados e odiados por todo tipo de gente. Seu nascimento é visto como um mau agouro e é catalogado de maneira única, o que torna possível saber sua idade ao consultar os registros, cujos arquivos, entretanto, não ultrapassam mil anos, ou talvez tenham sido destruídos pelo tempo ou por manifestações populares. Porém a maneira mais comum de calcular sua idade é lhes perguntar de que reis ou pessoas ilustres se lembram e, então, consultar a História, pois certamente o príncipe mais antigo de que se recordam não começou seu reinado após eles terem completado 80 anos de idade.

Nunca vi nada tão mortificante quanto essas pessoas, sendo as mulheres ainda mais horríveis do que os homens. Além das deformidades costumeiras da extrema velhice, tinham uma palidez proporcional a seu número de anos, algo que não pode ser descrito. Entre meia dúzia deles, pude distinguir com rapidez qual era o mais velho, apesar de não haver um intervalo de mais de um ou dois séculos entre suas idades.

É fácil para o leitor compreender que, com tudo que ouvi e vi, meu apetite pela vida eterna diminuiu bastante. Fiquei sinceramente envergonhado pelas visões prazerosas que havia concebido, e ocorreu-me que nenhum tirano poderia inventar uma morte para a qual eu não me lançaria com gosto caso tivesse uma vida assim. O rei tomou conhecimento de tudo que se passou entre mim e meus amigos em tal ocasião e se deliciou ao zombar de mim, desejando que eu levasse dois *struldbrugs* para o meu país a fim de ajudar as pessoas com medo da morte. Não fosse isso proibido pelas leis fundamentais do reino, como me parece, eu teria aceitado de bom grado o trabalho e as despesas para levá-los até lá.

Não pude deixar de concordar que as leis do reino relacionadas aos *struldbrugs* eram totalmente justificáveis, e qualquer outro país faria o mesmo se tivesse que agir em circunstâncias semelhantes. Isso porque, como a avareza é um mal necessário da velhice, esses imortais se tornariam, ao longo do tempo, proprietários de toda a nação e deteriam o poder civil, o que, exigindo habilidades administrativas que eles não possuem, resultaria na ruína do Estado.

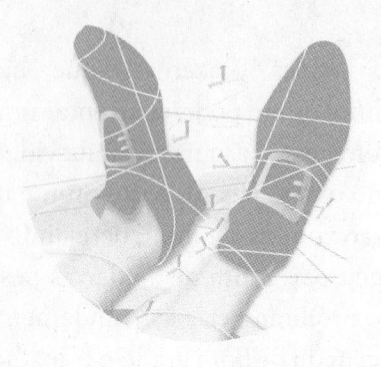

# Capítulo 11

*O autor deixa Luggnagg e navega para o Japão. De lá, retorna em um barco holandês para Amsterdã, e de Amsterdã para a Inglaterra.*

Julguei que o relato sobre os *struldbrugs* pudesse entreter o leitor por não ser tão usual, ou ao menos não me recordo de ter visto nada semelhante em nenhum dos livros de viagem que chegaram às minhas mãos. Todavia, caso tenha me enganado, desculpo-me e explico que, com frequência, é necessário que viajantes que descrevem o mesmo país concordem em se debruçar sobre as mesmas particularidades, sem merecerem, entretanto, nenhuma censura por terem tomado emprestado ou copiado daqueles que escreveram antes deles.

Há, de fato, um comércio constante entre esse reino e o grande império do Japão, e é muito provável que os autores japoneses já tenham escrito sobre os *struldbrugs*, porém minha permanência no Japão foi tão curta, e a língua me é tão estranha, que não pude fazer nenhuma indagação. No entanto, espero que os holandeses, lendo esta nota, sejam curiosos e capazes o suficiente para corrigir meus defeitos.

Sua Majestade, tendo com frequência me pressionado a aceitar algum cargo em sua corte e encontrando-me absolutamente determinado a retornar a meu país natal, concordou com gentileza em me conceder uma licença para partir, honrando-me também com uma carta de recomendação, escrita de próprio punho, para o imperador do Japão. Ele também me agraciou com 444 grandes moedas de ouro (pois essa nação aprecia bastante os números pares) e um diamante vermelho, que vendi na Inglaterra por mil e cem libras.

No dia 6 de maio de 1709, despedi-me solenemente de Sua Majestade e de todos os meus amigos. Esse gracioso príncipe ordenou a um guarda que me conduzisse a Glanguenstald, um porto real na parte sudoeste da ilha. No sexto dia, encontrei um navio pronto para zarpar e me levar para o Japão, e passei quinze dias nessa viagem. Atracamos em uma pequena cidade portuária chamada Xamoschi, localizada na parte sudeste do Japão. A cidade está no ponto ocidental, onde há um estreito que leva pelo Norte a um longo braço do mar, em cuja parte noroeste fica a metrópole, Edo. Ao desembarcar, mostrei aos oficiais da alfândega minha carta do rei de Luggnagg endereçada à Sua Majestade Imperial. Eles conheciam muito bem o selo, grande como a palma da minha mão. A impressão dizia *Um rei levantando um mendigo da terra*. Os magistrados da cidade, tomando conhecimento de minha carta, receberam-me como se eu fosse um ministro. Colocaram à minha disposição uma carruagem e servos, e carregaram minha carga até Edo, onde fui recebido para uma audiência e entreguei minha carta, que foi aberta com muita cerimônia e explicada ao imperador por um intérprete. Este me disse, por ordem de Sua Majestade, "que eu deveria fazer o meu pedido, o qual seria atendido independente do que fosse, em atenção a seu real irmão de Luggnagg". Esse intérprete era usado nas transações com os holandeses, de forma que, em pouco tempo, percebeu pelas minhas feições que eu era europeu, e então repetiu as ordens de Sua Majestade em baixo holandês, que falava com perfeição. Eu respondi, como havia previamente decidido, "que era um mercador holandês que havia naufragado em um país muito remoto, de onde viajei por mar e terra até Luggnagg, e então tomei um navio para o Japão, pois sabia das relações comerciais de meus conterrâneos com o país e esperava, assim, ter a oportunidade de retornar para a Europa. Logo, roguei humildemente à Sua Majestade que me concedesse o favor de ser conduzido em segurança a Nagasaki". A isso acrescentei outra petição "de que, em atenção ao meu protetor, o rei de Luggnagg, Sua Majestade pudesse me dispensar da cerimônia imposta a meus compatriotas, de pisotear um crucifixo, pois eu tinha sido levado até seu império por meus infortúnios, sem nenhuma intenção de fazer negócios". Quando esse último pedido foi interpretado para o imperador, ele demonstrou-se um pouco surpreso, dizendo "que eu era o primeiro de meus conterrâneos a revelar algum escrúpulo quanto a isso e que começava a duvidar de que eu fosse holandês, mas suspeitava que fosse cristão. Entretanto, pelas razões que lhe dei, mas principalmente para agradar ao rei de Luggnagg com esse favor incomum, ele aceitaria meu pedido singular; não obstante, o caso deveria ser tratado com destreza, de forma que seus oficiais me deixariam passar como se por um descuido da parte deles. Isso porque ele me assegurou que, caso meu segredo fosse descoberto por meus conterrâneos, eles me degolariam durante a viagem". Eu lhe agradeci, por meio do intérprete, por me conceder um favor tão incomum, e, como algumas tropas estavam marchando a caminho de Nagasaki, o comandante recebeu ordens de me levar até lá em segurança, com instruções especiais sobre o assunto do crucifixo.

No dia 9 de junho de 1709, cheguei a Nagasaki, após uma jornada muito longa e difícil. Logo estava na companhia de alguns marinheiros holandeses do *Amboyna*, de Amsterdã, um grande navio de 450 toneladas. Vivi por bastante tempo na Holanda durante meus estudos em Leiden, então falava bem o holandês. Em pouco tempo, os marinheiros receberam notícia da minha chegada e estavam curiosos para saber de minhas viagens e do meu curso de vida. Inventei a história mais curta e plausível possível, porém omiti a maior parte. Eu conhecia muitas pessoas na Holanda, de modo que consegui criar nomes para meus pais, que fingi serem pessoas desconhecidas da província de Guéldria. Eu estava disposto a dar ao capitão (um tal Theodorus Vangrult) o que ele me cobrasse por minha viagem à Holanda, mas, sabendo que eu era um cirurgião, ele se contentou em receber metade da tarifa usual, sob a condição de que eu ficasse à sua disposição se necessário. Antes de zarparmos, alguns marinheiros me perguntaram se eu havia executado a cerimônia já mencionada. Eu dei respostas evasivas à pergunta, dizendo que tinha atendido ao imperador e à sua corte em todos os aspectos. Porém um maldoso criado do capitão foi a um oficial e, apontando para mim, disse-lhe que eu ainda não havia pisoteado o crucifixo; este último, entretanto, tendo recebido ordens para me deixar passar, golpeou o ombro do vilão vinte vezes com uma vara de bambu, e depois disso não fui mais importunado com nenhuma pergunta.

Não aconteceu nada digno de ser mencionado durante a viagem. Nós navegamos com bons ventos até o Cabo da Boa Esperança, onde paramos apenas para abastecer o navio com água doce. No dia 10 de abril de 1710, chegamos a Amsterdã, após termos perdido apenas três homens por doença durante a viagem, e um quarto que caiu do mastro principal direto no mar, não muito longe da costa da Guiné. Tão logo chegamos, já embarquei rumo à Inglaterra, em um pequeno barco pertencente àquela cidade.

No dia 16 de abril, chegamos às Dunas. Desembarquei na manhã seguinte e vi meu país natal novamente, após uma ausência de exatos cinco anos e seis meses. Fui diretamente para Redriff, aonde cheguei no mesmo dia, às duas da tarde, e encontrei minha mulher e família com boa saúde.

# PARTE IV
# Viagem ao país dos Houyhnhnms

Paul Gavarni (1804-1866)

Fonte: Biblioteca de St. Michael's - Toronto

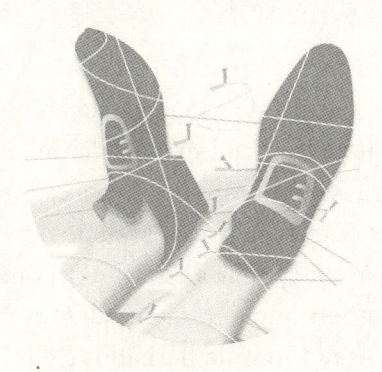

# Capítulo 1

*O autor zarpa como capitão de um navio. Seus homens conspiram contra ele, o confinam por um longo período em sua cabine e o abandonam na praia em uma terra desconhecida. Ele viaja para o interior do país. Os Yahoos, uma estranha espécie animal, são descritos. O autor encontra dois Houyhnhnms.*

Permaneci em casa com minha esposa e meus filhos por cerca de cinco meses, em um estado de grande alegria. Quem me dera que naquela época eu tivesse aprendido a reconhecer minha própria felicidade! Deixei minha pobre esposa grávida e aceitei uma vantajosa proposta que me foi feita de ser capitão do *Adventurer*, um enorme navio mercante de 350 toneladas, pois eu entendia bem de navegação e, como havia me cansado do ofício de cirurgião de bordo, embora pudesse exercê-lo ocasionalmente, admiti em meu navio um hábil jovem dessa profissão, um certo Robert Purefoy. Zarpamos de Portsmouth em 7 de setembro de 1710; no dia 14, encontramo-nos com o capitão Pocock, de Bristol, em Tenerife, que rumava para a Baía de Campeche com o objetivo de cortar pau-campeche. No dia 16, ele se separou de nós durante uma tempestade; quando regressei, soube que seu navio naufragara, não escapando ninguém senão um criado de cabine. Pocock era um bom homem e um exímio marinheiro, mas um pouco confiante demais em suas opiniões, o que fora a causa de sua ruína, como também é a de muitos outros. Se tivesse seguido o meu conselho, estaria são e salvo em casa com sua família a essa altura, como eu estou.

Vários de meus homens morreram de calentura[61], de modo que fui forçado a tomar alguns recrutas de Barbados e das Ilhas de Sotavento, onde aportei por orientação dos mercantes que me contrataram. Logo me arrependeria disso, pois descobri mais tarde que esses indivíduos eram, na verdade, bucaneiros[62]. Eu dispunha de cinquenta mãos a bordo, e minhas ordens eram de negociar com os índios no Mar do Sul e fazer as descobertas que pudesse. Esses vigaristas que eu contratara perverteram meus demais homens e, juntos, eles formaram uma conspiração para tomar o navio e me prender, o que fizeram em uma manhã, entrando subitamente em minha cabine e amarrando minhas mãos e pés, ameaçando me jogar no mar se eu tentasse me mover. Eu lhes disse "que era prisioneiro deles e que me submeteria". Fizeram-me jurar isso e, em seguida, me desamarraram, prendendo apenas uma de minhas pernas com uma corrente junto à cama e botando uma sentinela em minha porta com sua arma carregada, dando-lhe ordens para me matar se eu tentasse me libertar. Mandavam-me alimento e bebida e tomaram o controle do navio para si. Eles pretendiam se tornar piratas e roubar os espanhóis, o que não podiam fazer antes de conseguir mais homens. Porém, antes decidiram vender os bens do navio e, então, partir para Madagascar a fim de conseguir recrutas, pois muitos homens haviam morrido desde meu confinamento. Navegaram por muitas semanas e negociaram com os índios, mas não sei que curso tomaram, estando preso em minha cabine e não esperando nada mais do que ser assassinado, coisa de que me ameaçavam com frequência.

---

61 Febre e delírio causados pela insolação dos trópicos. (N.T.)
62 Piratas. (N.T.)

No dia 9 de maio de 1711, um tal James Welch desceu à minha cabine e disse que "recebera ordens do capitão para me levar em terra". Tentei em vão dissuadi-lo; ele tampouco quis me dizer quem era seu novo capitão. Puseram-me à força em um escaler, permitindo que eu vestisse minha melhor muda de roupas, praticamente novas, e que levasse uma pequena trouxa de linho, mas nenhuma arma, a não ser meu espadim. Além disso, foram civis o bastante para não revistar meus bolos, nos quais eu pusera todo o dinheiro que tinha, bem como outros objetos de necessidade. Remaram por cerca de uma légua e, então, deixaram-me em uma praia. Pedi que me dissessem que país era aquele. Retorquiram que "sabiam tanto quanto eu", mas disseram que "o capitão" (assim o chamaram) "estava decidido a livrar-se de mim assim que encontrassem terra, depois de venderem o carregamento". Botaram-me para fora imediatamente, aconselhando-me a me apressar para não ser alcançado pela maré, e assim despediram-se de mim.

Nesse estado de desolação, avancei até chegar em terra firme, onde me sentei em um banco de areia para descansar e considerar o que fazer. Tendo me recuperado um pouco, decidi me entregar ao primeiro selvagem que encontrasse e comprar minha vida em troca de braceletes, anéis de vidro e outras bugigangas que marinheiros costumam juntar durante suas viagens, e das quais eu tinha algumas comigo. A terra era dividida por longas fileiras de árvores plantadas de forma irregular, mas crescendo de maneira natural. Havia muita grama e vários campos de aveia. Caminhei com bastante atenção para não ser surpreendido ou subitamente atingido por uma flechada nas costas ou nas costelas. Cheguei a uma estrada batida, na qual vi muitas pegadas humanas e algumas de vaca, mas a maioria de cavalos. Por fim, divisei vários animais em um campo, e um ou dois da mesma espécie sentados nas copas de algumas árvores. A aparência deles era muito estranha e deformada, o que me inquietou um pouco, de modo que me escondi atrás de um arbusto para melhor observá-los. Alguns deles, vindo para perto de onde eu estava, deram-me a oportunidade de vê-los distintamente. Suas cabeças e seus peitos eram cobertos de um pelo espesso, crespo em alguns e liso em outros. Tinham barba como as de bode e uma longa faixa de pelo que lhes atravessava as costas de cima a baixo, presente também nas canelas e nos pés. Nas demais partes do corpo, contudo, não tinham pelos, de modo que podia ver-lhes a pele, que era de um marrom amarelado. Não tinham cauda nem pelo no traseiro, exceto na região em torno do ânus; presumo que a natureza tenha colocado pelos aí para protegê-los quando se sentam no chão. Digo isso porque ficavam sentados ou deitados, além de caminharem sobre as patas traseiras com frequência. Trepavam árvores altas tão facilmente quanto esquilos, pois tinham grandes e fortes garras nas patas da frente e de trás, as quais eram muito afiadas e tinham o formato de gancho. Por vezes, saltavam, quicavam e pulavam com uma agilidade impressionante. As fêmeas não eram tão grandes quanto os machos; tinham pelos longos e lisos na cabeça, mas não no rosto, e nada além de uma penugem no resto do corpo, salvo pela região em torno do ânus e das partes pudendas. As tetas ficavam penduradas entre as patas dianteiras e, por vezes, quase tocavam o chão quando caminhavam. Os pelos em torno dos sexos tanto dos machos quanto das fêmeas eram de cor variada: castanhos, ruivos, pretos e louros. Em suma, nunca encontrara, em nenhuma de minhas viagens, uma espécie tão desagradável de animal, contra a qual eu nutrisse naturalmente uma antipatia tão forte. Dessa maneira, crendo já ter visto o suficiente, tomado pelo desprezo e pelo nojo, levantei-me e segui pela estrada batida, esperando que ela me levasse à cabana de algum nativo. Não havia caminhado muito quando encontrei uma dessas criaturas no meu caminho, vindo em minha direção. Esse monstro horroroso, me vendo, contorceu todos os músculos da cara e me observou como quem olha um objeto jamais visto antes. Então, aproximando-se de mim, levantou a pata dianteira, não sei se por curiosidade ou com más intenções, mas saquei meu espadim e dei-lhe um golpe com o lado cego, não ousando feri-lo com a lâmina, por medo de que os habitantes se voltassem contra mim se descobrissem que eu havia matado ou ferido seu gado. Quando a fera sentiu a dor, recuou e urrou tão alto que um bando de pelo menos quarenta desses seres veio correndo desde o campo vizinho e se amontoou em torno de mim, berrando e fazendo caretas raivosas. Eu, porém, corri para o tronco de uma árvore e, apoiando minhas costas contra ele, mantive-os afastados brandindo meu espadim. Alguns deles, agarrando os galhos na parte de trás da árvore, treparam nela, e de lá despejaram seu excremento em minha cabeça. Consegui escapar ficando bem próximo do tronco, mas quase sufoquei com o cheiro da imundície que caía à minha volta.

No meio desse desespero, notei que todos fugiram de súbito, tão rápido quanto podiam, momento em que ousei me afastar da árvore e voltar para a estrada, me perguntando o que poderia ter inspirado neles tamanho medo. Mas, olhando para meu lado esquerdo, vi um cavalo caminhando suavemente pelo campo, o qual meus perseguidores haviam notado antes de mim, motivo pelo qual fugiram. O cavalo se assustou um pouco quando se aproximou de mim, mas logo se recompôs e olhou bem meu rosto, manifestando claros sinais de fascínio. Examinou minhas mãos e meus pés, rodeando-me várias vezes. Eu teria seguido viagem, porém ele se pôs bem no meu caminho, ainda que aparentasse mansidão, sem jamais dar sinais de violência. Ficamos nos observando por algum tempo; por fim, ousei levar a mão em direção a seu pescoço, a fim de acariciá-lo, assobiando como fazem os jóqueis quando estão lidando com algum cavalo estranho. No entanto, esse animal pareceu receber meus carinhos com desdém: balançou a cabeça e arqueou as sobrancelhas, levantando suavemente a pata dianteira direita para remover minha mão. Em seguida, relinchou três ou quatro vezes, mas em uma cadência tão diferente que eu quase acreditei que estivesse falando consigo mesmo, em uma língua própria.

Enquanto estávamos nisso, outro cavalo chegou e dirigiu-se ao primeiro de maneira muito formal. Eles tocaram o casco da pata dianteira direita um do outro e trocaram vários relinchos, variando os sons de uma maneira que parecia quase articulada. Afastaram-se alguns passos, como se quisessem debater algo a sós, caminhando lado a lado, para lá e para cá, como duas pessoas deliberando algum assunto importante, mas com frequência voltando seus olhos para mim, como se para garantir que eu não escapasse. Eu estava fascinado em ver tais atitudes e comportamentos em animais irracionais, e pensei comigo que, se os habitantes deste país fossem dotados de um nível proporcional de razão, haveriam de ser o povo mais sábio sobre a Terra. Esse pensamento me reconfortou tanto que decidi seguir em frente até encontrar alguma casa ou vilarejo, ou até trombar com algum nativo, deixando os dois cavalos conversarem tanto quanto lhes aprouvesse. Mas o primeiro, que era de pelo cinzento sarapintado, ao perceber que eu me afastava, relinchou para mim em um tom tão expressivo que até pensei entender o que ele queria. Então voltei e fui para junto dele, para esperar novos comandos, escondendo meu medo o quanto podia, pois começou a me afligir a ideia de como essa aventura iria terminar, e o leitor não achará difícil acreditar que me desagradava muito minha situação.

Os dois cavalos se aproximaram de mim, observando com muita seriedade minha face e minhas mãos. O corcel cinzento esfregou meu chapéu inteiro com seu casco dianteiro direito e o bagunçou de tal maneira que, para arrumá-lo, fui forçado a tirá-lo e botá-lo de volta. Isso fez com que ele e seu companheiro (que era um baio amarronzado) se mostrassem bastante surpresos. O baio tocou a lapela de meu casaco, e os dois, percebendo que ela não estava presa a mim, manifestaram novos sinais de espanto. Ele tocou minha mão direita, parecendo admirar-se com a maciez e com a cor da pele, mas a apertou tanto entre o casco e a quartela que fui forçado a soltar um "ai". Depois disso, ambos me tocaram com o maior cuidado possível. Estavam muito perplexos com meus sapatos e minhas meias, os quais tocavam frequentemente, relinchando um para o outro e fazendo vários gestos não muito diferentes dos de um filósofo a tentar resolver algum problema novo e difícil.

No geral, o comportamento desses animais era tão ordeiro e racional, tão aguçado e ajuizado que por fim concluí que deveriam ser magos metamorfoseados naquela forma com alguma intenção, mas que, encontrando um estranho no caminho, decidiram se entreter com ele. Ou talvez estivessem de fato maravilhados ao verem um homem de hábito, aparência e pele tão diferentes dos daqueles que habitavam aquele clima tão remoto. Por força desse raciocínio, arrisquei dirigir-me a eles da seguinte forma: "Senhores, se sois feiticeiros, como tenho boas razões para crer, podeis entender minha língua; logo, tomo a liberdade de informar Vossas Excelências de que sou um pobre e aflito inglês, trazido por sua má sorte à vossa costa. Suplico que um de vós me permita montar seu dorso, como se fosse um cavalo de verdade, até alguma casa ou vilarejo onde eu possa ser socorrido. Em retorno por esse favor, darei de presente a vós esta faca e este bracelete", e, após dizer isso, retirei esses objetos do bolso. As duas criaturas ficaram em silêncio enquanto eu falava, parecendo ouvir-me com grande atenção, e, quando terminei, relincharam várias vezes um para o outro, como se estivessem engajados em uma conversa muito séria. Notei com clareza que a língua deles expressava as emoções muito bem e que suas palavras poderiam, sem muitos problemas, ser codificadas em um alfabeto mais facilmente do que o chinês.

Distingui várias vezes a palavra *Yahoo*, que era repetida com frequência por cada um deles, e, embora me fosse impossível saber o que significava, enquanto os dois cavalos estavam ocupados conversando, esforcei-me para praticar a pronúncia dela. Então, tão logo eles se calaram, tomei coragem e disse *Yahoo* bem alto, imitando, ao mesmo tempo, o melhor que podia, o relinchar de um cavalo. Eles ficaram visivelmente surpresos, e o cinzento repetiu a palavra duas vezes, como se para me ensinar a cadência correta. Eu repeti a palavra depois dele o melhor que pude e percebi que ia melhorando progressivamente a cada vez, embora estivesse muito longe da perfeição. Em seguida, o baio testou comigo uma segunda palavra, muito mais difícil de se pronunciar, mas que, se reduzida à nossa ortografia, seria escrita assim: *Houyhnhnm*. Não tive tanto sucesso com ela quanto com a primeira, mas, depois de praticar outras duas ou três vezes, tive mais sorte, e ambos pareceram ficar muito fascinados com minha capacidade.

Depois de conversarem mais um pouco, suponho que sobre mim, os dois amigos se despediram com o mesmo cumprimento, tocando o casco dianteiro um do outro. O cinzento então fez um sinal para que eu caminhasse à frente dele, o que julguei prudente obedecer, pelo menos até encontrar um guia melhor. Quando tentei diminuir o passo, ele gritou *hhuun hhuun*. Adivinhando o significado disso, esforcei para fazê-lo entender, da melhor forma que pude, que "eu estava fraco e não conseguiria caminhar mais rápido". Ele então parou um pouco para que eu descansasse.

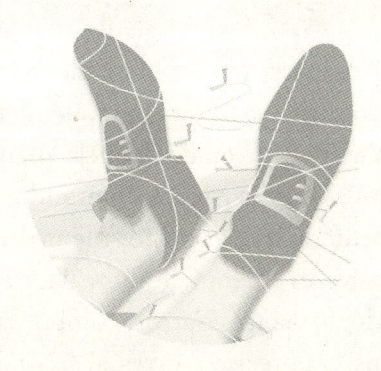

# Capítulo 2

*O autor é conduzido à casa de um Houyhnhnm. A casa é descrita, assim como a recepção do autor e a comida dos Houyhnhnm. A aflição do autor devido à falta de carne. Ele é por fim aliviado. Descreve-se sua alimentação naquele país.*

Tendo viajado por cerca de cinco quilômetros, chegamos a um tipo de prédio comprido cuja estrutura consistia em madeira fincada no chão e cujas paredes eram de caniçada; o teto era baixo e coberto de palha. Eu então comecei a me sentir um pouco reconfortado e saquei algumas bugigangas dessas que os viajantes costumam carregar consigo para dar de presente aos índios selvagens da América e de outras partes, na esperança de encorajar os habitantes daquela casa a serem hospitaleiros comigo. O cavalo fez um sinal para que eu entrasse primeiro. Era um cômodo amplo com chão de barro liso, no qual havia um cocho e uma manjedoura que se estendiam de uma parede à outra em um dos lados. Encontravam-se aí três rocins e duas éguas, que não estavam comendo, mas sim sentados sobre os curvilhões, o que muito me fascinou; não obstante, encantou-me ainda mais ver os outros ocupados com serviços domésticos; pareciam ser tudo, menos animais comuns de criação. Isso todavia confirmava minha opinião inicial de que um povo capaz de civilizar animais irracionais daquela maneira deveria superar em sabedoria todas as outras nações do mundo. O cinzento entrou logo em seguida, impedindo que os outros me maltratassem. Ele relinchou para eles diversas vezes em tom de autoridade e recebeu respostas.

Além desse cômodo, havia três outros, compondo assim a extensão da casa; para acessá-los, era preciso atravessar três portas, uma oposta à outra, alinhadas de forma que se podia ver através delas. Passamos para o segundo cômodo, indo em direção ao terceiro. O cinzento entrou nele primeiro, acenando para que eu esperasse. Aguardei no segundo cômodo e preparei meus presentes para os senhores daquela casa: eram duas facas, três braceletes de pérola falsa, um espelhinho e um colar de contas. O cavalo relinchou três ou quatro vezes, e eu esperei ouvir alguma resposta em voz humana, mas não houve nenhuma réplica senão no mesmo dialeto, só que em uma voz um pouco mais aguda que a dele. Comecei a pensar que aquela casa devia pertencer a alguém de importância entre eles, pois parecia haver muita cerimônia para que eu pudesse ser admitido. Entretanto, que um homem de importância fosse servido exclusivamente por cavalos era algo além de minha compreensão. Temi que minha mente estivesse perturbada por meus sofrimentos e infortúnios. Tentei recobrar o juízo e observei o cômodo à minha volta, onde fora deixado a sós: era mobiliado como o primeiro, mas de maneira mais elegante. Esfreguei meus olhos várias vezes, mas os mesmos objetos ainda estavam lá. Belisquei meus braços e minhas costelas para acordar, na esperança de que estivesse em um sonho. Então concluí com absoluta certeza que todas essas aparências não haveriam de ser nada mais que necromancia e mágica. Contudo não tive tempo de continuar nessas reflexões, pois o cinzento veio à porta e fez um sinal para que eu o seguisse ao terceiro cômodo, onde vi uma égua muito graciosa junto de um potro e de um potranco, sentados sobre os quadris em esteiras de palha feitas com bastante capricho, além de perfeitamente limpas e organizadas.

Logo que entrei, a égua levantou-se de sua esteira e, vindo até mim, depois de examinar com bastante cuidado minhas mãos e minha face, lançou-me um olhar de grande desdém, virando-se depois para o cavalo, quando então ouvi a palavra *Yahoo* sendo repetida várias vezes por eles. Àquela altura, desconhecia o significado desse termo, embora tivesse sido o primeiro que eu aprendera a pronunciar. Mas logo me inteirei do que se tratava, para meu perpétuo desgosto, pois o cavalo, acenando para mim com a cabeça e repetindo o *hhuun hhuun* que fizera na estrada, o que entendi ser um sinal para segui-lo, levou-me a uma espécie de pátio onde havia outro prédio, a alguma distância da casa. Entramos ali e logo vi três daquelas detestáveis criaturas que encontrara logo que chegara à costa, as quais alimentavam-se de raízes e de carne, que mais tarde descobri ser de asnos, cachorros e, vez por outra, de alguma vaca que morresse por acidente ou de doença. Estavam todas amarradas pelo pescoço com resistentes cordas de vime presas a uma viga; seguravam a comida nas garras dianteiras e rasgavam-na com os dentes.

O cavalo-senhor ordenou que um rocim alazão, um de seus servos, desamarrasse o maior desses animais e o levasse ao pátio. A fera e eu fomos postos lado a lado e nossas aparências foram diligentemente comparadas tanto pelo senhor quanto por seu servo, e ambos, ao fazê-lo, repetiram várias vezes a palavra *Yahoo*. Não é possível descrever meu horror e minha perplexidade ao perceber, nesse animal abominável, uma aparência humana perfeita. Seu rosto era de fato chato e largo; o nariz, achatado; os beiços, grossos; e a boca, grande, mas essas diferenças são comuns em todas as nações selvagens, onde os traços da aparência são distorcidos pelo fato de os nativos deixarem as crias rastejarem na terra ou por carregá-las nas costas, com as fuças apertadas contra os ombros das mães. As patas dianteiras do *Yahoo* não se diferenciavam de minhas mãos senão pelo tamanho das unhas, pela grossura e pela cor escura das palmas e pela penugem nas costas delas. A mesma semelhança havia entre nossos pés, com as mesmas diferenças; eu percebia isso bem, mas os cavalos não, por causa de meus sapatos e minhas meias.

O mesmo se notava em todas as partes de nossos corpos, com a exceção dos pelos e da cor, que eu já descrevi.

A grande dificuldade que pareciam ter os dois cavalos era ver que o resto de meu corpo era muito diferente do de um *Yahoo*, graças a minhas roupas, das quais eles não tinham a menor ideia. O rocim alazão me ofereceu uma raiz, que segurou (segundo a maneira deles, que descreverei no momento apropriado) entre o casco e a quartela; tomei-a em minha mão e, tendo-a cheirado, devolvi-a a ele com tanta polidez quanto pude. Ele trouxe do canil dos *Yahoos* um pedaço de carne de asno, mas o cheiro era tão terrível que eu me afastei dela com nojo; o cavalo então a jogou para o *Yahoo*, que a devorou com gula. Em seguida, ele me mostrou um molho de feno e um machinho cheio de aveia, mas eu balancei a cabeça, dando a entender que nada daquilo me servia de alimento. Naquele momento, temi de fato que fosse morrer de fome se não encontrasse alguém de minha espécie, pois, quanto àqueles imundos *Yahoos*, embora houvesse àquela época poucas pessoas mais amantes da raça humana que eu, confesso jamais ter visto nenhum ser vivo tão detestável em todos os aspectos quanto eles, e, quanto mais me aproximava deles, mais odiosos se tornavam, por todo o tempo que permaneci naquela terra. O cavalo-senhor percebeu esse meu comportamento e, com isso, mandou o *Yahoo* de volta para o canil. Ele então levou o casco dianteiro à boca, o que me surpreendeu muito, embora o tenha feito com facilidade, com movimentos que pareceram perfeitamente naturais, e fez outros sinais, como quem pergunta o que eu comeria. Todavia, não fui capaz de responder de forma que ele compreendesse. E, mesmo que ele me entendesse, não via como seria possível encontrar alimento para mim. Enquanto estávamos nisso, percebi uma vaca passando por perto e apontei para ela, sinalizando um pedido para ordenhá-la. Isso surtiu efeito, pois ele me levou de volta para a casa e ordenou que uma égua-serva abrisse um cômodo, no qual uma grande quantidade de leite estava armazenada em recipientes de argila e madeira, de forma muito asseada e organizada. Ela me deu uma cabaça cheia de leite, e eu bebi com gosto, sentindo-me revigorado.

Por volta do meio-dia, percebi vindo em direção à casa um tipo de veículo puxado, feito trenó, por quatro *Yahoos*. Sobre ele, havia um velho corcel, que parecia ser importante. Ele desceu do trenó com as patas traseiras primeiro, pois machucara a pata esquerda dianteira por acidente. Veio almoçar com nosso cavalo, que o recebeu com muita cerimônia. Almoçaram no melhor cômodo, e o segundo prato foi aveia cozida em leite, que o cavalo velho comeu quente, mas os demais, fria. Suas manjedouras foram dispostas em um círculo no meio do cômodo e divididas em várias partições, em torno das quais eles se assentaram sobre os quadris, em montes de palha. No meio da roda, havia um cocho grande, com ângulos correspondentes a cada partição da manjedoura, de forma que cada cavalo e cada égua comiam seu próprio feno e sua própria papa de aveia e leite, com muita decência e disciplina. O comportamento do potro e do potranco parecia ser bem comedido, e o do senhor e da senhora, extremamente empolgado, condizente com o visitante. O cinzento ordenou que eu fosse para junto dele, e uma longa conversa se deu entre ele e seu amigo a meu respeito, como percebi pelos constantes olhares que o estranho me lançava e pela repetição frequente da palavra *Yahoo*.

Por acaso coloquei minhas luvas, o que o cinzento percebeu com perplexidade, manifestando sinais de dúvida sobre o que eu fizera com minhas patas dianteiras. Apontou com o casco para elas umas três ou quatro vezes, como que para indicar que eu as fizesse voltar para a forma anterior, o que fiz de imediato, retirando ambas as luvas e botando-as no bolso. Isso motivou mais conversas, e eu notei que os presentes gostaram de meu comportamento, o qual, em pouco tempo, revelaria ter consequências positivas para mim. Ordenaram que eu dissesse as poucas palavras que conhecia e, enquanto almoçavam, o senhor me ensinou como dizer aveia, leite, fogo, água e algumas outras coisas que eu pronunciava prontamente depois dele, pois disponho, desde a juventude, de grande aptidão para o aprendizado das línguas.

Terminado o almoço, o senhor me chamou em particular e, com sinais e palavras, expressou sua preocupação por eu não ter comido nada. Na língua deles, a aveia chama-se *hlunnh*. Repeti essa palavra duas ou três vezes, pois, embora de início tivesse recusado o cereal, depois de pensar um pouco, considerei que poderia usá-lo para fazer alguma espécie de pão, o que, com leite, poderia ser suficiente para me manter vivo até que eu conseguisse escapar para outro país e encontrar criaturas de minha própria espécie. O cavalo na mesma hora ordenou que uma égua branca, serva da família, me trouxesse uma boa quantidade de aveia em uma espécie de travessa de madeira. Aqueci-a em frente ao fogo o quanto pude e a amassei até que as cascas saíssem, esforçando-me depois para separá-las dos grãos. Moí e bati esses grãos usando duas pedras; em seguida, acrescentei água e os transformei em uma pasta, ou bolo, que então assei ao fogo e comi quente, com leite. Era, de início, uma dieta bastante insípida, embora comum em muitas partes da Europa, mas que se tornou tolerável com o tempo. E, tendo passado por muitas dificuldades ao longo de minha vida, essa não era a primeira vez que eu experimentava com quão pouco se satisfaz a natureza. Além disso, devo ressaltar que não estive doente por uma hora sequer durante minha estadia nessa ilha. É fato que, às vezes, tentava capturar algum coelho ou pássaro usando armadilhas feitas de pelo de *Yahoo*; que colhia com frequência algumas ervas boas para a saúde, as quais fervia e comia de salada com meu pão; e que algumas raras vezes fazia um pouco de manteiga e bebia o soro. No início, careci muito de sal, mas logo me acostumei à falta dele, e estou seguro de que seu uso excessivo entre nós é efeito do luxo e de que foi introduzido apenas para incitar a bebida, salvo quando é necessário para conservar a carne em longas viagens ou em lugares afastados de grandes mercados. Digo isso porque nota-se que o sal não apetece a nenhum outro animal além do homem e, quanto a mim, depois de ter deixado essa terra, demorei bastante para tolerar o gosto dele naquilo que eu comesse.

Isso basta sobre a questão de minha dieta, assunto com o qual outros viajantes enchem seus livros, como se os leitores estivessem pessoalmente preocupados com quão bem ou mal nos alimentamos. Contudo, era necessário tocar nesse assunto, para que o mundo não julgasse impossível que eu encontrasse sustento durante três anos nesse país, em meio a tais habitantes.

Ao cair da tarde, o cavalo-senhor mandou preparar um local para eu me alojar, o qual ficava a não mais que cinco metros e meio da casa e separado do estábulo dos *Yahoos*. Ali, juntei um pouco de palha e, cobrindo-me com minhas próprias roupas, dormi profundamente. Não obstante, em pouco tempo fui melhor acomodado, como o leitor verá em breve, quando eu tratar de meu modo de vida.

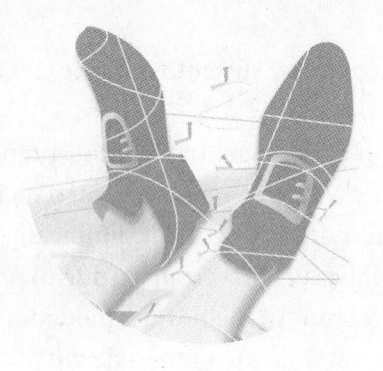

# Capítulo 3

*O autor estuda e aprende a língua. Seu senhor Houyhnhnm o ajuda e ensina. A língua é descrita. Vários Houyhnhnms de importância vêm por curiosidade ver o autor. Ele dá a seu senhor um breve relato de sua viagem.*

Meu principal desafio era aprender a língua, que meu senhor (pois assim o chamarei daqui para a frente) e seus filhos, bem como todos os servos de sua casa, eram muito desejosos de me ensinar, pois lhes parecia um prodígio que um animal bruto demonstrasse tais marcas de racionalidade. Eu apontava para tudo e perguntava o nome, o qual anotava em meu diário quando estava só, e corrigia meu sotaque ruim pedindo que os membros da família pronunciassem as palavras repetidas vezes. Nisso, um rocim alazão, criado menor da casa, prontificava-se a me ajudar.

Ao falar, eles pronunciavam os sons pelo nariz e a garganta, e sua língua se aproximava mais do alto holandês, isto é, do alemão, que de qualquer outra que eu conhecesse na Europa, porém era mais graciosa e expressiva. O imperador Carlos V fez praticamente a mesma observação ao dizer que, "se precisasse falar com seu cavalo, o faria em alto holandês".

A curiosidade e a impaciência de meu senhor eram tão grandes que ele passava muitas de suas horas de lazer a me instruir. Estava convencido (como depois me disse) de que eu era um *Yahoo*, mas sentia-se fascinado com minha ensinabilidade, minha civilidade e minha higiene, que eram qualidades inteiramente opostas às daqueles animais. O que mais o intrigava eram minhas roupas, e ele se perguntava às vezes se eram ou não parte de meu corpo, pois eu nunca as tirava antes de a família ir dormir e sempre as vestia antes que alguém entrasse no quarto pela manhã. Meu senhor estava ansioso por saber "de onde eu vinha e como adquirira aquelas aparências de racionalidade que demonstrava em todas as minhas ações, bem como por ouvir minha história sendo contada por minha própria boca, o que ele esperava que acontecesse em breve, dados os grandes avanços que eu fazia no aprendizado e na pronúncia das palavras e expressões locais". Para ajudar minha memória, eu registrava tudo que aprendia no alfabeto inglês e anotava as palavras com suas respectivas traduções. Depois de um tempo, comecei a fazer isso na presença de meu senhor. Custou-me muito explicar a ele o que eu estava fazendo, pois os habitantes daquela terra não fazem a menor ideia do que sejam livros ou literatura.

Ao cabo de dez semanas, eu era capaz de entender a maioria de suas perguntas, e, em três meses, podia dar-lhe respostas toleráveis. Ele estava extremamente curioso para saber "de que parte do país eu vinha e como fora ensinado a imitar uma criatura racional, porque os *Yahoos* (com os quais ele notava que eu tinha uma exata semelhança na cabeça, nas mãos e na face, que eram minhas únicas partes visíveis), que tinham alguma aparência de esperteza e uma fortíssima inclinação para a malícia, eram notadamente os menos adestráveis de todos os animais". Respondi que "viera do mar, de um lugar muito distante, com outros de minha espécie, dentro de um vaso[63] oco feito de troncos de árvore; que meus companheiros me forçaram a descer naquela terra e me abandonaram à minha própria sorte". Foi com muita dificuldade e com a ajuda de muitos sinais que consegui fazê-lo me entender. Ele respondeu que "eu deveria estar equivocado ou dizendo *a coisa que não era*", pois eles não têm palavra em sua língua para designar mentira ou falsidade. Ele disse saber que era impossível que houvesse algum país no além-mar ou que um bando de brutos movesse um vaso de madeira sobre a água para onde quisessem. Além disso, estava seguro de que nenhum *Houyhnhnm* vivo se prestaria a construir tal vaso ou confiaria em *Yahoos* para conduzi-lo.

A palavra *Houyhnhnm*, na língua deles, significa *cavalo* e, em sua etimologia, quer dizer *perfeição da natureza*. Disse a meu senhor que "me faltavam recursos para me expressar, mas que eu melhoraria o mais rápido que pudesse e esperava, muito em breve, ser capaz de lhe contar maravilhas". Ele gentilmente orientou sua égua, potro, potranco e os servos da família a aproveitarem todas as oportunidades de me ensinar, e todos os dias, por duas ou três horas, ele mesmo fazia isso. Vários cavalos e éguas de importância na vizinhança vinham com frequência a nossa casa, ao se espalhar a notícia de "um maravilhoso *Yahoo* que podia falar feito *Houyhnhnm* e demonstrava, em suas ações, indícios de racionalidade". Eles se deleitavam em conversar comigo: faziam-me muitas perguntas e recebiam as melhores respostas que eu era capaz de dar. Por todas essas vantagens, fiz tanto progresso que, passados cinco meses desde minha chegada, era capaz de entender tudo que me era dito e de me expressar bem o bastante.

---

63 Aqui houve uma espécie de trocadilho difícil de traduzir com o mesmo teor. A palavra *vessel*, em inglês, pode significar tanto "barco" quanto "vaso", "recipiente", "vasilhame", etc. Supondo que a palavra "barco" não exista na língua dos *Houyhnhnms*, conclui-se que o autor tenha usado esse termo polissêmico, em conjunção com o adjetivo *hollow* ("oco"), para dar a ideia de que estava explicando o formato do barco ao *Houyhnhnm* por meio de um símile. A palavra "vaso" também tem o significado de navio, embora raramente (para não dizer nunca) seja usada com essa acepção. Portanto, empregamo-la como tradução da palavra *vessel* em todas as ocorrências dela nesta parte do texto. (N.T.)

Os *Houyhnhnms* que vinham visitar meu senhor com o objetivo de me ver e falar comigo achavam difícil acreditar que eu fosse um *Yahoo* propriamente dito, pois meu corpo tinha uma cobertura diferente daquela que possuíam os demais de minha espécie. Ficavam atônitos ao ver que eu não tinha os pelos e a pele habituais, salvo na cabeça, na face e nas mãos, mas eu revelara esse segredo a meu senhor em um acidente que ocorrera cerca de duas semanas antes.

Já mencionei ao leitor que, toda noite, quando a família ia dormir, eu costumava me despir e me cobrir com minhas roupas. Aconteceu que, em uma manhã bem cedo, meu senhor mandou o rocim azalão, que era seu valete, ir me chamar. Quando ele chegou, eu estava dormindo profundamente, minhas roupas haviam caído para o lado e minha camisa estava erguida acima de minha cintura. Eu despertei com o barulho que o criado fez e notei que ele me passou o recado de forma desordenada. Em seguida, ele voltou para meu senhor e, muito assustado, relatou-lhe de maneira bem confusa o que vira. Descobri isso imediatamente, pois, logo que terminei de me vestir, fui atender ao chamado de meu senhor, e ele perguntou "que história era aquela que seu servo havia contado, de que, quando dormia, eu não era o mesmo que aparentava ser nas outras horas; que seu valete lhe havia assegurado que parte de mim era branca, parte amarela (ou pelo menos não tão branca) e parte marrom".

Eu havia até então escondido o segredo de minhas roupas a fim de me diferenciar o máximo possível dos *Yahoos*, mas, àquela altura, julgava desnecessário continuar com isso. Ademais, considerei que minhas roupas e meus sapatos fossem em breve se desgastar completamente e precisariam ser substituídos de alguma forma por pele de *Yahoo* ou de algum outro animal, ocasião em que todo o segredo seria descoberto. Portanto, disse a meu senhor que, "no país de onde vinha, os membros de minha espécie cobriam seus corpos com os pelos de certos animais, preparados com arte, tanto por decência quanto para se protegerem das inclemências do tempo quente ou frio". Disse também que, "de minha parte, lhe daria uma prova imediata disso, se ele assim ordenasse, pedindo licença apenas para não expor as partes que a natureza nos ensinou a esconder". Ele disse que "meu discurso era de todo muito estranho, em especial a última parte, pois não entendia por que a natureza nos ensinaria a esconder aquilo que nos dera; que nem ele nem sua família se envergonhavam de quaisquer partes de seus corpos, mas que, todavia, eu fizesse como preferisse". Assim, eu primeiro desabotoei meu casaco e o retirei. Fiz o mesmo com o colete. Tirei meus sapatos, minhas meias e minhas calças. Baixei a camisa até a cintura e subi a barra dela, amarrando-a feito uma cinta na altura do abdome, para esconder minha nudez.

Meu senhor observou tudo com grande curiosidade e admiração. Tomou todas as minhas roupas na quartela, peça por peça, e examinou-as com diligência; em seguida, acariciou meu corpo muito gentilmente e me olhou de cima a baixo várias vezes. Depois disso, disse estar claro que eu deveria ser um perfeito *Yahoo*, mas que eu me diferenciava muito dos outros de minha espécie por conta da maciez, brancura e suavidade de minha pele; da ausência de pelos em diversas partes de meu corpo; do formato e do tamanho curto de minhas garras dianteiras e traseiras; e de meu hábito de andar sempre sobre as patas traseiras. Não pediu para ver mais nada e me deu permissão para vestir novamente as minhas roupas, pois eu estava tremendo de frio.

Manifestei meu desconforto por ele me chamar com frequência de *Yahoo*, um animal tão odioso pelo qual eu nutria tamanho ódio e desdém. Implorei que ele evitasse me designar com aquela palavra e que desse ordens a sua família e a seus amigos que viessem me ver para que fizessem o mesmo. Pedi ainda que "o segredo da falsa cobertura de meu corpo não fosse conhecido por ninguém além dele mesmo, pelo menos pelo tempo que durassem minhas roupas atuais; e que Sua Excelência pedisse ao seu valete que mantivesse segredo sobre o que vira".

Meu senhor foi muito delicado em concordar com tudo isso, e assim o segredo foi guardado até que minhas roupas começaram a se desgastar, momento em que fui obrigado a substituí-las de uma maneira que descreverei mais à frente. Nesse meio-tempo, ele pediu que "eu continuasse aplicado em aprender a língua deles, pois ele estava mais fascinado com minha capacidade de expressão e raciocínio do que com a aparência de meu corpo, e sua presença ou ausência de cobertura", acrescentando que "esperava ansiosamente para ouvir as maravilhas que eu prometera lhe contar".

A partir de então, ele dobrou os esforços que fazia para me ensinar: apresentava-me a todos e pedia-lhes que me tratassem com civilidade, "pois", dizia-lhes em particular, "isso me deixaria de bom humor, tornando-me mais divertido".

Todos os dias, quando me apresentava a ele, além dos esforços que empregava para me ensinar, ele me fazia várias perguntas sobre mim, às quais eu respondia tão bem quanto podia, e, dessa maneira, ele já havia juntando algumas ideias gerais, embora bastante imperfeitas. Seria tedioso descrever todos os passos que me levaram a ser capaz de manter uma conversa regular, mas o primeiro relato que dei sobre mim foi o que descreverei a seguir.

Contei-lhe que eu vinha de um país muito distante, como já tentara explicar a ele, com cerca de cinquenta outros de minha espécie; que viajávamos pelo mar em um grande vaso de madeira, maior que a casa de Sua Excelência. Descrevi o navio para ele usando os melhores termos que pude achar e lhe expliquei, com a ajuda de um lenço, como o vento o empurrava para a frente. Disse que, devido a um desentendimento entre nós, fui abandonado na praia, de onde fui avançando, sem saber para onde, até ele me salvar daqueles execráveis *Yahoos* que me perseguiam. Ele me perguntou "quem construíra o navio e como era possível que os *Houyhnhnms* de meu país o deixassem a cargo de brutos". Minha resposta foi de que "não ousaria prosseguir com meu relato, a não ser que ele me desse sua palavra de honra de que não se ofenderia, e então eu lhe contaria as maravilhas que tão frequentemente lhe prometia". Ele concordou, e eu dei continuidade, assegurando a ele que o navio fora feito por criaturas como eu, as quais, em todos os países pelos quais viajara, tal como no meu, eram os únicos animais racionais a governar. Que, ao chegar àquela terra, muito me admirara ver os *Houyhnhnms* agirem como seres racionais, da mesma forma que ele e seus amigos se admiravam em ver sinais de racionalidade em uma criatura que chamam de *Yahoo*, pois de fato me assemelhava a um, mas não compartilhava de sua natureza bruta e degenerada. Disse ainda que "se a boa sorte um dia me levasse de volta à minha terra natal a fim de narrar minhas viagens, como tinha intenção de fazer, todos acreditariam que eu estava a dizer *a coisa que não era*, que eu inventara a história em minha cabeça e que (com todo respeito a ele, sua família e seus amigos e valendo-me da promessa que ele me fizera de não se ofender) nossos compatriotas dificilmente considerariam provável que um *Houyhnhnm* fosse o governante de uma nação, e um *Yahoo*, o bruto".

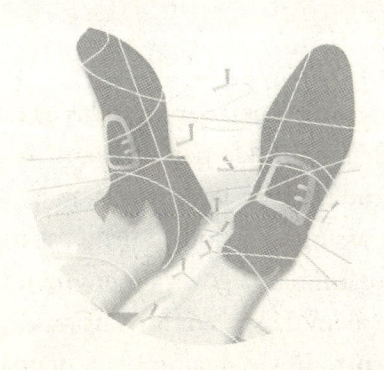

# Capítulo 4

*Descreve-se a noção de verdade e mentira dos Houyhnhnms. O discurso do autor é desaprovado por seu senhor. O autor faz um relato mais detalhado de si e dos acidentes de sua viagem.*

Meu senhor me ouviu demonstrando muito desconforto, porque a desconfiança ou a descrença são tão pouco conhecidas nesse país que os habitantes não sabem muito bem como se comportar nessas circunstâncias. E me lembro de que, durante as frequentes conversas com meu senhor sobre a natureza da humanidade em outras partes do mundo, calhando de falar sobre a mentira e a falsa representação, tive muita dificuldade em fazê-lo compreender o que eu queria dizer, embora ele tivesse um julgamento muito aguçado sobre outros assuntos. O argumento dele era o seguinte: "A linguagem é usada para nos fazermos entender um ao outro e para receber informações sobre os fatos; logo, se alguém diz a coisa que não é, essas finalidades não são alcançadas, uma vez que não se pode dizer propriamente que eu entenda aquele com quem falo, e eu estou tão longe de receber a informação que ele me deixa em uma situação pior que a ignorância, pois sou levado a acreditar que algo é preto, quando na verdade é branco, ou curto, quando na verdade é comprido". E essas eram todas as noções que ele tinha acerca da faculdade de mentir, tão perfeitamente bem compreendida e universalmente praticada pelas criaturas humanas.

Mas voltando ao assunto, quando afirmei a meu senhor que os *Yahoos* eram os únicos animais a governar em meu país, o que ele disse ser algo inteiramente além de sua compreensão, ele me perguntou "se havia *Houyhnhnms* entre nós e qual era sua ocupação". Eu lhe disse que "havia muitos; que, no verão, eles pastam nos campos e, no inverno, são mantidos em casas com feno e aveia, onde servos *Yahoos* são empregados para escovar-lhes o pelo até ficar macio, pentear-lhes a crina, limpar-lhes os cascos, servir-lhes comida e arrumar suas camas". "Te entendo bem", disse meu senhor, "agora está muito claro, por tudo que disseste, que por mais racional que um *Yahoo* pretenda ser, os *Houyhnhnms* serão sempre seus senhores; quisera nossos *Yahoos* fossem tão dóceis". Implorei que "Sua Excelência me permitisse não prosseguir mais, pois eu estava certo de que o relato que ele esperava de mim lhe seria bastante desagradável". Mas ele insistiu em exigir que eu o fizesse saber do melhor e do pior. Respondi: "Como queira". Admiti que "entre nós, os *Houyhnhnms*, aos quais chamamos cavalos, eram os animais mais graciosos e generosos de que dispúnhamos; que eram muito fortes e velozes; e que, quando pertenciam a pessoas importantes, sendo empregados em viagens, corridas ou em puxar carruagens, eram tratados com muita gentileza e cuidado, até ficarem doentes ou mancos, quando então eram vendidos e usados em todo tipo de trabalho pesado até morrerem; depois disso, seus couros era arrancados e vendidos pelo que valessem e suas carcaças eram abandonadas para serem devoradas por cães e aves de rapina. Que, contudo, a raça comum dos cavalos não tinha tanta sorte, pertencendo a fazendeiros, carroceiros e outras pessoas mesquinhas que a forçava a trabalhos ainda mais pesados e a alimentava pior". Descrevi, tão bem quanto pude, nossa maneira de montar, o formato e a finalidade de uma rédea, uma sela, uma espora e um chicote, de um arreio e das rodas. Acrescentei que "nós pregávamos placas de uma substância dura, chamada ferro, na parte de baixo de seus pés, para impedir que os cascos se quebrassem em solos pedregosos, sobre os quais viajávamos com frequência".

Meu senhor, depois de algumas expressões de grande indignação, quis saber "como ousávamos montar as costas de um *Houyhnhnm*, pois ele estava certo de que mesmo o servo mais fraco em sua casa seria capaz de derrubar o mais forte dos *Yahoos* ou de deitar-se e rolar por cima dele, esmagando-o até a morte". Respondi que "nossos cavalos eram treinados desde os três ou quatro anos de idade para serem empregados nas funções que desejássemos; que, se algum deles se provasse inaceitavelmente arisco, era empregado em carruagens; que apanhavam com severidade quando jovens por quaisquer traquinagens; que os machos destinados aos usos comuns de serem montados e puxarem carga costumavam ser castrados por volta dos dois anos de idade, para conter-lhes o ânimo e torná-los mais mansos e dóceis; que eles eram de fato sensíveis a recompensas e punições, mas que Sua Excelência, por favor, considerasse que não tinham nem um verniz de racionalidade a mais que os *Yahoos* em seu país".

Fui obrigado a fazer muitas circunlocuções para dar a meu senhor a ideia exata do que eu queria dizer, pois a língua deles carece de uma variedade de palavras, visto que suas necessidades e paixões são menos numerosas que as nossas. No entanto, é impossível expressar seu nobre ressentimento diante do tratamento selvagem que dispensamos à raça dos *Houyhnhnms*, principalmente depois de eu ter lhe explicado a maneira e o uso de castrar os cavalos entre nós, para prevenir que propaguem a espécie e para torná-los mais servis. Ele disse que "se fosse possível que houvesse algum país onde apenas os *Yahoos* fossem dotados de razão, eles certamente seriam os animais a governar, porque a razão, com o tempo, sempre prevalece contra a força bruta. Mas que, considerando a estrutura de nosso corpo, em especial do meu, parecia-lhe que nenhuma criatura de igual tamanho fosse tão pouco preparada para empregar essa razão nas atividades comuns da vida". Ele então quis saber "se aqueles entre os quais eu vivia se pareciam comigo ou com os *Yahoos* de seu país". Assegurei-lhe que "eu tinha uma forma semelhante à da maioria dos de minha idade, mas que os jovens e as fêmeas eram muito mais macios e tenros, e suas peles, geralmente tão brancas quanto leite". Ele disse que "eu de fato me diferenciava bastante dos outros *Yahoos*, sendo muito mais limpo e não tão completamente deformado, mas, no que de fato importa, minhas diferenças eram desvantajosas para mim: minhas unhas das patas dianteiras e traseiras não serviam para nada, e, quanto a minhas patas dianteiras, não seria de todo correto chamá-las assim, pois nunca me via caminhar sobre elas; eram demasiado macias para suportar o chão; eu geralmente as levava descobertas; a cobertura que eu às vezes usava sobre elas não tinha a mesma forma nem era tão forte quanto meus pés traseiros; eu não podia andar com segurança, pois, se qualquer uma de minhas patas traseiras escorregasse, inevitavelmente cairia".

Ele então começou a apontar defeitos em outras partes de meu corpo: meu rosto era chato; meu nariz, proeminente; meus olhos, localizados bem na frente, de modo que eu não podia olhar para os lados sem virar a cabeça; eu também não era capaz de me alimentar sem levar minhas patas dianteiras à boca, motivo pelo qual a natureza havia me dotado daquelas juntas, isto é, para satisfazer essa necessidade. Ele não sabia dizer qual era a utilidade das várias fissuras e divisões em minhas patas traseiras, e elas eram demasiado macias para suportar as pedras duras e pontiagudas sem uma cobertura feita do couro de algum outro animal bruto. Disse que todo o meu corpo carecia de uma proteção contra o calor e o frio, a qual eu era forçado a vestir e retirar todos os dias, com bastante tédio e fastio. Por fim, apontou que se notava que todos os animais naquele país repudiavam os *Yahoos*, de quem os mais fracos fugiam e a quem os mais fortes espantavam para longe de si. Desse modo, supondo que fôssemos dotados de razão, ele não podia ver como seria possível que tivéssemos curado essa antipatia natural que toda criatura manifestava contra nós, tampouco como seríamos capazes de amansá-las e empregá-las a nosso serviço. Porém, ele disse que não continuaria a debater a questão, pois estava mais desejoso de ouvir minha própria história, sobre o país em que eu nascera e sobre os diversos acontecimentos de minha vida até aquele momento.

Garanti a ele que "estava extremamente desejoso de satisfazer todas essas vontades, mas que duvidava que me fosse possível explicar várias questões sobre as quais Sua Excelência não poderia ter a menor ideia, pois não via nada em seu país que se assemelhasse a elas". Contudo, afirmei que eu faria meu melhor e me esforçaria para me expressar por meio de símiles, pedindo humildemente sua assistência quanto me faltassem as palavras adequadas, com o que ele concordou com alegria.

Disse que "era filho de pais honestos, nascido em uma ilha chamada Inglaterra, que era tão distante de seu país que, para chegar até ela, os servos mais fortes de Sua Excelência teriam de viajar por um ano inteiro; que fora treinado como cirurgião, ofício que consiste em curar as chagas e feridas do corpo contraídas por acidente ou violência; que meu país era governado por um humano fêmea, a quem chamávamos rainha; que eu deixara minha pátria em busca de riquezas com as quais pudesse sustentar minha família quando regressasse; que, em minha última viagem, era comandante do navio e tinha cerca de cinquenta *Yahoos* sob meu comando, muitos dos quais morreram no mar, o que me forçou a substituí-los por outros que escolhera em diversas nações; que nosso navio correu duas vezes o risco de afundar, primeiro por causa de uma grande tempestade e, segundo, por chocar-se contra uma rocha". Nesse momento, meu senhor me interrompeu, perguntando "como eu conseguira persuadir desconhecidos de terras diferentes da minha a se aventurarem comigo, mesmo depois das perdas que havia sofrido e dos perigos pelos quais passara". Respondi que, "como eu, eles estavam desesperados por fortunas, sendo obrigados a fugir de seus locais de nascença por causa de sua pobreza ou de seus crimes. Que alguns foram arruinados por processos judiciais; outros gastaram tudo que tinham em bebida, prostituição e jogatina; outros fugiam por traição; muitos, por assassinato, furto, envenenamento, roubo, perjúrio, falsificação, emissão de moeda falsa, estupro ou sodomia, por recusarem seu dever com o exército ou desertarem para junto do inimigo; que a maioria deles havia fugido da cadeia; que nenhum deles ousaria regressar a seus países de origem, por medo de serem enforcados ou de morrerem de fome na prisão; e que, portanto, tinham necessidade de buscar sustento em outros lugares".

Durante esse discurso, meu senhor me interrompeu várias vezes. Eu havia usado muitas circunlocuções para explicar a ele a natureza dos diversos crimes pelos quais a maior parte de nossa tripulação havia sido forçada a fugir de seus países. Foram necessários vários dias de esforço e conversa para que ele pudesse me compreender. Ele estava inteiramente confuso sobre que utilidade ou necessidade levaria à prática desses vícios. Para esclarecer isso, busquei dar-lhe uma ideia do desejo de poder e riqueza, e dos terríveis efeitos da luxúria, intemperança, malícia e da inveja. Fui forçado a descrever e definir todas essas coisas por meio de exemplos e suposições. Em seguida, como alguém cuja imaginação fora golpeada por algo jamais visto ou ouvido antes, ele levantou os olhos com espanto e indignação. Não havia termos naquela língua para expressar a ideia de poder, governo, guerra, lei, punição e mil outras, o que tornava praticamente insuperável a dificuldade da tarefa de explicar a meu senhor o que eu queria dizer. Mas, dispondo de um excelente entendimento, muito aperfeiçoado pela contemplação e a conversa, ele por fim chegou a um conhecimento adequado do que a natureza humana, em nossas partes do mundo, era capaz de fazer e pediu que eu lhe desse um relato detalhado sobre aquela terra que chamávamos Europa, mas especialmente sobre meu próprio país.

# Capítulo 5

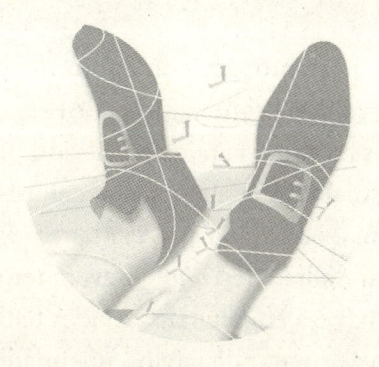

*O autor informa seu senhor, a pedido dele, sobre o estado da Inglaterra. As causas de guerra entre os príncipes da Europa. O autor começa a explicar a Constituição inglesa.*

O leitor gentilmente observe que o seguinte excerto das muitas conversas que tive com meu senhor contém um sumário de muitos tópicos relevantes que foram abordados em diversas ocasiões ao longo de dois anos. Sua Excelência pedia com frequência explicações cada vez mais completas, à medida que eu me aperfeiçoava na língua *Houyhnhnm*. Apresentei-lhe, o melhor que pude, toda a situação da Europa: falei sobre o comércio e as manufaturas, as artes e a ciência, e as respostas que dava às suas perguntas, uma vez que elas emanavam de diversos assuntos, eram fonte inesgotável de conversações. Mas registrarei aqui apenas o teor do que conversamos a respeito de meu próprio país, ordenando essa conversa o melhor que puder, sem considerar nem o tempo nem outras circunstâncias, mas me atendo estritamente à verdade. Minha única preocupação é o fato de que dificilmente farei justiça aos argumentos e às expressões de meu senhor, que sofrerão por causa de minha falta de capacidade e da tradução para essa língua bárbara que é a inglesa.

Em cumprimento, portanto, aos comandos de Sua Excelência, fiz-lhe um relato da Revolução conduzida pelo Príncipe de Orange; da longa guerra com a França, iniciada pelo referido príncipe e retomada por sua sucessora, a atual rainha, na qual as maiores potências da cristandade se envolveram e que ainda está em curso. Computei, a pedido dele, que "cerca de um milhão de *Yahoos* devem ter morrido no decorrer dessa guerra; que talvez cem ou mais cidades tenham sido tomadas, e um número cinco vezes maior de navios, queimados ou afundados".

Ele me perguntou "quais eram as causas ou os motivos comuns que levavam um país a declarar guerra a outro". Respondi que "eram inúmeros, mas que mencionaria alguns dos principais. Às vezes, a causa era a ambição dos príncipes, que nunca julgam ter terra e gente suficientes para governar; às vezes, a corrupção dos ministros, que engajam seus senhores em guerras a fim de conter ou desviar o clamor dos súditos contra sua má administração. A diferença de opiniões já custou milhões de vidas, mesmo questões como, por exemplo, se carne é pão ou se pão é carne; se o suco de uma certa frutinha é sangue ou vinho; se assobiar é vício ou virtude; se é melhor beijar um lenho ou lançá-lo ao fogo; se a melhor cor para uma veste é preta, branca, vermelha ou cinza; e se essa veste deveria ser longa ou curta, justa ou folgada, suja ou limpa; entre outras muitas coisas. Além disso, nenhuma guerra é mais sangrenta, raivosa ou demorada que aquelas ocasionadas pela diferença de opinião, especialmente se tiver a ver com coisas desimportantes.

Por vezes, a contenda entre dois príncipes é para decidir qual deles vai depor um terceiro de seus domínios, aos quais nenhum deles tem qualquer direito. Às vezes, um príncipe entra em contenda com outro por medo de que o outro entre em contenda consigo. Às vezes, entra-se em guerra porque o inimigo é forte demais; outras vezes, porque é fraco demais. Às vezes, nossos vizinhos desejam o que possuímos ou possuem o que desejamos, e, por isso, ambos lutamos, até que nos tomem o que é nosso ou que nos deem o que é deles. Uma causa muito justificável de guerra é a invasão de um país depois que seu povo tenha sido assolado pela fome, destruído pela peste ou levado a lutar entre si por facções internas. É justificável entrar em guerra contra nosso aliado mais próximo quando a localização de alguma cidade ou território seu é conveniente para nós, podendo tornar nossos domínios mais redondos e completos. Se um príncipe envia forças a uma nação cujo povo é pobre e ignorante, é direito dele matar metade desse povo e escravizar o resto, a fim de civilizá-lo e expurgá-lo de seu modo bárbaro de vida. Quando um príncipe solicita o auxílio de outro para protegê-lo contra uma invasão, é uma prática muito régia, nobre e frequente que o auxiliador, após expulsar o invasor, capture ele mesmo os domínios e mate, aprisione ou exile o príncipe que viera socorrer. Alianças de sangue ou por casamento são causa frequente de guerra entre príncipes, e, quanto mais próximo o parentesco, maior a disposição deles para criar contendas; nações pobres são famintas, e nações ricas, orgulhosas, e o orgulho e a fome estão sempre em discórdia. Por essas razões, o ofício de soldado é tido como o mais honrado entre todos: porque o soldado é um *Yahoo* contratado para matar, a sangue frio, o máximo possível de seus congêneres que puder, ainda que jamais o tenham ofendido.

Há também uma casta de príncipes mendigos na Europa, incapazes de guerrear por conta própria, que alugam suas tropas a nações mais ricas cobrando um valor por dia por cabeça, mantendo três quartos dessa renda para si, e dessa maneira conseguem a maior parte de seu sustento: assim são muitas das nações na parte norte da Europa."

"O que me contaste sobre a questão da guerra", disse meu senhor, "de fato revela de forma admirável os efeitos da razão que arrogas. Contudo, felizmente, a vergonha é maior que o perigo, e a natureza vos deixou completamente incapazes de fazer muito mal. Como vossas bocas são chatas, amassadas sobre a cara, dificilmente podeis morder-vos uns aos outros com qualquer propósito, a não ser que haja consentimento. Além disso, quanto às garras de vossas patas dianteiras e traseiras, elas são tão curtas e fracas que um de nossos *Yahoos* seria páreo para uma dúzia dos vossos. Portanto, considerando o número de mortos que, segundo tu, tombaram em batalha, não posso senão concluir que disseste a coisa que não é".

Não pude deixar de balançar a cabeça e rir-me um pouco de sua ignorância. E, não sendo nenhum estranho à arte da guerra, fiz-lhe uma descrição de canhões, colubrinas, mosquetes, carabinas, pistolas, balas, pólvora, espadas, baionetas, batalhas, cercos, retiradas, ataques, solapas, trincheiras, bombardeios, guerras navais, naufrágios com mil homens, vinte mil mortos em cada lado, moribundos agonizantes, membros voando no ar, fumaça, estrondos, confusão, pessoas sendo pisoteadas por cavalos até a morte, fugas, perseguições, vitória, campos cobertos de corpos, abandonados para servir de comida para cães e lobos e aves de rapina, saques, pilhagens, estupros, incêndios e destruição. E, para expor a bravura de meus queridos compatriotas, assegurei-lhe que "já os vira explodir para os céus cem inimigos de uma só vez durante um cerco, e a mesma quantidade em um navio, e assisti aos corpos caindo das nuvens em pedaços, para a grande diversão dos espectadores".

Preparei-me para entrar em mais detalhes, mas meu senhor pediu silêncio. Disse que "qualquer um que conhecesse a natureza dos *Yahoos* poderia facilmente acreditar que um animal tão vil fosse capaz de todas as ações que eu citei, se sua força e astúcia fossem iguais à sua malícia". Mas, assim como meu discurso havia aumentado muito sua repulsa a toda aquela espécie, havia também lhe causado uma perturbação da mente à qual era completamente alheio antes. Acreditava que, à medida que seus ouvidos se acostumassem àquelas palavras abomináveis, passariam a admiti-las com menos desprezo; que, embora odiasse os *Yahoos* de seu país, não os culpava por suas qualidades odiosas mais que a um *gnnayh* (uma ave de rapina) por sua crueldade ou a uma pedra afiada por cortar-lhe o casco. Porém acrescentou que, quando uma criatura que reivindica raciocínio é capaz de tamanhos horrores, temia que a corrupção dessa habilidade fosse pior que a própria brutalidade. Assim, ele parecia confiante de que não éramos dotados de razão, mas apenas de alguma qualidade capaz de aumentar nossos vícios naturais, tal como um rio turbulento que, ao refletir a imagem de um corpo malformado, mostra-o não apenas maior, como também mais distorcido.

Ele acrescentou que havia ouvido demasiado sobre aquele assunto de guerras, tanto naquela conversa quanto nas anteriores. Havia outra questão que o deixava um pouco perplexo no momento. Eu lhe dissera que alguns de nossos tripulantes haviam fugido de seus países por terem sido arruinados pela lei e já lhe explicara o significado dessa palavra, mas ele não entendia como a lei, que era destinada à preservação dos homens, fosse justamente a razão da ruína de um. Portanto, pediu para saber mais sobre o que eu queria dizer com "lei" e também para que lhe falasse mais sobre as pessoas que cuidam dela, conforme a prática corrente em meu país, porque lhe parecia que a natureza e a razão fossem guias suficientes para um animal racional, coisa que dizíamos ser, mostrando-nos o que devemos fazer e o que devemos evitar.

Assegurei à Sua Excelência que "a lei era uma ciência na qual eu não era muito versado, limitando-se minha experiência à contratação em vão de advogados para me defender de injustiças que haviam sido feitas contra mim, mas que lhe daria as explicações que fosse capaz de dar".

Disse que "havia uma sociedade de homens entre nós, treinados desde a juventude na arte de provar, por meio de muitas palavras, que o branco é preto, e o preto, branco, conforme o que fossem pagos para dizer. Que, para essa sociedade, todas as outras pessoas eram escravas. Por exemplo, se meu vizinho quiser se apossar de minha vaca, ele contrata um advogado para provar que tem o direito de tomar minha vaca de mim. É preciso, então, que eu contrate outro advogado para defender meu direito, sendo proibido por todas as regras da lei que um homem fale por si próprio. Nesse caso, todavia, eu, que sou o dono por direito, encontro-me duplamente em desvantagem: primeiro porque meu advogado, tendo sido treinado desde praticamente o berço na defesa da falsidade, está bem fora de seu elemento quando deve advogar pela justiça, tarefa essa que lhe é pouco natural e que ele tateia com bastante embaraço, senão com má vontade. A segunda desvantagem é que aquele que me representa deverá agir com grande cautela, a fim de não ser repreendido pelos juízes ou abominado por seus colegas por diminuir a prática da lei. Assim, disponho de apenas duas estratégias para preservar minha vaca. A primeira seria subornar o advogado de meu adversário com o dobro de seus honorários, e ele então trairia seu cliente insinuando que ele tem a justiça a seu lado. A segunda estratégia seria que meu advogado fizesse a causa parecer o mais injusta que pudesse, cedendo a vaca a meu adversário; isso, se feito de forma habilidosa, certamente ganhará o favor do corpo de magistrados. Agora, Sua Excelência precisa saber que esses juízes são pessoas nomeadas para decidir todas as contendas de propriedade, bem como para o julgamento de criminosos, e escolhidas dentre os advogados mais hábeis, que se tornaram velhos ou preguiçosos e que, tendo sido ensinados a vida inteira contra a verdade e a equidade, encontram-se sob uma necessidade tão incontornável de favorecer a fraude, o perjúrio e a opressão que já soube de alguns deles que recusaram um enorme suborno oferecido pela parte que estava com a justiça para não prejudicar a classe por fazer algo não condizente com sua natureza ou com seu cargo.

É uma máxima entre esses advogados que qualquer coisa que tenha sido feita antes pode legalmente ser feita de novo e, portanto, empenham-se com muita diligência em registrar todas as decisões já tomadas contra a justiça comum e a razão geral da humanidade. Esses registros, que são chamados de precedentes, são apresentados pelos advogados às autoridades para justificar os pareceres mais iníquos, e os juízes nunca falham em dar vereditos favoráveis a eles.

Ao fazerem suas defesas, evitam com todo o cuidado entrar nos méritos da causa; antes, são barulhentos, violentos e tediosos ao se debruçarem sobre todas as circunstâncias despropositadas. Por exemplo, no caso já mencionado, nunca perguntariam que direito tem meu adversário de reivindicar minha vaca, mas sim se ela é vermelha ou preta, se seus chifres são compridos ou curtos, se pasta em um campo redondo ou quadrado, se é ordenhada dentro ou fora de casa, a que doenças está sujeita e coisas afins. Depois disso, consultam os precedentes, adiam a causa repetidas vezes e, em dez, vinte ou trinta anos, chegam a um veredito.

Vale observar ainda que essa sociedade tem uma lábia e um jargão muito peculiares que nenhum outro mortal consegue entender. Dessa maneira são escritas todas as suas leis, as quais se empenham muito em multiplicar, modo como confundem completamente a própria essência da verdade e da mentira, do que é certo e do que é errado. Assim, levam-se trinta anos para decidir se um campo deixado para mim por herança e que pertence a meus ancestrais há seis gerações pertence a mim ou a um estranho a 480 quilômetros de distância.

No julgamento de pessoas acusadas de crime contra o Estado, os procedimentos são muito mais céleres e louváveis: o juiz, em primeiro lugar, manda manifestar-se a disposição daqueles que estão no poder e, em seguida, pode facilmente enforcar ou salvar o criminoso, preservando estritamente todas as devidas formas da lei."

Nisso, meu senhor me interrompeu, dizendo "ser uma pena que criaturas dotadas de habilidades mentais tão prodigiosas como eram esses advogados, segundo a descrição que eu fizera deles, não fossem encorajados a ser instrutores dos outros em sabedoria e conhecimento". Em resposta a isso, assegurei à Sua Excelência que, "em tudo que não compete a seu ofício, costumavam ser a geração mais estúpida e ignorante entre nós, a mais desprezível em conversas comuns, inimigos declarados de todo o conhecimento e aprendizado e igualmente inclinados a perverter a razão geral da humanidade em todos os demais objetos de discurso, tal como em sua própria profissão".

# Capítulo 6

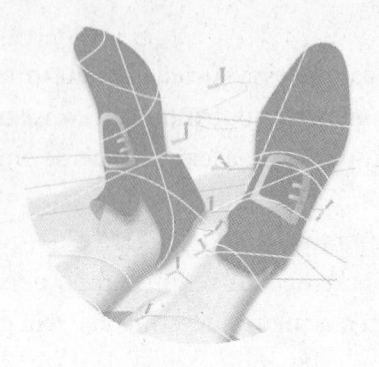

*Continuação do relato sobre o estado da Inglaterra sob o reinado da Rainha Ana. O caráter de um primeiro-ministro de Estado nas cortes europeias.*

Meu senhor ainda tinha dificuldade para entender que motivos poderiam levar essa raça dos advogados a se confundir, se inquietar e se exaurir, mancomunando-se em uma confederação da injustiça, meramente com o fito de prejudicar seus congêneres. Tampouco conseguia compreender o que eu queria dizer quando mencionei que eram contratados para isso. Nesse momento, tive muita dificuldade para explicar a ele o uso do dinheiro, os materiais de que é feito e o valor dos metais. Disse a ele que, "quando um *Yahoo* juntava uma porção volumosa dessa substância preciosa, era capaz de comprar o que quisesse: as roupas mais finas, as casas mais nobres, grandes extensões de terra, as carnes e as bebidas mais caras, além de poder escolher as mais belas fêmeas. Portanto, como o dinheiro, por si, era capaz de realizar todos esses feitos, nossos *Yahoos* jamais achavam ter o suficiente para gastar, ou juntar, pois eram naturalmente inclinados ou ao esbanjamento ou à avareza. Expliquei que os homens ricos deleitavam-se com os frutos do trabalho dos homens pobres, sendo que estes últimos abundavam em uma proporção de mil para um em relação aos primeiros, e que a maior parte de nosso povo era forçada a viver miseravelmente, trabalhando todos os dias em troca de míseros salários para garantir a uns poucos uma vida abundante".

Falei durante um longo tempo sobre essas e muitas outras particularidades afins, mas Sua Excelência ainda estava por entender, pois supunha que todos os animais tivessem direito a uma parcela dos produtos da terra, especialmente aqueles que presidiam sobre os demais. Logo, quis que lhe explicasse "que carnes caras eram aquelas e como poderia ser que alguns de nós as quisessem". Então enumerei todos os tipos que me vieram à mente, explicando os diversos métodos para temperá-los, o que não se podia fazer sem enviar navios pelo mar a diversas partes do mundo, bem como para buscar bebidas, molhos e inúmeras outras conveniências. Disse-lhe que "todo o globo terrestre precisa ser circum-navegado pelo menos três vezes para que uma fêmea *Yahoo* possa tomar seu café da manhã, ou para que ela tenha uma xícara em que colocá-lo". Ele disse que "deveria ser um país miserável para não prover alimento para seus próprios habitantes". Mas o que mais o encafifava era como vastas porções de terra que eu descrevera pudessem ser tão completamente desprovidas de água, de modo que o povo tivesse a necessidade de mandar buscar água doce no além-mar. Respondi que "se calculava que a Inglaterra (minha amada terra natal) produzisse três vezes mais comida do que seus habitantes eram capazes de consumir, bem como bebidas extraídas de grãos ou do fruto de certas árvores, bebidas essas que eram excelentes, e a mesma proporção em todas as outras conveniências da vida. Entretanto, para alimentar a luxúria e a intemperança dos machos e a vaidade das fêmeas, exportávamos a maior parte de nossos bens necessários a outros países, dos quais, em troca, importávamos os materiais de doença, loucura e vício, para gastarmos entre nós. Daí decorre a carência que obriga vastos números de nossa gente a buscar seu sustento mendigando, roubando, assaltando, trapaceando, caftinando, bajulando, subornando, perjurando, falsificando, apostando, mentindo, adulando, intimidando, votando, escrevinhando, devaneando, envenenando, prostituindo-se, ladainhando, difamando, livre-pensando e exercendo outras ocupações afins", tendo eu muita dificuldade para fazê-lo entender cada um desses termos.

Expliquei ainda que "não importávamos vinho de países estrangeiros para suprir a falta de água ou de outras bebidas, mas porque o vinho era um tipo de líquido que nos deixava alegres, por nos fazer perder o juízo, que afugentava todos os pensamentos melancólicos, que gerava fantasias loucas e extravagantes em nosso cérebros, que avivava nossas esperanças e exilava nossos medos, que suspendia todo o ofício da razão por um tempo e nos privava do uso de nossos membros até que caíssemos em um sono profundo, embora fosse preciso admitir que sempre acordávamos mal e indispostos e que o consumo dessa bebida nos enchia de doenças que tornavam nossas vidas desconfortáveis e curtas.

Não obstante, à parte de tudo isso, a maioria de nosso povo se sustentava fornecendo as necessidades e conveniências da vida aos ricos e uns aos outros. Por exemplo, quando estou em casa devidamente vestido, carrego sobre meu corpo o resultado do trabalho de cem homens, enquanto a construção e a mobília de minha casa empregam tantos quanto, e os adornos de minha esposa, cinco vezes mais."

Prossegui com meu relato, falando a ele sobre outra categoria de pessoas que ganha seu sustento assistindo os doentes, pois tinha, em outras ocasiões, informado à Sua Excelência que muitos de meus tripulantes morreram de doença. No entanto, foi com muita dificuldade que consegui levá-lo a entender o que eu queria dizer. Ele compreendia com facilidade que um *Houyhnhnm* ficasse fraco e pesado alguns dias antes de morrer ou que, por acidente, machucasse algum membro, mas que a natureza, que, segundo seu entendimento, opera as coisas com perfeição, permitisse que surgissem dores em nosso corpo era algo que ele julgava impossível, desejando saber a razão de um mal tão inexplicável.

Disse-lhe que "nos alimentávamos de centenas de coisas que operavam contrariamente uma à outra, que comíamos quando não tínhamos fome e bebíamos sem sermos provocados pela sede, que passávamos noites inteiras a beber bebidas fortes sem comer nada, o que nos tornava preguiçosos e inflamava nossos corpos, além de precipitar ou impedir a digestão". Acrescentei que "as fêmeas *Yahoos* que eram prostitutas contraíam certas moléstias que levavam ao apodrecimento dos ossos daqueles que caíam em seus abraços e que essas e muitas outras doenças se propagavam de pai para filho, de sorte que muitos já vinham ao mundo afligidos por enfermidades complicadas; que era interminável a lista de doenças que incidem sobre o corpo, as quais não haveriam de ser menos de quinhentas ou seiscentas, espalhando-se por todos os membros e juntas; em suma, todas as partes, externas ou internas, tinham alguma doença que lhes era própria. Para remediá-las, havia entre nós uma categoria de pessoas treinadas no ofício ou na pretensão de curar os doentes. E, como eu tinha alguma habilidade nesse ofício, em agradecimento à Sua Excelência, lhe revelaria todo o mistério e método de seu procedimento.

Seu princípio fundamental é de que todas as doenças surgem da repleção, e esses profissionais concluem, com base nisso, que uma grande evacuação do corpo é necessária, seja através da passagem natural ou por cima, pela boca. Seu próximo recurso é usar ervas, minerais, gomas, óleos, conchas, sais, sumos, algas, excrementos, troncos de árvores, serpentes, sapos, rãs, aranhas, carnes e ossos de homens mortos, pássaros, feras e peixes para fazer uma composição com o cheiro e o gosto mais abomináveis, nauseabundos e detestáveis que são capazes de conceber, a qual o estômago rejeite imediatamente com repulsa, e isso eles chamam de vômito. Ou então, com os mesmos ingredientes e algumas outras adições venenosas, eles nos mandam tomar pelo orifício superior ou inferior (conforme a disposição do médico no dia) um remédio igualmente irritante e repugnante para as tripas, o qual, relaxando a barriga, empurra para baixo tudo à sua frente, e a isso chamam purgação ou clister. Como a natureza (como alegam os médicos) pensou o orifício superior anterior apenas para a introdução de sólidos e líquidos e o inferior posterior para a ejeção, esses artistas engenhosamente consideram que, em todas as doenças, a natureza é forçada para fora de sua normalidade, logo, para reposicioná-la, o corpo deve ser tratado em uma maneira diretamente contrária, por meio de um intercâmbio no uso de cada orifício, isto é, forçando sólidos e líquidos para dentro do ânus e fazendo evacuações pela boca.

Mas, além das doenças reais, estamos sujeitos a muitas que são apenas imaginárias, para as quais os médicos inventaram curas imaginárias. Essas várias doenças têm cada uma um nome, tal como têm as drogas apropriadas para cada uma delas.

Um grande mérito dessa tribo é sua habilidade de dar prognósticos, no que raramente falham. Suas predições de doenças reais, quando alcançam qualquer grau de malignidade, geralmente pressagiam a morte, a qual está sempre em seu poder, ao passo que a recuperação não. Portanto, ao mínimo sinal inesperado de recuperação, depois de eles terem pronunciado sua sentença, para não serem tachados de falsos profetas, sabem provar sua sagacidade para o mundo com uma dose oportuna.

Sendo assim, são especialmente úteis para maridos e esposas que se cansaram de seus companheiros, para filhos mais velhos, para grandes ministros de Estado e, por vezes, para príncipes."

Eu havia, em outra ocasião, conversado com meu senhor sobre a natureza do governo em geral e, em particular, sobre nossa excelente Constituição, merecidamente a maravilha e a inveja de todo o mundo. Mas, tendo então mencionado por acidente um ministro de Estado, ele me pediu, depois de certo tempo, que lhe informasse "a que espécie de *Yahoos* eu me referia com aquela palavra".

Eu lhe disse que "um primeiro-ministro, ou ministro-chefe de Estado, que era a pessoa a quem pretendia descrever, era uma criatura inteiramente isenta de alegria e tristeza, amor e ódio, pena e ira, ou, pelo menos, não faz uso de nenhuma outra paixão além de uma sanha violenta por riqueza, poder e títulos; lança mão de suas palavras para todas as finalidades, exceto para revelar suas intenções; nunca diz a verdade senão com o intento de fazer com que ela pareça mentira; nem a mentira, senão com a intenção de fazê-la parecer verdade. Aqueles de quem fala as piores coisas pelas costas são certamente seus preferidos, e, quando quer que ele comece a elogiar alguém para os outros ou para a própria pessoa, desse dia em diante, essa pessoa será infeliz. O pior sinal que se pode receber dele é uma promessa, em especial se confirmada com um juramento; depois disso, todo homem mais sábio se recolhe ou desiste de todas as esperanças.

Há três métodos por meio dos quais um homem pode chegar a ser ministro-chefe. O primeiro é saber, com prudência, como dispor de uma esposa, filha ou irmã; o segundo é trair ou boicotar seu antecessor; e o terceiro é demonstrar um zelo furioso, em uma assembleia pública, contra as corrupções da corte. Porém, um príncipe sábio prefere escolher aqueles que praticam o último desses métodos, porque esses zelosos indivíduos sempre se provam os mais obsequiosos e subservientes às vontades e paixões de seu senhor. Esses ministros, tendo todos os cargos públicos à disposição, mantêm-se no poder subornando a maioria de um Senado ou grande conselho, e, por fim, por meio de um expediente chamado ato de anistia[64]", e nesse momento descrevi a natureza deste para meu senhor, "eles se protegem de represálias e aposentam-se da vida pública abastados com os espólios da nação".

Expliquei ainda que "o palácio de um ministro-chefe é um seminário para treinar outros em seu próprio ofício; pajens, lacaios e porteiros, imitando seu senhor, tornam-se ministros de Estado em seus respectivos distritos e aprendem a se destacar nos três principais ingredientes dessa arte: a insolência, a mentira e o suborno. Da mesma forma, dispõem de uma corte subalterna, financiada por pessoas da mais alta classe; e, por vezes, por força da destreza e da impudência, paulatinamente logram tornar-se sucessores de seu senhor.

---

64 Tradução da expressão *Act of Indemnity*, que foi uma lei criada na Inglaterra para proteger os participantes da Guerra Civil, no século XVII. Acabou sendo replicada em outras leis que protegiam políticos de crimes cometidos no exercício do poder. (N.T.)

Esse ministro costuma ser influenciado por alguma prostituta decadente ou um lacaio favorito, que são os túneis através dos quais todas as graças são concedidas e que podem propriamente ser considerados, no fim das contas, os governantes do reino."

Um dia, durante uma conversa, meu senhor, tendo me ouvido mencionar a nobreza de meu país, gentilmente teceu-me um elogio de que não me julgo merecedor: ele tinha certeza de que eu nascera em uma família nobre, pois "superava em forma, cor e higiene todos os *Yahoos* de seu país, embora parecesse deixar a desejar em força e agilidade, o que talvez se devesse a meu estilo de vida diferente do daqueles outros brutos; e, além disso, eu não apenas era dotado da faculdade de linguagem, como também de alguns rudimentos de razão, de tal forma que, para todos os seus conhecidos, eu era um prodígio".

Ele ressaltou que, "entre os *Houyhnhnms*, os de pelagem branca, os alazões e os de pelagem cinza-férrea não tinham forma tão exata quanto os baios, os de pelagem cinza sarapintada e os pretos, nem eram nascidos com iguais talentos mentais ou com a capacidade de aperfeiçoar esses talentos. Portanto, cabia-lhes apenas a condição de servos, e eles não poderiam aspirar a parear-se com outro *Houyhnhnm* fora de sua raça, o que, naquele país, seria considerado algo monstruoso e antinatural".

Prestei à Sua Excelência meus mais humildes agradecimentos pela boa opinião que gentilmente nutria a meu respeito, mas garanti a ele, ao mesmo tempo, que "eu não era de berço elevado, tendo nascido de pais honestos e remediados, que não puderam me dar senão uma educação razoável; que nossa nobreza era uma coisa inteiramente diferente da ideia que ele nutria dela; que nossos jovens nobres são criados desde a infância na mais indolente luxúria; que, tão logo permitisse a idade, satisfaziam seu vigor e contraíam, de fêmeas despudoradas, as mais odiosas doenças; e que, quando suas fortunas estavam praticamente arruinadas, casavam-se, meramente por conta do dinheiro, com alguma mulher de péssimo berço, caráter desagradável e saúde frágil a quem odiavam e desprezavam. Os produtos de tais casamentos costumavam ser crianças escrofulosas, raquíticas ou deformadas. Dessa maneira, a família dificilmente sobrevive por mais de três gerações, a não ser que a esposa trate de arranjar um pai saudável entre os vizinhos ou empregados, a fim de aperfeiçoar e dar continuidade à sua linhagem. As verdadeiras marcas de um sangue nobre poderiam ser encontradas em um menino doentio, de aparência minguada e pele amarelada, enquanto uma aparência robusta é um opróbrio tão grande para um homem de classe alta que o mundo logo conclui que seu pai seja algum cavalariço ou cocheiro. As imperfeições da mente de um verdadeiro nobre são paralelas àquelas do corpo, sendo ele uma composição de mau humor, enfado, ignorância, capricho, concupiscência e orgulho.

Sem o consentimento desse ilustre corpo de nobres, nenhuma lei pode ser decretada, vetada ou alterada, e cabe a esses nobres decidir sobre todas as nossas propriedades, sem termos direito à apelação."[65]

---

65 Este parágrafo não consta nas primeiras edições. (N.T.)

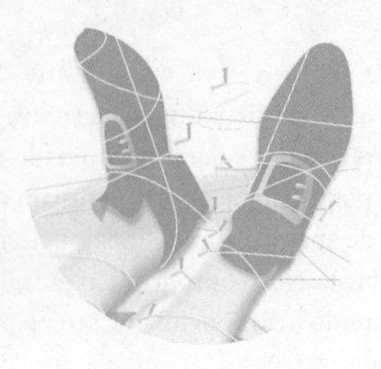

# Capítulo 7

*O autor aponta seu forte amor por seu país. Seu senhor faz observações sobre a Constituição e a administração da Inglaterra, conforme a descrição feita pelo autor, com casos paralelos e comparações. Ele também faz comentários sobre a natureza humana.*

O leitor deverá estar se perguntando como eu consegui dar uma representação tão imparcial de minha própria espécie a uma raça já tão inclinada a nutrir a pior das opiniões sobre a humanidade, devido àquela completa correspondência entre mim e seus *Yahoos*. Mas devo confessar, com franqueza, que as muitas virtudes daqueles ilustríssimos quadrúpedes, comparadas às corrupções humanas, haviam de tal forma aberto meus olhos e ampliado meu entendimento que passei a ver as ações e paixões do homem sob uma nova lente e a considerar a honra de minha própria casta indigna de defesa. Isso, por sinal, seria impossível de se fazer diante de alguém de julgamento tão aguçado como era meu senhor, que me convencia diariamente de mil defeitos meus dos quais eu até então não fazia ideia e que, entre nós, jamais seriam listados entre as deficiências humanas. Eu aprendera também, a exemplo dele, a nutrir um ódio sem tamanho por toda mentira e dissimulação, e a verdade me parecia tão amável que me determinei a sacrificar tudo por ela.

Permita-me o leitor ser completamente franco consigo, a ponto de confessar que havia ainda um motivo muito mais forte para a liberdade que tomei em minha representação das coisas. Em pouco menos de um ano desde que chegara àquele país, eu desenvolvera um amor e uma veneração tão grandes por seus habitantes que me decidira resolutamente a jamais retornar à humanidade, passando o resto de minha vida entre esses admiráveis *Houyhnhnms* a contemplar e praticar todas as virtudes, sem qualquer exemplo ou incitação ao vício. Mas quis a fortuna, minha perpétua inimiga, que não me coubesse tamanha felicidade. Todavia, acho agora conforto ao refletir que, em tudo que disse a respeito de meus compatriotas, atenuei suas falhas o máximo que consegui diante de um examinador tão rígido, e, em cada aspecto que abordei, dei-lhes o ângulo mais favorável que o assunto permitia. Pois, sem dúvida, que homem vivente não se sente persuadido por sua preferência e parcialidade em favor do lugar em que nasceu?

Relatei o teor de diversas conversas que tive com meu senhor durante a maior parte do tempo em que tive a honra de estar a seu serviço, mas é fato que omiti, a fins de concisão, muito mais do que aqui é apresentado.

Quando terminei de responder a todas as suas perguntas e sua curiosidade parecia estar completamente satisfeita, ele mandou me chamar em uma manhã cedo e pediu que eu me sentasse não muito longe dele (uma honra que até então jamais havia me concedido). Disse que "ponderara seriamente sobre minha história, tanto no que dizia respeito a mim quanto no que eu dissera sobre meu país; que nos via como uma casta de animais aos quais coubera, por algum acidente que ele não conseguia conceber, uma pequena pitada de razão, da qual lançamos mão apenas para agravar, com seu auxílio, nossas corrupções naturais e para adquirir outras novas, de que a natureza não nos havia dotado; que nos desarmáramos das poucas habilidades com que ela nos agraciara; que fôramos muito exitosos em multiplicar nossas carências originais e parecíamos passar a vida toda em vãs empreitadas para suprir tais carências com nossas próprias invenções; que, quanto a mim, estava claro que não possuía nem a força nem a agilidade de um *Yahoo* comum; que caminhava erraticamente sobre minhas patas traseiras; que encontrara uma maneira de tornar minhas garras inúteis ou imprestáveis para a defesa e de remover o pelo de meu queixo, cuja serventia era proteger-me do Sol e do tempo; por fim, que eu não era capaz de correr velozmente nem de escalar árvores como meus companheiros", como os chamou, "os *Yahoos* de seu país".

Disse ainda que "nossas instituições governamentais e jurídicas se deviam claramente a nossos enormes defeitos de razão e, por consequência, de virtude; porque a razão basta para governar uma criatura racional, o que era algo que não tínhamos a pretensão de contestar, dado o relato que eu fizera de minha própria gente, embora ele percebesse com clareza que, a fim de favorecê-la, eu escondera muitos detalhes e, por vezes, dissera *a coisa que não era*.

Sua opinião ficava ainda mais comprovada ao notar-se que, assim como havia uma correspondência em todas as feições entre meu corpo e o corpo dos outros *Yahoos* (salvo no que dizia respeito à minha grande desvantagem em força, velocidade e atividade, ao tamanho curto de minhas garras e a algumas outras particulares nas quais a natureza não desempenhava papel nenhum), com base na representação que lhe fizera de nossa vida, nossos modos e nossas ações, notava ele uma semelhança idêntica na disposição de nossas mentes." Ele disse que "os *Yahoos* são conhecidos por odiarem-se uns aos outros mais do que odeiam as outras espécies de animais, e a razão normalmente atribuída a isso era a asquerosidade de suas formas, que todos eles notavam nos demais, mas não em si mesmos. Ele passara a crer que fazíamos bem em cobrir nosso corpo e, com isso, ocultar muitas de nossas deformidades uns dos outros, as quais, do contrário, seriam certamente insuportáveis. Mas agora percebia que se equivocara e que as dissensões entre os brutos de seu país eram devidas à mesma causa que as nossas, conforme eu as havia descrito. Pois", dizia ele, "se lançarmos aos *Yahoos* comida suficiente para cinquenta deles, em vez de comerem em paz, eles se agarrarão pelas orelhas, cada um mais desesperado que o outro para ter tudo para si; portanto, um servo era normalmente empregado para vigiá-los enquanto eles se alimentavam no exterior, e os que se mantinham em casa eram amarrados longe uns dos outros. Se uma vaca morresse de velhice ou por acidente, antes que um *Houyhnhnm* a pudesse colocar em segurança para seus próprios *Yahoos*, aqueles que havia na vizinhança vinham em bandos e a capturavam e, então, armavam brigas violentíssimas, resultando em feridas terríveis em ambos os lados, embora fosse raro que lograssem matar um ao outro, por falta dos instrumentos mortais que convenientemente havíamos inventado. Outras vezes, brigas idênticas aconteciam entre *Yahoos* de diferentes vizinhanças, sem nenhuma razão aparente, e os *Yahoos* de um distrito estavam sempre buscando uma oportunidade de surpreender seus congêneres de outro distrito, antes de estes últimos estarem preparados. Porém, ao verem seu plano frustrado, voltavam para casa e, na falta de inimigo, engajavam-se em guerras civis entre eles próprios.

Em alguns campos de seu país havia certas pedras brilhantes de diversas cores, pelas quais os *Yahoos* eram violentamente atraídos, e, quando parte dessas pedras está presa à terra, o que costuma acontecer, eles cavam com as garras por dias inteiros até arrancá-las. Em seguida, levam-nas embora e escondem-nas aos montes em seus canis, mas sempre vigilantes para que seus camaradas não descubram seu tesouro." Meu senhor disse que "nunca conseguiu entender a razão desse apetite tão fora do normal ou que utilidade essas pedras poderiam ter para um *Yahoo*, mas que agora acreditava que isso se devia ao mesmo princípio de avareza que eu havia atribuído à raça humana. Para fazer um experimento, ele havia uma vez secretamente removido um monte dessas pedras do lugar onde um de seus *Yahoos* as havia enterrado. Ao dar falta de seu tesouro, esse sórdido animal atraiu todo o bando para aquele lugar com seu choro de lamento, desatinando a urrar miseravelmente, e então danou a morder e a arranhar os outros, começou a ficar melancólico, não comia nem dormia, até que meu senhor ordenou que um servo secretamente botasse as pedras de volta no mesmo buraco e as escondesse conforme estavam. Quando o *Yahoo* as descobriu, recobrou na mesma hora os ânimos e o bom humor, mas tomou cuidado especial para removê-las para um esconderijo melhor, sendo desde então um bruto muito prestativo".

Meu senhor também me assegurou de que, como eu mesmo percebera, "nos campos onde as pedras cintilantes abundam, as batalhas mais ferozes e frequentes acontecem, ocasionadas pelas constantes invasões de *Yahoos* das redondezas".

Ele disse que "era comum que, quando dois *Yahoos* descobriam essa pedra em um campo e competiam para decidir quem era o proprietário, um terceiro tirasse vantagem disso e a tomasse dos dois", no que meu mestre via alguma semelhança com nossos processos judiciais. Julguei melhor não desenganá-lo, para crédito nosso, pois a decisão mencionada era muito mais equitativa que muitos vereditos entre nós. Isso porque o requerente e o acusado não perdiam nada além da pedra pela qual competiam, ao passo que nossas cortes de equidade[66] jamais dispensariam a causa enquanto qualquer uma das partes ainda tivesse algo a perder.

Meu senhor continuou seu discurso, dizendo "que nada tornava os *Yahoos* mais odiosos que seu apetite, que não faz distinção de nada e os leva a devorar tudo que lhes aparece pela frente, sejam ervas, raízes, frutas, a carne podre de animais ou uma mistura de tudo isso. E uma característica peculiar deles era sua preferência pelo que conseguiam capturar por rapina ou astúcia, a uma distância maior, em detrimento da comida muito melhor que lhes era fornecida em casa. Se sua presa durasse, comiam até quase estourarem. Depois disso, a natureza lhes havia indicado uma raiz que lhes dava uma evacuação geral.

Havia também outro tipo de raiz muito suculenta, porém raro e difícil de encontrar, pelo qual os *Yahoos* procuravam afoitamente e que chupavam com grande deleite. Ela produzia os mesmos efeitos que o vinho em nós. Às vezes, levava-os a se abraçarem; às vezes, a

---

66 Ver a nota do tradutor 23 sobre *Chancelaria*. (N.T.)

se arranharem. Urravam, sorriam, guinchavam, deitavam e rolavam e, por fim, dormiam na lama."

Eu havia de fato percebido que os *Yahoos* eram os únicos animais naquele país sujeitos a doenças, as quais, ainda assim, eram muito menos numerosas que as que acometem os cavalos entre nós, sendo que as contraíam não por serem maltratados, mas sim por causa de sua própria vileza e avidez. A língua deles tampouco tinha senão uma designação geral para todas essas doenças, a qual levava o nome da fera: *hnea-yahoo*, isto é, *Mal dos Yahoos*. O tratamento que receitavam era uma mistura de seu próprio excremento e urina, a qual era enfiada à força em suas goelas. Já vi vários casos de sucesso devidos a esse tratamento e, portanto, recomendo-o com entusiasmo a meus compatriotas, pelo bem comum, como um admirável remédio contra todos os males oriundos da repleção.

Quanto à ciência, ao governo, às artes, às manufaturas e às coisas afins, meu senhor confessou que "encontrava pouca ou nenhuma semelhança entre os *Yahoos* daquele país e os nossos, pois só lhe interessava observar a paridade que havia em nossas naturezas. Ele havia ouvido, é verdade, alguns *Houyhnhnms* mais curiosos dizerem que na maioria dos bandos há uma espécie de *Yahoo* dominante (tal como entre nós costuma haver um veado líder ou principal nos parques), cujo corpo era sempre mais deformado e a índole, mais maliciosa que a dos demais; que esse líder costumava ter um favorito, cuja tarefa era lamber as patas posteriores de seu senhor e levar as fêmeas *Yahoos* a seu canil, pelo que era vez por outra recompensado com um pedaço de carne de asno. Esse favorito era odiado pelo resto do bando e, portanto, para se proteger, mantinha-se sempre junto de seu senhor. Costumava ser mantido em seu cargo até que um pior fosse encontrado; então, no exato momento em que era dispensado, seu sucessor trazia todos os *Yahoos* daquele distrito, jovens e velhos, machos e fêmeas, e, juntos, despejavam seus excrementos sobre ele, da cabeça aos pés". Mas o quanto isso se aplicava a nossas cortes, favoritos e ministros de Estado, meu senhor disse "que eu saberia determinar melhor".

Não ousarei retomar essa insinuação maliciosa, que degrada o entendimento humano a uma condição inferior à da sagacidade de um cão comum, que tem julgamento suficiente para distinguir e seguir o latido do cão mais capaz da matilha sem jamais se enganar.

Meu senhor me disse que "havia algumas características dignas de menção nos *Yahoos*, as quais ele havia notado que eu não apontara, ou no mínimo o fizera muito superficialmente, nos relatos que lhe dera sobre humanidade". Ele disse que "aqueles animais, tal como outros, compartilhavam suas fêmeas, mas se diferenciavam dos demais pelo fato de as fêmeas *Yahoos* receberem os machos enquanto estavam prenhas, bem como pelo fato de os machos brigarem e lutarem com as fêmeas tão ferozmente quanto entre si. Ambas essas práticas atingiam níveis infames de brutalidade aos quais nenhuma outra criatura viva jamais chegou.

Outra coisa que o deixava curioso nos *Yahoos* era sua estranha disposição para a imundície e a sujeira, ao passo que parece haver um amor natural pela higiene em todos os outros animais." Quanto às duas primeiras acusações, alegrou-me poder deixá-las passar sem resposta, pois eu não tinha uma palavra sequer a oferecer em defesa de minha espécie que já não tivesse sido demonstrada por meio de minhas próprias inclinações. Mas eu poderia facilmente defender os seres humanos da imputação de singularidade no que diz respeito ao último tópico se houvesse algum suíno naquele país (o que, para minha má sorte, não havia), pois esse animal, apesar de ser um quadrúpede mais dócil que um *Yahoo*, não pode, creio eu humildemente, ser considerado com justiça mais limpo. Meu senhor mesmo concordaria comigo se visse o modo imundo como esse animal se alimenta, bem como seu hábito de chafurdar e dormir na lama.

Meu senhor ainda mencionou outra característica que seus servos haviam descoberto em vários *Yahoos*, a qual lhe parecia de todo inexplicável. Ele disse que "às vezes, o capricho levava um *Yahoo* a se recolher em um canto, deitar-se e então urrar, gemer e expulsar tudo que se aproximasse dele, embora fosse jovem e gordo e não carecesse nem de comida nem de água. Os servos tampouco eram capazes de imaginar o que poderia afligi-lo. O único remédio que encontravam era ocupá-lo com algum trabalho duro, e depois disso ele sempre voltava a si". Por ser parcial em relação à minha espécie, fiquei em silêncio ao ouvir isso. Contudo, pude perceber claramente aí as verdadeiras sementes do mau humor, que só acomete os preguiçosos, os voluptuosos e os ricos, os quais, se fossem submetidos ao mesmo regime, garanto que se curariam.

Sua Excelência observou também que "uma fêmea *Yahoo* frequentemente se escondia atrás de um banco de areia ou de um arbusto para observar os jovens machos passando e, então, aparecia, depois tornava a se esconder, fazendo muitos gestos e caretas grotescas. Nesses momentos, notava-se nela uma inhaca muito asquerosa. Quando qualquer um dos machos se aproximava, ela se afastava devagar, olhando várias vezes para trás, fingindo medo, e então corria para algum lugar conveniente, aonde sabia que o macho a seguiria.

Outras vezes, se uma fêmea estranha viesse para o meio deles, três ou quatro de seu sexo se amontoavam em volta dela e olhavam-na, guinchavam, riam-se e cheiravam-na inteira; em seguida, davam-lhe as costas, fazendo gestos que pareciam querer expressar desprezo e desdém."

Talvez meu senhor tenha floreado um pouco essas conclusões, às quais chegara a partir do que ele mesmo observara ou do que lhe fora dito pelos outros. Entretanto, não pude deixar de pensar, com algum espanto e muito lamento, que os rudimentos da lascívia, do coquetismo, da censura e do escândalo eram parte instintiva da mulher.

Esperei que, a qualquer momento, meu senhor fosse acusar os *Yahoos* daqueles apetites antinaturais em ambos os sexos, tão comuns entre nós. Mas parece que a natureza não foi uma professora muito boa e que esses prazeres mais refinados sejam inteiramente produzidos pela arte e pela razão em nossa parte do globo.

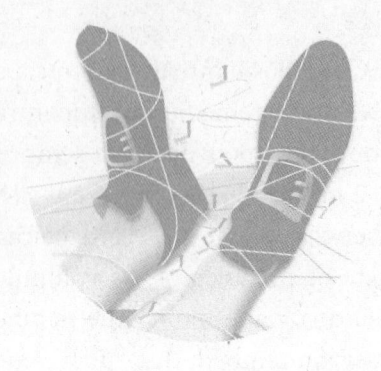

# Capítulo 8

*O autor relata várias particularidades acerca dos Yahoos. Ele descreve também as grandes virtudes dos Houyhnhnms, assim como a educação e o exercício de sua juventude, além de sua assembleia geral.*

Como eu entendia a natureza humana muito melhor do que supunha ser possível que meu senhor a entendesse, era mais fácil para mim associar as características dos *Yahoos* descritas por ele a mim e a meus compatriotas. E eu acreditava que pudesse fazer ainda outras descobertas, com base em minha própria observação. Portanto, pedi à Sua Excelência que me permitisse andar entre os bandos de *Yahoos* na vizinhança, com o que ele, sempre com muita graciosidade, concordou, estando plenamente convencido de que o ódio que eu nutria por aqueles brutos jamais me permitiria ser corrompido por eles. Sua Excelência designou um de seus servos, um rocim alazão forte, muito honesto e de boa índole, para ser meu guarda, sem a proteção do qual eu não ousaria me aventurar nessas empreitadas, pois já disse ao leitor o quanto fui atazanado por aqueles odiosos animais logo de minha chegada e, posteriormente, passei muito perto, três ou quatro vezes, de cair em suas garras, quando porventura caminhei um pouco mais longe sem meu espadim. Tenho razões para crer que eles tenham imaginado que eu fosse de sua própria espécie, e eu frequentemente dei-lhes razão para pensar isso tirando minhas luvas e exibindo meu peito e meus braços nus à vista deles, quando meu defensor me acompanhava. Nessas ocasiões, eles se aproximavam tanto quanto podiam ousar e imitavam minhas atitudes feito macacos, mas demonstrando grandes sinais de ódio, tal como uma gralha domesticada com chapéu e meias é sempre perseguida pelas selvagens quando calha de ir parar no meio delas.

Os *Yahoos* são prodigiosamente ágeis desde a infância. No entanto, eu uma vez capturei um jovem macho de três anos e tentei, com várias mostras de ternura, aquietá-lo, mas o capetinha danou a chorar, arranhar e morder com tamanha violência que fui obrigado a soltá-lo. Fi-lo bem na hora, pois uma tropa inteira de adultos veio em nossa direção por causa do barulho, mas, percebendo que o filhote estava seguro (pois foi-se embora correndo) e que meu rocim alazão estava por perto, não ousaram se aproximar. Notei que a pele do jovem animal fedia muito, e a catinga ficava algo entre a de uma doninha e a de uma raposa, porém era muito mais desagradável. Esqueci-me de outro acontecimento (e talvez o leitor me perdoasse mesmo se ele fosse inteiramente omitido): enquanto eu segurava aquela peste detestável, ela despejou seus imundos excrementos, que eram um líquido de cor amarela, por toda a minha roupa, mas, por sorte, havia um igarapé ali perto, onde eu me lavei o melhor que pude, embora não tenha ousado apresentar-me diante de meu senhor sem antes ter me arejado o suficiente.

Pelo que pude perceber, os *Yahoos* são os menos ensináveis de todos os animais: sua capacidade jamais vai além de puxar e carregar peso. Ainda assim, sou da opinião de que esse defeito decorre principalmente de uma índole perversa e inquieta, pois são astutos, maliciosos, traiçoeiros e vingativos. São fortes e resistentes, mas de espírito covarde e, por consequência, insolentes, abjetos e cruéis. Observa-se que os ruivos de ambos os sexos são mais libidinosos e maliciosos que os demais, a quem, contudo, superam em força e atividade.

Os *Houyhnhnms* mantêm os *Yahoos* que estão sendo usados em cabanas não muito longe de casa, mas os demais são levados para fora, para certos campos onde cavam raízes, comem diversos tipos de erva e caçam carniça, ou, às vezes, capturam doninhas e *luhimuhs* (uma espécie de rato selvagem), os quais devoram com gula. A natureza os ensinou a cavar com as unhas buracos profundos junto a barrancos, onde se deitam sozinhos. Somente os canis das fêmeas são maiores, grandes o suficiente para comportar dois ou três filhotes.

Essas criaturas nadam desde a infância feito sapos e são capazes de permanecer bastante tempo embaixo d'água, onde por vezes capturam peixes, que as fêmeas levam para casa para seus filhotes. E, nesta oportunidade, espero que o leitor me desculpe por relatar uma estranha aventura.

Estando um dia fora com meu defensor, o rocim alazão, e o tempo estando demasiadamente quente, pedi-lhe licença para banhar-me em um rio que havia ali perto. Ele consentiu, e eu no mesmo instante me despi inteiro e fui entrando aos poucos na água. Calhou de uma jovem *Yahoo* fêmea, que estava atrás de um banco de areia, ver todo o acontecimento e, inflamada de desejo, como eu e o rocim concluímos, ela veio correndo com toda velocidade e mergulhou na água, a quatro metros e meio de distância de onde eu estava. Nunca na vida temi tanto. O rocim estava pastando ao longe, sem suspeitar de qualquer perigo. Ela me abraçou com muito exagero. Gritei o mais alto que pude, e o rocim veio galopando em minha direção, quando então ela me soltou, com bastante relutância, e saltou para a outra margem, onde pôs-se a me olhar e a uivar enquanto eu punha as roupas.

Isso foi motivo de piada para meu mestre e sua família, e de vergonha para mim, pois agora não podia mais negar que era um verdadeiro *Yahoo* em todos os membros e feições, já que as fêmeas tinham uma propensão natural por mim, como se por um de sua própria espécie. Tampouco era o pelo dessa bruta ruivo (o que seria pretexto para um apetite um pouco irregular), mas sim preto feito abrunho, e suas feições não compunham uma aparência de todo tão hedionda como a dos demais de sua raça; creio que não haveria de ter mais de 11 anos.

Tendo eu vivido por três anos nesse país, o leitor, suponho, esperará que eu, como outros viajantes, lhe faça um relato das maneiras e dos costumes de seus habitantes, o que foi, de fato, a primeira coisa que busquei aprender.

Como esses nobres *Houyhnhnms* são dotados por natureza de uma disposição para todas as virtudes, não tendo concepção ou ideia do que seja o mal em uma criatura racional, sua grande máxima é cultivar a razão e ser inteiramente governados por ela. Para eles, a razão tampouco é um ponto problemático, como é para nós, pois nós, os homens, debatemos com plausibilidade ambos os lados de uma questão, ao passo que, entre eles, a razão nos golpeia com imediata convicção, como é natural que seja em lugares onde ela não é maculada, obscurecida ou descolorida pela paixão e pelo interesse. Lembro-me de que foi com extrema dificuldade que consegui fazer meu senhor compreender o significado da palavra opinião, ou como uma questão poderia ser discutível; porque a razão nos ensinou a afirmar ou a negar apenas aquilo de que temos certeza, e, quanto àquilo que está além de nosso conhecimento, não podemos fazer nenhuma das duas coisas. Desse modo, controvérsias, altercações, disputas e positividade sobre proposições falsas ou dúbias são males desconhecidos entre os *Houyhnhnms*. Da mesma maneira, quando lhe explicava nossos diversos sistemas de filosofia natural, ele ria do fato de "uma criatura que se considera racional valer-se das conjecturas de outras pessoas em assuntos nos quais esse conhecimento, ainda que fosse certo, não teria nenhuma utilidade". Nesse momento, ele acabou por concordar plenamente com os sentimentos de Sócrates, conforme transmitidos por Platão, o que menciono como a maior honraria que posso fazer a esse príncipe dos filósofos. Desde então, refleti com frequência sobre a destruição que essa doutrina traria às bibliotecas da Europa e quantos caminhos da fama não seriam encerrados no mundo erudito.

A amizade e a benevolência são as duas principais virtudes entre os *Houyhnhnms*, e não se confinam a objetos particulares, mas são universais a toda a raça: um estranho da mais remota parte é tratado igual ao vizinho mais próximo e, aonde quer que vá, sente-se como se estivesse em casa. Eles preservam a decência e a civilidade nos mais altos graus, mas são inteiramente alheios à cerimônia. Não têm afeto exagerado por seus potrancos ou potros, pois o cuidado que tomam com a educação deles procede inteiramente dos preceitos da razão. Já observei meu senhor demonstrar com os rebentos de seu vizinho a mesma ternura que tinha com seus próprios. Eles têm para si que a natureza os ensina a amar toda a espécie, sendo que apenas a razão faz distinção de pessoas, quando há um grau superior de virtude.

Depois de as matronas *Houyhnhnms* darem à luz um potro de cada sexo, não acompanham mais seus consortes, a não ser que percam uma de suas crias por alguma tragédia, o que muito raramente acontece; nesses casos, o casal torna a se juntar. Ou então, quando tal acidente sucede a um *Houyhnhnm* cuja esposa já passou da idade de conceber, outro casal lhes concede um de seus potros e, então, juntam-se de novo até que a mãe emprenhe. Essa cautela é necessária para evitar que o país fique sobrecarregado de habitantes. Não obstante, a raça de *Houyhnhnms* inferiores, criados para serem servos, não é tão estritamente limitada nesse quesito: eles têm permissão para dar à luz três de cada sexo, para serem criados das famílias nobres.

Em seus casamentos, são cuidadosos para escolher cores que não gerem misturas desagradáveis na cria. Nos machos, o que mais se valoriza é a força, e nas fêmeas é a beleza. Não por amor, mas para evitar que a raça se degenere, de modo que, quando uma fêmea se sobressai por sua força, seu consorte é escolhido com base na beleza.

Cortejos, amor, presentes, usufrutos viuvais e heranças não têm lugar no pensamento deles, nem termos para serem expressos em sua língua. Os jovens casais se encontram e se juntam meramente porque é a determinação de seus pais e amigos; é o que veem sendo feito todos os dias, e consideram isso uma das ações necessárias a um ser racional. Mas jamais se ouviu falar entre eles de violação do casamento ou qualquer outra falta de castidade, e o casal passa a vida na mesma amizade e benevolência mútua que tem para com outros da mesma espécie que aparecem em seu caminho, sem ciúmes, afetos desenfreados, brigas ou descontentamentos.

Ao educar a juventude de ambos os sexos, o método dos *Houyhnhnms* é admirável e muito digno de imitação. Aos potros não é permitido provar um grão sequer de aveia, salvo em determinados dias, até atingirem 18 anos de idade, nem leite, senão raramente, e, no verão, pastam por duas horas durante a manhã e outras duas à noite, regra que seus pais também observam. Aos servos, entretanto, não se lhes permite pastar mais do que metade desse tempo, e grande parte de sua grama é levada para casa, a qual comem nas horas mais convenientes, quando não têm tanto trabalho.

A temperança, a indústria, o exercício e a higiene são lições igualmente prescritas aos jovens de ambos os sexos, e meu senhor julgou absurdo que déssemos às fêmeas um tipo de educação diferente da dos machos, salvo em alguns pontos de organização doméstica. Raciocinava ele, com muito tino, que metade de nossos nativos não servia senão para trazer filhos ao mundo e que confiar o cuidado de nossas crianças a animais tão inúteis era um exemplo ainda maior de brutalidade.

Porém, os *Houyhnhnms* treinam sua juventude para tornar-se forte, veloz e resistente, exercitando-a em corridas morro acima e abaixo em encostas íngremes, bem como sobre solos duros e pedregosos; quando os potros estão completamente suados, mandam-nos mergulhar de cabeça em um lago ou rio. Quatro vezes por ano, os jovens de um determinado distrito se encontram para exibir seu desenvolvimento na corrida, no salto e em outros exercícios de força e agilidade. A recompensa para o vencedor ou vencedora dessa competição é uma canção de louvor. Nesse festival, os servos conduzem ao campo um bando de *Yahoos* carregados de feno, aveia e leite, para o repasto dos *Houyhnhnms*; depois disso, esses brutos são imediatamente levados embora, para não atrapalharem a assembleia.

A cada quatro anos, no equinócio de primavera, convoca-se um conselho representativo de toda a nação, o qual se reúne em uma planície a pouco mais de três quilômetros de nossa casa e dura cinco ou seis dias. Nessa assembleia, averiguam o estado e a condição dos diversos distritos, abundam-se ou carecem de feno, aveia, vacas ou *Yahoos*, e, onde quer que haja falta (o que é raro), ela é suprida de imediato por consentimento unânime e contribuição de todos. Aí também se faz a regulação das crianças: por exemplo, se um *Houyhnhnm* tem dois machos, troca um deles com outro que tem duas fêmeas, e, quando uma criança se perdeu por alguma tragédia e a mãe passou da idade de conceber, determina-se que família do distrito ficará a cargo de gerar outra para suprir a perda.

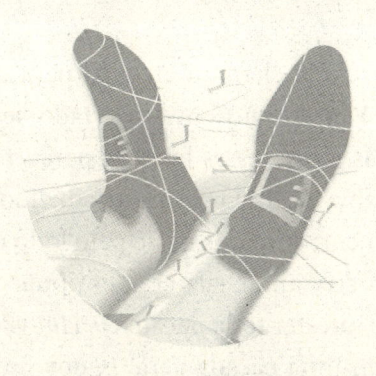

# Capítulo 9

*Narra-se um grande debate na assembleia geral dos Houyhnhnms e como ele foi resolvido. O autor descreve saber dos Houyhnhnms, seus prédios, sua maneira de enterrar os mortos e o defeito de sua língua.*

Uma dessas grandes assembleias ocorreu durante minha estadia, cerca de três meses antes de minha partida, e meu senhor compareceu como representante de nosso distrito. Nesse conselho, reiniciou-se um velho debate entre os *Houyhnhnms* e, de fato, o único debate já ocorrido naquele país, do qual, após seu retorno, meu senhor me fez um relato bem detalhado.

A questão a ser debatida era "se os *Yahoos* deveriam ser exterminados da face da Terra". Um dos membros da parte favorável ofereceu vários argumentos de muita força e peso, alegando que, "assim como os *Yahoos* eram os animais mais imundos, perniciosos e deformados que a natureza jamais produzira, também eram insolentes e indóceis, maus e maliciosos; mamavam às escondidas nas tetas das vacas dos *Houyhnhnms*, matavam e devoravam seus gatos, pisoteavam sua aveia e sua grama, se não fossem perpetuamente vigiados, e cometiam mil outras extravagâncias". Ele chamou atenção para uma tradição geral, segundo a qual "os *Yahoos* não haviam estado sempre em seu país, mas, muitas eras atrás, dois desses brutos apareceram juntos em uma montanha. Não se sabia se tinham sido produzidos pelo calor do sol sobre a lama e o limo corrompidos ou se pelo lodo e a espuma do mar, mas esses *Yahoos* procriaram, e sua cria, em pouco tempo, tornou-se numerosa a ponto de infestar toda nação. Os *Houyhnhnms*, para livrar-se desse mal, fizeram uma caçada geral e, por fim, confinaram todo o bando; após destruírem os mais velhos, todo *Houyhnhnm* manteve dois jovens em um canil, e os trouxe ao grau de domesticação mais alto que um animal tão selvagem por natureza é capaz de alcançar, usando-os para puxar cargas e carruagens. Parecia haver muita verdade nessa tradição, e aquelas criaturas não poderiam ser *yinhniamshy* (ou *aborígenes* da terra), dado o ódio violento que os *Houyhnhnms*, bem como todos os outros animais, nutriam por eles, ódio esse que, embora muito condizente com a índole maligna daqueles bichos, jamais teria chegado àquele patamar se eles fossem *aborígenes*, do contrário eles teriam há muito sido extintos. Os habitantes, criando um gosto por usar os serviços dos *Yahoos*, negligenciaram de maneira muito imprudente a criação da raça dos asnos, que são animais muito graciosos, de fácil manutenção, mais mansos e ordeiros, menos fedorentos e fortes o suficiente para o trabalho, embora deixem a desejar em agilidade do corpo, e, se a zurrada desses bichos não é um som agradável, ainda assim é bem mais tolerável que os horríveis urros dos *Yahoos*".

Vários outros se declararam a favor dessas proposições, quando então meu senhor propôs um expediente à assembleia, cuja ideia inicial, por sinal, havia obtido de mim. Ele "concordou com a tradição mencionada pelo excelentíssimo membro que tomara a palavra antes e afirmou que os dois *Yahoos* que se crê terem sido os primeiros entre eles haviam sido levados até ali pelo mar; que, uma vez em terra, foram abandonados por seus companheiros e se retiraram para as montanhas, onde, degenerando-se paulatinamente, tornaram-se, com o decorrer do tempo, muito mais selvagens que aqueles de sua própria espécie no país de onde vieram os originais. A razão de ele afirmar aquilo era que tinha agora em sua posse um maravilhoso *Yahoo* (referindo-se a mim) sobre o qual muitos deles haviam ouvido e que outros tantos tinham visto. Ele então relatou para eles como me encontrou, que meu corpo estava inteiramente coberto por uma composição artificial de peles e pelos de outros animais, que eu falava em uma língua própria, mas havia aprendido a deles completamente, que eu havia narrado para ele os acidentes que me levaram até ali, que, quando me viu sem minha cobertura, eu tinha a aparência exata de um *Yahoo* em todas as partes, exceto pela cor mais branca, a menor quantidade de pelos e as garras mais curtas. Ele acrescentou que eu tentara persuadi-lo de que, em meu país e em outros, os *Yahoos* agiam como os animais racionais a governar e mantinham os *Houyhnhnms* em servidão; que ele observara em mim todas as características de um *Yahoo*, só que eu era um pouco mais civilizado, por causa de um verniz de razão, embora essa razão fosse tão inferior à dos *Houyhnhnms* quanto os *Yahoos* daquela terra eram inferiores a mim; que, entre outras coisas, eu mencionei um costume entre nós de castrar os *Houyhnhnms*, a fim de torná-los mansos, uma operação fácil e segura; que não era vergonha adquirir conhecimento de brutos, posto que as formigas nos ensinam a sermos industriosos, e as andorinhas (assim traduzi a palavra *lyhannh*, embora se trate de uma ave bem maior), a construir; que essa invenção deveria ser praticada nos *Yahoos* mais jovens daquele país, o que, além de torná-los mais tratáveis e adequados ao serviço, iria, em algum tempo, pôr fim a toda a espécie, sem destruir vidas; que, no meio-tempo, os *Houyhnhnms* deveriam ser exortados a cultivar a raça dos asnos, que, além de serem, em todos os aspectos, animais mais valiosos, também são apropriados para o trabalho desde os 5 anos de idade, ao passo que os outros só o são a partir dos 12".

Isso foi o que meu mestre julgou conveniente me contar naquele momento sobre o que se passara no grande conselho. Entretanto, ele ocultou um detalhe, que dizia respeito particular a mim, cujo infeliz efeito eu logo senti, como o leitor verá no momento apropriado, e a partir daí sucederam todos os infortúnios de minha vida.

Os *Houyhnhnms* não têm escrita, e, por consequência, seu conhecimento é completamente tradicional. Contudo, como ocorriam poucos eventos de qualquer importância entre aquele povo tão unido, por natureza inclinado para todas as virtudes, inteiramente governado pela razão e separado de qualquer comércio com outras nações, a parte histórica era preservada com facilidade sem lhes sobrecarregar a memória. Já mencionei que eles não eram sujeitos a nenhuma doença e, portanto, não necessitavam de médicos. Porém, têm excelentes remédios, compostos de ervas, para curar contusões e cortes acidentais na quartela ou na ranilha, devidos a pedras afiadas, bem como outras feridas e machucados em diversas partes do corpo.

Calculam o ano com base na revolução do Sol e da Lua, mas não o subdividem em semanas. Conhecem suficientemente bem os movimentos desses dois corpos celestes e entendem a natureza dos eclipses, sendo isso seu maior progresso em astronomia.

Na poesia, deve-se reconhecer que superam todos os outros mortais. Nessa arte, a justeza de seus símiles e a minúcia, bem como a exatidão de suas descrições, são, sem dúvida, inimitáveis. Seus versos abundam com essas duas coisas e, normalmente, contêm ou exaltações da amizade e da benevolência ou louvores àqueles que foram vitoriosos em corridas e outros exercícios físicos. Suas construções, embora muito rústicas e simples, não são inconvenientes; antes, são bem pensadas para protegê-los de todas as injúrias do frio e do calor. Dispõem de uma espécie de árvore cuja raiz, aos 40 anos, afrouxa-se, fazendo com que caia na primeira tempestade. Cresce muito reta e, depois de afiá-la feito lança usando pedras pontiagudas (pois os *Houyhnhnms* não conhecem o uso do ferro), eles a enfiam em pé no chão, a cerca de vinte e cinco centímetros de profundidade, e então trançam palha de aveia, ou então caniço, entre elas. O teto e as portas são feitos da mesma maneira.

Os *Houyhnhnms* usam a parte oca entre a quartela e o casco de suas patas dianteiras como nós usamos nossas mãos, e o fazem com mais destreza do que eu poderia imaginar a princípio. Já vi uma égua branca de nossa família passar uma linha por uma agulha (que lhe emprestei de propósito) usando essa junta. Ordenham suas vacas, colhem sua aveia e fazem todo o trabalho que exige manuseio dessa mesma maneira. Dispõem de umas espécies de lascas de pedra que, esfregando em outras rochas, transformam em instrumentos que usam no lugar de cunhas, machados e martelos. Com ferramentas feitas dessas lascas de pedra, eles cortam o feno e colhem a aveia, que cresce naturalmente em seus campos; os *Yahoos* carregam os feixes para casa em carroças, e os servos os pisoteiam em cabanas cobertas para extrair o grão, que é mantido em armazéns. Eles fazem uns tipos grosseiros de vasos usando madeira e barro, sendo que os que são feitos deste último material são cozidos ao sol.

Se logram evitar acidentes, morrem apenas de velhice e são enterrados no lugar mais obscuro que se puder achar; seus amigos não expressam nem alegria nem luto por sua partida, tampouco demonstra o moribundo qualquer pesar a mais por estar partindo do mundo do que demonstraria se estivesse voltando para casa depois de visitar os vizinhos. Lembro-me de que, uma vez, meu mestre convidou um amigo e sua família para virem à sua casa para tratar de algum assunto importante. No dia combinado, a senhora e seus dois filhos chegaram muito atrasados. Ela deu duas justificativas: primeiro por seu marido, que, segundo ela, calhara aquela manhã de fazer o *shnuwnh*. Essa palavra é muito expressiva na língua deles, mas não facilmente traduzível para o inglês; significa "recolher-se para junto da primeira mãe". Sua justificativa para não ter chegado mais cedo, dizendo que, com a morte de seu marido no fim da manhã, passara um bom tempo conversando com seus servos para escolher um lugar conveniente para enterrar seu corpo. E eu notei que ela se comportou em nossa casa tão alegremente quanto os demais. Ela morreu cerca de três meses depois.

Eles vivem normalmente até o 70 ou 75 anos; muito raramente até os 80. Algumas semanas antes de morrerem, sentem uma decadência gradual, mas sem dor. Durante esse tempo, recebem muitas visitas de amigos, pois não podem sair com a facilidade e a satisfação de outrora. Todavia, cerca de dez dias antes de morrerem, o que eles raras vezes falham em calcular, retribuem as visitas que lhes foram feitas por aqueles mais próximos na vizinhança, sendo transportados em trenós apropriados, puxados por *Yahoos*; usam esse veículo não apenas nessa ocasião, mas também quando estão velhos, em viagens mais longas ou quando ficam mancos devido a algum acidente. Quando retribuem essas visitas, portanto, os *Houyhnhnms* moribundos despedem-se solenemente de seus amigos, como se estivessem partindo para alguma parte remota do país onde decidiram passar o resto da vida.

Não sei se vale a pena mencionar que os *Houyhnhnms* não têm palavra em sua língua para expressar qualquer coisa que seja má, exceto o que tomam emprestado das deformidades ou más qualidades dos *Yahoos*. Assim, descrevem a loucura de um servo, a omissão de uma criança, uma pedra que lhes corta a pata, um clima temporão e ruim que se delonga e coisas afins acrescentando *Yahoo* aos respectivos epítetos. Por exemplo: *hhnm Yahoo; whnaholm Yahoo, ynlhmndwihlma Yahoo*, e uma casa mal planejada, *ynholmhnmrohlnw Yahoo*.

Eu poderia, de muito bom grado, me prolongar ainda mais nas maneiras e virtudes desse ilustre povo, mas, como tenho a intenção de publicar em breve um volume à parte dedicado unicamente a esse assunto, direciono o leitor a procurá-lo e, nesse ínterim, procedo ao relato de minha triste catástrofe.

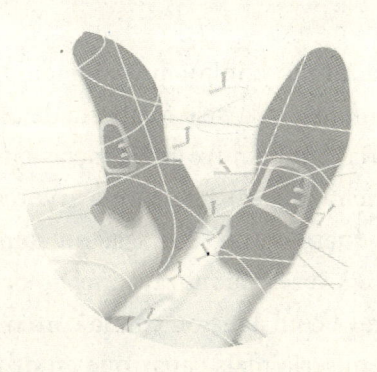

# Capítulo 10

*O autor descreve sua economia e sua vida feliz entre os Houyhnhnms, assim como seus grandes progressos em virtude graças a suas conversas com eles e seus diálogos. O autor recebe de seu senhor a notícia de que deve partir do país. Desmaia de tristeza, mas se submete. Projeta e constrói uma canoa com a ajuda de um servo companheiro e se lança ao mar para a aventura.*

Eu havia ajustado minha economia conforme me aprouvera. Meu senhor mandara que se fizesse um quarto para mim, à maneira deles, a cerca de cinco quilômetros e meio de distância da casa. Revesti as paredes e o assoalho desse quarto com argila e os cobri com esteiras de junco que eu mesmo fiz. Eu dispunha de cânhamo, planta que cresce naturalmente naquela terra e que, depois de bater, usei para fazer uma espécie de lona, que então estofei com penas de vários pássaros que havia capturado com arapucas feitas de pelo de *Yahoo* e que resultavam em uma comida excelente. Fiz duas cadeiras com minha faca, recebendo a ajuda do rocim alazão na parte mais pesada e laboriosa. Quando minhas roupas se reduziram a trapos, fiz novas usando pele de coelho e de um outro animal muito bonito, aproximadamente do mesmo tamanho, chamado *nnuhnoh*, cuja pele é coberta de uma penugem muito fina. Com esse material também fiz umas meias bastante dignas. Solei meu sapato com madeira, que cortei de uma árvore e preguei ao couro da parte superior, e, quando este se desgastou, supri-o com couro de *Yahoo* secado no sol. Às vezes, eu retirava mel do oco de algumas árvores, que então misturava com água ou comia com o pão que eu mesmo fazia. Nenhum homem seria mais capaz que eu de atestar as máximas de que "a natureza é muito facilmente satisfeita" e "a necessidade é a mãe da invenção". Gozava de muita saúde do corpo e tranquilidade da mente; não sofria com a traição nem a inconstância de um amigo, tampouco com as injúrias de um inimigo secreto ou declarado. Não tinha necessidade de subornar, bajular ou alcovitar para conseguir o favor de nenhum mandachuva nem de seu lacaio, não precisava me proteger contra a fraude ou a opressão. Lá não havia médico que me destruísse o corpo nem advogado que me arruinasse as finanças; não havia informante para vigiar minhas palavras e ações ou forjar acusações contra mim por dinheiro. Lá não havia escarnecedores, censuradores, caluniadores, punguistas, salteadores, arrombadores, procuradores, cafetinas, fanfarrões, jogadores, políticos, engraçadinhos, melancólicos, falastrões, controversistas, violadores, assassinos, ladrões, sabichões; nem líderes ou seguidores de partido ou facção; nem encorajadores ao vício, seja pela sedução ou pelo exemplo; nem calabouços, machados, forcas, troncos ou pelourinhos; nem vendedores e artesãos golpistas; nem orgulho, vaidade ou afetação; nem almofadinhas, intimidadores, bêbados, prostitutas ou bexigosos; nem esposas reclamonas, lascivas e gastadeiras; nem pedantes estúpidos e orgulhosos; nem companheiros importunos, autoritários, belicosos, barulhentos, vazios, convencidos e bocas-sujas; nem patifes erguidos da sarjeta graças a seus vícios, ou nobres jogados nela por conta de suas virtudes; nem lordes, rabequistas, juízes ou mestres de dança.

Tive a honra de ser apresentado a vários *Houyhnhnms* que vinham visitar meu senhor ou comer com ele, oportunidades em que meu senhor gentilmente me autorizava a permanecer na sala e ouvir a conversa. Tanto ele quanto seus visitantes frequentemente condescendiam em me fazer perguntas e recebiam minhas respostas. Por vezes, também tinha a honra de acompanhar meu mestre em suas visitas aos outros. Jamais ousava falar, salvo se para responder a alguma pergunta, mas o fazia lamentando-me por dentro, porque me parecia uma perda de tempo em meu progresso. Antes, deleitava-me infinitamente na posição de humilde ouvinte em tais conversas, nas quais não se dizia nada que não fosse útil; cujas palavras eram pouquíssimas, mas muito significativas; nas quais, como já mencionei, guardava-se o mais extremado recato, sem o menor grau de cerimônia; nas quais ninguém falava sem agradar a si mesmo e a seus companheiros; nas quais não havia interrupção, tédio, agitação ou diferença de sentimentos. Eles creem que, quando as pessoas se reúnem, o breve silêncio contribui muito para melhorar a conversa; concluí que isso é verdade, pois, durante aquelas pequenas intermissões da fala, novas ideias emergiam em suas mentes, o que reavivava bastante o discurso. Os assuntos geralmente são a amizade e a benevolência, a ordem e a economia; às vezes, as operações visíveis da natureza ou tradições ancestrais; as fronteiras e os limites da virtude; as regras infalíveis da razão ou as determinações a serem feitas na próxima grande assembleia; e, frequentemente, as muitas maravilhas da poesia. Posso acrescentar, sem vaidade, que minha presença por vezes lhes dava assunto suficiente para conversa, pois permitia que meu senhor contasse a seus amigos minha história e a de meu país, sobre as quais se compraziam em discutir de maneira não muito vantajosa para a raça humana; por essa razão, não repetirei o que eles diziam, só me permitirei observar que Sua Excelência, para minha grande admiração, parecia entender a natureza dos *Yahoos* muito melhor que eu próprio. Listou todos os nossos vícios e loucuras e revelou muitos que eu jamais havia mencionado para ele, apenas supondo que qualidades um *Yahoo* de seu país, com uma pequena porção de razão, seria capaz de manifestar, e concluiu, com demasiada probabilidade, "quão vil e miserável tal criatura deve ser".

Confesso francamente que o pouco que sei de virtude, adquiri graças às lições que recebi de meu senhor e por ouvir as conversas que ele tinha com seus amigos, das quais me orgulho mais de ter sido ouvinte do que me orgulharia de falar à maior e mais sábia assembleia da Europa. Eu admirava a força, a beleza e a agilidade dos habitantes, e tamanha constelação de virtudes em pessoas tão amáveis suscitou em mim uma veneração sem tamanho. De início, confesso, não senti esse fascínio natural que os *Yahoos* e outros animais têm por eles, mas esse sentimento cresceu em mim aos poucos, muito mais rápido do que eu imaginava, e misturou-se com um amor respeitoso e uma gratidão pelo fato de eles condescenderem em me distinguir do resto de minha espécie.

Quando eu pensava em minha família, meus amigos, meus compatriotas e na raça humana em geral, considerava-os, como de fato o são, *Yahoos* em forma e caráter, talvez um pouco mais civilizados e dotados de linguagem, mas não fazendo nenhum outro uso da razão, senão para aperfeiçoar e multiplicar os vícios dos quais seus irmãos naquele país têm apenas a parcela que a natureza lhes dispensou. Quando eu calhava de observar o reflexo de minha própria imagem em um lago ou em uma fonte, virava minha face com horror e asco de mim mesmo, e era mais fácil para mim suportar a visão de um *Yahoo* comum que a de minha pessoa. Por muito conversar com os *Houyhnhnms* e observá-los com deleite, passei a imitar seu modo de trotar e seus gestos, o que agora se tornou um hábito, e meus amigos diversas vezes me dizem, de forma seca, que "eu troto feito cavalo", o que, contudo, eu tomo como elogio. Também não vou negar que, ao falar, tenho a tendência de imitar a voz e os modismos dos *Houyhnhnms* e já fui ridicularizado por isso, sem, todavia, me envergonhar.

Em meio a toda essa felicidade e quando eu já me considerava estabelecido para o resto da vida, meu senhor mandou me chamar em uma manhã um pouco mais cedo que o usual. Notei em suas feições que ele estava um tanto perplexo, sem saber bem como começar a dizer o que precisava falar. Depois de um breve silêncio, ele me disse que "não sabia como eu ia receber o que ele iria dizer: que, na última assembleia geral, quando a questão dos *Yahoos* foi abordada, os representantes se ofenderam com o fato de ele manter um *Yahoo* (referindo-se a mim) junto de sua família, como se fosse mais *Houyhnhnm* que animal bruto; que se sabia que ele conversava frequentemente comigo, como se pudesse conseguir alguma vantagem ou prazer com minha companhia; que essa prática não era condizente com a razão e com a natureza, nem algo de que já se ouvira falar antes entre eles; que a assembleia então o exortou a ou empregar-me como o resto de minha espécie ou ordenar que eu voltasse nadando para o lugar donde viera; que o primeiro desses expedientes foi veementemente rejeitado por todos os *Houyhnhnms* que haviam me visto em sua casa ou na deles próprios, pois alegaram que, como eu dispunha de alguns rudimentos de razão, somados à depravação natural daqueles animais, era de se temer que eu fosse capaz de atraí-los para as partes mais florestadas e montanhosas do país e levá-los em tropas durante a noite para destruir o gado dos *Houyhnhnms*, sendo naturalmente vorazes e avessos ao trabalho".

Meu senhor acrescentou que "era diariamente pressionado pelos *Houyhnhnms* da vizinhança a seguir a exortação da assembleia, que já não se podia postergar muito mais. Ele supôs que me fosse impossível nadar até algum outro país e, por isso, pediu que eu projetasse alguma espécie de veículo, semelhante àquele que eu havia descrito para ele, que fosse capaz de me levar pelo mar, dizendo que eu seria assistido nesse trabalho por seus servos, bem como por seus vizinhos". Ele concluiu afirmando que, "de sua parte, ficaria feliz em poder me manter a seu serviço por tanto quanto eu vivesse, pois julgava que eu havia me curado de alguns maus hábitos e disposições, esforçando-me, tanto quanto me permitia minha natureza inferior, para imitar os *Houyhnhnms*".

Devo aqui mencionar para o leitor que um decreto da assembleia geral naquele país é expressado pela palavra *hnhloayn*, que significa exortação, na tradução mais próxima que me é possível fazer, pois eles não entendem que uma criatura possa ser forçada, mas sim aconselhada ou exortada, porque nenhuma pessoa pode desobedecer a razão sem abrir mão da reivindicação de ser uma criatura racional.

Fui tomado de uma tristeza e um desespero absolutos ao ouvir as palavras de meu senhor, e, não sendo capaz de suportar minha agonia, desmaiei a seus pés. Quando recobrei a consciência, ele me disse "ter concluído que eu morrera", pois aquela gente[67] não está sujeita a essas imbecilidades da natureza. Respondi em uma voz trêmula que "a morte teria sido uma alegria maior"; que, embora eu não pudesse condenar a exortação da assembleia ou a urgência de seus amigos, ainda assim, em meu juízo fraco e corrupto, parecia-me que teria sido mais consistente com a razão terem sido menos rigorosos; que eu não era capaz de nadar sequer uma légua, e provavelmente o país mais próximo ao deles estava a mais de cem; que muitos materiais necessários à construção de um barco pequeno capaz de me transportar não existiam de jeito nenhum naquele país, mas que, todavia, eu iria tentar, em obediência e gratidão à Sua Excelência, embora concluísse que fosse impossível e, portanto, me considerasse desde já fadado à destruição; que a perspectiva certa de uma morte não natural era o menor de meus males, pois, supondo que eu escapasse com vida graças a algum estranho acontecimento, como eu poderia tolerar passar meus dias entre *Yahoos* e recair em minhas antigas corrupções, por falta de exemplos para me guiar e me manter nos caminhos da virtude? Que eu compreendia muito bem as sólidas razões sobre as quais todas as determinações dos sábios *Houyhnhnms* eram fundadas, não sendo elas passíveis de serem abaladas por argumentos feitos por mim, um mísero *Yahoo*; que, portanto, depois de lhe apresentar meus humildes agradecimentos por oferecer a ajuda de seus servos na construção de um barco e de lhe pedir um tempo razoável para realizar esse difícil trabalho, disse-lhe que iria tentar preservar o deplorável animal que eu era; e que, se eu porventura regressasse à Inglaterra, tinha esperança de ser útil aos de minha espécie, celebrando louvores aos renomados *Houyhnhnms* e propondo a imitação de suas virtudes à humanidade".

---

67 Nestes últimos capítulos, o autor começa a se referir aos *Houyhnhnms* como pessoas, gente, etc., provavelmente a fim de marcar o desenvolvimento na relação do narrador com eles, e também para humanizá-los. (N.T.)

Meu senhor respondeu em poucas palavras e de forma muito graciosa; concedeu-me o espaço de dois meses para terminar meu barco e ordenou que o rocim alazão, meu companheiro-servo (pois, a essa distância, creio poder chamá-lo assim), seguisse minha instrução, e a isso eu disse a meu senhor que "sua ajuda me bastaria, e que eu sabia que ele nutria um carinho por mim".

Em companhia dele, minha primeira atitude foi ir para a parte da costa onde minha tripulação rebelde havia me abandonado. Subi em um morro e, olhando para o mar em todas as direções, julguei ver uma pequena ilha na direção nordeste. Saquei minha luneta e então pude distingui-la claramente a cinco léguas de distância, conforme meus cálculos; todavia, para o rocim alazão, aquilo não era senão uma nuvem azul, pois ele não sabia de nenhum outro país além do seu, logo, não era tão capaz de distinguir objetos remotos no mar quanto nós, que nos aventuramos tanto por esse elemento.

Depois de eu ter descoberto essa ilha, não pensei em mais nada; resolvi que aquele seria, se possível, o primeiro local de meu degredo, e o que sucederia a partir daí ficaria por conta da sorte.

Voltei para casa e, depois de conversar com o rocim alazão, fomos a um bosque próximo, onde, eu com minha faca e ele com uma lasca afiada de pedra presa muito engenhosamente, à maneira deles, a um cabo de madeira, cortamos vários pedaços de carvalho da grossura aproximada de uma bengala, e também alguns pedaços maiores. Mas não enfadarei o leitor com detalhes de minha engenharia; basta dizer que, ao cabo de seis semanas, com a ajuda do rocim alazão, que realizou as tarefas mais trabalhosas, concluí uma espécie de canoa indígena, porém muito maior, cobrindo-a com peles de *Yahoos* bem costuradas com fios de cânhamo feitos por mim mesmo. Minha vela era feita da pele do mesmo animal, mas usei a dos mais jovens que consegui obter, pois a dos mais velhos era demasiado dura e grossa. Também providenciei quatro remos para mim. Estoquei a canoa com carne cozida de coelhos e aves e levei comigo dois vasos, um com leite e o outro com água.

Testei minha canoa em um grande lago perto da casa de meu senhor e, em seguida, corrigi o que havia de problema, tampando todas as frestas com sebo de *Yahoo*, até que estivesse estaque e fosse capaz de suportar a mim e a minha carga. Quando estava tão completa quanto eu podia deixá-la, fiz transportá-la até a costa em uma carroça puxada muito gentilmente por *Yahoos*, conduzidos pelo rocim alazão e um outro servo.

Quando tudo estava pronto e o dia de minha partida havia chegado, despedi-me de meu senhor e de toda a família, meus olhos marejados e meu coração pesado de tristeza. Mas Sua Excelência, por curiosidade e, talvez (se posso falar sem vaidade), em parte por gentileza, decidiu ir ver-me em minha canoa e levou consigo vários de seus amigos da vizinhança. Fui forçado a esperar mais de uma hora pela maré e, então, notando que o vento soprava, por muita sorte, em direção à ilha para a qual queria ir, despedi-me mais uma vez de meu senhor, mas, quando me preparava para me prostrar e beijar-lhe o casco, ele fez-me a honra de levá-lo gentilmente até minha boca. Não ignoro quanto tenho sido censurado por mencionar este último detalhe. Meus detratores comprazem-se em julgar improvável que uma pessoa tão ilustre conceda tamanha marca de distinção a uma criatura tão inferior como eu. Também não me esqueço de quão forte é a tendência dos viajantes a vangloriarem-se dos extraordinários favores que receberam. Porém, se esses censuradores conhecessem melhor a disposição nobre e cortês dos *Houyhnhnms*, mudariam logo de opinião.

Prestei meus respeitos ao resto dos *Houyhnhnms* que acompanhavam Sua Excelência e, então, subindo em minha canoa, afastei-me da costa.

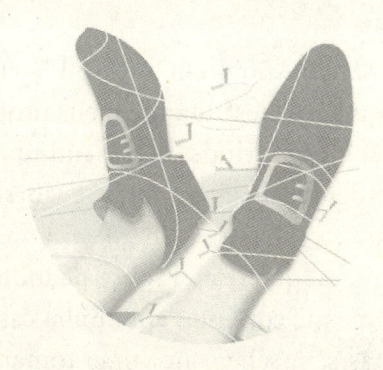

# Capítulo 11

*O autor descreve sua perigosa viagem. Ele chega à Nova Holanda, na esperança de estabelecer-se ali. É capturado e levado à força a um navio português. As grandes civilidades do capitão. O autor chega à Inglaterra.*

Comecei essa viagem desesperada no dia 15 de fevereiro de 1714-15, às nove da manhã em ponto. Apesar de o vento estar muito favorável, de início, usei apenas meus remos, mas, considerando que eu me cansaria em breve e que o vento poderia mudar, ousei içar minha pequena vela; então, com a ajuda da maré, segui à velocidade de uma légua e meia por hora, segundo meus cálculos. Meu senhor e seus amigos continuaram na praia até que eu estivesse praticamente fora do alcance da vista, e ouvi várias vezes o rocim alazão (que sempre me amou) gritando "*Hnuy illa nyha, majah Yahoo*", isto é, "Cuida-te, gentil *Yahoo*!".

Se possível, minha intenção era descobrir alguma pequena ilha desabitada, mas capaz de fornecer, por meio de meu trabalho, o necessário à vida, o que me seria uma alegria maior do que me tornar primeiro-ministro na mais refinada corte da Europa, de tão horrível que era para mim a ideia de regressar à vida em sociedade e de viver sob um governo de *Yahoos*. Afinal, em uma solidão tal qual a que desejava, eu poderia, pelo menos, desfrutar de meus próprios pensamentos e refletir com deleite sobre as virtudes desses inimitáveis *Houyhnhnms*, sem correr o risco de recair nos vícios e corrupções de minha própria espécie.

O leitor se lembrará do que relatei sobre quando minha tripulação conspirou contra mim e me confinou em minha cabine; como permaneci ali várias semanas sem saber que curso tomamos; e, quando fui levado à praia no escaler, como os marinheiros me disseram, jurando, não sei se dizendo a verdade ou não, que "não sabiam em que parte do mundo estávamos". Contudo, eu julguei àquela altura que estivéssemos cerca de 10 graus ao Sul do Cabo da Boa Esperança, ou cerca de 45 graus de latitude ao Sul, pelo que pude concluir com base em algumas palavras soltas que entreouvi quando eles conversavam; supus que estivéssemos a sudeste em um curso rumo a Madagascar, conforme a intenção deles. E embora isso não passasse de uma conjectura, decidi rumar para o Leste, esperando alcançar o sudoeste da Nova Holanda e, talvez, a Oeste daí, encontrar alguma ilha feito a que eu visionava. O vento soprava forte a Oeste e, por volta das seis da tarde, calculei que tivesse avançado pelo menos umas dezoito léguas, quando então divisei uma ilha muito pequena a cerca de meia légua, a qual logo alcancei. Não era nada senão uma rocha com uma enseada naturalmente aberta por força das tempestades. Deixei minha canoa nessa enseada e, escalando parte da rocha, pude ver com clareza terra a Leste, estendendo-se de Norte a Sul. Passei a noite em minha canoa e, repetindo minha viagem logo de manhã cedo, cheguei, em sete horas, ao ponto sudeste da Nova Holanda. Isso confirmou a opinião que eu tenho há tempos de que os mapas e as cartas situam esse país pelo menos três graus mais a Leste do que ele realmente é, pensamento que comuniquei muitos anos atrás a meu querido amigo, o sr. Herman Holl[68], mostrando as razões que me levavam a crer nisso, embora ele tenha escolhido seguir outros autores.

---

68 Cartógrafo inglês. (N.T.)

Não vi nenhum habitante no lugar onde aportei e, estando desarmado, tive medo de me aventurar para o interior do país. Encontrei alguns mariscos na praia e comi-os crus, não arriscando acender um fogo, por medo de ser descoberto pelos nativos. Segui me alimentando de ostras e lapas por três dias, para poupar minhas provisões, e, felizmente, encontrei um riacho de água excelente, que muito me aliviou.

No quarto dia de manhã, aventurando-me um pouco mais longe, vi vinte ou trinta nativos em um morro a não mais que 450 metros de mim. Eram homens, mulheres e crianças inteiramente nus, em torno de uma fogueira, pois eu podia divisar fumaça. Um deles me viu e avisou os demais; cinco deles avançaram em minha direção, deixando as mulheres e as crianças junto do fogo. Corri o mais rápido que pude para a praia e, subindo na canoa, fui me afastando. Percebendo minha retirada, os selvagens correram atrás de mim e, antes que eu pudesse me afastar o suficiente mar adentro, dispararam uma flecha que me entrou fundo na parte de trás do joelho esquerdo, cuja cicatriz carregarei para o túmulo. Temi que a flecha estivesse envenenada e, remando para fora do alcance de seus dardos (pois o dia estava calmo), esforcei-me para sugar a ferida e fazer um curativo nela, da melhor forma que pude.

Não sabia o que fazer, pois não ousava retornar para o mesmo local onde havia aportado, mas me mantive a Norte e fui forçado a remar, porque o vento, embora fosse brando, vinha contra mim, soprando a nordeste. Enquanto olhava em volta à procura de um lugar seguro para aportar, vi uma vela a nor-nordeste, que ia ficando cada vez mais visível a cada minuto, e tive dúvida se deveria esperar por ela ou não. Por fim, meu ódio pela raça *Yahoo* prevaleceu e, virando minha canoa, segui, a remo e a vela, na direção Sul e entrei na mesma enseada de onde partira de manhã, preferindo me confiar àqueles bárbaros que viver com *Yahoos* europeus. Puxei minha canoa o máximo que pude para a praia e me escondi atrás de uma rocha perto do riacho que, como mencionei, era de uma água excelente.

O navio se achegou a meia légua dessa enseada e enviou seu escaler com vasos para apanhar água (pois o lugar, aparentemente, era muito conhecido), mas eu só vi isso quando o escaler estava quase na praia, quando então já era demasiado tarde para buscar outro esconderijo. Ao descerem na praia, os marujos viram minha canoa e, depois de inspecionarem-na inteira, concluíram com facilidade que o dono não haveria de estar longe. Quatro deles, bem armados, procuraram em cada fenda e buraco até por fim me encontrarem deitado de bruços atrás da rocha. Observaram-me por um tempo, muito admirados de minhas roupas toscas: meu casaco de couro, meus sapatos de sola de madeira e minhas meias de pele; com base nelas, no entanto, concluíram que eu não era nativo da terra, do contrário, estaria nu. Um dos marujos pediu, em português, que eu me levantasse, e então perguntou quem eu era. Eu entendia a língua muito bem e, pondo-me de pé, disse que "era um pobre *Yahoo* banido da Terra dos *Houyhnhnms*, e pedi-lhes, por favor, que me deixassem partir". Admiraram-se de me ouvir responder em sua própria língua e viram, pela cor de minha pele, que eu certamente era europeu, mas não sabiam o que eu queria dizer com *Yahoo* e *Houyhnhnms*; ao mesmo tempo, riram-se de meu estranho jeito de falar, que lembrava o relinchar de um cavalo. Eu tremia o tempo todo de medo e ódio. Mais uma vez pedi licença para partir e fui indo aos poucos em direção à minha canoa, mas eles me seguraram, querendo saber "de que país eu era, de onde eu vinha" e muitas outras perguntas. Disse-lhes que "nascera na Inglaterra, de onde viera há cerca de cinco anos, época em que seu país e o nosso estavam em paz. Que, portanto, esperava que não me tratassem como inimigo, posto que não tinha nenhuma intenção de lhes fazer mal, sendo apenas um pobre *Yahoo* em busca de algum lugar desolado para passar o resto de sua vida desafortunada".

Quando começaram a falar, pensei jamais ter visto nada mais anormal, pois isso me parecia tão monstruoso quanto seria se um cão ou uma vaca falassem na Inglaterra, ou um *Yahoo* na Terra dos *Houyhnhnms*. Os honestos portugueses estavam igualmente maravilhados com minha estranha vestimenta e minha esquisita maneira de expressar minhas palavras, as quais, contudo, entendiam muito bem. Falaram comigo com muita humanidade e disseram que "estavam seguros de que o capitão me levaria de graça a Lisboa, de onde eu poderia regressar a meu país; que dois dos marujos retornariam ao navio para informar o capitão do que haviam visto e receber suas ordens; nesse meio-tempo, a não ser que eu jurasse solenemente não fugir, eles me manteriam à força". Julguei melhor obedecer à proposta deles. Estavam curiosos por saber minha história, mas dei-lhes muito pouca satisfação, e eles todos concluíram que meus infortúnios haviam prejudicado minha razão. Ao cabo de duas horas, o escaler, que partira carregado com vasos de água, retornou com as ordens do capitão para que eu fosse levado a bordo. Pus-me de joelhos para implorar por minha liberdade, mas tudo foi em vão, e os homens, tendo me amarrado com cordas, me ergueram e puseram na embarcação, na qual fui levado ao navio e, então, à cabine do capitão.

Seu nome era Pedro de Mendez e ele era uma pessoa muito cortês e generosa. Pediu que eu fizesse um relato do que me acontecera e perguntou o que eu queria comer ou beber; disse que "eu seria tão bem tratado quanto ele mesmo" e falou tantas outras cortesias que me surpreendeu ver tais civilidades em um *Yahoo*. Entretanto, permaneci calado e taciturno; estava a ponto de desmaiar apenas com o cheiro dele e de seus homens. Por fim, pedi para comer algo de minha própria canoa, mas ele mandou que me servissem frango e um pouco de um vinho excelente, e então deu ordens para que eu fosse alojado em uma cabine muito limpa. Não quis me despir, mas deitei-me sobre a roupa de cama e, ao cabo de meia hora, quando calculei que a tripulação estava comendo, escapuli e corri para a beira do navio, mais disposto a me jogar no mar e a nadar para sobreviver do que a permanecer entre *Yahoos*. Porém um marujo me impediu e, depois de ele informar o capitão, eu fui acorrentado em minha cabine.

Depois de comer, Dom Pedro veio me ver e quis saber a razão de minha atitude tão desesperada; assegurou-me que "apenas queria me ajudar como pudesse" e falou de forma tão comovente que, por fim, condescendi em tratá-lo como um animal dotado de alguma pequena porção de razão. Fiz-lhe um pequeno relato de minha viagem, da conspiração de meus homens contra mim, do país em que eu aportara e dos cinco anos que vivera ali. Ele tomou tudo aquilo por um sonho ou alucinação, com o que me ofendi bastante, pois eu havia me esquecido da faculdade da mentira, tão peculiar aos *Yahoos* em todos os países em que presidem, e, por consequência, de sua disposição para desconfiar da veracidade dos outros de sua espécie. Perguntei-lhe "se era costume em seu país dizer *a coisa que não era*". Assegurei-lhe que "eu praticamente me esquecera do que significava falsidade e que, se tivesse vivido mil anos na Terra dos *Houyhnhnms*, não teria jamais ouvido uma mentira sequer, dita nem pelo mais pobre dos servos; que me era de todo indiferente se ele acreditava ou não, mas que, contudo, em retribuição a seus favores, relevaria as corrupções de sua natureza a ponto de responder quaisquer objeções que ele pudesse ter, e então ele haveria facilmente de descobrir a verdade".

O capitão, um homem sábio, depois de muitas tentativas de me pegar vacilando em alguma parte de minha história, por fim passou a ter uma opinião melhor de minha veracidade. Mas acrescentou que, "já que eu professara um compromisso tão inviolável com a verdade, eu deveria dar-lhe minha palavra de honra de fazer-lhe companhia em sua viagem, sem cometer nenhum atentado contra minha vida; do contrário, ele me manteria prisioneiro até que chegássemos a Lisboa". Fiz-lhe a promessa que pedira, mas, ao mesmo tempo, protestei que "preferiria passar pelos piores apuros a voltar a viver entre *Yahoos*".

Nossa viagem se conduziu sem nenhum acidente considerável. Como mostra de minha gratidão ao capitão, eu por vezes me sentava com ele, atendendo a seus insistentes pedidos, e me esforçava para ocultar minha antipatia pela raça humana, embora ela por vezes se extravasasse, ao que ele fazia vista grossa. Mas a maior parte do dia eu passava confinado em minha cabine, para evitar ver qualquer tripulante. O capitão pediu várias vezes que eu tirasse aqueles meus trapos selvagens e se ofereceu para me emprestar a melhor muda de roupas que tinha. Nisso não me deixei convencer, pois me horrorizava a ideia de me cobrir com qualquer coisa que tivesse estado sobre as costas de um *Yahoo*. Pedi apenas que me emprestasse duas camisas limpas, as quais, tendo sido lavadas desde que ele as usara, julguei que não me contaminariam tanto. Eu as trocava a cada dois dias e as lavava eu mesmo.

Chegamos a Lisboa no dia 5 de novembro de 1715. Ao desembarcarmos, o capitão me obrigou a me cobrir com sua capa, para evitar que a ralé se amontasse em cima de mim. Fui levado a sua casa e, a pedido meu, ele me levou para o quarto mais alto nos fundos. Roguei-lhe com muita insistência que "ocultasse de todas as pessoas o que lhe dissera acerca dos *Houyhnhnms*, pois a menor insinuação dessa história não só atrairia um grande número de pessoas para me ver, mas provavelmente me colocaria em risco de ser preso ou queimado pela Inquisição". O capitão me convenceu a aceitar uma muda de roupas novas, mas eu não queria permitir que o alfaiate me tomasse as medidas. Não obstante, como Dom Pedro era praticamente de meu tamanho, elas me serviram suficientemente bem. Ele me providenciou outros itens de necessidade, todos novos, os quais eu botei para arejar por 24 horas antes de usar.

O capitão não tinha esposa nem mais do que três servos, que não eram autorizados a comparecer às refeições, e toda a sua conduta era tão cortês, aliada a um ótimo entendimento humano, que eu realmente passei a tolerar sua companhia. Ele me influenciou de tal forma que me aventurei a olhar pela janela dos fundos. Pouco a pouco, fui levado a outro quarto, de onde espiei a rua, mas trouxe a cabeça de volta para dentro em um susto. Ao cabo de uma semana, o capitão convenceu-me a ir até a porta. Percebi que meu terror diminuía gradativamente, mas meu ódio e meu desprezo pareciam aumentar. Por fim, tomei coragem para caminhar pela rua em companhia dele, mas mantive meu nariz bem tapado com arruda, ou por vezes com tabaco.

Ao fim de dez dias, Dom Pedro, a quem eu falara brevemente de minha família, convenceu-me, como matéria de honra e consciência, de que eu "deveria retornar a meu país de origem e viver em casa com minha esposa e meus filhos". Disse-me que "havia um navio inglês no porto prestes a zarpar, e ele iria me fornecer tudo que me fosse necessário". Seria enfadonho repetir seus argumentos e minhas contraposições.

Ele disse que "era completamente impossível encontrar uma ilha tão solitária quanto a que eu desejava para viver, mas que, em minha casa, quem manda sou eu, e portanto eu poderia passar meu tempo de maneira tão reclusa quanto me aprouvesse".

Por fim, concordei, crendo ser o melhor que poderia fazer. Deixei Lisboa no dia 24 de novembro, em um navio mercante inglês, cujo capitão não perguntei quem era. Dom Pedro me acompanhou até o navio e me emprestou dez libras. Despediu-se gentilmente de mim e me abraçou ao partir, o que eu suportei tão bem quanto pude. Durante essa última viagem, não interagi nem com o capitão nem com nenhum de seus homens; antes, fingindo estar doente, mantive-me recluso em minha cabine. No quinto dia de dezembro de 1715, ancoramos nas Dunas, por volta das nove da manhã, e, lá pelas três da tarde, cheguei são e salvo em minha casa em Redriff.

Minha esposa e minha família me receberam com grande surpresa e alegria, pois concluíram que eu estava certamente morto. Entretanto, devo confessar que vê-los despertou em mim apenas ódio, nojo e desprezo, o que piorava quando pensava nos vínculos estreitos que tinha com eles. Embora eu tivesse me obrigado, desde meu desafortunado exílio do país dos *Houyhnhnms*, a tolerar a imagem dos *Yahoos* e a conversar com Dom Pedro de Mendez, minha memória e minha imaginação ainda estavam sempre tomadas pelas virtudes e ideias daqueles ilustres *Houyhnhnms*. E quando eu considerei que, ao copular com uma *Yahoo*, havia me tornado pai de outros, fui tomado pela vergonha, confusão e horror mais extremos.

Tão logo entrei em casa, minha mulher me tomou em seus braços e me beijou; nesse momento, tendo estado desacostumado ao toque desse odioso animal por tantos anos, desmaiei por quase uma hora. No momento em que escrevo isto, faz cinco anos desde meu retorno à Inglaterra. Durante o primeiro ano, não podia suportar a presença de minha esposa e de meus filhos; o próprio cheiro deles me era intolerável, e tampouco permitia que comessem no mesmo ambiente que eu. Até hoje não ousam tocar meu pão ou beber do mesmo copo que eu; também não tornei a ser capaz de permitir que me tomassem pela mão. O primeiro dinheiro que desembolsei foi para comprar dois jovens garanhões, que eu mantenho em um bom estábulo; depois deles, quem mais me agrada é o cavalariço, pois sinto meu espírito se reavivar com o cheiro que ele traz da estrebaria. Meus cavalos me entendem bem o suficiente; converso com eles por pelo menos quatro horas todos os dias. Desconhecem rédeas e selas, vivem em grande amizade comigo e entre eles.

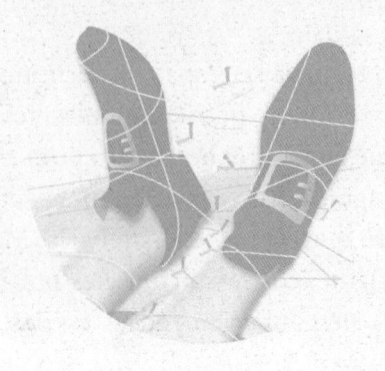

# Capítulo 12

*Narram-se a veracidade do autor, sua intenção de publicar esta obra e sua censura àqueles viajantes que se desviam da verdade. O autor se desculpa por quaisquer fins sinistros ao escrever. Uma objeção é respondida. O método de estabelecer colônias é comentado. O autor elogia seu país natal. O direito da Coroa àqueles países descritos pelo autor é justificado. A dificuldade de conquistá-los. O autor se despede pela última vez do leitor; propõe sua maneira de viver para o futuro; dá um bom conselho e conclui.*

Assim, gentil leitor, fiz para ti um relato fiel de minhas viagens ao longo de dezesseis anos e mais de sete meses, no qual não fui tão diligente com adornos quanto com a verdade. Eu poderia, talvez, como outros, ter te impressionado com histórias improváveis e estranhas, mas preferi relatar a matéria simples dos fatos, lançando mão do estilo e da maneira mais singelos, porque meu principal intento é te informar, e não te entreter.

É fácil para nós que viajamos a países remotos, raramente visitados por ingleses ou outros europeus, fazer descrições de animais maravilhosos tanto no mar quanto em terra. Enquanto o principal objeto de um viajante deve ser tornar homens mais sábios e melhores e aperfeiçoar suas mentes por meio dos maus e bons exemplos que dão naquilo que relatam acerca de países estrangeiros.

Eu poderia desejar de coração que uma lei fosse aprovada obrigando todo viajante, antes de ter permissão para publicar suas viagens, a fazer um juramento diante do Alto Lorde Chanceler de que tudo que tem intenção de publicar é absolutamente verdadeiro segundo tudo que é capaz de saber, pois então o mundo não seria mais enganado, e o é com frequência por alguns escritores que, para conseguir que seus escritos agradem mais ao público, impõem as maiores falsidades ao leitor incauto. Li com diligência e grande deleite vários livros de viagens em meus dias de juventude, mas, tendo desde então tido a oportunidade de ir à maioria das partes do globo e sendo capaz de contradizer muitos relatos fabulosos com base em minha própria observação, desenvolvi um nojo enorme contra essa parte da literatura e uma indignação por ver a credulidade dos homens tão impudentemente abusada. Dessa forma, já que meus conhecidos julgaram que minhas pobres empreitadas não seriam inaceitáveis em meu país, impus a mim mesmo, como máxima da qual jamais deveria me desviar, que me ateria estritamente à verdade; tampouco posso eu ceder à menor tentação de afastar-me dela, enquanto mantiver em minha mente as lições e o exemplo de meu nobre senhor e de outros ilustres *Houyhnhnms* de quem tive, por tanto tempo, a humilde honra de ser ouvinte.

*Nec si miserum Fortuna Sinonem Finxit,*
*vanum etiam, mendacemque improba finget*[69].

Conheço bem a escassa reputação que se pode adquirir por meio de escritos que não requerem nem gênio nem erudição, tampouco nenhum outro talento, senão uma boa memória ou um diário exato. Sei também que escritores de viagens, como dicionaristas, afundam no mar

---

69 Nem por ter a cruel Fortuna tornado Sínon infeliz, deverá ela fazê-lo também mentiroso e desonesto. (trecho da *Eneida*) (N.T.)

do esquecimento sob o peso dos que vêm depois e, portanto, ficam por cima. E é muito provável que os viajantes que no futuro vierem a visitar os países descritos nesta minha obra detectem meus erros (se houver algum) e, acrescentando muitas outras descobertas que fizerem, coloquem meu livro fora de moda e tomem meu lugar, fazendo com que o mundo se esqueça de que eu um dia fui escritor. Isso, sem dúvida, seria uma grande vergonha, se eu escrevesse pela fama, mas, como minha única intenção é o bem público, não posso me desapontar de nenhuma maneira. Afinal, quem poderá ler sobre as virtudes que mencionei dos gloriosos *Houyhnhnms* sem se envergonhar de seus próprios vícios, enquanto se considera o animal racional governante de seu país? Não direi nada sobre aquelas remotas nações onde os *Yahoos* presidem, entre as quais a menos corrupta é a dos *brobdingnagianos*, cujas sábias máximas em moralidade e governo nos trariam muita alegria se as observássemos. Mas me abstenho de me delongar ainda mais e, antes, deixo a cargo do sensato leitor fazer outros comentários e aplicações.

Não fico nem um pouco insatisfeito em ver que esta minha obra não será vítima de nenhum censurador: pois que objeções poderão fazer contra um escritor que relata apenas os fatos puros que se passaram em países tão distantes, com os quais não temos o menor interesse em comercializar ou negociar? Tomei cuidado para evitar toda falha de que os escritores de viagem são acusados, com frequência muito justamente. Além disso, não cutuco de nenhuma forma partido algum, mas escrevo sem paixão, preconceito ou má vontade contra qualquer homem, ou grupo de homens, independente de quem sejam. Escrevo com o mais nobre fim de informar e instruir a humanidade, sobre a qual posso, modéstia à parte, arrogar alguma superioridade, dadas as vantagens que recebi de minhas muito longas conversas com os exitosíssimos *Houyhnhnms*. Escrevo sem visar a qualquer lucro ou louvor. Nunca permiti que passasse para o papel uma palavra que pudesse parecer uma crítica ou que pudesse ofender mesmo aqueles mais inclinados a se ofenderem. Assim, espero poder declarar-me com justiça um autor perfeitamente inimputável, contra o qual nenhuma tribo de

Respondedores, Consideradores, Observadores, Críticos, Detratores, Comentaristas jamais encontrará matéria para exercer seus talentos.

Confesso que alguém sussurrou para mim que "eu estava obrigado pelo dever como súdito da Inglaterra a apresentar um relatório ao secretário de Estado logo de minha chegada, porque quaisquer terras descobertas por um súdito pertencem à Coroa". Mas duvido que a conquista de qualquer país que eu tenha mencionado seja tão fácil quanto as de Hernán Cortés[70] sobre os americanos nus. Os liliputianos, me parece, dificilmente valeriam os gastos de uma frota e um exército para dominá-los, e me pergunto se seria prudente ou seguro investir contra os *brobdingnagianos*, ou se um exército inglês se sentiria confortável com a Ilha Voadora sobre a cabeça. Os *Houyhnhnms* de fato não pareciam muito bem preparados para a guerra, ciência à qual são inteiramente alheios, em especial no que diz respeito a armas de disparo. Contudo, supondo que eu fosse um ministro de Estado, jamais aconselharia a invasão da terra deles. Sua prudência, unanimidade, ausência de medo e seu amor pelo país supririam amplamente todos os defeitos em arte militar. Imagina vinte mil deles rompendo contra um exército europeu, confundindo as fileiras, derrubando as carroças, estourando os rostos dos soldados com os terríveis coices de seus cascos traseiros, pois são muito merecedores da característica atribuída a Augusto: *Recalcitrat undique tutus*[71]. Mas, no lugar de propostas para conquistar uma nação tão magnânima, desejaria que eles pudessem ou se dispusessem a enviar um número suficiente de seus habitantes para civilizar a Europa, ensinando-nos os princípios da honra, justiça, verdade, temperança, espírito público, fortitude, castidade, amizade, benevolência e fidelidade. Virtudes cujos nomes ainda se conservam entre nós na maioria das línguas e podem ser encontradas tanto em autores modernos quanto em clássicos, o que eu sou capaz de afirmar com base em minhas humildes leituras.

---

70 Genocida espanhol que subjugou os astecas, referido no original como Ferdinando Cortez. (N.T.)

71 Dá coices por todos os lados, para defender-se. (N.T.)

Mas havia outra razão que me deixava menos inclinado a aumentar os domínios de Sua Majestade com minhas descobertas. Para dizer a verdade, eu havia desenvolvido alguns poucos escrúpulos acerca da justiça distributiva dos príncipes nessas ocasiões. Por exemplo: uma tripulação de piratas é levada por uma tempestade a um lugar desconhecido por eles; por fim, um rapaz no mastro alto descobre terra; todos vão até a praia para roubar e saquear, encontram um povo indefeso e são recebidos com gentileza; dão ao país um novo nome; tomam posse dele em nome do rei; fincam uma tábua podre ou uma pedra como memorial; assassinam duas ou três dúzias de nativos, levam embora mais um par, à força, de amostra; regressam à casa e recebem o perdão. Assim dá-se início a um novo domínio, adquirido com o título de direito divino. Navios são enviados na primeira oportunidade; os nativos, expulsos ou massacrados; seus príncipes, torturados até que revelem seu ouro. Dá-se permissão para a prática de todos esses atos de desumanidade e luxúria, enquanto a terra fede com o sangue de seus habitantes e esses execráveis carniceiros, empregados em uma expedição tão piedosa, constituem uma colônia moderna, enviada para converter e civilizar um povo idólatra e bárbaro!

Mas essa descrição, confesso, não afeta de maneira alguma a nação britânica, que deve servir de exemplo para todo o mundo por sua sabedoria, cuidado e justiça ao estabelecer colônias; seus dotes liberais para o avanço da religião e da ciência; sua escolha de pastores devotos e hábeis para propagar o cristianismo; sua preocupação em munir suas províncias com pessoas de vida e discurso sóbrios, oriundos do reino mãe[72]; sua observação rígida da distribuição da justiça ao suprir a administração civil de todas as suas colônias com oficiais da maior habilidade, completamente alheios à corrupção; e, sobretudo, por enviar os mais vigilantes e virtuosos governadores, que não visam a nada além da felicidade do povo sobre o qual presidem e da honra do rei que têm por senhor.

---

72  A metrópole colonial. (N.T.)

Entretanto, como os países que descrevi não parecem ter desejo algum de serem conquistados ou escravizados, assassinados ou expulsos por colonos, nem abundam em ouro, prata, açúcar ou tabaco, concluí com humildade que não eram, de forma alguma, objetos apropriados de nosso zelo, ou valor, ou interesse. Todavia, se aqueles mais interessados nisso concluírem o contrário, coloco-me à disposição para depor, quando for legalmente intimado a fazê-lo, que nenhum europeu jamais visitou aqueles países antes de mim. Quero dizer, se os habitantes forem de algum crédito, uma disputa pode surgir por conta dos dois *Yahoos* que se diz terem sido vistos muitos anos atrás no topo de uma montanha na Terra dos *Houyhnhnms*.

Não obstante, quanto à formalidade de tomar posse de alguma terra em nome de meu soberano, isso nunca antes me passou pela cabeça; e, se tivesse, ainda assim, dada minha situação àquela altura, eu talvez a tivesse postergado, por prudência e instinto de autopreservação, até uma oportunidade melhor.

Tendo assim respondido à única objeção que jamais pode ser levantada contra mim como viajante, eu agora me despeço de meus cortesíssimos leitores e retorno ao deleite de minhas próprias meditações em meu pequeno jardim em Redriff, com o intuito de aplicar as excelentíssimas lições de virtude que recebi dos *Houyhnhnms*; de instruir os *Yahoos* de minha família até onde chegue sua condição de animais dóceis; de fitar várias vezes minha imagem no espelho e, assim, se possível, me habituar com o tempo a tolerar a visão de uma criatura humana; de lamentar a brutalidade dos *Houyhnhnms* em meu país, mas tratando suas pessoas sempre com respeito, por amor a meu nobre senhor, sua família, seus amigos e toda a raça *Houyhnhnm*, com a qual estes nossos têm a honra de se parecer em todos os seus delineamentos, apesar da degeneração de seu intelecto.

Passei a permitir, na semana passada, que minha esposa comesse comigo, sentando-se no extremo oposto de uma longa mesa, e que respondesse (mas da maneira mais breve possível) as poucas perguntas que eu lhe dirigia. Ainda assim, como o cheiro de uma *Yahoo* continua a ser muito ofensivo, mantenho meu nariz sempre tapado com folhas de arruda, lavanda ou tabaco. E, embora seja difícil para um homem no fim da vida desfazer-se de antigos hábitos, tenho esperança de, em algum tempo, receber algum vizinho *Yahoo* em minha casa sem temer que ele me ataque com suas presas e garras.

Minha reconciliação com a raça *Yahoo* em geral talvez não fosse tão difícil se eles se contentassem em praticar apenas os vícios e as loucuras com os quais a natureza os dotou. Em nada me incomoda ver um advogado, um punguista, um coronel, um tolo, um lorde, um jogador, um político, um bordeleiro, um médico, um alcaguete, um subornador, um promotor, um traidor ou gentes afins; todos eles estão de acordo com o devido curso das coisas. Mas, quando vejo um amontoado de deformidades ou de doenças, tanto do corpo quanto da mente, criado pelo orgulho, isso imediatamente excede todos os limites de minha paciência; tampouco serei um dia capaz de compreender como tal animal e tal vício podem se combinar. Os sábios e virtuosos *Houyhnhnms*, que abundam em todas as excelências que podem adornar uma criatura racional, não têm nome para esse vício em sua língua, que não dispõe de termos para nada que seja mau, salvo aqueles com os quais descrevem as detestáveis qualidades de seus *Yahoos*, entre as quais não foram capazes de distinguir a do orgulho, por falta de uma compreensão completa da natureza humana como ela se manifesta nos outros países onde esse animal preside. Mas eu, que tinha mais experiência, podia perceber com clareza alguns rudimentos dele entre os *Yahoos* selvagens.

Mas os *Houyhnhnms*, que vivem sob o governo da razão, não têm mais orgulho de suas boas qualidades do que eu tenho por não me faltar uma perna ou um braço, algo de que nenhum homem em sã consciência se gabaria, embora a falta desses membros seja motivo de grande miséria. Minha demora nesse assunto se deve a meu desejo de tornar a sociedade dos *Yahoos* ingleses, de alguma maneira, menos insuportável, e, portanto, peço aqui a todos que tiverem qualquer indício desse vício absurdo que jamais ousem se apresentar diante de mim.